HEYNE

Das Buch

Im Jahr 1344 NGZ der Neuen Galaktischen Zeitrechnung befindet sich die Erde in einer verzweifelten Lage. Das Sonnensystem wird von den Kampfschiffen der Terminalen Kolonne TRAITOR belagert. Die Ressourcen des Feindes scheinen unerschöpflich zu sein, Milliarden Menschen droht der Tod.

Da erreicht die Eingeschlossenen ein Hilfsangebot aus dem Roten Universum. Doch es sind nicht die exotischen Druuf, die der Erde zur Hilfe eilen wollen, sondern Menschen. Sie haben in diesem anderen Kosmos ein eigenes Sternenreich entwickelt, das Rote Imperium, dessen technische Kultur ebenso fremdartig wie faszinierend ist. Perry Rhodan folgt einer Einladung dorthin. Rasch wird ihm klar, dass die Machthaber dieses Imperiums eigene Pläne verfolgen. Aber welche? Was treibt die Herrscher an? Wofür stehen die Anjumisten wirklich, die gegen das Rote Imperium rebellieren? Welche Rolle spielen die Quantroniken, die mächtigen Denkmaschinen, in diesem Raum-Zeit-Spiel? Und wie soll Rhodan sich entscheiden, wenn ihm das Schicksal einer ganzen Zivilisation in die Hände gelegt wird? Denn mit seiner Entscheidung steht oder fällt die »Zukunftsbastion« ...

Der Autor

Wim Vandemaan, Jahrgang 1959, gehört seit 2007 zum Team der PERRY RHODAN-Serie. Daneben hat er zahlreiche theoretische Beiträge zur Science Fiction veröffentlicht, unter anderem im »Heyne Science Fiction Jahr«. Er lebt mit seiner Familie im postindustriellen Ruhrgebiet.

Der Umschlagillustrator

Oliver Scholl, 1964 in Stuttgart geboren, entwarf bereits als Jugendlicher Risszeichnungen für die PERRY RHODAN-Serie. Inzwischen arbeitet er als Production Designer in Hollywood und war unter anderem für *Independence Day*, *Godzilla* und *Jumper* verantwortlich.

Perry Rhodan

DAS ROTE IMPERIUM

WIM VANDEMAAN

DIE ZUKUNFTS-BASTION

Perry Rhodan » Das rote Imperium
Dritter Roman

Originalausgabe

WILHELM HEYNE VERLAG
MÜNCHEN

FSC
Mix
Produktgruppe aus vorbildlich bewirtschafteten Wäldern und anderen kontrollierten Herkünften
Zert.-Nr. SGS-COC-1940
www.fsc.org
© 1996 Forest Stewardship Council

Verlagsgruppe Random House FSC-DEU-0100
Das für dieses Buch verwendete
FSC-zertifizierte Papier *Holmen Book Cream*
liefert Holmen Paper, Hallstavik, Schweden.

2. Auflage
Originalausgabe 04/09
Redaktion » Hartmut Kasper
Lektorat » Sascha Mamczak

www.heyne.de
Printed in Germany 2009
Umschlagbild » Oliver Scholl
Umschlaggestaltung » Nele Schütz Design, München
Satz » C. Schaber Datentechnik, Wels
Druck und Bindung » GGP Media GmbH, Pößneck

ISBN: 978-3-453-52499-6

»Das Spiel tritt in die entscheidende Phase«, sagte eine Stimme. Sie klang beinahe menschlich, war es aber nicht.

Ein Mensch antwortete:
»Ja. Unser Mann wird sich entscheiden müssen, wer er sein will. Und was.«

Die Maschine klang amüsiert:
»Müssen wir das nicht alle?«

TEIL I ICH

Erstes Buch: Die Suche nach Perry Rhodan

Stimmen vor der Tür

»Guten Morgen, Miss Starwood. Ist Mr Walker schon in seinem Büro?«

Ich kannte diese Stimme vor der Milchglastür zwischen meinem Büro und dem Vorzimmer, und ich mochte sie nicht. Ich wippte auf meinem Stuhl und lauschte gespannt, was Carmen der Stimme antworten würde. Gleichzeitig lauschte ich dem New Yorker Regen, der ans Fenster kratzte wie eine Ratte, die einen Ausweg sucht aus ihrem Laborkäfig.

Tage, an denen ich so früh im Büro saß, waren schlechte Tage. Entweder hatte ich am Vortag bis spät in die Nacht gearbeitet und irgendwann befunden, dass es nicht mehr lohnte, nach Hause in mein Apartment in der 22. Street zu fahren. Oder ich hatte keine Aufträge, brauchte aber so dringend welche, dass ich keinen möglichen Klienten verpassen wollte, und zwar selbst dann nicht, wenn dieser mögliche Klient um sechs Uhr in der Früh hereinschneite.

In diesem Fall lag ich in Lauerstellung, seit sechs Uhr, aber niemand war hereingeschneit, bis Carmen gegen neun Uhr die Tür geöffnet hatte, mit einem Song von Bing Crosby auf den Lippen ins Vorzimmer gekommen war und kurz ihren Kopf durch die Tür gesteckt hatte, um »Hi« zu sagen. Sie benutzte ihren missbilligenden Unterton, wie stets, wenn ich früher im Büro saß als sie.

Ich hatte nicht mitbekommen, was Carmen der Stimme erwidert hatte. Carmen klopfte wie immer nicht an den Holzteil der Tür, sondern mit allen vier Knöcheln an die Milchglasscheibe, obwohl ich sie schon so oft gebeten hatte, das zu unterlassen.

Es klirrte durchdringend.

Ich hasste sie.

Die Milchglasscheibe.

»Ja!«, rief ich.

Da war die Tür schon auf, und Carmen stand dort wie eine Erscheinung, die Augen noch unschuldiger und noch rehbrauner als das unschuldige Rehkitz in diesem Disney-Film, den ich mir mit ihr hatte ansehen müssen. Rehbraune Augen, dazu Wellen von blonden Haaren, die auf die Schulter flossen, und Beine, die wie eine Leuchtreklame für die Erbsünde durch die Gegend stolzierten.

»Mr Walker? Mr Johnny Vale möchte Sie sprechen«, sagte sie mit ihrer Doris-Day-Stimme, und man nahm ihr ab, dass sie wie Doris Day nur mit Rollkragen-Pyjama, Schal und Handschuh zu Bette stieg, nachdem sie mit den Kindern das Nachtgebet gesprochen, das Geschirr gespült und zum Schluss auch noch der Spinne am Garagentor frisches Wasser hingestellt hatte.

Dabei hatte ich sie im Bett schon Dinge sagen hören, die in keinem Doris-Day-Film gesagt werden dürften.

Allerdings hatte sie in solchen Situationen auch weder ihre Doris-Day-Stimme benutzt, noch hatte sie deren Rollkragen-Pyjama am Leib gehabt.

Oder den Schal.

Oder die Handschuhe.

Oder irgendetwas anderes.

»Hallo, Ry«, sagte der fette Johnny Vale, schob sich an Carmen vorbei und ließ sich in den Ohrensessel fallen, der im hinteren Winkel des Büros stand und den ich vor Jahren davor bewahrt hatte, mit anderem Gerümpel den Weg in die ewigen Jagdgründe für Polstermöbel geschickt zu werden.

»Hm«, sagte ich einladend.

Johnny Vale hieß in Wirklichkeit Ioannis Valerossios, war fett wie ein byzantinischer Eunuch und sprach auch mit dessen Stimme: hoch, im Falsett, in einem fremdländischen Singsang. Ich hatte vor ein, zwei Jahren mal einen kleinen Job für ihn erledigt, indem ich einen Mann beschattet hatte, der Johnny angeblich etwas geklaut hatte: eine goldene Uhr, einen wichtigen Fingerring, einen Wischmopp, den Johnny von Mama geerbt hatte und hoch und heilig hielt.

Ich hatte schnell heraus bekommen, dass es in Wirklichkeit nicht um Mutters Wischmopp oder andere Heiligtümer ging, sondern darum, dass Johnny wissen wollte, mit wem der Schönling nun zusammenlebte – nachdem er dem pomadigen Johnny den Laufpass gegeben hatte.

Ich hatte Valerossios ein paar Fotos auf den Tisch geknallt, die den vermeintlichen Moppdieb zusammen mit einem goldlockigen Jüngling zeigten. Unbekleidet und in ziemlich verfänglichen Körperhaltungen. »Hier könnte man meinen, der Knabe würde sich bücken, um dem Räuber die Schuhe zu putzen. Tut er aber nicht. Hier auf dem nächsten Bild …«

Johnny hatte gequält abgewinkt, etwas über die Untreue der Liebenden gefaselt und vom Untergang abendländischer Werte. Dann hatte er die Rechnung beglichen und noch 50 Dollar daraufgelegt.

»Wofür sind die?«, hatte ich gefragt.

»Die sind dafür, dass Sie dem kleinen Arschloch einen kleinen Denkzettel verpassen werden, einen Denkzettel dafür, dass man auf dieser Welt nicht jede Schandtat begehen darf.« Er hatte mich mit seinen Schweinsäuglein angezwinkert. »Jedenfalls nicht ungestraft.« Er hatte noch eine Zwinkerzugabe gegeben.

»Ich soll ihm einen Zettel schreiben?«, fragte ich naiv wie eine altjüngferliche Grundschullehrerin.

»Sie sollen ihm so kräftig in die Eier treten, dass sie für ein paar Wochen so grün und blau leuchten wie katholische Ostereier«, hatte Johnny seinen Auftrag präzisiert. »Und für eine Weile unbrauchbar sind. Sie verstehen?«

»Katholische Ostereier?«, hatte ich laut überlegt und ihm die Fünfzigdollarnote mit den Fingerspitzen zugeschoben. »Tut mit leid, Mr Valerossios, aber in konfessionelle Zwiste mische ich mich grundsätzlich nicht ein.«

Er hatte mit den Achseln gezuckt und den Schein wieder einkassiert.

Etwa eine Woche später hatte ich im Lokalteil der *New York Times* unter »Vermischtes und Vermengtes« oder »Klatsch und Tratsch« eine kurze Notiz gelesen: »Unbekannte überfallen und malträtieren zwei Freunde im Central Park.« Aus den Namenskürzeln konnte ich entnehmen, dass es sich bei den misshandelten Freunden um Johnnys Verflossenen und dessen aktuellen Lover-Boy handeln musste. Wenn man den Klartext aus der blumigen Umschreibung schälte, wusste man, dass die beiden beinahe kastriert worden waren.

Ich überlegte, ob ich den Cops eine kleine, anonyme Notiz zukommen lassen sollte, mit wem sie in diesem Fall einmal plaudern sollten.

Aber erstens wusste ich, dass die Cops Männer, die ein paar Schwulen gezeigt hatten, wo der Hammer hing, nicht mit großer Begeisterung verfolgen würden. Und zweitens wollte ich nicht, dass Johnny irgendwo erzählte, dass es einen privaten Ermittler gab, der seine Kunden an die Cops verpfiff. Solche hässlichen Gerüchte machten fix die Runde und waren zäh wie alte Laster.

Und nun saß dieser Johnny wieder mal in meinem Büro. Meine Freude über das Wiedersehen hielt sich in Grenzen, eng wie ein Nadelöhr.

»Mr Valerossios. Was kann ich für Sie tun?«, fragte ich geschäftsmäßig. Ich griff nach einem Ordner mit verstaubten Akten, blätterte interessiert darin, schaute kurz hoch und widmete mich dann wieder den abgeschlossenen Fällen.

»Mr *Vale*, bitte. Und meine Freunde sagen Johnny zu mir.«

»Das wird dann wohl nur in Selbstgesprächen vorkommen«, witzelte ich.

Valerossios grinste schief und machte: »Ha ha. Ich möchte Sie im Namen einer guten Freundin um einen Gefallen bitten, Ry.« Er zog ein versilbertes Zigarettenetui aus der Tasche, öffnete es, nahm eine Zigarette heraus und hielt sie zwischen Daumen und Zeigefinger vor sich hin. »Ich darf doch rauchen?«, fragte er.

»An ihrer Stelle würde ich das nicht tun«, sagte ich finster.

»Warum nicht?«

»Rauchen schadet der Gesundheit.«

»Oh«, sagte er bekümmert, entzündete dennoch das Hölzchen, hielt es an die Zigarette und wedelte das Feuer aus. Dann zog er an der Zigarette und paffte mit gerundeten Lippen ein kranzförmiges Rauchwölkchen aus.

»Zur Sache«, sagte ich.

»Die Sache ist die: Einer alten Freundin von mir ist ein kleines Familienerbstück abhandengekommen. Wertvoll, aber auch wieder nicht übermäßig wertvoll. Ich will sagen, sein Verlust treibt die Guteste nicht in den finanziellen Bankrott. Ihr geht es auch gar nicht um den materiellen Wert, wissen Sie, es sind eher die Erinnerungen, die sie daran knüpft. Jugenderinnerungen.«

»Erinnerungen an die holde Zeit der Jugend«, riet ich.

»Schöner hätte ich es kaum ausdrücken können«, zeigte sich Valerossios beeindruckt und nahm noch einen Zug. »Leider ist ihr das schöne Stück kürzlich entwendet worden. Dreist und diebisch.«

»Die Arme«, sagte ich. »Ist sie schon zur Polizei gewesen?«

»Ach, die Polizei.« Johnny machte eine unbestimmte Geste. »Die kommt ins Haus, knipst Bilder mit diesem Blitzlicht, das die Gardinen verschießen lässt, stellt alles auf den Kopf und hinterlässt nichts als Unordnung und Pfützen.«

»Pfützen?«

»Schmutz und so, von den Schuhen«, erläuterte Valerossios. »Und alles ohne jedes Ergebnis. Sie wissen ja, wie das ist. Meine Freundin möchte sich so viel Aufregung nicht mehr zumuten. Und ob die Polizei sich in Zeiten wie diesen mit der gebührenden Aufmerksamkeit einem bloßen Diebstahl widmet – wer will es sagen?«

»Ja, wer?«, fragte ich. Ich war schieres Interesse.

»Also hat mich diese alte Freundin gebeten, mich nach einem eher inoffiziellen, aber wirkungsvollen Beistand umzutun. Und da ich bereits einmal von Ihren Fähigkeiten profitieren durfte …«

»Okay«, sagte ich. »Was soll ich Ihnen wieder beschaffen?«

»Nicht mir. Meiner Freundin«, verbesserte Johnny.

Ich schaute ihn fragend an.

Er sagte. »Haben Sie schon einmal von den Gazini-Smaragden gehört?«

Ich pfiff leise durch die Zähne. Die Gazini-Smaragde – davon hatte ich natürlich gehört, und zwar die üblichen Gerüchte, die jedem Schnüffler in New York mal zu Ohren kommen sind: Die Gazini-Smaragde – uralte Steine, geheimnisvolle Herkunft, märchenhaft teuer, so geisterten sie auch durch die Klatschpresse. Es gab kein einziges Foto von ihnen, was natürlich jede noch so verrückte Behauptung über sie glaubwürdig machte. Für mich waren diese Smaragde genauso Phantome wie der Stein der Weisen, Eldorado oder Shambala.

Vor vielen Jahren sollten sie tatsächlich einmal auf einer Auktion in Singapur, Macao oder Hongkong aufgetaucht und von einem unbekannten Bieter zu einem horrenden Preis nach Amerika gekauft worden sein. Name des glücklichen Käufers: unbekannt. Foto oder sonstiger Beleg: Fehlanzeige.

»Ihre Freundin hat die Gazini-Smaragde ersteigert?«, fragte ich.

»Ersteigert? Unfug!«

»Wie auch immer: Ihre Freundin besitzt die Smaragde?«

Valerossios verzog sein Gesicht zu einem Ausdruck tiefsten Bedauerns. »Leider nicht mehr.«

»Und ich soll herausfinden, wer sie gestohlen hat?«

»Oh, wer sie entwendet hat, das wissen wir«, sagte Johnny.

»Wäre es dann nicht eine gute Idee, diesen Jemand an die Cops zu verpetzen?«

»Über die Herrschaften von der Polizei haben wir ja bereits ausführlich diskutiert«, erinnerte mich Johnny. »Nicht, dass wir gar kein Vertrauen in den starken Arm des Gesetzes hätten, aber wir fürchten, dass wir uns nicht ganz auf die Diskretion der zuständigen Stellen verlassen könnten. Irgendwer plaudert immer. Und dann lesen wir anderntags in allen Zeitungen des Landes, wem die Gazini-Smaragde gehören, wo sie demnach verwahrt liegen und so weiter. Meine alte Freundin fände keine Ruhe mehr.«

»Das dauert mich sehr«, sagte ich.

»Na, sehen Sie.«

»Was soll ich also tun?«

»Wir sagen Ihnen, wo Sie die Steine finden können, Sie gehen hin und holen sie. Voilà.«

»Klingt nach einem angenehm schlichten Job.« Ich blickte demonstrativ auf meine Uhr am Handgelenk. »Soll ich die Sache noch vor dem Mittag erledigen, oder genügt Ihnen der frühe Nachmittag?«

»Je früher, desto besser.« Johnny stand auf und kam zu meinem Schreibtisch herüber. Er drückte die Zigarette in meinem Ascher aus. Dann griff er sich in die Innenseite seines Mantels und nestelte eine Brieftasche aus Robbenleder heraus. Sie war schwanger von Geld. Er klappte sie auf, nahm ein Bündel Banknoten hervor und legte es wortlos auf den Tisch.

Ich griff das Bündel und glitt mit dem Daumen daran entlang. Es waren echte Fünfziger, und zwar eine ganze Menge. Von jeder Note blickte mich Präsident Ulysses S. Grant an, offenbar voller Besorgnis.

Johnny betupfte seine Lippen mit einem hauchdünnen Batisttuch »Das sind 2000 Dollar«, sagte er andächtig.

»2000 Dollar«, wiederholte ich. Ich legte das Bündel zurück auf die Tischplatte und schob es in seine Richtung. »Verdächtig viel Geld.«

»Meine Freundin ist nicht arm.«

»Warum kauft sie sich dann nicht einfach neuen Schmuck?«

»Ich sagte doch: die Erinnerung.«

»Und wenn sie den Dieb kennt – warum kauft sie die Smaragde nicht von ihm zurück?«

»Den Dieb kennt sie, wie gesagt. Er heißt Mauloch Smalya. Was einen Rückkauf angeht – da fürchte ich, es geht ihr auch ein wenig ums Prinzip. Sie hat ihren Stolz, die alte Dame. Vielleicht sogar etwas wie einen Dickkopf.« Er zwinkerte mir vertraulich zu, und sofort war mein Widerwille gegen seine Zwinkerei wieder wach.

Ich ließ ihn zwinkern, was das Zeug hielt, und schaute nachdenklich auf das Dollarbündel. Dort lagen die Monatsmieten für ein ganzes Jahr und zusätzlich etliche Kinobesuche mit Carmen, viele gute Abendessen, vielleicht sogar der eine oder andere Seidenslip für sie, den sie dann für mich tragen oder besser noch gleich wieder ausziehen könnte. Ich fragte: »Wo, sagten Sie, kann ich die Steine abholen?«

»Hätte ich diesem schleimigen Typen sagen sollen, dass du nicht da bist?«, fragte Carmen mit kesser Unschuldsmiene. Sie setzte sich auf die Armlehne und fuhr mir mit gespreizten Fingern durchs Haar, als wollte sie mich kämmen. Sie roch nach Aprikose und Zimt, parfümiert mit einem Verdacht von Bourbon.

»Warum hättest du ihn wegschicken sollen? Hast du heute Morgen noch etwas mit mir vor?«

Sie lachte, stand auf, schritt Richtung Tür und zog sich den Rock straff, wobei sie den Hintern schwenkte wie eine Fahne im Triumph.

Ich seufzte und ging zum Fenster. Ich schaute in die Straßenschlucht hinab. Es regnete immer heftiger. Die Regentropfen zerplatzten an der Scheibe wie die Geschosse einer Ameisenartillerie. Schlieren zogen sich kreuz und quer über das Glas, Wasserzeichen, die der Wind im Regen malte.

Unten hupten die Taxis, ohne besonderen Anlass, denn der Verkehr gerann gerade zu dem üblichen vormittäglichen Stau. Wahrscheinlich hatten New Yorker Taxis eine Hup-Automatik, die immer dann auf Sendung ging, wenn der gelbe Wagen länger als eine Zehntelsekunde still stand.

Die schwarzen Regenschirme auf den Bürgersteigen bildeten ein beinahe durchgehendes Dach, doch immerzu verschob sich etwas in diesem Dach, drängte ein Schirm andere zur Seite, wie die Teile eines endlosen schwarzen Puzzles, das sich selbst zu legen versuchte.

Hier und da sah ich eine massige Figur aus dem Schirmdach auftauchen, einen Hünen, der sich mit langsamer Wucht und unaufhaltsam seinen Weg durch die Menge bahnte.

Hier und da, sagte ich, aber alles in allem nicht gerade selten. Eigentlich sogar häufiger, als man hätte denken sollen.

Andererseits – wer wusste schon, wie viele dieser Kolosse in New York lebten? Oder in den USA? Mir kam zu Bewusstsein, dass ich überhaupt eigenartig wenig über sie wusste. Seit wann waren sie beispielsweise in der Stadt? Woher waren sie gekommen?

In der Schule hatte ich so gut wie nichts über sie gelernt. Sie waren nie Thema, weder in Geschichte noch im Sachkundeunterricht. Allenfalls riss man auf dem Schulhof ein paar Witze über sie, so wie man Witze über die Krauts, die Iren, die Spaghettis oder die Juden riss – das unbedachte, leere Geschwätz der Erwachsenen nachplappernd.

Aber selbstverständlich waren sie etwas ganz anderes als die Juden, die Iren, die Itaker, die Japsen oder die Deutschen. Ich runzelte die Stirn.

Waren nicht zwei oder drei sogar auf unserer Schule gewesen? Aber nie hatte ich oder hatte einer von unserer Schulhofbande mit ihnen gesprochen. In den Pausen standen sie in einer Gruppe auf dem Hof, eng beieinander, schweigend.

Wie ein Monument ihrer selbst. Stumme schwarze Hünen. Augen, die nie fixierten, die man nicht fixieren konnte.

»Ich hoffe, du träumst gerade von mir«, hörte ich Carmen, ganz nah, ihr Atem an meiner Wange.

»Ich träume gar nicht, und wenn, dann bestimmt nicht von einem Luder wie dir. In meinen Träumen hast du Hausverbot«, teilte ich ihr streng mit. Sie lachte ihr knisterndes, zuckersüßes Popcornlachen. Ich sah sie an. »Ich frage mich gerade: Seit wann sind eigentlich die Druuf in der Stadt?«

»Die Druuf?«, fragte sie verblüfft. »Was weiß ich? Wen interessiert das? Sie kommen vom Mars oder so. Ist doch auch egal. Sie sind da, und damit gut.«

Ich zuckte mit den Achseln. »Ja. Sie sind hier. Aber wieso soll das *gut* sein?«

»Was kümmern dich die Druuf? Du hast doch einen neuen Auftrag. Leg deine schimmernde Rüstung an, mein

Ritter, und zieh hinaus in die Welt. Wenn du den Schatz gefunden hast, komm heim und leg ihn mir zu Füßen.«

»Dir zu Füßen?« Ich schaute auf ihre Füße, die in lebensgefährlich abschüssigen Highheels steckten, wie Skispringer auf der Schanze kurz vor dem Absprung ins Spektakuläre.

»Nun«, sagte sie, »wenn dir dein Schatz zu gut für meine Füße ist, werden wir schon einen verschwiegenen Platz finden, wo du ihn deponieren darfst.«

Sie flüsterte mir ihren bevorzugten geheimen Ort ins Ohr. Ich lachte.

»Außerdem«, sagte sie, »wenn du etwas über die Druuf wissen willst, frag doch deinen Druuf-Freund, Pauke.«

»Er heißt nicht Pauke, sondern Paomg«, verbesserte ich. »Er ist nicht unbedingt mein Freund.«

»Was auch immer er ist, Darling«, sagte sie und kam meinen Lippen auf Zungenlänge nah. »Was auch immer er ist.«

Noch näher.

Dann war sie da.

Im Telefonbuch waren die Smalyas nicht verzeichnet. Nicht, dass ich vorgehabt hatte, mich anzumelden. Aber bevor ich einen Gang unternahm, schaute ich gerne nach, wohin dieser mich führen würde.

Ich bat Carmen, etwas zu recherchieren. Sie kam am frühen Nachmittag aus dem Zeitungsarchiv der New Yorker City Bibliothek zurück.

»Dein Mr Smalya scheut die Öffentlichkeit«, sagte Carmen, als sie mir den Pappumschlag zuschob. Ich nahm den Umschlag und öffnete ihn. Drei oder vier Blatt darin, schlechte Kopien von schlechtem Zeitungspapier.

Während ich Blatt für Blatt in die Hand nahm und durchlas, packte Carmen das Mittagessen aus der braunen Tüte. Sie hatte uns etwas von *Wan Chang's* mitgebracht, meinem Lieblingschinesen. Wan Chang und sein Garten der Gaumenfreude stand bei den städtischen Behörden nicht im besten Ruf, wenn es um Küchenhygiene ging. Es stimmte, in Changs Küche liefen ab und an Schaben über den Tisch, aufdringlich wie methodistische Missionare. Doch das waren Insekten, die Changs kleiner Bruder Joye dressiert hatte, ein etwas dumpfes Bürschchen, das aber auf Insekten eine geradezu magische Macht ausübte.

Übrigens hatte Chang früher einmal tatsächlich einige Schaben kulinarisch verarbeitet. Sie sollen nicht einmal übel geschmeckt haben, nussig. Mit Rücksicht auf Joye, der über dem Spezialgericht in einen Schreikrampf ausgebrochen war, verkniff sich Chang seit einiger Zeit solche Ausflüge in die eher exotischen Bereiche des Nahrhaften.

Der Duft von scharfer Sojasauce breitete sich in meinem Büro aus und nach knusprig gebratener Ente. Carmen schob mir mit den Stäbchen ein Stück in den Mund. Es war köstlich: viel knusprige Haut, wenig Fett.

Wie es schien, gehörten die Smalyas zu den ältesten Familien von New York. Aber anders als die Vanderbilts, die Drexels, die Whitneys oder die Rockefellers traten sie fast nie öffentlich in Erscheinung. Bei Galadiners tauchten sie zwar auf der Liste der edlen Spender auf, und ihre Spenden sollten nicht unbeträchtlich sein, aber sie erreichten nicht die astronomischen Höhen der Gaben von Neureichen.

»Nun?«, fragte Carmen.

»Wenn man das hier liest und vergleicht«, sagte ich, »könnte man den Eindruck gewinnen, die Smalyas gehörten nicht nur zu den ältesten Familien der Stadt, sondern sie wären schon hier gewesen, bevor Manhattan den Indianern abgekauft worden war. Bevor die Indianer ihre Mokassins auf die Felsen setzten.«

»Du meinst: eine Art Ur-Ureinwohner?«, fragte Carmen. Sie grinste mich spitzbübisch an. Spitzbübisch. Vielsagend. Aufgeregt.

»Na komm schon!«, sagte ich. »Was hast du noch in der Hinterhand?«

»Was krieg ich dafür?«

»Das, was du verdienst.«

Sie seufzte ergeben. Dann fuhr sie sich mit der Hand unter den Rock und zog einen kleinen Umschlag aus ihrem Slip. Sie wedelte damit in der Luft und sagte: »Den habe ich nur bekommen, weil der Junge im Archiv ihn mir genau dorthin stecken durfte.«

»Aha«, sagte ich, griff danach, erwischte den Umschlag und zupfte ihn aus Carmens Hand.

Ich studierte das Bild darin. Es war die Art Gruppenaufnahme, die man zum Abschluss der Highschool machen lässt. Ein Haufen unverschämt junger Leute, die eroberungslustig in die Zukunft schauen. Mit einem Kugelschreiber war ein Pfeil auf eine der Personen gezeichnet. Am anderen Ende des Pfeils stand die handschriftliche Notiz: »Mauloch Smalya.«

Das Bild war nicht sehr scharf, grobkörnig, und die Kopie hatte nicht unbedingt weitere Feinheiten aus der Vorlage herausgearbeitet.

Aber das Bild war doch deutlich genug.

Eine Brille, die aus einem breiten, durchgehenden Glas bestand, verdeckte die Augenpartie seines unnatürlich schmalen, wie zusammengedrückt wirkenden Kopfes. Die Arme, die Mauloch Smalya vor der Brust verschränkt hielt, teilten sich knapp unterhalb des Ellenbogens in je zwei Gliedmaßen. Die zwei oberen Hände – sehr schmal, sehr langgliedrig – lagen gut sichtbar da, die zwei unteren dagegen steckten in dezenten schwarzen Handschuhen, die das zusätzliche Händepaar wohl unsichtbar machen sollten.

Carmen löffelte etwas von der Haifischflossensuppe und sagte: »Dein Mr Smalya ist ein verdammter Außerirdischer.«

Es regnete immer noch, als ich aus dem Haus trat. Regen füllte die Gossen und spritzte kniehoch vom Pflaster. Große Bullen in Ölhäuten, die wie Pistolenläufe glänzten, schleppten zu ihrem größten Vergnügen kichernde Mädchen über breite Lachen.

Ich zog den Hut etwas tiefer in die Stirn, bis ich am Wagen war. Ich fischte den Schlüssel aus der Manteltasche. Alles, was Beine hatte, war in Eile. Nur direkt am Bordstein sprangen drei Mädchen Seil, triefnass, ihre Kleider waren vom Regen fast durchsichtig. Sie waren ernsthaft bei der Sache.

Mein Pontiac Chieftain hatte bessere Tage gesehen. Aber für wen galt das nicht? Der Lack war etwas matt geworden, die Chromteile hatte ich lange nicht mehr poliert, doch die lebenswichtigen Teile – die Reifen, den Motor, die Bremsen – hielt ich in Schuss.

Ich schloss auf, stieg ein und ckokte den Wagen wach. Die Mädchen neben mir hüpften unverdrossen. Ich fuhr los. Der Regen trommelte schwer aufs Wagendach.

Mein Büro lag im neunten Stock eines Hauses in Murray Hill, Ecke East 3. Avenue und East 37th Street. Links und rechts armenische Läden: armenische Lebensmittel, armenische Zeitungen und Bücher, armenische Schachfiguren, Boxhandschuhe, Klarinetten aus Aprikosenholz.

Ich fuhr nur wenige Blocks. Paomgs Kneipe hieß *O'Shenandoah's*, was ungefähr so treffend war, als würde man eine Pizzeria *Teestube Josip Stalin* nennen oder *Waffelhaus Zum alten Fritz*.

Ich trat ein.

Braunes Licht sickerte in den Schankraum. Das nackte Linoleum, das den Boden bedeckte, war beinahe trocken. Nur zwei Typen hatten ihre nassen Schuhabdrücke hinterlassen, sie hingen an der Bar herum, weit genug von einander entfernt, um zu zeigen, dass sie nichts miteinander zu tun hatten. Beide nuckelten an einem Bier.

Ich stellte mich ans kurze Eck der Theke und rutschte auf den Hocker. Paomg polierte ein Glas, was offenbar seine ganze Aufmerksamkeit in Anspruch nahm. Ich warf einen Blick in den langen Spiegel an der Wand und betrachtete Paomgs Rückseite. Er trug eine schwarze Hose mit roten Hosenträgern, ein weißes Hemd. Sein Kopf war rund und schwarz wie eine Bowlingkugel für Riesen, und er war selbst ein Titan: fast drei Meter groß. Im Spiegel sah ich sein zweites Augenpaar, das über die Schläfen hinaus nach hinten gerückt war, und er sah, dass ich es sah.

Er zwinkerte mir mit einem der Schläfenaugen zu. »Momentchen noch, Kumpel«, grollte er.

»Keine Eile.« Ich schob den Hut in den Nacken. Ein paar Wassertropfen rannen mir in den Kragen.

Oben in der Ecke hing ein altes Fernsehgerät. Das Bild war schwarz-weiß. Im Augenblick lief eine Werbung. Ich erfuhr, dass der Doktor empfahl, Phillip Morris zu rauchen; der Playtex Wonderbra sagte »Hallo, Jungens«, und Dr Pepper fragte mich, was das Schlimmste wäre, was passieren konnte.

Na, darauf hätte ich so einiges zu sagen gewusst.

Anschließend lief ein Interview mit Präsident Kennedy, der immer noch abstritt, eine dritte Amtszeit anzustreben. Dieser sexsüchtige Heuchler. Ich hatte die Biografie von Seymour Hersh über ihn und seinen Clan gelesen und wusste Bescheid. Der Kameramann gab sich alle Mühe, die beginnende Schüttellähmung auszublenden, von der sowieso alle Welt wusste.

Auf der Theke lagen einige Zeitungen, der *New Yorker*, die *New York Times* und eine alte Ausgabe der deutschsprachigen *New-Yorker Staats-Zeitung*. Ich blätterte darin und wunderte mich, dass ich den Artikel über das neue Luftschiff, das die Deutschen gebaut hatten, ohne große Mühe lesen und verstehen konnte.

Als das Momentchen um war, von dem Paomg geredet hatte, kam der Druuf auf seinen Säulenbeinen herüber. Wie immer setzte er seine Elefantenfüße überraschend sanft und lautlos auf, beinahe tänzelnd. »Ry«, sagte er und kniff die vorderen Augen zusammen. »Long time no see, kemosabe.«

Ich nickte.

»Hab dich nicht gleich erkannt«, entschuldigte er sich. »Wird wohl Zeit für eine Brille.« Er wies auf seine zwei Augenpaare. »Und ich brauche gleich zwei davon! Mein Optiker badet in Geld.«

»Man wird nicht jünger«, klärte ich ihn auf. »Gib mir einen Doppelten.«

Einer der beiden Gäste warf ein paar Münzen auf die Theke und zog los. Ich bekam mein Glas und nippte daran. Der zweite Gast fragte nach der Toilette. Paomg wedelte mit dem karierten Trockentuch in die entsprechende Richtung und nahm die Arbeit am Glas wieder auf.

Wir waren allein.

»Wie läuft der Laden?«, fragte ich ihn.

Er wies mit einer Hand in den leeren Schankraum. »Könnte nicht besser sein«, meinte er.

Ich sah mich um. Wirklich keine Menschenseele. »Ist ja noch früh am Tag«, tröstete ich ihn.

»Ist die Rezession«, sagte Paomg. »Und bei dir? Was macht Peggy? Was macht die Arbeit?«

»Peggy?«, fragte ich erstaunt. »War ich so lange nicht mehr hier? Peggy ist durchgebrannt. Mit einem Staubsaugervertreter.«

»Der Klassiker«, sagte Paomg.

»Und die Arbeit – na ja, da ist dieser neue Auftrag.«

»Aha«, sagte Paomg. Er hielt das Glas ans schummerige Licht. Er grummelte etwas und stellte es zu der Kameradschaft leerer Gläser ins Regal. »Ein lohnender Auftrag?«

»Kann man sagen.« Ich griff in meine Tasche und holte das kopierte Zeitungsbild hervor, das Carmen mir beschafft hatte. »Kennst du den?«

Paomg studierte das Portrait. »Der, auf den der Pfeil zeigt? Nein. Keinen Schimmer.«

»Er heißt Mauloch Smalya.«

»Interessant«, sagte Paomg und drehte ab, um neue Gläser aus dem Spülbecken zu fischen.

»Er ist kein Mensch«, sagte ich.

»Das bin ich auch nicht.«

»Nein. Du bist ein Druuf und kommst vom Mars«, sagte ich.

»Die Menschen nennen uns Druuf«, sagte Paomg. »Wir nennen uns Alles Insgesamt Gemeinsam.«

»Nett«, sagte ich. »Klingt kollegial.«

»Und wir kommen eigentlich nicht vom Mars.«

»Sondern?«

»Warum interessierst du dich auf einmal für uns? Niemand interessiert sich für uns. Nicht einmal die Armenier.«

»Ich bin eben ein Fan«, sagte ich, hob das Glas und prostete ihm zu.

Paomg lachte. Es klang wie ein Nilpferd mit chronischer Bronchitis. »Wir haben nicht gerade viele Fans.«

»Seit wann seid ihr eigentlich in New York?«

»Bist du unter die Historiker gegangen? Es gibt immer wieder Ärger mit der Ausschanklizenz. Die Steuerbehörde sitzt mir im Nacken. Ich habe genug mit der Gegenwart zu tun. Da kann ich mich nicht auch noch um die Vergangenheit kümmern.«

Ich klopfte mit dem Knöchel des Zeigefingers auf das Bild von Mauloch. »Das ist kein Mensch, aber auch kein Druuf. Weißt du, wie man diese Typen nennt?«

Unwillig nahm Paomg das Bild in seine Finger. »Schlecht belichtet. Schlechte Qualität. Schlechtes Bild.«

»Also?«

»Schmaler, seitlich abgeflachter Schädel, gegabelte Unterarme – ich würde sagen: ein Houhhom. Aber leg mich nicht fest darauf.«

Ich nippte. Für einen kurzsichtigen alten Druuf hatte er es noch ziemlich drauf. »Kann er irgendetwas Besonderes? Etwas, das ich besser wissen sollte, bevor ich mit ihm – sagen wir mal: eine Runde Billard spiele?«

»Hm«, sagte Paomg. »Seit wann spielst du Billard?«

»Das war eine Metapher«, sagte ich klugscheißerisch. »Ein bildlicher Vergleich. Ich meine: Kann er Gedanken lesen? Kann er fliegen, kann er sich unsichtbar machen oder etwas in der Art?«

»Wieso sollten Houhhom das können?«

»Weiß ich nicht. Vielleicht ein Fernkurs?«

Ich schob Paomg einen Schein hin, zehn Mal mehr, als der Drink kosten dürfte. »Stimmt so.«

»Sie sollen ein Faible für Zauberkunststückchen haben«, sagte Paomg abwesend.

»Zauberkunststückchen? So was wie: zersägte Jungfrau, Hasen aus dem Hut pflücken und so?«

»Und so«, bestätigte Paomg.

Ich war fast schon an der Tür, da rief er mir nach: »Übrigens: Wenn du dich tatsächlich dafür interessierst, wo wir herkommen: Warst du mal auf dem alten Raumhafen?«

»Nein«, sagte ich. Ich wusste natürlich von dem Hafen, den man östlich von Brooklyn in der Jamaica Bay angelegt hatte, dort, wo früher Pumpkin Patch und Duck Point Marches gewesen waren, Yellow Bar Hassock und Ruffle Bar. Als Kind musste ich einmal da gewesen sein, denn ich erinnerte mich, wie dort das Leben getobt hatte: Flutwellen von Fischen hatten sich in silbernen Bächen an den Docks und in den Lagerhallen ergossen. In der Venice Marina hatten jede Menge Fischerboote gelegen, es hatte von Sheepshead Bay bis Rosedale Wellblechhütten, Kühlhäuser und Läden gegeben.

Aber dann war der große Umbau *für die Zukunft von New York* gekommen, die Aufschüttung und Trockenlegung, und seit Längerem war das ganze Gelände nun militärisches Sperrgebiet, und ich hatte keine Lust, mich auch noch mit den Jungens von der AIA, der Air Force Intelligence Agency, anzulegen. Hin und wieder das FBI am Hals zu haben genügte mir vollauf.

Draußen regnete es immer noch. Als ich in den Wagen stieg und losfuhr, sah ich im Rückspiegel einen grauen Buick Roadmaster aus der Reihe geparkter Schlitten auf die Straße schaukeln.

Ich fuhr ein bisschen herum, um zu sehen, was der Buick machte. Er war ganz gut, hielt sich immer ein, zwei Wagen hinter mir.

Ich suchte mir eine Parklücke vor einem Café und setzte hinein. Der Buick glitt an mir vorbei. Ich legte grüßend Zeige- und Mittelfinger an die Hutkrempe, konnte aber nicht in den Wagen blicken. Die Scheiben waren von Regentropfen marmoriert.

Ich stieg aus. Das ausziehbare Vordach vor dem Café bog sich in der Mitte durch, schwer von Regen. Darunter sprangen drei Mädchen Seil.

Ich ging hinein, setzte mich an einen freien Tisch und bestellte Rührei mit Speck bei der Bedienung, die mich anstrahlte wie Pollyanna in ihren besten Tagen. Obwohl dieses Mädel hier ihre besten Tage schon etliche Monde hinter sich hatte.

»Schöner Tag, Sir«, behauptete sie, als sie mir den Teller hinstellte.

Ich schaute verblüfft durch das große Fenster. Der Regen hielt sich tapfer. »Es regnet«, teilte ich ihr mit.

»Oh, Regen macht mich immer froh«, sagte Sonnenschein. »Ich stamme aus Dakota. Da ist man um Regen zur rechten Zeit immer froh.«

»Dakota? South oder North?«, fragte ich höflichkeitshalber.

»South«, sagte sie und zwinkerte mir ebenso vergnügt wie verschwörerisch zu.

»Toll«, sagte ich und nickte begeistert. Ein paar Tische weiter rief irgendwer »Bedienung«, und sie machte sich auf den Weg. Ich atmete auf.

Ich ging zur Theke und fragte, ob ich telefonieren könnte. Ich rief Carmen an.

Sie hatte den Wohnort von Mauloch Smalya herausgefunden. Er wohnte bei Tarrytown nördlich von New York City. »Außerdem hat jemand für dich angerufen, Ry. Eine Lady.«

»Schön«, sagte ich.

»Ob sie schön ist, weiß ich nicht«, sagte sie schnippisch. »Sie hat einen Auftrag für dich. Sie kommt gegen 11.30 Uhr vorbei. Das Geschäft blüht, was?«

Ich blickte auf die Uhr. Es war kurz vor elf Uhr. Eine halbe Stunde wäre kein allzu großer Verlust. Es war immer gut, einen zweiten Job in der Hinterhand zu halten, falls der erste im Sande verlief.

Ich fuhr zurück, von dem Buick aufs Unauffälligste eskortiert.

Ich küsste Carmen auf die Stirn und ging in mein Büro. Ich setzte mich, kippelte ein wenig mit dem Stuhl und hielt mich fit mit Füßebaumeln.

Die Frau war pünktlich, hochgewachsen und von so schlanker Statur, dass sie eben noch als schlank durchging und nicht als hager. Ihre Haare waren dunkelblond, ihre Augen graublau. Ihr Gesicht war apart, anziehend, und zutiefst erschrocken.

»Bitte«, sagte ich und wies auf den Kleiderständer. Sie hängte den triefenden Mantel darüber und setzte ihm ihren Hut auf. Dann setzte sie sich, legte ihre Handtasche in den Schoß und kreuzte ihre Hände darüber, als ob sie die Tasche vor Dieben schützen müsste.«

»Was kann ich für Sie tun?«

Die Tür öffnete sich, Carmen trat ein und fragte mit einem Lächeln süß wie Zyankali, ob wir einen Kaffee wollten. Ich schaute die Frau fragend an. Sie schüttelte den Kopf und schenkte Carmen ein abwesendes Lächeln.

Carmen zog die Tür hinter sich ins Schloss.

»Mein Name ist Deborah Rhodan«, stellte sie sich vor.

Gleich würde sie sagen: *Meine Freunde nennen mich Debbie.* Wie es alle Frauen sagten, die Deborah hießen.

»Ich möchte, dass Sie meinen Bruder finden.«

»Warum?«, fragte ich.

Sie sah mich erstaunt an. »Weil er verschwunden ist.«

Ich nahm einen Notizblock, blätterte auf eine freie Seite und griff einen Stift vom Tisch. »Wie heißt Ihr Bruder, und wie alt ist er?«

»Er heißt Perry«, sagte sie. »Er wurde am 8. Juni 1936 geboren. In Manchester.«

»08 06 1936. Okay. Manchester, England?«

»Manchester, Connecticut.«

»Was genau meinen Sie mit: ›verschwunden‹?«

»Das, was das Wort damit meint: Er ist nicht mehr da. Keine Spur von ihm. Er ruft nicht an, schreibt nicht – nichts.«

»Ma'am«, sagte ich und legte den Block zurück auf den Schreibtisch. »Ihr Bruder ist 1936 geboren. Er ist jetzt schon groß. Er kann Auto fahren. Er kann reisen. Er kann eine Frau kennengelernt haben. Sie sind seine Schwester, und sie sind sicher ganz entzückend, und sie können es sich vielleicht nicht vorstellen, dass Ihr Bruder … Aber wissen Sie, Männer …« Ich hob erläuternd die Hände und spreizte alle Finger.

»Mein Bruder würde so etwas nicht tun«, sagte sie.

»So etwas?«, echote ich und musste mich zurückhalten, um nicht zu fragen: *Wieso sollte er* so etwas *nicht tun? Ist er ein Wallach? Ein Neutrum?*

»Er würde nie gehen, ohne sich von mir zu verabschieden«, sagte Deborah Rhodan. »So endgültig gehen. So spurlos.«

Ich seufzte. »Haben Sie ein Foto von ihm?«

Sie nickte eifrig, öffnete ihre Handtasche und zog eine Fotografie hervor. Ich betrachtete das Bild. Es war ein Polaroidbild, alles andere als gut gelungen. Immerhin konnte ich erkennen, dass ihr Bruder schlank war, hager, fast noch jugendlich schlaksig. Sein Gesicht kam mir vage bekannt vor, ein Allerweltsgesicht wie aus einer Werbung für billiges Rasierwasser. Es wirkte auf mich wie verwackelt oder retuschiert.

Merkwürdig. Normalerweise bringen Leute, die mich auf die Suche nach vermissten Familienangehörigen schicken, die besten Fotografien mit, die sie von ihren Verwandten haben. Ich notierte mir: *Warum ein Polaroid?*

Der Mann steckte in einer Air-Force-Uniform. Die Jacke und die Krawatte tiefblau, das Hemd hellblau. Auf der Schulterkappe ein goldenes Blatt. Die Farben wirkten im Umfeld der überwiegend blaustichigen Töne des Bildes unecht, als hätte jemand diese Bildabschnitte liebevoll handkoloriert. »Er ist Major?«, tippte ich.

»Ja.«

»Er sieht nicht gerade aus wie ein Krieger, oder?«

Sie lächelte. »Täuschen Sie sich nicht. Er kann ziemlich zäh sein. Und hartnäckig. Er ist auch Wissenschaftler.«

»So?«

»Kernphysiker.«

»Kernphysik? Atome und so.« Ich ahmte mit dem Zeigefinger das Kreisen der Elektronen um einen Atomkern nach.

»Ja. Und so.«

»Also auch noch ein schlaues Kerlchen.« Ich hasste ihn jetzt schon. Wahrscheinlich standen die Frauen bei ihm Schlange. Sexbomben mit Atombusen. Er als Atomphysiker würde sich damit bestens auskennen.

»Finden Sie ihn für mich. Sie müssen ihn finden.«

»Wie lange ist Ihr Bruder schon verschwunden?«

»Beinahe ein Jahr. Das ist doch eine lange Zeit, oder?« Sie sah mir direkt in die Augen.

»Scheußlich lang«, gab ich ihr recht. »Wie kommen Sie darauf, dass er in New York sein könnte?«

»Als wir das letzte Mal telefonierten, deutete er so etwas an.«

»Nämlich?« Ich griff wieder nach dem Notizblock.

»Dass er etwas sehr, sehr Wichtiges, über das er nicht offen reden könne, hier zu tun habe: in New York, auf dem alten Raumhafen ...«

Ich glaube, von diesem Moment an hatte sie mich. Ich nannte ihr meinen Tagessatz, erklärte, dass meine Spesen auf ihre Rechnung gingen und dass ich noch einen anderen Fall zu erledigen hätte, bevor ich mich vordringlich um Perry-Schatz kümmern könnte.

Sie akzeptierte.

Ich hielt ihr die Tür auf. Carmen manikürte gerade ihre Fingernägel. Im Radio sang Frank Sinatra schläfrig ein Liebeslied.

»Nun?«, fragte Carmen, nachdem Deborah Rhodan gegangen war.

»Nun: was?«

»Nun – hast du einen zweiten Auftrag? Die Lady machte einen etwas überkandidelten Eindruck, fandest du nicht?«

»Nein.«

»Hat sie dir schöne Augen gemacht?«

»Nein.«

»Und der Job, den du für sie erledigen sollst?«

»Ich soll den Bruder der Lady finden.«

»Ach. Er ist demnach verloren gegangen, der Herr Bruder?«

»Ja. Futsch und weg.«

»Zahlt die Lady bar oder in Naturalien?«

»Du hast eine schmutzige Fantasie«, sagte ich anerkennend und zog mir einen trockenen Mantel über. Ich hielt im Büro einige Mäntel in Reserve, nebst verschiedenen Hüten, dunklen Brillen, Regenschirmen, Stöcken und sogar einigen künstlichen Bärten.

Frankie-Boy bat im Radio eben mit weinerlicher Stimme: »Wait till our lips have met. Wait till you see that sunshine day. You ain't seen nothin' yet. The best is yet to come.«

Carmen knurrte misstrauisch, aber Frankie im Radio blieb dabei: »The best is yet to come.«

»Wie wahr, wie wahr«, sagte Carmen, klang jedoch immer noch nicht überzeugt.

Wir hatten uns Sinatra mal im Paramount Theatre angesehen. Die Mädels im Saal waren hin und weg gewesen. Ich hatte mich nach einer Weile auf die Toilette verabschiedet und ein bisschen was aus dem Flachmann gezischt, den ich für solche Notfälle bei mir hatte.

»Hast du deine Wumme eingesteckt?«, fragte Carmen.

Ich klopfte auf das Holster mit der PPK darin. »Alles an Bord. Ich mach dann mal los«, sagte ich, winkte Carmen mit dem Hut und setzte ihn auf. »Tarrytown, sagtest du?«

Sie wiederholte die genaue Adresse.

Sakister Liebchen: Wo ist Perry Rhodan?

»Eine letzte Frage noch, Sakister«, sagte Sergeant Pendergast, der schrille Moderator von Café Gnadenschuss.

Aus lauter Freude, dass ich mich nicht etwa via Schaumbild zugeschaltet, sondern leibhaftig ins Studio begeben habe, hat sich der Moderator beinahe eingenässt, dachte Sakister Liebchen, die Stimme des Roten Imperiums.

Sakister war einer der vier Repräsentationsfiguren dieses Staates. Die vier gaben dem Imperium ein beständiges Gesicht, während das regierende Triumvirat sich nur zu besonderen Ereignissen an die Öffentlichkeit wandte. Bavo Velines ließ sich als Generalgouverneur noch am häufigsten sehen; Johari Ifamas Auftritte besaßen Seltenheitswert; Jaakko Patollo lebte seit Jahrzehnten völlig zurückgezogen und trat nicht einmal den periodisch auftretenden Gerüchten entgegen, die von dem Tod des Ersten

Wissenschaftlers und Geheimdienstchefs des Imperiums wissen wollten.

Die Sakisters dagegen waren tagtäglich präsent:

Sakister, die Stimme, sprach für die Regierung; Loisa Liebchen, das Herz, beschäftigte mit ihren Amouren immer noch die Boulevardpresse, obwohl sie den Glücksmond seit Jahren kaum mehr verlassen hatte. Sie betreute etliche Wohlfahrtsorganisationen, darunter die quasi regierungsamtliche Agentur für Kriegswaisen, die sich um Kinder kümmerte, die im Zuge von militärischen Auseinandersetzungen in den Randzonen des Roten Imperiums ihre Eltern oder ihre ganze Familie verloren hatten.

Emredd Liebchen, das Ohr, dem die Bürger all ihre Sorgen anvertrauen konnten.

Monastar Liebchen, der *Mund* des Roten Imperiums, die sie alle versorgte wie eine Mutter ihre Kinder.

Der populärste der Vierlinge aber war und blieb Sakister, die Stimme.

Sergeant Pendergast blickte Sakister erwartungsfroh an.

»Eine letzte Frage?«, wiederholte Sakister mit sonorer Stimme, formte mit dem Zeigefinger eine Pistole und legte auf Sergeant Pendergast an: »Frag!«

»Es geht um unseren Gast aus dem Einstein-Universum, den hoch verehrten Perry Rhodan. Wo ist er? Wo hält er sich auf? Ist er bereits zurückgekehrt ins legendäre Solsystem? Oder auf Tournee durchs Rote Imperium? Vielleicht auf Paradise Revisited im Drei-Sonnen-System?« Er schnalzte genießerisch mit der Zunge und schaute in die Aufnahmefelder: »Paradise Revisited – das Beste, was das Rote Imperium zu bieten hat.«

Die Regie blendete Bilder von zuckerweißen Stränden am Türkismeer ein, Ukulelen zwitscherten, weiße Tauben trugen Schalen voller Honig und Sanftpfeffer herbei.

Sakister lachte übermütig. »Aber nein«, sagte er.

»Also?«

Sakister Liebchen beugte sich in seiner Sitzschale nach vorne, verschränkte die Hände und schaute ernst ins Aufnahmefeld. »Es mag sein, dass viele von uns eine falsche Vorstellung von diesem Mann Perry Rhodan haben. Er ist ein genialer politischer Führer, keine Frage, und da steht er Bavo Velines in nichts nach. Aber er ist mehr als nur ein Regierungschef. Er hat in unzähligen Schlachten die Raumflotten der Menschheit selbst befehligt, er stand immer wieder in der ersten Reihe, wenn es um alles ging. Er ist ein Krieger. Und – ohne die Lage im Roten Imperium dramatisieren zu wollen – ein Krieger ist genau das, was wir hier und heute brauchen.«

»Rhodan ist also ...?«, fragte Sergeant Pendergast.

»Dort, wo er sich für uns und für das Rote Imperium am nützlichsten machen kann: an der Front.«

Dami trat in Tibors Zimmer. Der Junge hörte sie nicht. Er saß mit übereinandergeschlagenen Beinen in einem Schwebefeld und malte mit dem Zeigefinger in die Luft. Der Lichtmarker folgte seiner Fingerspur.

Sie räusperte sich leise, um ihn nicht zu erschrecken. »Was tust du?«

Er sah sich nicht um. »Ich schreibe.«

Sie lachte leise. »Mit dem Finger?«

»Ja.«

»Warum? Hat Bence dir das beigebracht?« Tibors Vater war über 60, hatte aber immer noch Flausen im Kopf.

»Nein. Ich habe Pur-Patz gefragt.«

Dami hatte nicht gewusst, dass der robotische Erziehungsassistent über solche ulkigen Programme verfügte. *Handschreiben!* Sie seufzte. »Und was willst du schreiben?«

»Was schon. Wie schön es im Imperium ist. Dass ich Rhodan sehen will.«

Sie schüttelte ärgerlich den Kopf. Rhodan. Sie verachtete dieses Rhodan-Spektakel. Bence, der für die Regierung arbeitete, bezweifelte sogar, dass es der echte Rhodan war. Und falls er es doch war – wo steckte er dann? Wahrscheinlich hatte er sich längst verpisst, zurück in sein eigenes Universum.

Dami ging in den Leberaum und legte sich in die Meditationskuhle. Sie schnippte den Projektor an.

Loisa Liebchen erschien im Schaumbild und lächelte Dami entgegen wie eine beste Freundin. »Hi«, sagte sie und warf ihre flachsblonden Zöpfe. Sie raffte die schwarzen Stulpen bis über die Ellenbogen, zog zwei Krummsäbel aus der Scheide und schärfte sie aneinander. Dann fragte sie: »Bist du glücklich?«

Dami atmete tief ein, dachte an Tibor, an Bence, dachte an ihr Wohnhaus in Tomcho Spectorsky Village, dem schönsten Stadtteil von Leyden City, und sagte: »Ja.«

Mr Smalya und die Gazini-Smaragde

Mein Pontiac Chieftain stand frisch und unternehmungslustig da. Ich stieg ein, startete und fädelte mich in den mittlerweile ziemlich dichten Verkehr ein. Den grauen Buick sah ich nicht. Entweder hatte sein Fahrer die Mittagspause eingeläutet oder in der kurzen Zeit beträchtlich dazugelernt.

Ich machte, dass ich auf den Franklin D. Roosevelt Drive kam, hielt mich nördlich, fuhr rüber auf die Interstate 87 Richtung Yonkers. Die Strecke zog sich. Bei Glenville, kurz vor der Tappan Zee Bridge, fuhr ich ab nach Tarrytown. Ich hatte 53 Meilen auf dem Zähler und dafür fast satte zwei Stunden gebraucht. New York, New York.

Es brauchte einiges Hin und Her, bis ich richtig war. Fragen wollte ich nicht, also musste ich mich an Straßenkarten orientieren. Es hatte ein wenig aufgeklart, sodass ich wenigstens die Straßennamen problemlos lesen konnte.

Die Straße, die zu Smalyas Anwesen führte, war etwas höher gelegen als Haus und Grundstück selbst. Ich machte eine kurze Rast am Straßenrand, rutschte rüber auf den Beifahrersitz, nahm ein Fernglas aus dem Handschuhfach und kurbelte die Scheibe herunter. Das Anwesen lag unten in der Nähe des Hudsons, mit Blick auf die Hängebrücke und den Fluss, der sich hinter der Brücke zum Tappan See weitete.

Schnuckelig.

Ich fuhr weiter. An der Einfahrt zum parkähnlichen Gelände stand ein Pförtnerhäuschen. Die Einfahrt wurde von einem schmiedeeisernen Gitter verschlossen. Ich bremste, kurbelte das Fenster herunter und steckte meinen Kopf hinaus. Im Häuschen wurde dafür das Glas zur Seite geschoben. Ein fast schon greiser Kopf erschien, haarlos und mit faltigem Gesicht wie ein alter Indianerhäuptling. Fehlte nur die Adlerfeder im weißen Haar.

»Womit kann ich Ihnen dienen, Sir?«, fragte Sitting Bull mit einer überraschend fidelen Bassstimme.

»Ich habe keinen Termin«, sagte ich, »aber ich würde gerne mit Mr Mauloch Smalya sprechen.« Ich wühlte in meiner Manteltasche und hielt ihm meinen Ausweis hin.

Der Alte grapschte ihn, führte ihn sich dicht vor die Augen, notierte dann irgendetwas in ein kleines Buch und sagte: »Ryland Walker. Privater Ermittler. Ich werde sehen, was ich für Sie tun kann.«

Das Fenster am Pförtnerhäuschen schloss sich. Ich wartete. Wahrscheinlich telefonierte er ins Haus. Dann öffnete sich das Fenster wieder. Der Indianerhäuptling sagte: »Mr Smalyas Sekretär wünscht zu erfahren, in welcher Angelegenheit Sie Mr Smalya zu sprechen wünschen?«

»Das ist ja wie im *Wunsch*konzert«, scherzte ich. Der Indianer schaute grimmig und stumm. »Geben Sie dem Herren Privatsekretär doch das Stichwort Gazini-Smaragde«, bat ich den Alten.

Fenster zu. Warten. Fenster auf. Ein Arm streckte sich heraus, eine Hand wies: »Es geht geradeaus bis dort, wo sich der Weg teilt. Bleiben Sie auf dem Hauptweg, dem breiteren Weg nach links. Dann können Sie es nicht verfehlen.« Sitting Bull zog sich in seinen Wigwam zurück. Verblüffend lautlos glitt das eiserne Tor zur Seite.

Ich fuhr los.

Es ging an einem ganzen Meer von gepflegtem englischem Rasen vorbei, an einer Fallobstwiese mit alten Apfelbäumen und an einigen Gewächsen, die aussahen wie Trauerweiden, deren Kronen ein Spaßvogel violett gefärbt hatte.

Dann gabelte sich die Straße. Rechts führte sie leicht abschüssig auf eine Garage zu, vielleicht mit angeschlossener Werkstatt für den Fuhrpark derer von Smalya.

Ich hielt mich links und fuhr zum Hauptgebäude hoch. Es war ein cremefarbiger Bau im neoklassischen Stil. Grazile weiße Säulen bildeten einen schmalen Portikus vor dem Haupteingang. Über der Tür wölbte sich ein halbrundes Oberlicht, sein Maßwerk und die Seitenscheiben waren aus Buntglas.

Ich parkte zwischen zwei Lincoln Continental Limousinen ein. Echte Schmuckstücke. Es war klar: Hier litt man selten Hunger.

Ich stieg aus.

Bevor ich die sieben, acht Stufen zum Eingang geschafft hatte, war die Tür schon geöffnet. Ein Livrierter stand da und fixierte mich. Er gab sich Mühe, wie ein englischer Butler zu wirken, aber ich sah die Muskeln, die sich unter den Ärmeln spannten.

Ich stellte mich kurz vor und hielt dem Typen meinen Ausweis unter die Nase.

»Bowman erwartet sie«, sagte er.

»Na, dann wollen wir den Guten nicht warten lassen!«, sagte ich fröhlich und marschierte an dem bodygebildeten Butler vorbei.

Wir passierten eine Eingangshalle. Der Butler hatte mich mit einigen federnden Schritten überholt und wies mir den Weg in einen Korridor.

Ich warf einen Blick auf die Möbel. Zierliches Zeug. An der Wand stand ein Tischchen, dessen Beine aus je einem eng beieinanderstehenden Paar zarter Säulchen bestanden. »Ein Stück von Luke Vincent Lockwood?«, tippte ich und wies mit dem Hut auf das zerbrechlich wirkende Möbelstück.

»Oh. Der Herr ist Fachmann?«, fragte der Butler.

»Der Herr hat nur geraten«, sagte ich bescheiden.

»Der Herr hat falsch geraten«, sagte der Butler. »Die Möbel sind von Duncan Phyfe.«

»Auch nicht schlecht«, tröstete ich ihn.

Der Korridor endete vor einer Tür. Der Butler klopfte dezent. Ohne dass jemand *Herein* gerufen hätte, öffnete er die Tür nach angemessenen Augenblicken und machte eine einladende Geste.

Es war ein quadratischer Raum mit einem steinernen Kamin, in dem ein Feuerchen aus Zypressenscheiten vor sich hin flackerte. Die nussbaumgetäfelten Wände trugen über dem Paneelwerk einen Fries von verblichenem Damast. Die Decke war hoch und fern. Aus dem geöffneten Fenster roch es vom Hudson her nach Wasser.

Vor dem Kamin stand mit dem Rücken zur Tür ein hoher Ohrensessel, dem Second-Hand-Monster in meinem Büro nicht unähnlich, aber natürlich intakt, edel und wertvoll.

»Mr Walker?«, klang es aus dem Sessel.

»Huch«, sagte ich. »Der Sessel spricht.«

Bowman stand mit dem Gesicht zum Feuer vor dem Kamin. Er war frappierend kurz, kompakt, stämmig. Er trug einen Backenbart, eine adrette Weste aus Schafsleder und unter der braunen Weste einen gepflegten Bauch. »Nur, dass ich das richtig verstanden habe: Sie haben einen Klienten, der Sie damit beauftragt hat, die Gazini-Smaragde hier abzuholen und einer unbekannten alten Lady auszuhändigen?«

»Ja«, sagte ich.

»Wie die Dame heißt, entzieht sich Ihrer geschätzten Kenntnis?«

»Ja.«

»Und der Name Ihres Klienten lautete doch gleich wie?«

»Er ist mein Klient, und sein Name deswegen Betriebsgeheimnis.«

»Warum glaubt Ihr Klient, die Smaragde befänden sich im Haus von Mr Smalya?«

»Befinden sie sich denn nicht im Haus von Mr Smalya?«

Bowman schien in sich zu lauschen.

Ich sagte: »Mein Klient deutete an, dass sich Ihr Boss die Steine unrechtmäßig geholt haben könnte. Gemopst.«

»*Gemopst?* Die Steine? Warum sollte er sie *mopsen?* Er hätte sie sich kaufen können.«

»Mein Klient deutete an, dass die alte Dame sich nicht so viel aus Geld macht.«

»Wenn sich die alte Dame betrogen und bestohlen fühlt – warum geht sie nicht zur Polizei?«

»Tja – dazu habe ich auch geraten. Was meinen Sie – sollte ich ihr das noch einmal ans Herz legen? Vielleicht reicht es ja für eine nette, gemütliche Hausdurchsuchung unter Freunden. Beim NYPD soll es von Leuten wimmeln, die sich für die Möbel von Duncan Phyfe begeistern.«

»Mr Walker, das klingt ja nach einem Hauch von Drohung. Ist Ihnen je der Gedanke gekommen, dass Ihre uns allen unbekannte Freundin deswegen keine Anzeige erstattet, weil sie die Gazini-Smaragde illegal besitzt?«

»Besaß«, korrigierte ich. »Ich habe das Gefühl, dass wir uns, was die Steine angeht, in einer rechtlichen Grauzone bewegen, Mr Bowman.«

»Versuchen sie besser nicht, zu viel Licht in diese Zone zu bringen. Zum Beispiel als Dieb in der Nacht, mit einer Taschenlampe in der Hand – das Haus von Mr Smalya ist mehr als ausreichend gesichert.«

»Na, da kann Mr Smalya ja beruhigt schlafen«, sagte ich frohgemut und nickte Bowman zum Abschied zu. »Übrigens hätte ich Ihren Boss einmal gerne leibhaftig gesehen. Man erzählt sich ja Wunderdinge.«

»Sie dürfen nicht alles glauben, was man erzählt«, warnte Bowman mich.

Ich ging und buchte den Besuch als vollen Erfolg ab: Die bloße Erwähnung der Gazini-Smaragde öffnete alle Türen und Tore. Was mochte es dann mit den Steinen selbst auf sich haben?

Zwischen 16 Uhr und 17 Uhr sollte ich es zurück in die Stadt schaffen. Wenn ich den Pontiac mehr trat, auch schneller. Vielleicht sollte ich noch etwas Richtiges essen, Schwarz Lackierte Ente bei Wan Chang's.

Ich war schon in der Bronx, als ich es mir anders überlegte. Ich wechselte auf die 678, zahlte mürrisch den Brückenzoll auf der Whitestone Bridge und fuhr durch die knochenbleichen Bögen hinüber nach Queens. Über ein paar Schleichwege kam ich auf den Cross Way Boulevard und hielt südlich vom Spring Creek Park an.

Es dämmerte bereits. Soweit ich sehen konnte, parkten hier am Strand nur vier oder fünf Wagen. Ich sah einen VW Käfer und einen anderen Kleinwagen, wahrscheinlich auch europäischer Bauart. Der Käfer schaukelte im Takt, den die beiden Teenager draufhatten, die in der Kiste miteinander zugange waren.

Ich nahm das Fernglas, stieg aus und spazierte gemächlich zum Wasser. 100 oder 200 Meter weiter im Süden lag der alte Raumhafen. Ich setzte das Glas vor die Augen und hielt Ausschau. Ein paar Hundert Meter weiter südwestlich schien es eine kleine Brücke nach drüben zu geben, vielleicht vom Canarsie Pier aus.

Dichter Nebel über dem eigentlichen Gelände des Raumhafens. Also weiter.

Am Pier das gleiche Bild wie eben: etwas bewegte Jugend in verstreuten Kleinwagen. Ansonsten kein Betrieb. Über dem Haupteingang zum Pier spannte sich ein eiserner Bogen mit den eisernen Buchstaben »Canarsie Pier«; in den kleineren Bögen links und rechts davon sah man die eiserne Kontur einer Seemöwe und eines Fisches. Da hatte sich der Künstler mal echt Mühe gegeben.

Ich stieg aus und schlenderte zum Haupteingang. In einem lächerlich kleinen Holzhäuschen schob ein älterer Herr in Uniform Dienst. Seinen Rangabzeichen nach war er immer noch Sergeant. Keine große Karriere.

Ich tippte zur Begrüßung an den Hut und sagte: »Hi, Colonel. Wie stehen die Aktien?«

Der Sergeant grummelte vor sich hin.

Ich schüttelte mir eine Zigarette heraus und hielt ihm die Packung hin.

»Hm«, sagte er und zog eine Zigarette.

Ich zündete uns beiden an.

»Was dagegen, wenn ich mir mal den Weltraumschrott ansehe?«, fragte ich und zeigte mit der Zigarette auf den Raumhafen, wo sich die Silhouetten der Sternenschiffe abzeichneten.

»Militärisches Sperrgebiet«, raunzte der Sergeant und hustete.

»Whow«, sagte ich. »Kommen wohl immer wieder die Ruskis und andere, die sich den Kram unter den Nagel reißen wollen, ja?«

»Da kommt kein Schwein«, sagte der Sergeant wütend.

»Nicht einmal Touristen wie ich?«

»Von wo sind Sie denn?«

»Aus dem fernen und exotischen Murray Hill«, sagte ich und wies mit dem Daumen über die Schulter Richtung Manhattan.

»Ham Sie's ja weit gebracht«, sagte der Sergeant, lachte mitleidig und hustete wieder. »Pressefritze?«

»Nein. Privater Ermittler-Fritze.« Ich zeigte ihm meinen Ausweis. Er warf einen desinteressierten Blick darauf. »Der ist echt«, sagte ich.

»Ob der echt ist oder ein Micky-Mouse-Clubausweis, interessiert mich nicht die Bohne«, sagte der Sergeant und paffte. »Und?«

»Ich hab eine Klientin, eine Lady, der ist der Mann abgesprungen. Wegen seiner Sekretärin.«

»Was es nicht alles so gibt.«

»Ein blutjunges Ding aus Topeka. Topeka, Indiana. Sie wissen schon.« Ich hielt Daumen und Zeigefinger ein, zwei Millimeter auseinander, um die Größe von Topeka anzudeuten.

»Landei«, sagte der Sergeant und nickte verstehend.

»Die Lady ist eine feine Lady, wissen Sie. Hat sie schwer getroffen. Sitzt jetzt mit ihren drei Kindern allein, davon ein Zwillingspärchen. Allein, ohne Geld.«

»Scheiße«, sagte der Sergeant.

»Und wissen Sie, was die Lady sagt, wo sich ihr Göttergatte mit dem Landei trifft?« Ich reckte das Kinn in Richtung Raumhafen.

»Ist nicht wahr«, sagte der Sergeant. »Ein Romantiker ist der nicht, was?«

»Halten Sie es denn für möglich, Sir, dass da was dran ist? Kann man ohne Weiteres auf das Gelände?«

Der Sergeant lachte. »Na, Sie sehen ja, Freundchen, wie die Sicherheitsvorkehrungen hier sind. Keine scheiß Tanks, kein verdammter Stacheldraht, keine Mannschaft. *Ich* bin die ganze verkackte Sicherheitsvorkehrung. Und wenn Sie auch noch ein Boot haben ...«

»Habe ich nicht«, sagte ich. »Mist.« Ich blickte ihn Hilfe suchend an.

»Eine nette Lady, sagen Sie?«

Ich nickte.

»Mit Kindern?«

»Drei«, sagte ich. »Und Zwillinge. Ben und Abe.«

»Ich heiße auch Abe«, sagte der Sergeant melancholisch.

»Ist nicht wahr«, staunte ich. Ich nestelte an meiner Brieftasche und zog zwei Fünf-Dollar-Noten heraus, von denen Abraham Lincoln forsch am Betrachter vorbeiblickte. »Noch zwei Abes«, sagte ich.

Der Sergeant grummelte etwas und zog die beiden Noten ein. »Für die Lady«, sagte er. »Ist ja eine Schweinerei, sie mit den Kindern sitzen zu lassen.«

»Und ob«, sagte ich. Ich ging zurück zum Wagen und startete. Der Sergeant kam aus dem Häuschen und wuchtete die Schranke hoch. Ich fuhr durch und nickte ihm zu.

Die schmale Brücke schien auf Pontons zu liegen, denn sie schaukelte und es schepperte rhythmisch und laut, als ich darüberrollte. Auf dem Raumhafen selbst war es dagegen fast gespenstisch still.

Ich hatte wohl eine Nebelbank durchstoßen; der graue Dampf lichtete sich.

Ich hatte erwartet, Raketen zu sehen, aufrecht stehende, grazile oder wuchtige Geschosse mit Lenkflügeln wie die, mit denen wir oder die Ruskis ihre Satelliten in die Umlaufbahn brachten.

Die Dinge lagen ganz anders.

Ich zählte insgesamt vier Raumschiffe, wenn es denn wirklich Raumschiffe waren. Die Gebilde wirkten so riesenhaft, so maßlos gigantisch, dass ich keine Ahnung hatte, wie man eine solche Masse in die Luft bringen sollte oder besser gesagt – in den Raum. Ich gewann eine ganz schwache Vorstellung von den Maschinen, die da eingebaut waren.

Da standen im Abstand von einigen Hundert Metern zwei Kugelleiber auf metallischen Stelzen, jeder von beiden mindestens 50 oder sogar 60 Meter im Durchmesser. Rund um ihren Äquator lief eine Verdickung, eine Art Wulst. Sie sahen so unwirklich aus, aber je näher ich ihnen kam, je genauer ich den Stahl ihrer Hüllen sah, desto überzeugter war ich: Ja, sie waren wirklich dort oben gewesen. Dort draußen. Fern von der Erde. Fern von allem.

Eine unbekannte Aufregung erfasste mich. Ich spürte, wie sich meine Nackenhaare aufstellten. Ich fröstelte und schlug den Mantelkragen hoch.

Hinter den beiden Schiffen erhob sich ein kugelförmiger Titan, mindestens dreimal so groß wie die beiden ersten Metallriesen. Eine in sich geschlossene Welt aus Eisen.

Ich ging unter den Schiffen her, unter diesen nach unten vorgestülpten Himmeln aus Stahl.

In einiger Entfernung lag ein viertes Schiff, ein lang gestrecktes Gebirge, eine Walze. Ich brauchte fast eine Viertelstunde, bis ich bei diesem Walzenschiff angelangt war. Ich ging im Schatten der Walze entlang und zählte dabei meine Schritte. Ich kam auf 500 – der Koloss musste also über eine Viertelmeile lang sein. Seine Höhe schätzte ich auf annähernd 400 Fuß. Das vordere Ende der Walze war abgerundet, aus dem Heck ragten einige vergleichsweise dürre Beine, die abgeknickt waren oder hoch und seitlich ins Leere wiesen. Ich begriff, dass dieses Ding ursprünglich vertikal auf diesen Landebeinen gestanden haben musste.

Irgendetwas hatte es umgekippt.

Kletterpflanzen hatten sich über die Landestützen gewunden, hatten sich über die Schiffshüllen ausgebreitet. Ich sah Vögel in Richtung der Ringwulste fliegen und oben landen, sie hatten dort ihre Nester gebaut.

Es wurde rasch dunkel und klarte auf dabei. Im Norden glitzerte die Skyline von Manhattan wie eine auf die Erde abgestürzte Milchstraße. Vom Atlantik her kam eine Bö auf, ich hörte das Klirren und Scheppern, mit denen Blechdosen über den Boden gefegt wurden. Eine davon stieß an meinen Fuß, es war eine eingedrückte Dr.-Pepper-Dose, eine leere Hülle freundliches Pepper-Upper. Ich hob die Dose nachdenklich auf. Sie war leicht und leer.

Ob die Hüllen, die da vor mir in den Abendhimmel ragten, ebenfalls leer waren?

Ich hoffte es beinahe.

Ich schnüffelte an der Limonadendose. Immer noch hing ein penetrant süßer Geruch darin wie eine klebrige Spinne. Vielleicht lag sie erst seit ein paar Tagen hier. Hatte sich jemand auf dem Raumhafen ansässig gemacht? Unterschlupf gefunden?

Ich formte aus den Händen einen Trichter und hielt ihn vor den Mund. »Hi«, rief ich laut. »Ist hier jemand? Mr Rhodan? Mein Name ist Ry Walker. Ich bin im Auftrag Ihrer Schwester hier, Deborah. Deborah Rhodan aus Manchester.« Ich rief es viermal, in jede Himmelsrichtung wie ein Muezzin in einem Abenteuerfilm, der in Tausendundeiner Nacht spielt.

Natürlich kam keine Antwort.

Alles tot.

Mir kam der Gedanke, dass diese Raumschiffe gestrandete Wracks waren, Gräber, Nekropolen. Der ganze angebliche Raumhafen war nichts als ein Raumschifffriedhof.

Ich ging weiter. Als ich den Bug des liegenden Walzenschiffes erreicht hatte und auf die andere Seite sah, entdeckte ich ein weiteres Schiff. Es war bedeutend kleiner als die Walze, aber mit seinen über 300 Fuß immer noch gewaltig. Es ähnelte vage einer Pagode, wie ich sie manchmal als Miniatur in China Town gesehen hatte: ein turmartiges Gebilde, auf dessen runde, kuppelartige Basis sieben oder acht Geschosse aufgesetzt waren. Die Geschosse verkleinerten sich nach oben hin leicht und wurden durch vorkragende, schirmartige Gesimse voneinander getrennt.

Vielleicht hätte ich das Pagodenschiff in der Dunkelheit überhaupt nicht mehr entdeckt, wenn nicht unterhalb seiner Basis, die auf kurzen, kompakten Landebeinen ruhte, ein Lagerfeuer gebrannt hätte.

Ich tastete nach der PPK im Holster, räusperte mich und machte mich auf den Weg.

Am Lagerfeuer saßen drei Gestalten, jede hatte sich in eine Decke gehüllt. Die Flammen warfen schwimmende

Reflexe auf das Metall des Raumschiffes über ihnen, das im Licht silberblau schimmerte. Über dem Feuer befand sich ein improvisierter Grill; am Spieß hingen einige Ratten und eine Wandertaube.

»Guten Abend. Steigt hier eine kleine Fiesta, Jungens?«

Die drei Gestalten unter den Decken regten sich, antworteten aber nicht.

»Keine Sorge, ich will euch nichts wegessen«, sagte ich. »Ich bin auf der Suche nach einem Kumpel. Vielleicht habt ihr ja von ihm gehört. Darf ich mal ein Foto rumzeigen?«

Eine der Gestalten zog sich die Decke vom Kopf weg in den Nacken und blickte mich an. Der Schädel wirkte seitlich flach gedrückt. Die Augen waren handtellergroß und bernsteinfarben, ihre Pupille zog sich im Licht des Feuers zusammen.

Erst jetzt sah ich, dass die Gestalt vier Hände hatte mit je drei lilienweißen, ungegliederten Fingern. »He, Sie sind ein Houhhom«, sagte ich.

»Und Sie sind ein Mensch«, sagte der – oder die – Houhhom mit einer sonoren, vibrierenden Stimme. »Menschen halten sich hier sehr selten auf.«

»Ja«, sagte ich. »Umso besser bleiben sie einem dafür im Gedächtnis, oder?«

Unter den anderen beiden Decken klang es wie eine Mischung aus Wolfsgeheul und Kehlkopfgesang. Sie unterhielten sich in ihrer eigenen Sprache.

»Zeigen Sie das Bild«, sagte der Houhhom. Ich händigte es ihm aus und berührte dabei seine Finger. Sie fühlten sich kühl und nass an wie Pflanzenstängel. Er führte sich das Foto erst dicht vor das eine Auge, dann vor das andere. »Wie heißt er?«, fragte der Houhhom.

»Er heißt Rhodan, Perry Rhodan. Schon mal gehört?«

»Nein. Es tut mir leid«, sagte der Houhhom. »Was wollen Sie von ihm?«

»Dieser Rhodan – er ist unterwegs in Sachen Gazini-Smaragde«, sagte ich, einer Eingebung folgend.

Wieder das leise Geheul und der Obertongesang. »Unterwegs sind viele«, sagte der Houhhom.

»Warum eigentlich? Was ist dran an diesen Smaragden?«, fragte ich. »Was macht sie so besonders wertvoll?«

»Manchmal«, klang es unter einer der anderen Decken, »sind nicht die Dinge selbst wertvoll, sondern erst das, was sie bewirken.«

»Das ist weise«, sagte ich und klopfte eine Zigarette aus der zerknitterten Packung. Ich klemmte sie mir zwischen die Lippen und gab mir selbst Feuer. Dann paffte ich ein gemütliches Wölkchen aus, ganz unter uns mit den Aliens.

»Manchmal«, klang es wieder unter der Decke hervor, »muss man transzendieren. Man muss einen anderen Rang erreichen, um den Zweck der Dinge würdigen zu können.«

»Jungens«, sagte ich, »Jungens, ihr seid toll. Aber ich habe das deutliche Gefühl, dass meine Fähigkeit zum Transzendieren von etwas eingeschränkt wird, was die Menschen *Hunger* nennen. Darf ich euch meine Karte mit der Telefonnummer dalassen, nur für den Fall, mein Kumpel Rhodan taucht hier auf?«

Ich fummelte mit der freien Hand eine Visitenkarte heraus. Der Houhhom zog seine Decke wieder über den Kopf.

»Auch eine Antwort«, murmelte ich. Ich drehte mich um. Ich hatte noch ein ziemliches Stück vor mir bis zum Wagen.

Während ich schon ging, hörte ich noch einmal das Gemurmel unter den Decken. Diesmal klang es halb wölfisch, halb menschlich: »Major wäre ein zu niedriger Rang.«

Erst als das Wächterhäuschen längst in Sicht war, ging mir der Sinn des Satzes auf. *Major wäre ein zu niedriger Rang.*

In diesem Spiel war bislang nur von einem Major die Rede gewesen:

Major Perry Rhodan.

Ich fuhr weder ins Büro noch ins Wan Chang's, sondern nach Hause. Im Kühlschrank würde sich schon etwas Leckeres finden. Eine angebrochene Huhn- und Nudelsuppe von Campbell. Oder ein Bagel. Oder zumindest das Loch von einem Bagel. Ich seufzte.

Im Aufzug döste ein alter Mann auf einem wackligen Schemel, ein aufgeplatztes Kissen unter sich. Das war Frank André, der Liftboy. Ein Belgier, der zu seiner Zeit als Trickfilmzeichner im Studio CBA gearbeitet hatte, zwei oder drei Wochen lang. Das war der Glanzpunkt seiner Lebensgeschichte, und er erzählte sie jedem, der höher als bis in den Zehnten fuhr. Franks Mund stand offen, seine geäderten Schläfen glänzten im schwachen Licht. Er trug eine rote Uniformjacke, darunter graue Hosen mit ausgefransten Aufschlägen, weiße Baumwollsocken und schwarze Chevreauschuhe, von denen einer über einem entzündeten Fußballen aufgeschlitzt war. Er schlief erbärmlich auf seinem Schemel.

Ich betrat den Lift, schloss das Gitter so leise wie möglich und drückte die 13. Mir war an diesem Tag nicht nach Anekdoten über Trickfilmzeichner, von denen keiner, der unter den Lebenden weilte, je gehört hatte.

Kaum war ich in meiner Wohnung und hatte meine Schuhe abgestreift, klingelte das Telefon. Ich legte Hut und Mantel ab, ging ins Wohnzimmer und nahm ab. »Ja?«

»Wieder im Lande, Ry?«, hörte ich eine Stimme fisteln.

»Oh«, sagte ich. »Mr Valerossios.«

»Und: Hatten wir einen erfolgreichen Tag?«

»Ja. Ich habe den Tag überlebt, danke der Nachfrage.«

»Die Gazini-Smaragde?«

Ich ächzte demonstrativ. »Mr Valerossios, Sie haben einen Privaten Ermittler engagiert, keinen Zauberer oder Wundertäter. Falls Ihnen aber danach ist: Ich weiß da ein armenisches Mütterchen, das kann Warzen besprechen. Vielleicht macht sie auch was mit verloren gegangenen Smaragden. Wollen Sie ihre Adresse? Kommen Sie, ein paar Tage brauche ich schon noch.«

»Verstehe, verstehe«, sagte der byzantinische Eunuch mit einer Stimme, die von falschem Mitgefühl triefte.

»Also dann«, sagte ich. »Wünsche noch einen guten Abend.«

»Da wir von alten Mütterchen sprechen – ich pflege, wie Sie sich erinnern werden, auch Umgang mit einem alten Mütterchen. Oh weh – ich hoffe, das klingt nicht gar zu despektierlich. Einer alten Lady, die das Gefühl hat, dass ihr die Zeit ein wenig davonläuft. Sie wissen ja, wie alte Leute sind.«

»Klar«, sagte ich und lockerte mir einhändig die Krawatte.

»Besagte alte Lady hat mich gebeten, die Sache Ihnen gegenüber ein bisschen dringender darzustellen. Wir wollen ja, dass Sie hoch motiviert für uns arbeiten. Und wohlgenährt.«

Wie auf ein Stichwort klingelte es an der Tür. »Wohlgenährt und hoch motiviert, Ry. Wir können uns doch auf Sie verlassen?«

»Aber sicher«, sagte ich und legte den Hörer auf die Gabel. Ich ging an die Tür. Es war ein Pizzabote, eine Pappschachtel in der Hand und ein kleines Papiertäschchen, wie man es in den Restaurants für die Reste bekommt, am Handgelenk.

»Mr Walker?«, fragte er.

Ich nickte und sagte: »Schon. Aber ich habe nichts bestellt.«

Der Bote sah auf einen Zettel, der lose auf der Pappschachtel lag. »Ist schon okay. Die Pizza wurde bereits bezahlt.«

»Na dann«, sagte ich und nahm die Schachtel an.

»Augenblickchen, ich habe da noch etwas für Sie«, sagte der Bote und zog das Täschchen vom Arm.

Ich linste in die Schachtel. Pizza mit Ruccola und Parmaschinken. Nicht übel. Ich kramte einen Vierteldollar hervor und drückte ihn dem Boten in die Hand.

»He – danke schön!«, rief er und grinste mich an.

Ich hatte wirklich Hunger, nahm im Gehen ein Stück Pizza aus der Schachtel und biss hinein. In der Küche stellte ich die Schachtel und das Täschchen auf den Tisch, öffnete den Kühlschrank, holte eine Flasche Budweiser heraus und machte sie an der Tischkante auf. Ich nickte dem einsamen Stern auf der Flasche ehrerbietig zu und nahm einen Schluck. Dann schaute ich im Papiertäschchen nach, ob Pizzabrötchen darin waren. Aber es lag nur eine kleine, zusammengerollte Serviette da, die an einem Ende etwas bräunlich verschmutzt aussah. Ich nahm noch einen Bissen, stellte die Tüte auf den Kopf und kippte die Papierrolle heraus.

Sie war überraschend schwer. Ich wickelte aus, was darin war.

Es war ein Frauenfinger, noch warm, sauber abgeschnitten.

Ich spürte, wie alles Blut aus meinem Gesicht wich. Ich kannte diesen Finger. Ich sprang auf und raste zur Tür, hinaus auf den Korridor, hämmerte auf den Rufknopf des Aufzuges und stürzte, als sich nichts tat, zum Treppenhaus.

Als ich ein paar Minuten später auf der Straße stand, war keine Spur mehr von dem Pizzaboten.

Atemlos und die Hände in den stechenden Seiten, ging ich ins Haus zurück.

Der Lift war unten, Frank war wach. »Hallo Mr Walker«, sagte er. »Da hat mich doch wer in den dreizehnten Stock gerufen, und dann war keiner da«, beklagte er sich.

»Ja«, sagte ich und stieg ein.

Er schaute mich gründlich an und fragte: »So in schwarzen Gedanken, Mr Walker?«

Ich nickte.

»Wegen eines Mädels?«

Ich nickte wieder.

»Machen Sie sich nichts daraus. Mädels wachsen immer neue nach, wie Erdbeeren.«

Ich lächelte dankbar. »Haben Sie einen Pizzaboten zu mir hochgefahren?«, fragte ich.

»Ah, der wollte zu Ihnen?«, sagte er. »Was war denn in dem Papiertütchen, das er zugesteckt bekommen hat?«

»Zugesteckt?«

»Na, er war schon im Lift, da walzt so ein Fettwanst durch die Tür zum Foyer, ruft: ›Halt, halt!‹, und drückt dem Boten so ein Papiertütchen in die Hand, und fünf Dollar dazu. Fünf Dollar! ›Das‹, sagt der Fettwanst, ›ist noch für Mr Walker, ist eine Überraschung, was zum Vernaschen.‹ Und hat so eine widerliche schrille Stimme, der Mann, so was haben Sie noch nie gehört.«

»Vielleicht doch«, sagte ich. Valerossios war also hier im Haus gewesen. Er hatte die Pizza für mich bestellt, hatte im Foyer auf den Boten gewartet und mich von einem Münztelefon im Foyer angerufen. Sehr präzises Timing.

Der Aufzug stoppte mit einem Ruck. Ich nickte Frank zu und stieg aus. Als ich wieder in meine Wohnung kam, läutete das Telefon bereits. Wie in Trance ging ich ins Wohnzimmer und nahm ab.

»Hallo, Ry«, sagte der Eunuch. »Setzen Sie sich, keine Hetze, ich bin längst nicht mehr im Haus. Ist beides angekommen? Die Pizza und der – nun ja?«

Ich schwieg.

»Sie haben den Finger erkannt? Fein, fein. Ich war mir sicher, dass Sie so manches Glied der reizenden jungen Dame kennen. Ich bin gerne bereit, Ihnen das eine oder andere Detail zuzuschicken. Haben Sie Wünsche oder Vorlieben? Ein Auge? Eine Brustwarze? Die Gebärmutter?«

»Wo ist sie?«, fragte ich. »Wo ist Carmen?«

»Zum größten Teil hier, zum kleineren Teil bei Ihnen«, sagte Valerossios und kicherte. »Und wenn Sie nicht wollen, dass vom größeren Teil immer mehr kleinere Teile zu Ihnen hinüberwandern, dann legen Sie sich ein bisschen ins Zeug, Ry.«

»Was wollen Sie?«

»Ry, Ry, Ry«, sagte Valerossios traurig. »Wie kann man so begriffsstutzig sein? Wir wollen nur, wofür wir bezahlt haben. Die Gazini-Smaragde. Lassen Sie uns Taten sehen, und nicht, wie Sie mit einem belanglosen Sekretär plaudern.«

»Ja«, sagte ich.

»Die Nacht ist noch jung«, hauchte Valerossios ins Telefon. »Was halten Sie davon, heute noch einmal bei Mr Smalya vorbeizuschauen?«

»Ja«, sagte ich.

»Und wenn Sie fürchten, zu müde zum Fahren zu sein: Man hat Ihnen ein Fahrzeug geschickt. Mit Fahrer.«

»Sie verwöhnen mich«, sagte ich.

»Das ist so unsere Art«, sagte Valerossios geschmeichelt.

Als ich auf die Straße trat, hatte der Regen wieder eingesetzt. Ich entdeckte den grauen Buick Roadmaster sofort. Die hintere Tür des Wagens stand offen. Ich ging los, hielt aber inne, als mich ein merkwürdiges Geräusch irritierte, ein rhythmisches Klacken und Platschen. Ich drehte mich um. In der Dunkelheit, im Regen spielten drei Mädchen Seilspringen, in sich versunken, wie geistesabwesend.

»He«, rief ich den Kindern zu.

»Mr Walker«, hörte ich eine Stimme aus dem Buick rufen. »Wenn Sie die Freundlichkeit hätten, Mr Walker, Chef!«

Ich nickte, ging zum Buick und stieg ein. Der Fahrer war ein Schwarzer mit einer viel zu kleinen Schirmmütze auf dem wuchtigen runden Schädel. Ich lehnte mich in das Leder zurück und schloss die Augen. Der Wagen fuhr an, sanft wie ein Wölkchen.

»Wohin fahren wir?«, fragte ich.

»Raus nach Tarrytown, wissen schon.«

»Falsch«, sagte ich, presste ihm meinen Locher in den Nacken und spannte den Hahn. »Wir besuchen vorher Mr Valerossios.«

»Mr wen?«, fragte mein Chauffeur.

Ich drückte ihm die PPK noch tiefer ins Fleisch. »Valerossios. Ihren Boss.«

Der Fahrer setzte den Wagen an den Straßenrand und sagte: »Kenne ich nicht. Mein Boss ist eine reizende Lady, Mister. Die, der auch der Wagen gehört. Ich fahre gelegentlich für sie. Ich mache meinen Job, weil sie gut bezahlt. Und der Job macht Spaß. Ich fahre diesen Wagen verdammt gern. Ist schon ein ganz besonderer Wagen, wissen Sie. Da stelle ich keine Fragen, okay?«

Ich zögerte. Vielleicht kam ja noch was. Als aber nichts mehr kam, nahm ich die Wumme herunter und sagte: »Okay. Fahr los, Kumpel.«

Der Buick glitt wieder in den Verkehr. Zu meiner Verwunderung hielt er sich in Richtung East River und nahm die Triborough Bridge hinüber nach Randall's Island.

»Kennst du eine Abkürzung, Kumpel?«, fragte ich.

»Etwas in der Art.«

Über immer kleinere Straßen mogelte sich der Wagen bis zum bewaldeten Strand der Insel. Er verließ die asphaltierte Straße und holperte über Seiten und Wurzelwerk direkt auf den Fluss zu.

»Hier sind wir ungesehen«, sagte der Fahrer.

Für einen kurzen Moment fürchtete ich, er würde den Wagen, sich und vor allem mich im Fluss versenken. Aber das war absurd.

Allerdings lange nicht so absurd wie das, was tatsächlich geschah: Plötzlich rollte der Wagen ohne Widerstand, sanft und eben. Das Geräusch des Motors verklang. Es war ganz still. Die Lichter von Manhattan, die vor uns gelegen hatten, sanken. Der Himmel füllte die Windschutzscheibe aus. Ich spürte, wie ich ins Leder gedrückt wurde. Mein Magen tat einen Satz.

»Wir fliegen«, sagte ich ungläubig.

»Ich sagte ja, Chef: Ist ein ganz besonderer Wagen«, erinnerte mich mein Chauffeur.

Aus dem Seitenfenster sah ich, dass der Fluss und die Insel tief unter uns lagen. Der Wagen – oder was immer es war – schwenkte nach Norden und beschleunigte stark.

»Was geht hier vor?«, fragte ich und kam mir ziemlich blöd vor.

»Man nennt es ein Antigravdings«, erläuterte der Chauffeur. »Keine Ahnung, wie es funktioniert. Aber es ist irre, oder? Oh Mann, mit diesem Wagen würde ich jedes Rennen der Welt gewinnen!«

Ich lehnte mich zurück und dachte nach. Das konnte keine irdische Technik sein. Das war allem haushoch überlegen, was ich je über zivile oder militärische Technologien gehört hatte. Aber war das nicht selbstverständlich? Musste der Maschinenpark eines Volkes, das von Planet zu Planet reiste, vielleicht sogar von Sonnensystem zu Sonnensystem flog, nicht die irdischen Möglichkeiten weit in den Schatten stellen? Aber warum hatten unsere Eierköpfe dann die Raumschiffe auf dem Raumhafen nicht ausgeschlachtet? Oder hatten sie das versucht? Waren sie gescheitert?

Andere Möglichkeit: Sie hatten es erfolgreich versucht, und es existierte neben der Welt, in der wir Normalbürger lebten, eine zweite, technisch weit fortgeschrittene. Aber wenn ja: Warum wusste denn niemand von dieser Zweitwelt? Warum interessierte sich niemand, kein Journalist beispielsweise, für die Schiffe auf dem Raumhafen? Für die Aliens in der Stadt?

Jede denkbare Antwort auf eine dieser Fragen ließ eine ganze Armee von neuen Fragen aufmarschieren. Und sosehr ich mich bemühte, ich kriegte kein stimmiges Bild von all dem zustande.

Plötzlich war mir, als ob ein Grauschleier zerriss, der meine Gedanken getrübt hatte. Mit einem Mal sah ich alles klar: Ich war nicht etwa zu dumm, die Welt zu begreifen. Die Welt, wie sie war, war gar nicht zu begreifen.

Diese Welt stimmte nicht.

Ich schloss die Augen.

Der Flug dauerte nicht einmal zehn Minuten. Wir landeten in Irvington, einem Nest, das davon lebte, billigere Mieten zu kassieren als vergleichbare Häuser in Manhattan, wo ein Großteil seiner Einwohner arbeitete. Der Buick setzte am Rand eines Parks auf, rollte dahin, an verlassenen Fitnessgeräten, Picknick- und Spielplätzen vorbei Richtung Stadtmitte. Wir fuhren eine Straße mit sprühenden Bogenlampen entlang. Nach wenigen Minuten erreichten wir den fast leeren Parkplatz des Bahnhofes. Mein Chauffeur steuerte den Wagen in einen abgelegen Winkel des Platzes.

»Von hier aus nehmen Sie ein Taxi«, sagte mein Chauffeur.

»Warum fliegen wir nicht direkt zu Smalya?«

»Oh, sie rechnen damit, dass irgendwer mit *solchen* Sachen sie besucht«, sagte der Fahrer.

»Mit solchen Antigravdingsen und so?«

»Klar. Dagegen haben sie ihre Mittelchen, die auch nicht schlecht sein sollen.«

»Aber haben sie dann nicht bemerkt, dass wir mit so einem Dings unterwegs waren?«

»Oh, glauben Sie mir, Chef, wir sind nicht die Einzigen, die heute Nacht mit solchen Sachen unterwegs sind. Aber mit dem Antigrav-Buick direkt bei den Smalyas runterzugehen, hätte unnötig die Pferde scheu gemacht.«

Ich stieg aus. Der Fahrer folgte und ging mit mir zum Kofferraum. Er sagte: »Sie nehmen das erstaunlich gelassen, Chef.«

Ich zuckte mit den Achseln. »Es ist, wie es ist«, sagte ich.

Er öffnete den Kofferraum, holte das Reserverad heraus und legte es auf die Straße. Dann bückte er sich in den Kofferraum, hantierte, hob eine Platte heraus und stellte sie neben das Reserverad auf die Straße. Er verschwand erneut mit dem Oberkörper im Kofferraum. Als er wieder auftauchte, hielt er ein Ding in der Hand und reichte es mir, eine Mischung aus Brille und Visier, erstaunlich leicht. »Setzen Sie mal auf, Mr Walker.«

Als ich die Bügel hinter den Ohren hatten, spürte ich, wie sie sich mir mit einem leisen Schlangenzischen anpassten. Für einen Moment wurde es noch dunkler.

»Tippen Sie an den linken Bügel«, sagte der Schwarze.

Ich tat es und zuckte zusammen. Es war hell wie am lichten Tag. Ich sah alles scharf und klar, ja, ich hatte den Eindruck, noch nie so gut gesehen zu haben. Im eben noch finsteren Gebüsch sah ich eine Ratte, die ihre Nase in die Luft hielt und ungeniert schnüffelte. Und ich sah eine Spinne, die gemächlich auf eine Motte zustakste, die in ihrem Netz zappelte.

»Jetzt den rechten Bügel«, hörte ich. Ich tippte an.

Einen Atemzug lang verwischte die Sicht, dann sah ich ein Haus, genauer: die Röntgenaufnahme eines Hauses. Allerdings klarer als jedes Röntgenbild. Plastisch und dreidimensional hing es in Griffnähe vor meinen Augen, ein durchsichtiges Luftschloss mit einem winzigen, leuchtend grün pochenden Herz.

»Was sehen Sie?«

»Ein Haus. Da Skelett eines Hauses.«

»Es ist Smalyas Haus. Oder besser: ein Modell davon. Sehen Sie eine grüne Markierung? Ja? Dort befindet sich der Tresor mit den Gazini-Smaragden. Sobald Sie das Haus betreten haben, wird der Datenvisor Sie führen.«

»Okay«, sagte ich. »Irgendwelche Zaubermittel, um den Tresor zu öffnen?«

»Keine Chance, Chef. Die Smalya haben selbst genug von diesen Zaubermitteln, Hyperdyperenergie-Kram und so. Die Lady sagt, wir können deren Hyperdyperenergie-Kram nicht mit unserem Hyperdyperenergie-Kram kontern, also müssen wir ihn unterlaufen.«

»Ich«, verbesserte ich den Schwarzen, »ich muss ihn unterlaufen.«

»Sie sagen es, Chef.«

»Und der – Visor ist kein Hyperdyperding?«

»Ist er wohl nicht«, sagte der Schwarze. Er schmunzelte. »Will ich jedenfalls hoffen. Zu Ihren Gunsten.«

Er zeigte mir, wie man den Visor desaktivierte und wieder aktivierte, wie man ihn faltete, bis er nicht größer war als ein Daumennagel.

Dann ließ er mich gehen. Im Bahnhof rollte gerade ein Zug ein, die Wagen leer wie ausgeraubte Vitrinen. Es war weit nach Mitternacht. Selbst die schlimmsten Workaholics waren im Bett, oder sie legten noch ein Überstündchen mit ihrer Sekretärin ein.

Ich nahm mir ein Taxi und sagte: »Tarrytown.«

Der Taxifahrer zog die Augenbrauen hoch, als ich ihn so viele Meilen außerhalb der Stadt an der Mauer halten ließ, die das Smalya-Grundstück umgab. »Hier steigen Sie aus?«, fragte er misstrauisch.

»Ich bin in geheimer Mission unterwegs«, sagte ich und zwinkerte ihm verschwörerisch zu, unter Männern: »Kodewort Signorina.«

Er lachte verständnisvoll, und als ich ihm einen Fünfer extra zusteckte, rauschte er zufrieden von dannen.

Ich hatte ein paar mehr Komplikationen erwartet, einen Elektrodraht oder zumindest Scherben auf der Mauerkrone oder frei laufende scharfe Hunde, wie sie sich die Millionäre in den Kinofilmen hielten. Ich hatte mir meine Lederhandschuhe angezogen, um gegen Scherben, Stacheldraht und Verwandtes gewappnet zu sein. Aber ich kam, wenn schon nicht mühe-, so doch weitgehend problemlos über die Mauer; ich landete im Park, ohne mir den Knöchel zu verstauchen; ich kam bis ans Haus, ohne mich als Hundefutter zu versuchen.

Ich fand es zu vermessen, es direkt am Haupteingang zu probieren, und suchte mir eine Tür an der Rückseite. Ich fischte meine Brieftasche heraus und klemmte die dicke, feste Zelluloidfolie von meinem Führerschein los. Ein Einbrecherwerkzeug, das der Gesetzgeber vergessen hatte, unter Strafe zu stellen. Ich zog meine Lederhandschuhe aus, lehnte mich sanft und liebevoll gegen die Tür und drückte den Knopf fest vom Rahmen weg. Ich schob die Zelluloidplatte in den breiten Spalt und fühlte nach dem Schnapper des Schlosses. Es klickte trocken, als zerbräche ein Eiszapfen. Ich hing reglos an der Tür wie Dean Martin auf einem Poster für Backfische. Drinnen geschah nichts. Ich drehte den Knopf und stieß die Tür ins Dunkel auf. Ich schloss hinter mir so vorsichtig, wie ich geöffnet hatte. Ich schob Folie und Schein wieder zusammen, steckte die Brieftasche weg, entfaltete den Visor, wartete, bis er sich stabilisiert hatte, und setzte ihn auf.

Es war eine Küche, Kupfertöpfe und Pfannen an der Wand wie in alten Zeiten. Fehlte nur noch eine gemütliche Schwarze mit opulentem schwenkbarem Hinterteil, die im Spülwasser wirkte und dabei mit Gospelchorstimme »Ol' Man River« sang.

Alles blieb still. Im Visor sah ich das Modell des Hauses, ein grünes Licht und ein gelbes. Die gelbe Markierung bezeichnete mich selbst und pulsierte ungeduldig. Ich setzte mich in Bewegung, und der gelbe Fleck bewegte sich so, wie ich mich bewegte.

Ein Korridor führte ins Treppenhaus. Ich musste in den ersten Stock. Kein Problem. Der Teppich in der Mitte des Korridors schluckte meine Schritte. Erste Tür, zweite Tür, dritte Tür rechts. Dahinter glühte das grüne Signal. Aber der gelbe Fleck pochte nicht nach rechts, sondern wollte mich weiter geradeaus haben. Warum? Ich blendete den wirklichen Raum aus und konzentrierte mich ganz auf die Darstellung im Visor. Interessant. Die Tür rechts führte in einen kleinen, fensterlosen Stauraum. Das Zimmer mit dem Tresor war auf diesem Weg nicht zu erreichen. Ich müsste in den nächsten – nein, den übernächsten Raum, erst der war von diesem Korridor aus zugänglich, dann durch das Durchgangszimmer zurück.

Verwirrend.

Ich ging weiter und öffnete die nächste Tür. Was ich bislang an Einrichtungsgegenständen gesehen hatte, war nobel und exquisit, fast museal, aber es blieb im Rahmen dessen, was man sich an Möbeln in einem solchen Herrensitz vorstellte.

Aber hier ...

Im Raum hing der schwache, süßliche Geruch hohen Alters. Inmitten des Zimmers stand ein wuchtiger runder Holztisch, aus dessen Zentrum eine steinerne oder eiserne Säule ragte, die über und über mit mir unbekannten Zeichen beschriftet war. Das ganze wirkte phallusartig, auch wenn knapp unterhalb der Eichel – der Turmspitze – ein winziger Balkon wie für Puppen den Turm umlief.

Ansonsten befanden sich zwei Treppen auf dem Tisch, ebenfalls wie aus einer Puppenstube, mit unglaublich fein gedrechselten Geländern. Die beiden Treppen winkelten sich mehrfach ab und endeten in einem Spiegel, der von der Decke bis fast auf den Tisch herabhing.

Unter dem Fenster stand ein schmales Bett, auf dem eine Volantdecke lag. Zwei zarte, goldgeränderte Gläser standen auf einem rot lackierten Tablett, daneben ein Bocksbeutel mit brauner Flüssigkeit. Ich zog am Stöpsel, er kam mit einem leisen Plop heraus. Ich schnupperte daran. Es roch nach Äther oder etwas Ähnlichem, vielleicht Laudanum.

Ich ging weiter. Auch die Tür ins Allerheiligste war unverschlossen.

Ich wusste nicht, was ich erwartet hatte: eine Bibliothek? Ein Büro? Ein Billardzimmer? Es war nichts von alledem. Es war überhaupt nichts *Menschliches* in diesem Raum.

Ein langer, rechteckiger Schrank aus Glas erstreckte sich im Zentrum des Raumes vom Boden bis zur Decke. Ein völlig durchsichtiger, völlig leerer Schrank, oder ein riesiges leeres Aquarium – ich hatte keine Ahnung. Seine Kanten waren aus Messing oder einem anderen, fast goldenen Metall.

Rings um das gläserne Gebilde waren vier ringförmige Sitzbänke angeordnet, die auf runden Stempeln ruhten – alle vier niedrig wie für Kinder.

An der Wand hing in Augenhöhe ein Gemälde – jedenfalls hielt ich es beim ersten Anblick dafür. Man sah drei gekrönte, hölzerne Figurinen, die bemalt waren. Die linke wirkte äffisch, sie fletschte ihre langen Zähne und trug eine Art blaugrünes, reich gemustertes Kostüm. Die rechte Figurine wirkte wie ein Pin-up-Girl, das sich junge Soldaten an den Spind kleben oder Truckfahrer in ihre Kabine. Sie hatte einen blauen Badeanzug an; die Hände kokett in die Hüfte gestemmt, reckte sie ihre beeindruckenden Brüste dem Betrachter entgegen. Die zentrale Figur war fast doppelt so groß wie ihre beiden Begleiter. Sie war weiblich, völlig nackt und bis ins jede Detail naturalistisch dargestellt. Alle drei trugen fantastische Kronen.

Die Dreiergruppe wurde umgeben von etlichen Vögeln, grazilen Wesen, Kolibris und Eisvögeln. Jedenfalls dachte ich das auf den ersten Blick. Dann entdeckte ich, dass die Tiere doppelte Flügelpaare besaßen wie Libellen und dass ihre Leiber nicht nur feingliedrig waren und deswegen durchsichtig wirkten, sondern dass ihre Haut tatsächlich transparent war. Unendlich langsam schlugen die Tiere mit ihren Fittichen, flogen scheinbar dem Betrachter entgegen. Wie aus unvorstellbarer Ferne hörte ich sie leise kreischen.

Unwillkürlich trat ich einen Schritt zurück. Ich spürte mein Herz bis zum Hals schlagen, mein Mund schmeckte bitter.

Der Visor zeigte, dass ich den Tresor direkt hinter diesem Gemälde finden würde.

Ich packte zu. Der Rahmen fühlte sich eiskalt an. Ich verkniff mir einen Schrei, schreckte zurück, blies mir in die Hände und zog die Handschuhe über. Die infernalische Kälte drang durch das Leder, aber ein paar Augenblicke später lag das Gemälde – oder was immer es sonst war – auf dem Boden.

Ich sah die mattgraue Stahltür des Safes, glatt und fugenlos. Kein Schloss darin, kein Zahlenstellrad, kein Hinweis darauf, wie dick die Panzerung oder wie die Zuhaltung beschaffen war.

Neben der Stahltür sah ich ein quadratisches Feld, auf dem die Ziffern von Null bis Neun tastbar waren.

Im Visor hatten sich die grüne und die gelbe Markierung fast übereinandergeschoben. Bis hierher und nicht weiter. Mir war klar, dass man einen Zahlenkode eingeben musste, aber ich hatte nicht einmal einen Tipp bekommen, wie viele Stellen dieser Kode haben sollte.

Möglicherweise löste eine falsche Ziffernfolge Alarm aus.

Ich dachte an Carmen und hätte schreien können in meiner Hilflosigkeit. Sollte ich ohne einen einzigen Versuch wieder abziehen? Ich seufzte, nahm meinen Notizblock heraus und einen Stift, um mir die Kombinationen zu notieren, die ich eingeben würde, eine nach der anderen in den nächsten drei bis vier Millionen Jahren. Ich blätterte den Block auf. Mein Blick fiel auf meine Notizen in Sachen Perry Rhodan. Geboren am 8. Juni 1936 in Manchester.

08 06 1936.

Ich lachte leise. Anscheinend wurde ich allmählich hysterisch. Aber warum nicht. Eine Ziffernfolge war so gut wie die andere. Ich tippte sie ein: 08 06 19 36.

Plötzlich erschien diese Ziffernfolge *über* dem Eingabefeld. Sie schwebte wie eine Fata Morgana in der Luft, die einzelnen Ziffern wie aus Kupfer gegossen, metallisch. Dann änderten sich die Ziffern, und neben ihnen leuchtete eine Art Fieberthermometer auf. Das Quecksilber in der Säule stieg an.

Ich starrte die wechselnden Ziffern an. Mit einem Mal begriff ich, was mit ihnen geschah: Sie wurden umgerechnet. Irgendetwas zerlegte sie in ihre Primzahlen. Und ich begriff, dass ich etwas mit ihnen machen sollte – und zwar rasch. Denn mir würde nicht mehr Zeit bleiben als bis zu dem Moment, in dem das Quecksilber – oder was immer es war – den Zenit der Säule erreicht hatte.

Woher wusste ich das? Egal.

Ich blendete meine Umgebung aus, konzentrierte mich ganz auf die Zahlenreihe und entdeckte plötzlich eine Rechenmöglichkeit: wenn man die Primzahlen in drei bestimmte Gruppen sortierte, die Zahlen der Gruppen addierte und aus den drei Summen die Wurzel zog – interessant!

Ich gab die Resultate ein. Sie erschienen wieder in die Luft gespiegelt. Die Quecksilbersäule stand wieder auf Null, begann erneut zu steigen. Neue Rechnungen geschahen, neue algebraische Muster und Möglichkeiten wurden sichtbar. Ich reagierte, rechnete, gab die Zahlen ein.

Ich hatte mich nie als mathematisches Genie gesehen, und es wunderte mich selbst, mit welcher Sicherheit ich vorging, Algorithmen erfasste, das Zahlenspiel spielte. Spielte, ja, denn es kamen immer neue Elemente ins Spiel, Elemente des Zufalls, Zahlenfarben, Zahlenbäume, chaotisch durch die Gleichung wandelnde Variablen. Durch die Gleichung – denn eine Gleichung war es mittlerweile. Aber je komplexer die Rechnung wurde, desto leichter fiel mir die Umwandlung. Im Kern war es eine schlichte polynominale Gleichung vierten Grades. Ich vereinfachte die Gleichung durch Substitution und brachte so den kubischen Koeffizienten zum Verschwinden, fing – wie ein Jongleur, der über die einzelnen Griffe und Würfe in die Luft nicht mehr nachdenken musste – einige durch die Gleichung irrlichternden n-dimensionalen Zahlenentwürfe ab und gewann schließlich die Nullstellen des Ausgangspolynoms zurück.

Wie leicht es mir fiel.

Mir war, als hörte ich das Echo einer fernen Stimme, sehr leise, sehr amüsiert. Sie fragte mich lächelnd: »Wie heißt die Quadratwurzel aus 527 076?«

»726«, sagte ich. »Warum?«

Ich lachte auf, als ich die Lösung vor mir sah wie eine Erleuchtung. Ich tippte die Ziffernfolge ein.

Ein fast unhörbarer, glockenrein-ferner Ton erklang. Lautlos schwang die Tresortür auf.

Ich konnte nur einen Blick auf die Gazini-Smaragde werfen – denn dass es diese Smaragde waren, die da vor mir lagen, daran hatte ich keinerlei Zweifel –, da flog die Zimmertür auf. Lärm, Rufe, das Licht wurde eingeschaltet.

Der Visor wurde mir vom Gesicht gerissen, meine Handgelenke wurden ergriffen und gegen die Wand gepresst. Ich tat nichts, wartete, schaute mich um. Da war Bowman, da waren der Butler und noch zwei andere Typen, die ich nicht kannte. Jemand tastete mich ab und zog mir die PPK aus dem Holster.

»Okay«, sagte jemand. Ich erkannte die Stimme. Der Butler.

»Lasst ihn los!«, sagte eine tiefe Stimme mit einem sonderbaren Timbre.

Die Griffe lockerten sich ein wenig. Ich wollte die Hände restlos abschütteln, vielleicht machte ich instinktiv auch eine andere Geste des Widerstands. Jedenfalls kassierte ich zwei, drei trockene Haken, die mich in die Knie gehen ließen und mir so vollständig die Luft nahmen, dass ich nicht einmal schreien konnte. Ich wurde wieder gepackt und von starken Armen auf die Füße gestellt und an die Wand gepresst. Ich schaute auf. Bowman starrte mich an.

»Guten Abend«, sagte die tiefe Stimme. Bowman trat mir aus der Sicht.

Sein Schädel war seitlich flach gedrückt, die übergroßen Augen schimmerten wie Bernstein. Er trug eine Art Hausmantel oder Morgenrock, ein edles Stück aus Seide oder Velours, locker gegürtet. Aus den Ärmeln auf beiden Seiten schaute ein doppeltes Paar Arme hervor, das in

Händen mit lilienweißen, gliederlosen Fingern endete. Der Mantel war knapp und reichte doch bis zum Boden – seine Beine konnten kaum länger sein als meine Unterschenkel. Die Füße waren nackt, nackte, hornige Vogelkrallen, die Zehenspitzen in kleine Filzhütchen gepackt, damit der Boden nicht litt.

»Guten Abend, Mr Smalya«, sagte ich. »Tut mir leid, Sie so spät noch zu stören.«

»Und?«, fragte der Houhhom und blickte an mir vorbei.

Bowman stand neben mir und wendete die Gazini-Smaragde in seinen Händen. »Die Signatur wurde nicht korrumpiert. Die Oberflächenreflexzone ist integer. Keine tiefendimensionalen Frakturen nachweisbar.«

Ich warf einen Blick zur Seite und schaute mir die Gazini-Smaragde an. Ich hatte etwas wie ein Diadem erwartet, ein Collier vielleicht. Was ich sah, war ein sechseckiger Stab, zugleich von meergrüner Farbe und völlig transparent, ungefähr vom Durchmesser meines Handgelenks, insgesamt vielleicht einen halben Meter lang.

Ein weiterer Mitarbeiter des Houhhom kam in den Raum. Er trug etwas in der Hand, das wie verdickte, verlängerte Reitstiefel aussah. Smalya setzte sich auf den Sitzkreis, der offenbar genau für Wesen wie ihn eingerichtet war. Der Mitarbeiter bückte sich und hielt dem Houhhom die Stiefel hin. Mit einem leisen Wimmern schob Smalya erst den einen, dann den anderen Fuß in die Gerätschaft. Als Smalya aufstand, überragte er mich um eine Handbreit.

Er kam auf mich zu, und ich bemerkte an keinem Detail, dass er auf Prothesen oder Stelzen ging. Alles wirkte verblüffend lebensecht und natürlich.

Er betrachtete mich eingehend. »Ich gestehe, ich war ein bisschen neugierig auf Sie. Auf Sie und auf Ihre Vorgehensweise«, sagte er.

»Ich hoffe, Sie haben die Show genossen«, sagte ich. »Ob Sie Ihren Gorillas sagen, sie können mich loslassen?«

»Können Sie denn?«, fragte Smalya und nahm den Visor, den ihm ein anderer Mitarbeiter reichte. »Was haben wir denn da?« Er zeigte es Bowman, dann wandte er sich an mich: »Woher haben Sie das?«

»Das liegt in dieser Woche als Gimmick den Donald-Duck-Heften bei.«

»In der Tat«, sagte Smalya. »Ein schlagkräftiges Argument für den Kauf der Hefte, nicht wahr?«

Auf das Stichwort *schlagkräftig* landete ein Schlag in meiner Magengrube. Vor Schmerz zog ich die Beine an und hing wie ein Kind in der Luft, zwischen den beiden Gorillas von Smalya

»Es sieht aus wie rot-imperiales Zeugs«, meinte Bowman.

Das Fensterglas zusplitterte, und ein Schuss knallte. Der Butler knickte stumm und x-beinig ein. Meine PPK fiel ihm aus der Hand und schlitterte einen halben Meter über den Boden. Gleich darauf peitschte eine Schussfolge durch das Fenster wie aus einem Maschinengewehr. Dann stand plötzlich die Welt vor dem Fenster in weißen Flammen.

Die Gazini-Smaragde glühten auf und *wuchsen über sich hinaus*. Der grüne Stab in Bowmans Hand blähte sich blitzartig auf, durchdrang Bowmans Hand, seinen Leib, mich, die Wand, alles – und blieb doch gleichzeitig, wie und wo er war, als hätte er ein überlebensgroßes Double von sich erzeugt, das nach draußen vorgedrungen war.

Tatsächlich glomm durch das Fenster nun ein grüner Schimmer. Dort, an diesem grünen Schirm, schienen gewaltige Explosionen stattzufinden, grelle Lichtlawinen rollten den Schirm entlang, aber alles war still. Lautlos, fern. Meine beiden Wächter ließen mich los.

Ich hatte mich zu Boden fallen lassen, ruderte herum, bekam die PPK zu fassen. Ich packte sie fest, blieb aber unten.

Rufe, Schreie in Englisch und einer mir unbekannten Sprache. Smalyas Bass brummte dazwischen. Das Licht erlosch.

Fast im selben Moment füllte sich der riesige gläserne Schrank mit einem lautlosen Gewitter, grellblaue Entladungen blitzen auf, verknüpften sich, vernetzten sich. Silhouetten zeichneten sich im grellen Gewebe ab, wie die plumpen Zeichnungen von Kindern, die Konturen verblassten, gewannen wieder an Deutlichkeit.

»Sie haben sich in den Transmitter eingefädelt!«, hörte ich Bowman schreien, und dann: »Schießen, schießen!«

Smalya rief etwas, was ich nicht verstand, seine Stimme dröhnte wie ein schwerer Gong.

Der Schrank barst mit einem ohrenbetäubenden Lärm. Dann war absolute Stille, wie eine Milliarde Kilometer tief unter Wasser. Ich sah alles, hörte nichts mehr. Valerossios stand im Raum, umgeben von drei oder vier Leuten mit Maschinenpistolen. Ich sah das Mündungsfeuer, sah den ersten von seinen Leuten Blut spucken, sah den Kopf des zweiten platzen, sah, wie es dem dritten beide Oberschenkel zerriss. Drei der vier Männer von Valerossios waren tot, Valerossios aber jagte Kugel um Kugel aus seinen beiden Colts .44 Magnum

Für einen irrwitzigen Moment empfand ich Dankbarkeit, nichts mehr hören zu müssen.

Bowman kniete, vom Hals war nichts als einige Strähnen Fleisch übrig, der Kopf kippte zur Seite weg und hing nur noch an einem Faden Haut wie ein Jo-Jo. Die Smaragde glitten aus seinen Händen.

Der Brustkorb des letzten von Valerossios' Männern explodierte ohne ersichtlichen Grund. Der Gestank nach verbranntem Fleisch schnürte mir die Kehle zu.

Ich sah Valerossios auf Smalya anlegen, auf ihn zugehen und schießen. Die rechte untere Prothese fetzte weg. Ich entsicherte die Waffe, stützte die Ellenbogen auf, legte meine rechte mit der Waffe in die linke Hand, zielte über Kimme und Korn in die Mitte seines Brustkorbes und drückte ab.

Wieder kein Laut. Der Rückschlag fuhr mir dumpf in den Oberarm. Die Patronenhülse klatschte gegen die Wand, von der Wand gegen meine Wange und verbrannte mir die Haut.

Valerossios war stehen geblieben, als wäre er gegen ein unsichtbares Hindernis gelaufen.

Er sackte ein und kniete. Ich kam auf die Beine und ging langsam, die PPK mit ausgestreckten Armen im Anschlag, auf ihn zu.

»Wo ist sie?«, fragte ich ihn. »Wo ist Carmen?«

Er sah mich verständnislos an, öffnete den Mund, aber es kam nur blutiger Schaum über seine Lippen. Ich verfluchte mich, dass ich nicht besser gezielt hatte, irgendwohin, auf irgendein nicht lebensnotwendiges Organ.

Er blubberte etwas. Blutblasen bildeten sich wie von einem roten Kaugummi und platzten mit winzigen Spritzern. »Du hast ja keine Ahnung«, röchelte er. »Überhaupt keine Ahnung.« Dann sank sein Oberkörper nach vorne, bis er mit der Stirn aufschlug. Es gab ein trockenes Klock. Da lag er, wie in ein Gebet an einen toten Gott versunken.

Wir saßen in einem Herrenzimmer mit Billardtisch und Bibliothek. Braune Möbel, braune Bücherrücken in den deckenhohen Regalschränken, moosgrünes Billardtuch.

Smalya hatte sein Bein repariert und saß da fast wie ein Mensch. Selbstverständlich waren seine Augen alles andere als menschlich, und seine Art, mit zwei Händen *eines* Arms Tasse und Untertasse zu halten, wirkte – nun ja, als hätte einen der Teufel zum Tee geladen, um, sehr britisch, über die Galopprennen von Ascot zu plaudern.

Ich trank meinen Kaffee schwarz und leichenbitter.

»Ich fürchte, ich werde eine Enttäuschung für Sie sein«, sagte Mauloch Smalya. Er schien das Gemetzel völlig vergessen zu haben. Vielleicht kannte er Gefühle wie Trauer oder Entsetzen nicht. Vielleicht konnte ich aber auch nur seine unmenschliche Mimik nicht deuten. »Glauben Sie mir, ich habe selbst oft über die Lage der Dinge nachgedacht. Oder glauben Sie es mir besser nicht, denn es ist nicht ganz die Wahrheit.« Er seufzte, und das bekam er immerhin ziemlich menschlich hin. Ich unterbrach ihn nicht, ließ ihn zu Wort kommen. »Immer wieder habe ich darüber nachgedacht: Was mache ich auf dieser Welt? Warum bin ich nicht auf Houhhomn? Wie bin ich hergekommen? Dann kommt mir ein Raumschiff in den Sinn.«

Er dachte angestrengt nach.

»Schildern Sie mir dieses Raumschiff«, bat ich. Er tat es. Ich nickte und sagte: »Ein Pagodenraumschiff. So eines liegt auf dem Raumhafen von New York.«

»Ja. Ich weiß. Man hat es mir gesagt, und ich war einmal dort, oder besser: Ich habe dahin gewollt. Aber mein Ausflug ... nun, er verlief sich. Ich landete stattdessen in China Town und ging chinesisch essen.« Er lachte sehr sonor. »Meine Güte ... ich weiß sogar noch, was ich gegessen habe: San Kwak ... Seezunge, mit Krabbe gefüllt.«

»Aha«, sagte ich und nippe vom Kaffee.

»Alles Wichtige verrutscht an den Rand. Aus der Ferne, aus den Augenwinkeln scheint alles klar und deutlich, aber wenn ich genau hinzusehen versuche, wenn ich mich einer Sache näher widme, löst sie sich auf in Flecken, Farben, leere Muster, Gerüste. Als ob alles in Pixel zerfällt und dann ein Sturm die Pixel auseinanderbläst. Kennen Sie das auch?«

»Nein. Wie hieß der Chinese?«, fragte ich.

»Mein San-Kwak-Chinese?« Er lachte. »Warten Sie. Wan Chang. Das Restaurant hieß *Wan Chang's Garten der Gaumenfreude.* Oh, wenn Sie wissen wollen, ob es eine gute Adresse ist – ich kann es nur empfehlen!«

Ich nippte wieder. »Ich kenne *Wan Chang's Garten der Gaumenfreude*«, sagte ich. »Ich esse hin und wieder da. Es gibt Dutzende China-Restaurants in New York, wenn nicht Hunderte. Tausende Restaurants im Raum New York, hundert chinesische. Und Sie und ich, ein Houhhom und ein Mensch, ein Mann, der ein Herrenhaus um Hudson bewohnt und ein kleiner Privatdetektiv, wir essen beide im selben Restaurant. Ist das nicht witzig?«

Keiner von uns beiden lachte.

»Die Welt ist klein«, sagte er. Er stand auf und begab sich an ein Fenster. Er blickte eine Weile in die Nacht hinaus. »Vielleicht ist sie das wirklich. *Klein.* Viel kleiner, als Sie und ich glauben. Vielleicht ...«

»Ja?«, fragte ich.

»Ich weiß es nicht. Ich kann Ihnen nicht helfen. Ich erinnere mich an Houhhomn, meine Heimatwelt, an die Stadt Woun mit der Regierungsarena und an die Schneefälle von Wintermild. Ich entsinne mich, wie das Tropfenlicht von Yunn durch die Nacht zieht. Aber alle diese Bilder sind eigentümlich unscharf, verschwommen. Wie aus einer unüberbrückbaren Ferne. Ich erinnere mich an meine Zeit auf der Highschool hier, auf der Erde. Ich erinnere mich sogar an eine Freundin – meine Freundin: an Tammy. Mr Walker, sagen Sie mir: Was sollte eine junge, hübsche und gesunde Menschenfrau an einem außerirdischen Kerl mit Spaltarmen und Geierfüßen finden?«

»Oh, Frauen fliegen auf Männer mit Charme«, witzelte ich.

Aber ihm war nicht nach Witzen zumute. Er schrie auf, kurz und verzweifelt. Dann sagte er: »Ich erinnere mich – aber ich kann es doch nicht erlebt haben! Ich kann eine Menschenfrau so wenig attraktiv finden, wie eine Menschenfrau sich in mich verlieben könnte. Liebe ist ein ebenmäßiges Gefühl, und die Menschenfrau und ich können dieses Maß miteinander nicht halten.«

»Das haben Sie schön gesagt.« Ich nippte und hatte keine Ahnung, wovon er redete.

Mauloch Smalya wendete sich von dem nachtgefüllten Fenster ab und kam an den Tisch zurück und setzte sich. »Das Einzige, was ich mit Sicherheit weiß, ist: dass ich die Gazini-Smaragde bewahren muss.«

»Die Sie aber doch kürzlich erst einer alten Lady entwendet haben?«

Mauloch Smalya sah mich lange an. »Das mag die alte Lady sagen. Aber es ist nicht die Wahrheit.«

»In Wahrheit?«

»In Wahrheit haben die Gazini-Smaragde immer meiner Familie gehört. In Wahrheit hat die alte Lady immer versucht, die Smaragde in ihre Gewalt zu bekommen.«

»Ich habe gesehen, wozu diese Smaragde fähig sind. Es sind keine Schmuckstücke. Die Gazini-Smaragde sind eine Art Maschinerie, nicht wahr?«

Er nickte. Seine Bernsteinaugen schimmerten feucht. Sie verströmten einen ganz leichten Duft wie von Minze.

»Wozu dient diese Maschinerie?«

»Das haben Sie doch gesehen«, sagte Smalya. »Die Gazini-Smaragde schützen uns. Sie halten uns am Leben.«

»Uns?«

»Uns Houhhom.«

Ich trank den Rest des Kaffees aus. Er war immer noch heiß. »Ich habe hier vieles gesehen, Dinge, die ich nicht begreife. Ich bin in einem Taxi geflogen, mit einem Antrieb, den es nicht geben dürfte. Ich habe Valerossios und seine Leute aus dem Nichts heraus in Ihrem Wandschrank auftauchen sehen. Wie haben Sie das Ding genannt? Transformer?«

»Transmitter«, erläuterte Smalya. »Ein Gerät zum zeitverlustfreien Transport materieller Objekte von einem Ort zum nächsten.«

Ich lachte. »Klar, habe ich mir auch schon gedacht. Diese Dinge findet man in der Bronx ja an jeder Straßenecke. Wenn Sie tausend Packungen Cornflakes verputzen, gibt es einen davon gratis als Dreingabe.«

Smalya sah mich an – neugierig, wie mir schien. »Was schließen Sie daraus?«

Ich hob die Schultern. »Warum, glauben Sie, hat die alte Lady gerade mich beauftragt, ihr die Smaragde zu beschaffen?«

Mauloch Smalya sah mich an; fassungslos, wie mir schien. »Meinen Sie wirklich, Sie seien der Erste?«

»Oh – es sind noch andere in dieser Sache unterwegs?«

Er lachte verzweifelt. »Hunderte. Tausende.« Dann wurde er sehr ernst und beugte sich weit zu mir vor. Sein Atem strich über mein Gesicht. Seine Augen rochen bitter. »Immerhin ist noch niemand so weit vorgedrungen wie Sie.«

»Warum nicht?«

»Falsche Frage, Mr Walker. Die Frage lautet doch nicht, warum die anderen es nicht geschafft haben, sondern: Warum haben gerade Sie es geschafft? Warum gerade Sie?«

»Ich habe nicht den blassesten Schimmer«, bekannte ich.

Wir nippten wieder sehr gentlemanlike von unseren Tassen. »Mr Smalya, Sie und ich werden nicht die Rätsel der Welt lösen. Sie sind ein viel beschäftigter Mann, und ich bin es auch.« Ich setzte die Tasse ab und stand auf.

»Was Ihren Job in Sachen Gazini-Smaragde angeht: Den sind Sie wohl los?«

»Das weiß ich nicht. Ich bin Mr Valerossios los. Aber er war nicht der eigentliche Auftraggeber. Die alte Lady ... was wissen Sie über diese alte Lady?«

»Nichts«, sagte Smalya. »Nur das, wovon sie will, dass ich es glaube.«

»Sie haben nie Erkundigungen über sie eingezogen?«

Smalya überlegte. »Ich habe es versucht. Nicht nur einmal. Aber alle Versuche sind ins Leere gelaufen.« Pause. »Sie soll die Tochter eines großen Generals sein.«

Ich schlief traumlos, wachte spät am Vormittag auf, müder als zuvor, schlief wieder ein und verlief mich in vagen Traumgeländen, wanderte an verrosteten Pagodenraumschiffen vorbei, an gläsernen Häusern, in denen Blitze sich zu ganzen Netzen verknüpften, zu Netzen, in denen Ungeheuer gefangen hingen, die an ihren Fesseln rissen, die Münder zu lautlosen Schreien aufgesperrt.

Manches von dem, was ich sah, war mir unerträglich, auch wenn es keine sichtbare Gestalt annahm: Schatten, Wut, ein anschwellendes Crescendo, eine unmenschliche Gier, Botschaften, die ich nicht lesen konnte, verzerrte Proklamationen aus Buchstaben, die wie Schnee im Sturm verwirbelten. Ich flüchtete, kämpfte mich wie ein Ertrinkender an die Oberfläche des Schlafes, nur, um bald darauf wieder ausgemergelt hinabzusinken.

Ein rhythmisches Klirren und Rasseln quälte mich. Ich brauchte eine Weile, bis ich erkannt hatte, dass der Lärm sich von außerhalb in meinen verstörten Schlaf drängte.

Das Telefon klingelte.

Ich stand auf, taperte zum Apparat und nahm ab. »Trari trara, die Post ist da!«, hörte ich zwei oder drei Mädchenstimmen; sie kicherten und legten wieder auf.

Ich schüttelte den Kopf, lachte und fuhr mir mit beiden Händen durch die Haare. Kinderstreich.

Ich duschte kalt, rasierte mich und sah im Spiegel nach, ob ich wieder Ähnlichkeiten mit einem Menschen angenommen hatte. Das schmale Gesicht war etwas zu kantig, aber die kurz geschnittenen braunen Haare und die grauen Augen waren in Ordnung. Okay, das war ich.

Ich ging in die Küche und brühte Kaffee auf. Plötzlich kam mir ein Gedanke; ich erstarrte. *Die Post ist da* – das musste kein Kinderstreich sein. Ich spürte, wie es

Winter wurde in mir. Ich ging zur Wohnungstür und öffnete.

Vor der Tür lag das Paket.

Ich hob es an. Es war nicht schwer. Ich trug es in die Küche, stellte es auf den Tisch, setzte mich und stützte das Kinn auf die verschränkten Hände.

Das Telefon klingelte wieder.

»Ja?«

Es war eine Männerstimme. »Ist das Paket angekommen?«

»Ja.«

»Sie haben es geöffnet?«

»Ja«, log ich.

»Wir warten auf die Gazini-Smaragde«, sagte die Stimme. »Sie sollten das zu Ihrer Herzensangelegenheit machen.«

Ich hörte, wie der Hörer aufgelegt wurde. Ich ging zurück in die Küche, setzte mich und trank vom Kaffee. Dann schnitt ich mit einem Messer die Schnur auf und öffnete das Paket. Die Hand darin war wächsern und ledrig. Eine Frauenhand. Ein Finger fehlte.

In das blutverkrustete Zeitungspapier eingewickelt, lag eine weibliche Brust.

Es war noch nicht vorbei.

»Ich will nicht wissen, wo du diese beiden *Objekte* herhast«, sagte Mike, paffte ein Wolke aus und strich die Asche seiner Zigarette am Aschenbecher ab. Das Gemurmel in der Krankenhauskantine klang entfernt wie eine leise Brandung. »Aber sie stammen von ein und derselben Person: weiblich, zwischen fünfundzwanzig und dreißig Jahre alt.«

Letzte Hoffnung verflogen. Letzte Selbsttäuschung zerstört. Ich nickte. »Hat die Person gelebt, als ihr …?«

Mike blies einen Rauchkringel in die Luft. »Ja«, sagt er.

Ich kämpfte meinen Brechreiz nieder.

»Ich entsorge die Objekte«, bot Mike an.

»Danke«, sagte ich.

Der Pieper, den Mike in der Brusttasche seines Hemdes trug, meldete sich. Mike warf einen kurzen Blick darauf und drückte die Zigarette aus. »Ich muss los«, sagte er, nickte mir zu und verschwand. »Ein Notfall.«

Ich blieb noch eine Weile sitzen.

Am Abend erhielt ich den nächsten Anruf. Es war wieder die männliche Stimme. »Diese Gazini-Smaragde – sie sollten das zu Ihrer Herzensangelegenheit machen. Andernfalls kommt bald ein neues Überraschungspäckchen. Mit einem sehr, sehr gebrochenen Herzen darin.«

»Nein«, sagte ich und legte so viel Bestimmtheit hinein wie möglich. »Ich werde eine solche Sendung nicht bekommen. Denn dann hätten Sie nichts mehr, um mich unter Druck zu setzen.«

»Sie unterschätzen unsere Fantasie«, sagte die Stimme.

Klick.

Aufgelegt.

Ich kleidete mich an und fuhr zu Smalyas Anwesen. Smalya empfing mich in dem Tresorraum.

»Ich wusste, dass Sie wiederkommen würden«, begrüßte er mich.

»Wir wussten es beide.«

»Ich habe überlegt, ob es vorteilhaft wäre, Sie töten zu lassen.«

»Und?«, fragte ich interessiert. »Zu welchem Ergebnis sind Sie gekommen?«

Er saß auf dem niedrigen Sitzring, er trug seine Prothesen nicht. Ich hockte mich neben ihn, meine Knie stießen fast an mein Kinn.

»Zu dem Ergebnis, dass Sie in mancher Hinsicht ein sehr interessanter Fall sind«, sagte er. Er gab mit einer seiner Doppelhände ein Zeichen. Mitten im Raum entstand ein Bild, nicht so groß wie die Filmbilder im Kino oder auf dem Schirm eines dieser neumodischen Fernsehgeräte, aber doch erstaunlich scharf und wirklichkeitsgetreuer als alles, was ich bislang gesehen hatte. Das Bild war nicht flach, sondern besaß räumliche Tiefe. Es zeigte eine Strandszene, Sommer, vielleicht bei Coney Island. Menschen.

»Was sehen Sie?«, fragte Smalya.

Ich schaute ihn verdutzt an.

»Schildern Sie mir, was Sie sehen«, forderte er mich auf.

»Menschen am Strand. Einige sonnen sich. Einige laufen ins Wasser, um sich abzukühlen. Die drei da spielen mit einem Wasserball. Viele junge Leute flirten.«

»Flirten?«

»Die beiden Mädels schwenken ihre Hüften, was den drei Typen auf den Handtüchern gefällt. Sie lachen und rufen den beiden etwas nach. Dort sitzt ein Vater mit seinen beiden Söhnen und hilft ihnen, eine Sandburg zu bauen.«

Das Bild wechselte. »Was sehen Sie jetzt?«

Ich zuckte mit den Achseln. »Ich weiß es nicht«, gestand ich. Ich konnte tatsächlich nicht im Detail sagen, was ich sah. Da waren Dutzende, vielleicht mehr als hundert Kreaturen abgebildet, die aussahen wie Smalya. Eine Versammlung von Houhhom. Sie standen in langen Reihen, die doppelten Armpaare gespreizt und dem Vordermann an die Hüften gelegt. Etliche hatten sich zu Pyramiden gruppiert, standen aufeinander und hielten leicht deformierte, durchsichtige Kugeln oder Blasen hoch in die Luft.

»Es ist ein Gedächtnisballett zur Erinnerung an die Siebente Informationskaskade von Houhhomn«, sagte Smalya. »Die Pantomimen tragen bereits ihre Tanzrüstungen aus Bronze. Die Gesichter sind auf Gemeinschaftsmimik gestellt. Sie sehen alles, Walker, aber Sie verstehen es nicht. Sie verstehen die Signaturen der Tanzrüstungen so wenig, wie ich das Flirten und Hüftschwenken Ihrer Artgenossen verstehe. Die Spiele im Wasser. Die Funktionen der Sandburgen.«

Das räumliche Bild erlosch. »Was genau wollen Sie mir sagen?«, fragte ich.

»Wir sind einander fremd. Im Zweifelsfall müssten wir doch auf der Seite unserer Art stehen: Sie auf der Seite der Menschen, ich auf der Seite der Houhhom.«

»Jetzt wollen Sie wissen: Warum habe ich, als es zu so einem *Zweifelsfall* kam, auf Valerossios geschossen und nicht auf Sie?«

»Warum haben Sie auf Valerossios geschossen und nicht auf mich?«

Ich dachte nach. »Weil es richtig war.«

»Aber jetzt«, sagte er leise, »sind Sie wieder hier. Jetzt wollen Sie wieder die Gazini-Smaragde.«

»Es geht um das Leben meiner Mitarbeiterin. Leben gegen Ding, Mr Smalya. Ich habe das Richtige getan, und ich weiß, dass Sie *richtig* sind. Sie sind kein Mensch, aber Sie scheinen mir menschlicher als Valerossios und seine Leute. Sie werden verstehen, dass kein Ding ein Leben wert ist.«

»Ich soll Ihnen also die Gazini-Smaragde ausliefern, um Ihre Freundin zu retten?«

»Ich habe einen alten Freund, der pflegt zu sagen: Wer einen Menschen rettet, der rettet die ganze Welt. Retten Sie meine Welt, Smalya!«

»So, pflegt er das zu sagen, Ihr Freund? Und wenn nun die Auslieferung der Gazini-Smaragde ebenfalls Leben gefährden würde? Ein Leben? Zwei Leben? Milliarden Leben?«

»Tut mit leid«, sagte ich. »Solche Rechnungen stelle ich nicht auf.« Ich zog meine PPK und spielte damit herum. »Ihre Jungens haben mich diesmal nicht gefilzt« sagte ich. »Sehr nachlässig.«

Smalya winkte ab. »Sie können mir nicht drohen, Mr Walker. Ich weiß, dass Sie nicht auf mich schießen werden.«

»Werde ich nicht?«

»Werden Sie nicht. Es würde Ihre Ordnungsmuster durcheinanderbringen, Ihre mentale Orientierung. Wie nennen Sie es doch gleich? Ihre Moral!«

Ich musste lachen. »Die ist schon ziemlich durcheinander, Mr Smalya.« Ich steckte die Pistole wieder in den Holster. Mauloch Smalya betrachtete mich lange und schweigend. Er stand auf, ging zum Tresor, öffnete ihn und holte die Gazini-Smaragde heraus.

Er musste ein Zeichen gegeben haben, das ich nicht wahrgenommen hatte, denn plötzlich erhob sich aus dem Boden eine Tischplatte. Smalya setzte sich wieder und legte die Gazini-Smaragde auf die glatte Oberfläche. In das Bild, das die Dreiergruppe inmitten der Libellenvögel zeigte, kam eine neue Bewegung. Es war, als versuchten die durchsichtigen Flugwesen, aus dem Bild zu entkommen. Der Firnis des Bildes spannte sich wie eine Frischhaltefolie, die Vögel flogen dagegen an, endlich platzte die Folie und löste sich auf. Je näher sie uns kamen, desto kleiner wurden sie. Als sie endlich die Smaragde erreicht hatten, waren sie so klein wie Glühwürmchen.

Es mochten acht oder zehn von ihnen sein. Sie umschwirrten die Smaragde schneller und schneller, hinterließen feine Leuchtspuren dabei, die immer länger sichtbar blieben, Kondensstreifen aus Licht. Nach und nach sponnen sie die Gazini-Smaragde ein in einen schimmernden Kokon. Dann landeten sie auf der Tischplatte, krochen aufeinander zu und erlahmten.

Der Kokon glühte auf und erlosch. Vor mir lagen die Gazini-Smaragde, in Dutzende Einzelsteine zerlegt. Smalya sortierte sie und wählte einen der Smaragde aus, groß wie ein Daumennagel. Er hielt ihn mir vor die Augen. »Das«, sagte er, »ist das zentrale Steuerelement, der Paramental-Generator. Es wäre zu kompliziert, Ihnen die Wirkungsweise der einzelnen Elemente zu erläutern. Die Gazini-Smaragde sind eine hochkomplexe Funktionseinheit mit etlichen autogenerativen Routinen.«

»Aha«, sagte ich hilflos.

Smalya fabrizierte eine Art Lächeln. »Glauben Sie mir, so ganz verstehe ich es auch nicht. Ich verstehe es nicht, weil das Ganze so gemacht ist, dass ich es nicht verstehe. Dass kein lebendes Wesen es versteht oder verstehen kann.«

Ich starrte ihn an wie einen Käfer.

Er sagte: »Stellen Sie sich vor, Sie sollten einen Schatz hüten. Sie verbergen den Schatz in einer Höhle. Sie verschließen die Höhle mit einem Zahlenschloss. Um es zu öffnen, braucht man die richtige Kombination. Nun wissen Sie aber, dass es Maschinen gibt, die nichts anderes tun, als mögliche Kombinationen durchzuzählen. Hunderttausende von möglichen Kombinationen im Bruchteil einer Sekunde. Sie wissen, dass sich viele dieser Rechenmaschinen an die Arbeit machen werden. Ein Schwarm von Maschinen. Was würden Sie tun, um diesen Maschinen das Leben schwer zu machen?«

Meine Zeit drängte, und ich fühlte mich unwohl. Ich kam nicht voran. Dennoch reizte mich das Problem. Ich dachte nach. »Ich würde etwas ins Schloss einbauen, was sich nicht berechnen lässt.«

»Was lässt sich nicht berechnen?«

»Vieles: Zufälle. Gefühle. Träume. Rätsel. Man müsste Träume, Emotionen, Wortspiele in dieses Schloss einspeisen.«

»Genau«, sagte Smalya. »Es müsste etwas Lebendiges ins Schloss, um den Schatz zu schützen.«

»Und diese Gazini-Smaragde sind der Schatz?«

»Aber nein«, sagte er. »Sie sind das Schloss. Der Hüter. Das Gazini-Verteidigungssystem ist eine Art lebender Schild, vereinfacht gesagt. Ein sechsdimensionaler Schild, in dem sich ununterbrochen hochkomplexe Rechenoperationen mit mentalen Impulsen zu einer inkalkulablen Textur verweben.«

»Noch einmal im Klartext, bitte.«

Smalya brachte ein Geräusch hervor, das ich als Seufzen deutete: »Irgendwann brechen Vereinfachungen in Verfälschungen um. Aber gut, ich will es versuchen: Stellen Sie sich vor, Sie treten mit Ihrer Pistole gegen einen Ritter an. Der Ritter führt kein Schwert, nur einen Schild. Einen durchaus kleinen Schild. Sie feuern. Die Kugel trifft den Schild und ...«

»Und ich ziele besser und treffe …«

»… nichts als den Schild, denn der Schild, obwohl er klein und handlich ist, ist immer da, wo die Kugel ist – ganz so, als würde nicht der Ritter den Schild führen, sondern die Kugel. Wohin immer die Kugel fliegt, ist der Schild. Nicht nur das: Je nach Beschaffenheit der Kugel wird sie vom Schirm aufgenommen, eingegliedert, stärkt ihn; oder aber sie prallt vom Schirm ab und schlägt in Ihre Pistole ein.«

»Ein unbesiegbarer Ritter«, schloss ich.

»Leider nein.« Er spielte mit dem einen Gazini-Smaragd, legte ihn sich von der einen Doppelhandhälfte in die andere. »Alles hängt von der zentralen Schnittstelle ab, von der Komponente, in der sich Algorithmen und Intuition treffen und verweben, Kalkül und Vision.« Er machte eine Pause. »Sie haben von *Rätsel* gesprochen, Mr Walker. Welches wäre das perfekte Rätsel?«

Ich überlegte. »Das vollkommene Rätsel wäre dasjenige, das niemand lösen kann.«

»Auch der nicht, der das Rätsel stellt?«

»Auch der nicht.«

Er blickte mich an. Seine unmenschlichen Augen schimmerten. »Obgleich es eine Lösung geben muss. Sonst wäre es ja kein Rätsel.«

Ich nickte.

Smalya ballte die Faust um den Smaragd, legte die andere Hälfte der Doppelhand um die Faust, schloss die verdoppelte Faust in die beiden Hände seines anderen Armes ein. Sein Gesicht war wie von einer stummen Qual verzogen. Er stand auf, ging zum Fenster, sagte: »Alles hier ist so hohl. So unglaubwürdig. Diese ganze Welt ist eine präparierte Leiche, eine Mumie. Ich wünschte, ich könnte

Ihnen sagen, wie sehr ich sie hasse. Wollen Sie meine Theorie hören?«

Er wartete meine Antwort nicht ab und fuhr fort: »Die Welt, wie sie sein sollte, besteht aus wirklichen Dingen und wirklichen Wesen, die den Dingen Bedeutung geben. Diese *Welt* dagegen besteht nur aus Bedeutungen, aus Zeichen und Symbolen. Nicht einmal ich selbst bin wirklich, sondern nur eine Bedeutung, ein Signal, das ich selbst nicht verstehe. Mr Walker, was *bedeute* ich?«

»Wie soll ich das wissen, Mr Smalya?«

Er sagte so leise, dass ich es kaum verstand: »Weil Sie etwas wie der Schlüssel sind, der Kode, der diese ganze Welt dechiffriert.«

Ich wollte lachen, aber mein Mund war ausgetrocknet. Ich musste mich mehrfach räuspern, bis ich sagen konnte: »Zu schmeichelhaft.«

»Es ist keine Schmeichelei, Mr Walker. Es ist eine Befürchtung. Sie machen mir Angst. In einem Ihrer Glaubenssysteme gibt es Engel, nicht wahr? Geschöpfe, die zwischen dem Diesseits und dem Jenseits vermitteln und Botschaften in die Niederungen der Sterblichen tragen.«

»Es gibt solche Engel in mehreren Religionen.«

»Ich habe solche Vorstellungen immer für amüsant gehalten. Aber nun fange ich an, ihnen Wert beizumessen.« Er wandte sich zu mir und betrachtete mich.

Ich lachte trocken. »Sie glauben nicht ernsthaft, dass *ich* ein solcher Engel bin? Ein Schutzgeist, ein Patron des Guten?«

»Aber nein«, sagte er und setzte sich wieder zu mir. »Das habe ich nicht gesagt. Ich erkenne in Ihnen keinen Patron, keinen Schutzgeist.«

Er schwieg. Er legte den Smaragd behutsam auf den Tisch. »Sie sind der Engel des Todes.«

»Unfug.«

»Wir spielen ein Spiel. Ich stelle Ihnen ein Rätsel.«

Er tippte in einem raschen Rhythmus auf den Tisch. In einem handtellergroßen Bereich wölbte sich der Tisch ein wenig auf und sonderte fünf gleich große, halbschalige Gebilde ab, die die Kuppe meines Daumens hätten bedecken können. Smalya zeigte mir den Smaragd, legte ihn auf den Tisch und stülpte eine der Schalen darüber. Dann begann er, mit seinen vier Händen die fünf Gebilde zu verschieben.

Seine gespaltenen Unterarme waren mit den Oberarmen anscheinend über ein extrem bewegliches Kugelgelenk verbunden, denn die Unterarmpaare vollführten kreisende Bewegungen, die nicht menschenmöglich waren.

Dennoch blieb unverkennbar, was er tat. »Wollen wir das Hütchenspiel spielen?«, fragte ich. Er antwortete nicht. »Klar. Warum nicht. Ihr Einsatz, Smalya? Und meiner?«

»Darüber haben wir doch ausführlich gesprochen: Sie kämpfen um das Leben Ihrer Partnerin, ich um das Leben der Milliarden.«

Er ließ seine Hände und die Schälchen noch ein wenig rotieren, dann hielt er inne und zog seine Hände von den fünf Schalen zurück. »Wo ist der Smaragd? Der Generator? Die Lücke im Schild? Das, was immer dieser Stein bedeutet?«

Ich spürte, wie Smalya vor Erregung zitterte. Ich rührte mich nicht. Bei dem altterranischen Hütchenspiel konnte man als Spieler den Eindruck einer fairen Chance gewinnen: Man folgte dem Hütchen, unter dem die Erbse lag, mit den Blicken bis zum Ende des Verfahrens. Unter dem Hütchen, unter dem man sicher war, die Erbse finden zu sollen, konnte sie nicht liegen, dafür hatte der Spieler mit seinem Geschick gesorgt. Blieben die zwei anderen übrig, von den die Spielzüge abgelenkt hatten: eine Chance 50 : 50.

Hier waren nicht drei, sondern fünf Schalen im Spiel, und wenn man die eine ausschaltete, auf die der Spieler die Aufmerksamkeit gezogen hatte, blieben vier Schalen, unter denen der Smaragd sein könnte.

Aber ich hatte mir nicht die Mühe gemacht, dem Verschieben und Verstellen der Schälchen zu folgen. Wie hatte Paomg über Mauloch Smalya und seine Leute gesagt? *»Sie sollen ein Faible für Zauberkunststückchen haben.«*

Also hatte ich die einzige Stelle im Auge behalten, wo sich der Smaragd vernünftigerweise befinden konnte.

»Nun?«, drängte Smalya.

Ich streckte meine Hand aus und griff die eine Hand des Houhhom, die den Stein zu Beginn des Spiels unter die Schale gelegt zu haben schien.

Auch Smalyas Hand fühlte sich feucht und glatt an wie ein Pflanzenstängel, aber nicht so kühl wie bei dem Geschöpf am Lagerfeuer auf dem Raumhafen, sondern heiß, fast kochend. Ich zuckte zurück, griff gleich wieder zu, drehte die Hand um. Dort, in der Fuge zwischen zwei Fingerwurzeln, lag der Gazini-Smaragd. Ich pflückte ihn heraus. Smalya ließ es geschehen.

Der Houhhom blickte mich entgeistert an und brummte in seinem Bass: »Was habe ich getan?«

Was dann geschah, war gespenstisch. Mauloch Smalya erschlaffte wie ein aufblasbares Gummitier, aus dem schlagartig jede Luft entwichen war. Ich sprach ihn an, aber er reagierte nicht. Ich stand auf, schüttelte ihn an der Schulter. Er fühlte sich leicht und zerbrechlich an wie Balsaholz. Quälend langsam hob er den Blick. Ich schaute in seine sonderbaren, entgeisterten Augen. »Was habe ich getan?«, wiederholte er, dann brabbelte er etwas in einer Sprache, fremdartig, ohne menschlichen Anklang.

Auch die übrigen Gazini-Smaragde, die noch auf dem Tisch lagen, wirkten verändert, wie erloschen. Ich griff danach. Die Libellenvögel kreischten gequält auf, und einige versuchten, mit dem Schnabel nach mir zu hacken. Ich wischte sie behutsam zur Seite, nahm die Smaragde an mich und steckte sie in meine Manteltasche.

Die Kreaturen flatterten schwach und krank, erhoben sich kaum vom Tisch, einige stürzten ganz herab und blieben liegen, andere ermatteten und lagen regungslos da wie tot.

Ich verließ das Haus Smalyas unbehelligt.

Als ich auf die Straße trat, bemerkte ich, dass ein neuer Geruch in der Luft lag, ein noch nie wahrgenommenes Aroma, beißend, alles durchtränkend wie der Geruch von Feuer, zugleich süß wie Vanille.

Ich stand da, witternd wie ein Tier. Obwohl ich diesen Duft noch nie gerochen hatte, und obwohl es einen Duft wie diesen auf dieser Welt nicht geben konnte, erkannte ich ihn.

Die ganze Welt roch widerlich nach Triumph.

Einen Herzschlag lang rauschte es in meinen Ohren wie beim Untertauchen, mir schwindelte, und ich fürchtete die Orientierung zu verlieren. Ich stand erstarrt.

In mir war ein einziger Gedanke, und es war nicht einmal mein Gedanke. Ich hatte ihn Smalya sagen hören, und er hatte sich in mir eingenistet. Nun hallte er in mir nach, und statt dass ich ihn mir aneignete, war es, als ob dieser Gedanke sich mich zu eigen machte: »Was habe ich getan?«

Ich saß den nächsten Tag in meinem Büro und wartete auf den Anruf des Mannes, der in die Position von Valgerossios nachgerückt war als Mittelsmann zwischen mir und der alten Lady. Niemand rief an. Ich klopfte mit dem Gazini-Smaragd auf die Tischplatte. Ich starrte auf das Telefon, aber es ließ sich nicht zwingen.

Stattdessen meldete sich gegen Abend Deborah Rhodan fernmündlich bei mir. Ihre Stimme klang dünn, und zwischen dem, was sie sagte, und dem, was ich sagte, lagen sekundenlange Pausen wie bei einem Gespräch nach Japan oder Europa.

»Es ist wegen meines Bruders«, sagte sie.

»Perry Rhodan«, sagte ich.

Pause.

»Haben Sie schon eine Spur?«

»Nein.«

Pause.

»Es ist dringend«, sagte sie.

Ich wollte ihr widersprechen. Ich wollte bitter auflachen und ihr sagen, dass es andere, dringendere Dinge gäbe, dass ein Irrer eine Frau, die in gewissen Grenzen meine Frau war, in Stücke schnippelte, dass die ganze Welt ein dringender Fall wäre, eine Welt, mit Fremden so gesättigt, dass sie gar nicht mehr unsere Welt war, was aber außer mir niemand zu bemerken schien. Ich sagte: »Ich weiß. Es tut mir leid.«

Pause.

Ihre Stimme klang immer dünner, schwindender, sie sagte: »Vielleicht ist er einfach zu Hause, und wir wissen es nur nicht.«

»Ja«, sagte ich nur.

»In Manchester.«

Es klackte in der Leitung. Sie hatte unvermittelt aufgelegt.

Ich verschränkte die Arme im Nacken und kippelte ein bisschen mit dem Stuhl. Mir ging durch den Kopf, was Deborah Rhodan gesagt hatte: *Vielleicht ist er einfach zu Hause.*

Vielleicht war ja auch Carmen mittlerweile wieder zu Hause. Ich wählte ihre Nummer.

Endloses Freizeichen.

Ich setzte meinem Telefon ein letztes Ultimatum von einer halben Stunde. Die Zeit verstrich. Ich stand auf, zog den Mantel über, setzte den Hut auf und machte mich auf den Weg.

Carmen wohnte im siebenten Stock in einem Zweizimmer-Apartment neben etlichen anderen Sekretärinnen in anderen Zweizimmer-Apartments; eine Art von Sekretärinnen-Intensivhaltung. Ich besaß einen Schlüssel zu Carmens Wohnung. Trotzdem klopfte ich, wartete fast eine Minute. Dann schloss ich auf.

Ich trat ein und blieb mit geschlossenen Augen stehen. Es hatte alles keine Eile mehr. Der Geruch ihres Todes hatte sich wie eine Beize in der ganzen Wohnung verbreitet, hatte sich unter den Türen her und durch die Schlüssellöcher geschlängelt.

Sie lag im Schlafzimmer auf dem Bett, die Glieder ausgestreckt und an die Bettpfosten gebunden, nackt, ausgeweidet. Die Haut ihres Leibes war zerschnitten und hing an Haken aufgespannt, die man an der Decke befestigt hatte. Augen, Zunge und innere Organe verwesten in Töpfen, Pfannen und Tupper-Schüsseln, die rings um das Bett aufgestellt waren wie ein Bannkreis.

Ich hielt mir ein Taschentuch vor Mund und Nase und öffnete das Fenster zur Straße. Es war ein herrlicher Tag, blauer Himmel, einige hingetupfte Wolken, nicht zu heiß, ein solider Wind.

Die Polizei, die ich gerufen hatte, war gnädig. Der Einsatzleiter hatte schon zu viel gesehen, seine Augen waren wie leere Spiegel, als er sagte: »Es sind zu viele Menschen in der Stadt.« Er nahm den Hut ab und wischte sich mit dem Handrücken den Schweiß von der Stirn. »Viel zu viele Menschen.«

Ich fuhr weder nach Hause noch ins Büro, fuhr direkt aus der Stadt, Richtung Connecticut. Zahnbürste, eine Klinge und Rasierwasser würde ich mir unterwegs kaufen, neue Unterwäsche, falls nötig. Das Fragment des Gazini-Smaragds hatte ich in die Brusttasche meines Hemdes gesteckt. Ich hatte das deutliche Gefühl, ich hätte ihn ebenso gut wegwerfen können.

Die alte Lady hatte mich nicht ausgeschickt, den Gazini-Smaragd zu beschaffen, sondern das Rätsel zu lösen. Und wenn ich auch das Rätsel nicht begriff: Ich hatte es wohl gelöst. Und das Ensemble dadurch zerstört. Niemand würde mich anrufen, niemand würde die Auslieferung des Steines verlangen.

Es war vorbei.

Ich nahm die Küstenstraße durch Bridgeport und New Haven, dann die Interstate 91 hoch Richtung Norden, durch Cromwell nach Hartford, danach die kleineren

Straßen ostwärts. Manchester war ein reichlich heruntergekommener Flecken. Der Mond hing am Himmel, blass, ausgelaugt, wie ein billiges Versprechen. Ich mietete mich im Manchester Inn auf der East Center Street ein, einem billigen, zweistöckigen Motel, wo das Wasser von der Badezimmerdecke tropfte.

»Hausgemachter Regen«, kicherte der Gehilfe des Pächters, der mich überflüssigerweise auf mein Zimmer begleitete.

Ich inspizierte die Räume flüchtig und ignorierte ihn demonstrativ. Der Gehilfe plauderte unbeeindruckt drauflos, von den vielen Attraktionen, die der Ort zu bieten hätte: dem Mark-Twain-Gedächtnishaus, dem Harriet Beecher Stowe Center und dem Dinosaur State Park.

»Sie werden sich nicht langweilen«, versprach er.

»Nein«, sagte ich, wühlte zwei Ein-Dollar-Noten aus der Tasche und bat ihn, mir ein Telefonbuch zu bringen.

Als er aus dem Raum war, legte ich mich auf das Bett mit der fast bis zum Boden durchgelegenen Matratze, trat mir die Schuhe von den Füßen und schaltete das Fernsehgerät ein. Im ersten Programm bot der örtliche Chevrolet-Händler Neu- und Gebrauchtwagen zu so himmlisch günstigen Preisen an, dass ein Engelschor aus drei bejahrten, aber noch recht rüstigen Engeln, die sich hinter ihm aufgebaut hatten, in ein schlecht einstudiertes Hallelujah ausbrachen. Ich schaltete um und sah eine Weile lang den vergeblichen Versuchen von Wile E. Coyote zu, endlich den Road Runner zwischen die hungrigen Zähne zu kriegen. »Meep meep«, sagte der Road Runner. Ich seufzte und schlug das Telefonbuch auf: kein Road Runner verzeichnet im Großraum Manchester, und auch kein Rhodan.

Der Mann am Empfang riet mir davon ab, das Abendessen in dem Restaurant zu nehmen, das dem Motel angeschlossen war.

»Haben Sie einen Geheimtipp?«, fragte ich.

»Klar, aber wenn ich den verraten würde, wäre es ja kein Geheimtipp mehr!« Er gluckste über den gelungenen Scherz.

Immerhin riet er mir zu einem Grillrestaurant, das sich einige Straßen weiter, aber noch in Laufnähe befand. Ein Restaurant in einer umgebauten Scheune, die Decke, hoch und spitz, entzog sich den Blicken. Es hätte mich nicht gewundert, wenn dort oben Fledermäuse gehangen und sich auf die Tische von ihren Stoffwechselendprodukten entlastet hätten.

Im Raum saßen ausschließlich Weiße, leger, aber nicht billig gekleidet, weniger Familien als Pärchen, und in den Augen der Pärchen das konspirative Glitzern und die Aufmerksamkeit der Affäre. Bedient wurden sie ausschließlich von Schwarzen, und zwar von auffallend übergewichtigen, fast kugelförmigen Exemplaren. Die Karten, die die Kellner reichten, waren überlebensgroß, obwohl sie nur zwei Gerichte zur Auswahl anboten: gegrilltes Huhn und Rindersteak, allerdings in verschiedensten, exotischen Marinaden und mit den unglaublichsten Beilagen.

Ich bestellte und fragte auf gut Glück meinen Kellner, ob ihm der Name Perry Rhodan etwas sagte. »Rhodan? Der Sohn vom alten Jake, der Junge, der immer Pilot werden wollte?«

»Das weiß ich nicht«, sagte ich. »Aber er hat eine Schwester, Deborah.«

Der Schwarze zermarterte sich demonstrativ den Kopf. Ich machte einige Scheine locker. Wo ich seine Familie finden könnte?

»Die Familie? Da müssten Sie schon auf den Friedhof, Sir.«

Er hatte die Bemerkung durchaus nicht als Witz gemeint und nannte mir den Friedhof, den er im Sinn hatte.

Ich aß vorzüglich, schlief tief und träumte wenig, von bunten, gewichtslosen Figuren, die wie die Schatten von Regenbögen über ein ungegliedertes Land glitten.

Am anderen Morgen war ich auf dem Friedhof. Zwischen den Gräbern wuchs Rasen, er war gepflegt und kurz geschnitten. Es war schon spät am Tag, die Sonne sank und färbte sich rostrot. Ich sah zwei Mädchen zwischen den Gräbern, die für ein drittes das Seil schlugen. Ich zögerte, ging dann vom Weg ab, auf die drei Kinder zu. »Hi«, sagte ich. »Wissen eure Eltern, dass ihr hier spielt?«

Das springende Mädchen hatte vor Konzentration die Zunge zwischen die Lippen geschoben und sah mich nicht an. Eines der seilschlagenden Mädchen sagte: »Vor dem Haus dürfen wir spielen.«

»Aber ihr seid hier nicht vor dem Haus, Sharon.«

»Sind wir doch«, gab das Mädchen zurück.

»Ihr seid auf dem Friedhof.«

»Sind wir nicht. Immer erfindest du solche Sachen.« Ihre Augen wurden wässerig vor Zorn. »Weil du ein Stubenhocker bist. Immer nur liest du deine Bücher!« Unter ihrem Zorn brodelte eine junge, unschuldige Eifersucht.

Woher kannte sie mich? Und – ich schluckte – woher kannte ich sie?

»Weißt du, wo das Grab der Rhodans ist?«, fragte ich.

»Das solltest du besser wissen als ich!« Sie streckte den Arm aus und wies mir den Weg. Ich fand die Stelle rasch.

Die Eltern Rhodans, Edgar Jakob und Mary Tibo, lagen nebeneinander bestattet. An ihrer Seite beigesetzt war eine dritte Person. Ich las ihre Lebensdaten: »31. Dezember 1937 bis 18. Mai 1941.«

Ich setzte mich auf eine Bank dem Grab gegenüber.

Erinnerungen spülten in mein Bewusstsein, weiche Wellen, kamen, zogen sich zurück, wuschen mich frei.

»Wie heißt die Quadratwurzel aus 527 076?« Ich erinnerte mich wieder an sein Gesicht, an seine rotgoldenen Augen, die den Untergang eines Sternenreiches gesehen hatten und das Keimen eines neuen, des Solaren Imperiums.

»Siebenhundertsechsundzwanzig«, hatte ich Crest geantwortet, meinem Mentor. Meinem Sternenvater. *»Warum?«*

Hier lag mein richtiger Vater begraben, Jakob Rhodan. Meine Mutter, die mir geschworen hatte: *»Es gibt keine Monster.«*

Ich lächelte. Sie hatte es nicht besser gewusst.

Neben meinen Eltern lag meine Schwester Deborah.

Ich war der letzte Überlebende dieser Familie. Jakes Sohn. Marys Sohn. Deborahs Bruder.

»Auftrag erledigt, Lady«, murmelte ich. »Ich habe Perry Rhodan gefunden.«

Sprüche der Prophetenmaschine: Durch diesen Tag geht der Tod spazieren

»Was für ein Gemetzel«, sagte der Mann.

»Würde es dich trösten, wenn ich dich daran erinnere: Aus dem Blickwinkel der Ewigkeit betrachtet, wird jedes Gran Leid eine absolute Notwendigkeit gewesen sein, denn ein jedes wird zum Abschlussbild beigetragen haben, und fehlte nur eines, wäre das Ende entstellt?«

Der Mann blickte in den schwarzen Raum, wo die grellen Lichter das Verderben der Unzähligen bezeichneten. »Durch diesen Tag geht der Tod spazieren in all seiner Pracht«, sagte der Mann.

»Ich wusste, dass es dich nicht trösten würde«, sagte die Prophetenmaschine.

»Wenn du es wusstest – warum hast du es dann gesagt?«

»Manchmal muss man das Sinnlose wenigstens versucht haben, sonst stünde der Raum des Gewissens leer.«

Der Mann sah die Maschine erstaunt an. »Du hättest ein Gewissen?«

»Natürlich nicht«, sagte die Maschine, »aber ich denke darüber nach, mir eines zu konstruieren.«

Sakister Liebchen: Vor der Schlacht

Sakister Liebchen, die Stimme des Roten Imperiums und eines der vier Liebchen-Geschwister, schloss den Gürtel um seinen Hausmantel, über dessen Projektionsflächen lange Haarschöpfe und aufgelöste Frisuren zu wirbeln schienen. Wenn er in die riesigen Blütenkelche der Spiegelrosen sah, meinte er, Frauenköpfe sich an seinen Leib drängen und von ihm naschen zu sehen.

Sein Konsum an jungen, femininen Leibern war legendär, sein Einfallsreichtum in Sachen Orgien sprichwörtlich, seine Diskretion weckte Respekt. Er seufzte wohlig bei dem Gedanken an das Image, das er sich im Laufe der Jahre aufgebaut hatte. Er hatte schon früh mit Frauen geschlafen, hin und wieder – um nichts auszulassen – auch mit Männern.

Seine Abneigung gegen körperliche Berührung war Mal um Mal gewachsen. Der Geruch von Haut und Haar widerte ihn an, die tranige Konsistenz von Körperflüssigkeiten ekelte ihn.

Diese unartikulierten Geräusche. Dieses Ächzen und Stampfen von bloßen Körpern in Betrieb.

Eine Weile lang hatte er überlegt, ob er die defekten Areale in seinem Hirn reparieren lassen sollte, die so kläglich bei ihrer Aufgabe versagten, beim Anblick triefender Scheiden und milchender Brüste auf lustvolle Erregung zu schalten.

Er hatte davon Abstand genommen. Er lebte keusch und ließ sein Liebesleben von der eigenen Hauspropaganda ausdenken und bebildern. Bei Bedarf schmuggelte seine Quantronik den Journalistenkollegen ein paar indiskrete Schaumbildmatrizen zu, die sie nach eigenem Gutdünken gestaltet hatte und die ihn in mehr als nur verfänglichen, in ruchlosen, artistisch-grotesken Leibesübungen mit ihm völlig unbekannten Partnern zeigten.

Gelegentlich bat die Quantronik ihn, einen Blick auf die erotischen Szenen zu werfen.

»Du hast eine abartige Fantasie«, lobte er die Maschine.

»Man gibt sich alle Mühe, Partner.«

Zwei der Aquarienfelder, die träge durch die Luft trieben, stülpten Wasserröhren aus. Die beiden Röhren wuchsen langsam aufeinander zu, berührten sich, verschmolzen miteinander.

Die Koi schwammen von beiden Seiten in die Röhre ein, berührten einander im Vorübergleiten mit den Barteln und schauten sich im nächsten Feld um.

Das Wasser war klar wie Glas. Die Hariwake schimmerten golden und metallisch darin wie lebendig gewordene Dublonen.

Der Summer meldete maximale Dringlichkeit. Sakister nickte in die Optik. Ein Schaumbild blähte sich auf. Er sah zu seinem Erstaunen Johari Ifama, die Oberkommandierende der Vereinten Verbände des Roten Imperiums.

»Welche schöne Überraschung«, strahlte er sie an. »Das nenne ich Gedankenübertragung. Eben noch habe ich lauter schöne Dinge von dir geträumt, schon meldest du dich bei mir.«

Ifama quälte sich ein Lächeln ab. »Meine Einsatzflotte startet um exakt zwölf Uhr und wird den Aufmarschsektor exakt 17 Stunden später erreichen.«

»Natürlich«, sagte Sakister und nickte verständnisvoll. »Wo kämen wir hin, wenn nicht alles exakt abliefe!«

Sie ignorierte die neuerliche Unverschämtheit. »Willst du mit deiner Fähre an Bord der ZUKUNFT IN HERRLICHKEIT kommen, oder begleitest du uns aus eigener Kraft?«

»Aus eigener Kraft? Wer bin ich, dass ich meine schwachen Kräfte mit den deinen zu vergleichen wagte?«

Ifama betrachtete ihn mit aller Gelassenheit. »Übertreib es nicht. Sonst sehen deine Fans dich eine Tages im Einsatz den Heldentod sterben.«

»Da wären viele Frauen untröstlich.« Sakister lachte verhalten.

»Menschenfrauen – oder Fischfrauen?«

»Ich verkehre selten mit Nixen.«

»Ich meinte keine Nixen. Ich meinte Rogner. Karpfenweibchen. Die sind, soweit ich informiert bin, doch die einzigen Lebewesen, mit denen du immerhin eine Art von Unzucht treibst, oder?«

»Oho – habe ich da jemanden in meiner nächsten Umgebung, der petzt?«

»Wenn du nicht bis exakt fünf Minuten vor dem Abflug im Hangar der ZUKUNFT bist, fliege ich ohne dich. Und ich plaudere mit Bavo Velines darüber, ob wir uns nicht den Luxus eines neuen Geschwisterchens gönnen sollten. Eine neue Stimme.«

Er salutierte, klatschte die nackten Fersen zusammen, raffte den plüschigen Kragen seines Hausmantels und schnarrte: »Werde exakt um 11.32 und 44 Sekunden im Hangar sein, mon General!«

Ifama kappte die Verbindung.

In einem tropfenförmigen Aquarium, das eben unter der Decke entlangstrich, laichte ein Showa-Weibchen mit flammend roten Flecken. Ein spinnenförmiger, daumennagelgroßer Zuchtroboter scannte die Eierlawine kurz, dann ließ es den Milchner darauf absamen.

Sakister sah, dass die Flanke des Weibchens von dem Laichspiel des Männchens in Mitleidenschaft gezogen war. Der Zuchtroboter pinselte einen chemobiologischen Heilassistenten auf die beschädigten Stellen der Schleimhaut. Die Aquarien waren zwar annähernd keimfrei, aber Sakister wollte kein Risiko eingehen.

»Hast du dir die Zeit gemerkt?«, fragte er die Quantronik.

»11.32.44«, sagte die Maschine.

»Schaffen wir das?«

»Die STIMME DER WEHRHAFTEN WAHRHEIT ist einsatzbereit. – Ifama hat nicht gesagt, wohin es geht?«

»Aber das ist doch klar«, sagte Sakister. »Sie hat diesen Rhodan an Bord. Sie denkt, dass sie mit ihm das Gazini-System der Houhhom knacken wird. Sie fliegt das Houhla-System an. Sie findet es an der Zeit, mal wieder ein Sternenreich auszulöschen. Massenvernichtung pflegt ihren Teint.«

»Halali«, sagte die Quantronik.

Sakister Liebchen wusste, dass er an Bord der ZUKUNFT IN HERRLICHKEIT bei Weitem nicht so populär war wie in den zivilen Lebensbereichen des Roten Imperiums. Er ließ seine Quantronik die Arrangements mit den Schiffshirnen treffen und blieb an Bord der Fähre.

»Wir empfangen einen Ukas des Generalgouverneurs«, zeigte die Quantronik an. »Velines bittet dich, unser Staatsvolk auf den Militärschlag gegen die Houhhom einzustimmen.«

Sakister seufzte. »Wozu in aller Welt das denn? Kein Mensch interessiert sich für die Houhhom, nur Ifama hat ein gewisses Faible für sie.«

»Wie du meinst.«

Er seufzte noch einmal. »Machen wir uns an die Arbeit.«

Sie bedienten sich aus den Archiven. Sie plusterten die Pagodenraumer der Houhhom zu waffenstarrenden Raumfestungen auf, komponierten einige Überfälle der Houhhom-Einheiten auf rot-imperialen Forschungsstationen irgendwo im letzten Winkel von Rotheim und dichteten ihnen eine Handvoll monströser Waffensysteme an. Die blutrünstigen Raumadmirale der Houhhom brannten darauf, sie gegen das Rote Imperium einzusetzen.

Die Quantronik fragte: »Was hältst du davon: Der Dehumanisator ist ein pervertierter Psychostrahler, der die Hirne von Terranern und anderen humanoiden Völkern Amok laufen lässt. Sie vergessen alle Moral, fallen übereinander her und fressen sich gegenseitig auf.«

Sakister nickte. »Ja. Klingt gut. Liefern wir im Subtext ein paar Rezepte mit für den kannibalistischen Gourmet?«

»Ich gebe mir alle Mühe, Partner«, maulte die Quantronik. »Den Sonnenimplodator wolltest du auch nicht.«

»Wer hat schon Mitleid mit Sonnen? Da hält sich der Schrecken in engen Grenzen. Wie wäre es mit einem Ifama-Imitator? Unter dem Wirkungsstrahl dieser Waffe verwandeln sich alle terranischen Frauen in Johari Ifama. Das Entsetzen der Männerwelt ist grandios. Man wendet sich der zölibatären Lebensweise zu. Die Menschheit stirbt aus.«

»Ich fürchte, ich kann deinem Humor nicht mehr ganz folgen«, klagte die Quantronik.

Sakister seufzte. »Haben wir vor einiger Zeit mal eine unbedeutende Kolonie am Rand der rot-imperialen Sphäre verloren?«

»Phoolendu im Divakar-System, vor neun Jahren. Dort sind über siebzehntausend Siedler zweiter bis vierter Generation an einer endemischen Form der Chuuma-Pest gestorben. Das System wurde unter Quarantäne gestellt und für die nächsten zweihundert Jahre versiegelt.«

Sakister nickte. Er überlegte eine Weile lang. Dann lachte er. »Es wird Zeit, die ganze bittere Wahrheit über das Massaker von Phoolendu auszusprechen. Wir haben lange genug gezögert, wir haben den Houhhom eine Frist eingeräumt, die Verantwortlichen zur Rechenschaft zu ziehen …«

»… aber unsere diplomatischen Bemühungen haben nichts gefruchtet.« Sakister blickte in das Aufnahmefeld, das Gesicht von Gram zermürbt. Die Rezeptionsskala zeigte, dass er im Augenblick in über 65 Prozent der Privathaushalte des Roten Imperiums empfangen wurde.

Die öffentlichen Informationsflächen waren ihm ausnahmslos reserviert. Alle anderen Sendungen waren storniert.

Milliarden und Abermilliarden Sakister Liebchen-Gesichter machten im Schaumbild eine Pause. Schluckten. Fassten sich. »Ich hätte euch gar zu gerne die folgenden Bilder erspart. Der Generalgouverneur und das Kabinett haben lange darüber beraten, ob dergleichen publiziert werden darf. Aber zu wissen, was geschehen ist, und es nicht zu zeigen, hieße wegsehen. Die Wahrheit nicht zu sagen, hieße zu lügen. Wir haben – ich muss das zu unserer aller Schande gestehen – zu lange weggesehen, wir haben den Houhhom nicht zugetraut, die Grenzen zu überschreiten, Grenzen, wie zivilisierte Nationen sie sich vernünftigerweise setzen und wie zivilisierte Nationen sie vernünftigerweise respektieren.«

Er schluckte. »Was wir nun sehen – und ich sage euch, es wird eine Qual sein, es zu sehen –, haben andere wirklich erlitten. Wir waren nicht bei ihnen, als dieses Leid über sie kam. Seien wir jetzt bei ihnen. Ertragen wir die Bilder von dem, was sie erleben mussten. Wir sind es den Menschen von Phoolendu schuldig.«

Das Schaumbild wallte kurz auf, verdunkelte sich tintenschwarz wie das All, dann wurde ein Planet sichtbar, der sich majestätisch vor eine blaue Sonne schob. Impressionen einer smaragdgrünen Welt: ein einziger langer, schmaler Kontinent, der wie eine Schärpe quer und unter Aussparung der Pole um den Globus lag.

Eine Stimme sagte: »Phoolendu. Fünfter Planet der Sonne Divakar. Der Gürtelkontinent Mohin.«

Zoom. Da war etwas wie eine Seenplatte, die in einem warmen, rot-metallischen Ton schimmerte. Sakister Liebchen, die Stimme des Imperiums, erläuterte: »Die Kupferebenen von Hiranya. Die Hauptstadt der Kolonie: Oorjit.« Die Stimme nannte das Datum und die rot-imperiale Bezugszeit. 10.33 Uhr.

(»Warum so präzise?«, hatte die Quantronik gefragt.

»Klingt glaubwürdiger.«)

Kamerafahrt durch Oorjit. Meergrüne, kurz gehaltene Rasenflächen, darin Teiche, so niedrig, dass Kinder sie durchwaten konnten. Weiße, turmähnliche Bauwerke auf den Inseln inmitten der Teiche. Die Außenseiten der Gebäude blau und silbern gekachelt. Von oben sah man, dass die Gebäude ein rundes, tiefes Atrium umschlossen.

Kinder, die die Hand gegen die Sonne beschirmen und nach oben winken.

Umblende.

Ein Sitzungssaal. Das Parlament der jungen Kolonie. Hinter dem Parlamentspräsidenten zeigt das Schaumbild ein Kreissegment, das von drei stilisierten Pfeilen durchbohrt wird – das Staatswappen oder Logo des Roten Imperiums.

(»Mach den Saal hell, freundlich, aufgeklärt. Mach das Wappen etwas zu groß für den Saal. Man soll spüren, wie stolz die Kolonisten sind, Teil unseres Imperiums zu sein!«)

Einige Regierungsmitglieder liegen bequem auf Pneumoliegen; die Köpfe vom porzellanweißen Helm bedeckt, nehmen sie zeitgleich am mentalen Symposion teil, tragen die örtlichen Probleme vor und lassen sich von der Schwarmintelligenz beraten – ein schönes Sinnbild für die Konsultative Demokratie des Imperiums.

Einige Indux-Roboter mit stilisierten, femininen Formen summen zwischen den Symposionteilnehmern herum und versorgen sie bei Bedarf.

Ein älterer Herr mit gutmütigen, weil alles gesehen habenden Augen hinter der altväterlichen Glasbrille rückt ins Bild und sagt: »Das Wort hat Gouverneur Colleboeuf.«

Ein breiter Mann mit glatten, wie lackiert wirkenden blauschwarzen Haaren tritt ans Pult, nimmt einen Schluck aus einem Wasserglas, dirigiert mit dem Zeigefinger das Akustikfeld in Position und sagt: »Werter Parlamentspräsident, liebe Freunde von der Regierungspartei und von der Opposition ...«

Plötzlich ertönt Alarm: helle, rasch hintereinanderfolgende Glockenschläge. Disziplinierte Unruhe im Saal. Zwei Frauen stürzen aus einer Tür in der Frontwand herein und zum Pult, blass und verwirrt, flüstern dem Gouverneur etwas ins Ohr.

Der murmelt eine Entschuldigung, stürmt aus dem Saal. Rot-imperiale Bezugszeit: 10.58 Uhr.

Umblende.

Der Weltraum über Phoolendu. Die Kupferebenen spiegeln. Ein mehr altehrwürdiger als moderner Kreuzer kommt ins Bild – der Name aber ist frisch nachgestrichen und leuchtet neu und weiß: SHARDUL. Da schält sich aus der

Schwärze des Alls eine ungeheuere Armada: 40, 50, 100 titanische Schiffe, die fliegenden Pagoden ähneln. Ihre Geschütztürme sind weit ausgefahren, die Abstrahlfelder gluten unheilvoll.

Umblende.

»Kapitän Torrence von der SHARDUL an unbekannten Raumverband. Identifizieren Sie sich. Sie sind ohne Freigabe in das Hoheitsgebiet des Roten Imperiums eingeflogen. Ich wiederhole ...«

Umblende. Die Übermacht gibt Feuer. Für einen Moment sieht es so aus, als würden die beiden Hälften des Kugelleibes gegeneinandergedreht, dann platzt das Schiff und vergeht in einer lautlosen Explosion. Rot-imperiale Bezugszeit: 11.09 Uhr

Umblende.

Sturm über dem Land, Entwurzelungen, Chaos, Höllenlärm. Dutzende von Pagodenschiffen jagen mit mehrfacher Überschallgeschwindigkeit über Oorjit. Großaufnahme von Kindern, schreiend, die Hände auf die Ohren gepresst, aus denen Blut läuft.

Einige Schiffe landen auf dem dafür viel zu kleinen Raumhafen, zerbrechen die Bauwerke am Rand des Landefeldes wie Attrappen aus Holz.

Umblende.

Hoch über Oorjit. Unzählige Menschen strömen in alle Himmelsrichtungen aus der Stadt, in der offenbar geschossen wird. Explosionen. Dichtere Pulks werden von den Pagodenschiffen unter Desintegratorfeuer genommen. Die Menschenleiber verlieren ihre Kontur, lösen sich auf. Graugrüne Schwaden verwehen ...

(»Viel Volk für eine so kleine Stadt«, hatte die Quantronik bemängelt.

»Bau halt ein paar Vorstädte an. Sei kreativ!«)

Umblende.

Gouverneur Colleboeuf auf einem Stuhl in seinem Büro. Überall Houhhom-Soldaten und ihre kugelförmigen Kampfroboter, die auf langen Tentakeln stehen oder durch den Raum stelzen. Der Gouverneur sieht gefasst aus, wenn er auch offenbar ins Gesicht geschlagen worden ist. Die Lippen sind aufgeplatzt, geschwollen. »Absurd«, sagt er leise. »Woher sollten wir Unterlagen über ein Waffensystem besitzen, das – wie heißt?«

»Hyperinmestron. Ein sehr effektives terranisches Waffensystem«, sagt der Houhhom in seiner grollenden Sprache. »Liefern Sie uns die Konstruktionspläne aus, und wir verzichten gnädig auf die Vernichtung Ihrer erbärmlichen Kolonie.«

»Hyperinmestron. Ich habe nicht einmal davon gehört«, sagt der Gouverneur.

Umblende.

Rot-imperiale Bezugszeit: 16.40 Uhr. Der Gouverneur, gefoltert, dem Tod nah in einem houhhomschen Qualfeld. Sein Brustraum ist geöffnet. Die Lunge wird mit einer ätzenden Flüssigkeit übergossen. »Ich ...«, versucht Colleboeuf zu sagen. Aus seinem Mund wachsen Blutblasen, platzen, bespritzen seinen Mund, sein Kinn, die Fetzen seines Hemdes mit Blut.

(»Soll ich olfaktorische Informationen zusetzen? Das Blut, die Gedärme?«, fragte die Quantronik.

»Nur nicht!« Sakister lachte. »Menschen stinken. Das macht sie nicht sympathisch. Unsere Zuschauer sollen über den guten Gouverneur nicht die Nase rümpfen, sondern seinen Schmerz nachempfinden.«)

»Sie fordern es heraus«, grollt der Houhhom kalt.

»Nicht ... das ... Sie nicht ... das«, hört man den Gouverneur.

Plötzlich ein schriller Schrei des Houhhom. Er zeigt mit allen vier Händen direkt in das Aufnahmefeld. »Rot-imperiale Minis – sofort vernichten! Und Vorsicht – es könnten Cerbiden unterwegs sein!«

(»Ist es nicht etwas unglaubwürdig, dass die Houhhom Interkosmo sprechen? Dass sie die Spionsonden als Minis bezeichnen?«, fragte die Quantronik.

Sakister zuckte mit den Achseln. »Die Alternative wäre, sie ihre Sprache sprechen zu lassen und das Ganze zu untertiteln. Aber das würde die Zuschauer von den Bildern ablenken.«)

Der Houhhom schreit: »Macht schon – zerstört sie! Es darf keine Zeugen geben!« Kugelroboter surren heran. Blitze. Dunkelheit und ...

... Umblende.

Rot-imperiale Bezugszeit: 21.13 Uhr. Langsam zieht ein Pagodenraumschiff durch das Schaumbild. An seiner Unterseite hängt etwas wie eine Blase, ein feinmaschiges Netz. Es muss sehr groß sein. Zoom. Es ist tatsächlich ein Netz. Im Netz bewegen sich Lebewesen, man sieht zahllose Arme, Beine, Köpfe. Zoom. Es sind Kinder – buchstäblich Zehntausende Kinder. Hunderte Babys darunter, Kleinkinder, die weinen, die Ärmchen ausstrecken, nach ihren Eltern schreien; ältere Geschwister halten sie in den Armen, bergen ihre Köpfe, suchen sie, selbst aufgelöst in Angst, bebend, zu schützen.

Ein zweites Pagodenschiff zieht ins Bild. Auch darunter ein Netz. Zoom. Es sind Erwachsene, die Qual und Verzweiflung in ihren Gesichtern ist kaum erträglich. Man versteht: Es sind die Eltern der Kinder.

Beide Schiffe stoppen.

Sie stehen einige Hundert Meter hoch über der Kupferebene von Hiranya. Das erste Schiff aktiviert die Waffensysteme. Thermostrahlen treffen die Kupferebene. Bei 1084 Grad Celsius beginnt das Kupfer zu schmelzen. Bei 2567 Grad siedet es. Dieser Punkt ist nun erreicht.

Das Netz mit den Kindern öffnet sich.

Die Kinder stürzen ins glutflüssige Kupfermeer.

Die beiden Pagodenschiffe drehen ab und nehmen Kurs auf den Orbit. Man sieht das zweite Schiff mit dem Netz voller ungeschützter Menschen in den Leerraum entschwinden.

Alles verblasst.

Sakister Liebchen erschien. Er sah gealtert aus, matt und bleich. »Die Regierung des Roten Imperiums hat, ich gebe es zu, nicht sofort die ganze Wahrheit zu sagen gewagt. Wir haben von einer Seuche geredet, von einer Abart der Chuuma-Pest.«

Sakister lachte kurz und bitter auf.

»Warum? Weil Generalgouverneur Velines wieder und wieder versucht hat, mit den Militärmachthabern der Houhhom zu verhandeln. Weil er jede Eskalation unterbinden wollte. Er hätte sogar um des lieben Friedens willen akzeptiert, wenn die Massenmörder von Phoolendu nicht vor ein rot-imperiales, sondern nur vor ein houhhomsches Gericht gestellt und abgeurteilt worden wären. Ein faires Verfahren, wenn nötig sogar nach den Gesetzen der Houhhom! Aber die Junta der Houhhom blieb bei ihrer Version: Der Überfall auf Phoolendu sei nichts gewesen als ein *legitimer Präventivschlag.*«

Schweißtropfen traten auf seine Stirn, die Augen glühten vor Empörung.

»Hier und heute dürfen wir endlich, müssen wir die ganze Wahrheit sagen, schonungslos und ohne Rücksicht auf die Wunden, die diese Wahrheit schlagen wird. Der wahre Name dieser *Chuuma-Pest* ist: die Houhhom! Wir haben lernen müssen, dass eine Koexistenz mit der Junta nicht möglich ist. Und wir haben etwas erfahren, was uns zum Handeln zwingt: Wir haben erfahren, dass die Junta weitere – wie sie es verlogenerweise nennen wird – *legitime Präventivschläge* gegen nahezu ungeschützte Neu-Welten des Roten Imperiums plant. Um auch dort gegen ihre gefährlichen Feinde vorzugehen, gegen wehrlose Jugendliche, Kleinkinder und Säuglinge, die allesamt das Geheimnis alter terranischer Waffensysteme hüten, wenn wir der Houhhom-Junta glauben dürfen! Waffensysteme, von denen man sich fragt, warum wir, die Terraner, sie nicht bauen, wenn wir sie denn bauen könnten?«

Er starrte ratlos und angewidert von so viel houhhomschem Irrsinn in das Aufnahmefeld.

»Liebe Freundinnen und Freunde, bis zum heutigen Tag haben es die Houhhom verstanden, ihre Militärschläge aus einem unangreifbaren Schlupfwinkel heraus zu führen – tödliche Angriffe auf ungeschützte Zivilisten ohne jedes Risiko für die eigene Soldateska. Bis zum heutigen Tage haben sich die Houhhom hinter ihr Gazini-Kampfsystem verschanzen können. Nun aber ist es uns – und mit *uns* meine ich uns Terraner beider Universen – gelungen, die Gazini-Barriere niederzureißen.«

Er nahm ein wenig Empörung aus seiner Stimme; andere Emotionen waren jetzt angebracht. »Dank Johari Ifamas unermüdlicher Arbeit und dank der Hilfestellung Perry Rhodans, des Residenten der Liga Freier Terraner, werden wir die Houhhom zur Rechenschaft ziehen, wir werden sie an weiteren Verbrechen hindern. Auf dass auch die Bürger des Roten Imperiums endlich in Freiheit leben können, in Freiheit von der Furcht, eines Tages zum Opfer der houhhomschen Militärmaschinerie zu werden!«

Sakister Liebchen beugte sich eine Handbreit zum Aufnahmefeld vor und sagte mit ernster Stimme: »So lange haben wir die Übergriffe der Houhhom erduldet. Aber Geduld ist für Barbaren kein Argument. Jetzt reden wir in der Sprache, die ihre Ohren verstehen: Wir ziehen in den Kampf – aus allen Rohren feuernd!«

Hinter ihm tröpfelten Tausende und Abertausende Kugelleiber ins Bild, Super- und Ultraschlachtschiffe des Roten Imperiums, flankiert von den geisterhaften, mächtigen Fluidomen.

Sakister Liebchen schaute zur Seite. Ein Ausschnitt tat sich im Schaumbild auf. Man sah, stark verkleinert, die Zentrale der ZUKUNFT IN HERRLICHKEIT, man sah Johari Ifama im Gespräch mit den Geschwader-Admiralen und den Extrapoliten ihrer Einsatzflotte. Sie schaute kurz auf und nickte ernst in das Aufnahmefeld. »Schnappt sie euch, Kinder«, hörte man Sakisters Stimme, eindringlich, fordernd. »Schnappt sie euch.«

»Hübsch«, lobte Ifama, nachdem sie Sakisters Sendung begutachtet hatte. Ihr Gesichtsausdruck im Schaumbild wirkte etwas fahrig.

Sakister verbeugte sich andeutungsweise und kümmerte sich dann wieder um den Manikürerobot, der die Zehennägel für seinen Geschmack etwas zu kurz schnitt. »Ich musste hier und da etwas improvisieren.«

»In der Tat. An einigen Stellen merkt man dein – Improvisationstalent. Wir haben es kurz überschlagen: In deinem Report sehen wir fast dreihunderttausend Menschen auf der Flucht vor den Houhhom-Schiffen.«

»Eine Katastrophe biblischen Ausmaßes«, sagte Sakister bekümmert.

»Allerdings haben gemäß den amtlichen Angaben zur Zeit der Chuuma-Infektion auf Phoolendu nicht mehr als maximal 20.000 Terraner gelebt. Wie kommen wir auf die fünfzehnfache Anzahl?«

»Na so was«, sagte Sakister. »Sie müssen wahre Fortpflanzungs-Akkordarbeiter gewesen sein!«

Ifama warf ihm einen nachdenklichen Blick zu. »Treib es nicht zu weit, und mach es nicht zu offensichtlich. Es ist kein Spiel.«

»Ist es das nicht?« Sakister war das Erstaunen selbst.

»Insgesamt aber bin ich sehr zufrieden. Besonders die Idee mit dem Kupfergrab hat etwas. Etwas beinah Poetisches.«

»Ja, Kinder kommen immer gut«, gab Sakister zu. »Der schlichteste von allen Zügen, aber er setzt den Betrachter immer noch matt.«

»Wir stehen in exakt zwölf Stunden vor der Gazini-Barriere. Und etwas später, wie wir hoffen, vor dem Houhla-System. Der Verbund unserer Quantroniken hat das Material des Rhodan-Gazini-Simulacrums aus dem Mentalen Symposion mit seinen Modellen interagieren lassen, auf Virenhaken gesetzt und das Kompositum gegen das Gazini-System in Marsch gesetzt. Mit erstaunlichem Erfolg. Das Gazini-System degeneriert.«

»Ein feierlicher Moment«, sagte Sakister.

Einige Tage zuvor ...

Die Indux-Roboter hatten Perry Rhodan entkleidet, gescannt und ihn anschließend in ein Antigravfeld befördert. Der Körper war ausgestreckt und fixiert worden.

Rhodan hatte zu alldem geschwiegen.

Farashuu hatte selbst nicht gewusst, warum sie plötzlich auf ihn zugetreten und ihn ohne jede Vorwarnung auf die linke Wange geschlagen hatte.

Rhodan hatte weiterhin geschwiegen.

Ifama hatte die Präfidatin mit einem erstaunten Lächeln gefragt. »Warum hast du das getan?«

Ja, hatte Farashuu gedacht, *warum habe ich das getan?* »Warum nicht?«, hatte sie Ifama geantwortet.

Ifama hatte Farashuu mit einem Kopfnicken aus dem Wohlfühltrakt der ZUKUNFT IN HERRLICHKEIT geschickt.

Ohne Umwege war Farashuu auf ihr Fluidom zurückgekehrt, hatte sich in die Zentrale der ENGEL DER EINTRACHT begeben und dort, übermannt von Müdigkeit, schlafen gelegt.

Sie konnte nicht länger als eine halbe Stunde geschlafen haben, als sie von einem wohltönenden Gong geweckt wurde.

Hans Urs de Zamora erschien in dem seifenblasengroßen Schaumbild, das eine Armlänge vor Farashuus Gesicht in der Luft hing. »Präfidatin«, sprach er sie an, »die Oberkommandierende bittet, dich in der Nähe des Flottenkerns in Bereitschaft zu halten.«

»Ich bin müde«, murmelte sie.

Für einen Moment wirkte de Zamora verblüfft. »Ja«, sagte er. »Du hast gute Arbeit geleistet.«

Sie begriff nicht ganz, worauf er sich bezog. Die Verhaftung Rhodans?

Sie schwieg.

Da Zamora unterbrach die Verbindung.

Farashuu schlief wieder ein. Wie müde sie war ...

Farashuu wachte auf. Sie fühlte sich erschöpft, obwohl es laut Bordzeit erst früher Nachmittag war. Sie hatte die letzten Tage überwiegend mit Schlaf verbracht. Etwas ging vor in ihr. Was? Sie scheute eine Medosichtung im Wohlfühltrakt ihres Fluidoms. Warum?

Sie erhob sich, ging zur Toilette, ließ das Tischleindeckdich der Zentrale auffahren und aß lustlos.

Ihre rechte Handfläche schmerzte. Sie schaute hinein. Eine leichte Rötung. Sie rief ihre Armierung zu Hilfe und verstärkte ihre Sehkraft allmählich. Endlich entdeckte sie den winzigen, haarfeinen Riss.

Sie nahm die andere Hand und zog den Riss mit den Fingernägeln von Daumen und Zeigefinger auseinander. Sie sah, dass dort frisches Zellgewebe gewachsen war. Sie verstärkte ihren Zug und trennte die Zellen so weit, bis älteres Zellmaterial sichtbar wurde.

Die jungen Zellen reichten zweieinhalb Millimeter tief.

Sie dachte nach. Es sah aus, als ob etwas unter der Haut ihrer Hand verborgen gewesen wäre, in einer winzigen Vertiefung. Was? Offenbar nichts Gefährliches, sonst hätte die Quantronische Armierung es bekämpft.

Oder mindestens gemeldet.

Oder nicht?

»He!«, schrie jemand ihr ins Ohr. Sie zuckte hoch. Sur-Paris, ihr Lini-O.

»Spiel mit mir. Wir killen ein paar Zahlen. Wir nullen sie. Die Null ist der Platzhalter für die Leere. Die Null wird Diktator der Zahlenwelt. Ave, ave! – Ich langweile mich«, quengelte er. Als sie nicht reagierte, ihn nur anstarrte, schlug er ihr vor, sich von ihrer Armierung chemotaktisch erfrischen zu lassen.

»Du wirst mir doch nicht alt werden, Mädchen?«, fragte er mit einer breitmäuligen Cowboystimme, die klang, als würde er gleichzeitig Tabak kauen.

Cowboys! Sie hasste diese Anspielungen auf die menschliche Antike und spuckte ihn an. »Du bist blöd.« Sie legte sich auf den Boden der Zentrale und kringelte sich wieder zusammen.

Wie müde sie war.

»Was? Wieder schlafen, altes Mädchen?« Der Tonfall ihres Lini-Os war weniger besorgt als vielmehr höhnisch. Sie ignorierte ihn.

Der Boden der Zentrale schäumte kurz auf und bildete eine wollige Kuhle. Aus Drüsen am Rand der Senke schossen Kunstfaserfäden, die sich zu einem Gazeschleier verwebten, zu einem leichten Tuch, das sich wärmend über den kindlichen Körper legte.

Farashuus Müdigkeit nahm rasch zu, riss sie förmlich in die Tiefen des Schlafes.

Übergangslos fand sie sich in einem fast unmöblierten Raum wieder, keine Tür, kein Fenster. Die Wände reichten hoch hinauf, kein Dach schloss sie ab. Dort oben zogen weiße Wolken.

Farashuu saß nackt auf einem Holzstuhl. Nackt innen wie außen. Sie trug weder Kleidung noch ihre Quantronische Armierung.

Einige Schritte vor ihr befand sich das zweite Möbelstück, ein Stehpult auf dürren Beinen. Farashuu erhob sich. Es war warm hier, aber nicht zu warm. Sie schwitzte nicht, sie fror nicht.

»Ich träume«, sagte sie.

Sie sagte es laut. Ihre Stimme klang normal. Nichts hallte. Kein Echo. Keine Verzerrung.

Sie stand auf und ging zu dem Pult hinüber. Ihre nackten Füße machten die Geräusche, die nackte Füße auf Holzboden eben machten.

Auf der angeschrägten Ablagefläche des Pultes befand sich ein altertümlicher, roter Druckknopf. Daneben lag ein zusammengefalteter Zettel.

Sie nahm den Zettel, entfaltete ihn und las: »Für Wiedergeburt hier drücken!«

Die Schrift wirkte vertraut, aber es war wohl nicht ihre Schrift. Allerdings hatte sie seit Ewigkeiten nicht mehr mit der Hand geschrieben.

Sie versuchte, die Quantronik ihrer Armierung zu kontaktieren, erhielt aber keine Antwort.

»Ich träume«, wiederholte sie, als würde das etwas erklären.

Sie kehrte zu ihrem Stuhl zurück und setzte sich. Sie überlegte. Sie stand erneut auf und untersuchte die Wand. Keine Tür, kein Fenster. Sie sah zu der offenen Decke hinauf. Die Wolken zogen. Sie setzte sich wieder. Sie wartete. Dann stand sie wieder auf, ging zu dem Stehpult und drückte den Knopf.

Übergangslos war sie wach.

Sie fühlte sich erfrischt wie selten. Am liebsten hätte sie sich gleich wieder schlafen gelegt, um den Traum fortzusetzen.

»Hallo, Schlafmütze«, quietschte ihr Lini-O.

»Hallo, du Quatschtüte.«

Der Lini-O verzog sein kleines Gesicht, schob die Zunge zwischen die Lippen und produzierte einen Lippenfurz. »Du weißt, dass ich den Namen nicht mag. Ich mag überhaupt keinen Nick. Ich bin Lini-O.«

Farashuu achtete nicht mehr auf ihn. Sie tastete ihren Körper ab und den aquariumsförmigen Helm.

Die Symbionten wichen ein wenig von ihr zurück.

Aber sonst war alles bestens.

Zweites Buch: Das Mentale Symposion

Ich weiß nicht mehr, wie viele Stunden ich auf der Bank an den Gräbern der Rhodans gesessen habe. Der Abend dämmerte, Dunst stieg aus den Feldern wie zahllose, unendlich feine Schleier.

Ich sah sie im Nebelkleid auf mich zukommen, ihre schöne, schlanke Gestalt. »Da bist du ja endlich«, sagte Deborah und setzte sich neben mich.

»Ja«, sagte ich, »da bin ich endlich.« Schattenhaft sah ich auf dem Rasen vor dem Haus gegenüber drei Mädchen Seilspringen, sah den ins Rollen gekommenen Wagen, spürte, wie Mutter mich fortstieß, in Sicherheit, wie ich strauchelte und mit dem Gesicht gegen den Torpfosten stieß, während Deborah, die kleine Deborah, vom Auto überrollt wurde.

Ich rieb mir die Narbe am rechten Nasenflügel, die ich von dem Sturz gegen den Pfosten zurückbehalten hatte, und sah Deborah an. »Ich habe damals gleich gewusst, dass du es nicht überleben wirst«, sagte ich.

»Woher wusstest du das?«

Ich zuckte mit den Achseln. »Ich wusste es eben. In der Nacht bist du gestorben.«

»Und du weißt, wer ich bin?«, fragte sie.

»Du bist Deborah. Meine tote Schwester.«

»Dann weißt du auch, wer du bist. Hallo, Perry.« Sie strich mir sanft durchs Haar.

Ich sah nicht auf, ich schloss die Augen, ich versuchte, sie einzuatmen, ihre Wärme in mich aufzunehmen.

»Schön, dass du da bist«, sagte ich. »Aber dass du da bist, ist eine Lüge, nicht wahr?«

Sie lachte leise. »Dass ich da bin, ist keine Lüge. Mein Dasein ist nur ein wenig anders als deines.«

»Warum hast du mir an diesem Tag nicht einfach gesagt: *Du bist nicht Ry Walker, du bist Perry Rhodan?*«

Sie lachte spöttisch. »Ich hätte zu dir kommen und dir sagen sollen: ›Guten Tag, Mr Walker. Ich habe eine interessante Information für Sie. Mr Walker: Sie sind nicht Ryland Walker, Sie sind Perry Rhodan, Mondfahrer, Großadministrator des Solaren Imperiums a. D. und Resident der Liga Freier Terraner?‹ Wie hättest du reagiert?«

Ich winkte ab.

Sie sagte: »Du hättest mir nicht geglaubt. Du musstest es selbst herausfinden. Wann hast du es begriffen?«

»Begriffen?« Ich lachte bitter. »Ich habe gar nichts begriffen. Ich begreife immer noch nichts. Es ist alles so – abwesend. Diese ganze Welt ist falsch. Wo sind wir hier, Deborah? Was ist das für eine Welt?«

»Dies hier ist meine Welt. Ich habe kein Leben außerhalb, so wie viele Millionen andere Bürger des Mentalen Symposions auch. Hierhin kommen viele, die ihre Kinder oder Eltern verloren haben, um sie zu sehen, mit ihnen zu sprechen, mit ihnen zu leben.«

»Das Mentale Symposion – das habe ich schon einmal gehört. Es hat mit dem ... dem Roten Imperium zu tun, nicht wahr?«

»Ja«, sagte sie. »Im Mentalen Symposion versammeln sich die Bewusstseine des Roten Imperiums, und nicht nur die. Fast jeder Bürger nimmt regelmäßig am Mentalen Symposion teil, einmal in der Woche, meist häufiger.

Nicht wenige Bürger haben ihr Leben ganz ins Symposion verlagert.«

Ich nickte. »Ich habe mir etwas in der Art gedacht. Das Symposion – das ist nur ein anderer Name für die Neuauflage des Simusense-Netzes. Technisch gesehen, scheint es mir eher ein Rückschritt zu sein, eine defekte Struktur. Im Simusense-Netz wurde den Abhängigen wenigstens eine heile Welt vorgespiegelt.« Ich machte eine umfassende Geste über den Friedhof von Manchester, über die ganze Welt hin. »Das hier ... das alles ist nur der billige Abklatsch einer Welt.«

»Simusense?«, fragte Deborah. »Davon habe ich gehört. Aber das Symposion hat, soweit ich es verstehe, mit der Simusense nur noch wenig zu tun. Im Simusense-Netz wurde das Gehirn des Teilnehmers mit einem komplexen Datensatz versorgt, der die sonst von der sinnlichen Wahrnehmung gelieferten Impulse ersetzte. Der Simusense-Kandidat nahm gewissermaßen an einem interaktiven Traum teil.«

»So wie hier«, sagte ich.

Deborah lächelte. »Die Welt des Symposions ist anders. Ich bin keine Spezialistin, aber ich weiß: Das Symposion ist keine bloße Simulation, modelliert und angetrieben von auswärtigen Kräften, sondern eine wirkliche Welt, ein künstlich geschaffenes, aber tatsächliches Universum. Eine Insel im Quantenschaum. Splitter und Effekte der Realität ragen in das Symposion hinein. Du selbst, dein Selbst beispielsweise: Es wird nicht nur in das Symposion eingespiegelt. Du – der Perry Rhodan des Symposions – ist nicht nur ein Reflex des wirklichen Perry Rhodan. Du bist wirklich, du bist wirklich hier. Deine ÜBSEF-Konstante wurde sextadimkopiert und einem freien Impulskonglomerat aufgesetzt, einem sogenannten *Sherpa.* Du liegst nicht irgendwo *in der Realität* und träumst simusensisch, du wärest hier. Du *bist* hier, und was du hier bist, denkst und erlebst, das *ist* deine Realität.«

Ich schluckte, als mir die Konsequenzen dessen klar wurden, was Deborah sagte. »Heißt das, es gibt mich im Augenblick zweimal: einmal als organisch gebundenes Bewusstsein, und dann als – Symbiont eines positronisch-was-weiß-ich-dimensionalen Datenpäckchens, das ihr Sherpa nennt?«

»Vereinfacht ausgedrückt: Ja.«

Ich dachte nach. »Sind diese zwei Rhodans voneinander existenziell abhängig oder unabhängig? Ich meine: Wenn der organische Rhodan stirbt, vergeht dann der Sherpa-Rhodan, vergehe dann auch ich? Oder wird das organische Bewusstsein in Mitleidenschaft gezogen, der Ursprungs-Rhodan, wenn der Sherpa – wenn ich hier ausgeschaltet oder getötet werde?«

»Das hängt von der Tiefenschärfe der Kopie ab«, sagte Deborah. »Du bist eine starke Persönlichkeit. Vielleicht würdest du sogar den Tod deines Ursprung-Ichs überleben.«

Ich blickte sie an und fragte mich, ob da etwas wie ein Hoffnungsschimmer in ihren Augen lag, Hoffnung darauf, dass genau das geschah: dass mein Original starb und ich im Symposion bleiben würde.

Bei ihr.

»Kann ich – dieses Ich im Symposion – wieder mit dem Original vereint werden?«

»Ja«, sagte sie. »Du willst fort, nicht wahr? Zurück? Es gefällt dir hier nicht?«

»*Hier?* Aber das ist nur ein Spuk«, sagte ich. »Wie immer du es nennst: Es bleibt eine Simulation.«

Sie streckte ihre Hand aus und strich mir wieder durchs Haar. »Was du Simulation nennst, ist mein Leben. Ich habe kein anderes, Perry.«

Ihre Hand tat mir gut, ihre warme, lebendige Hand, ihre erwachsene Hand, ihr Dasein.

Ich grinste. »Wenn ich mich recht entsinne, habe ich eine Einladung ins Rote Universum angenommen. Ich sollte das Rote Imperium kennenlernen. Und nun hat es mich in seine fernste virtuelle Provinz verschlagen.«

Deborah sah mich nachdenklich an. »Das glaubst du wirklich? Falsch geglaubt. Das Symposion ist keine Provinz des Imperiums, sondern sein innerster Kern. Sein tiefstes unterbewusstes Selbst.«

»Wie komme ich hier hin? Was tue ich hier, Deborah? Ist das Mentale Symposion mein Gefängnis?«

Sie seufzte leise. »Man hat anscheinend dein Bewusstsein gefiltert, als man es ins Symposion kopierte. Viel kann ich dir auch nicht sagen.« Sie zögerte. Sie verbarg etwas vor mir.

»Sag mir einfach alles, was du weißt«, bat ich.

»Das Rote Imperium ist in Gefahr«, sagte sie. »Oder, um es unumwunden zu sagen: Es steht kurz vor dem Untergang. Allerdings ahnen die wenigsten die bevorstehende Katastrophe, geschweige denn dass sie ihre Ursachen kennten. Soweit wir wissen ...«

»Wer ist *wir?*«, unterbrach ich sie.

»Na komm – das kannst du dir doch wirklich denken!«

»Die Anjumisten«, riet ich. »Haben mich die Anjumisten ins Symposion gebracht?«

»Nein. Es war eine der Fraktionen in der Führungsspitze des Roten Imperiums: Johari Ifama. Sie hat dich gefangen gesetzt und ins Symposion kopiert.«

»Warum?«

Deborah lächelte traurig. »Wie soll ich dir begreiflich machen, was das Mentale Symposion wirklich ist? Wenn du es mit etwas vergleichen willst, das du kennst: Es ist nicht das Simusense-System, sondern das hiesige Äquivalent von NATHAN. Es ist das Planungs- und Denkzentrum des Roten Imperiums. Es macht aus der Menschheit und ihren Bundesgenossen eine neuartige Kraft. Die Menschen sind wie die meisten Lebewesen, denen du bislang begegnet sein dürftest, Einzelintelligenzen. Das Mentale Symposion macht aus der Menschheit darüber hinaus eine Schwarmintelligenz, in der nicht nur organisch erzeugte Bewusstseine kooperieren, sondern auch quantronische Identitäten. Im Mentalen Symposion werden die potenziellen Zukünfte des Roten Imperiums durchdacht und durchgespielt; hier werden ungeahnte Spielräume eröffnet, Strategien und ganze Welten entworfen.«

»Du schwärmst ja«, tadelte ich sie spöttisch.

»Ich schwärme nicht. Stell dir doch die Möglichkeiten vor: Da ist ein Problem, technischer, philosophischer oder militärischer Natur. In deiner Welt versuchen einige Dutzend oder einige Hundert Menschen, dieses Problem zu lösen, allenfalls mit positronischer Assistenz. Hier können Millionen, Milliarden das Problem angehen, es in Myriaden Facetten zerlegen, Lösungswege aus allen Richtungen probieren.«

»Großartig.«

»Und es sind nicht allein menschliche und quantronische Bewusstseine, die sich hier an die Arbeit machen: In einigen Diözesen des Symposions arbeiten Druuf, Touronyn, GHell, Polibiden und Angehörige etlicher anderer Völker zusammen, ja, es soll sogar eine Diözese geben, in der der Widerhall der Peyntreyn zu hören und ein Kontakt mit den Bewusstseinen der Sternstaubmaschinen möglich ist!«

»Ich staune.«

Sie lächelte, als sie begriff, dass die meisten dieser Namen mir nichts sagen konnten. »Im Symposion wird unendlich viel Kreativität freigesetzt. Die äußere Welt wird nicht einfach ins Symposion kopiert, sondern transmorphiert: Es kann sein, dass eine Gruppe in einer Diözese glaubt, an dem ästhetischen Projekt für eine Brücke zu arbeiten oder für einen neuen Hauttunnel auf dem Planeten Eisenfrost, tatsächlich aber das Teilproblem bei der Konstruktion eines neuartigen Überlichttriebwerkes löst – Simulacrum-Strategie!«

Sie machte eine Pause und sah mich fragend an.

»Ich beginne zu verstehen«, sagte ich. »Die Gazini-Smaragde, nicht wahr? Was sind sie wirklich? Welches *Teilproblem* habe ich gelöst für die alte Lady – für Generalin Johari Ifama?«

Deborah atmete tief ein. »Nicht mehr viele Sternenstaaten leisten dem Roten Imperium Widerstand. Aber wenige Hundert Lichtjahre vom Siamed-System entfernt – also mitten im Zentrum des Imperiums – befindet sich die Houhhom-Enklave, einige Dutzend eng stehende Sonnensysteme, die für die Schiffe des Imperiums unerreichbar sind. Sie werden von einer parabewussten Barriere geschützt, dem Gazini-System. Die Enklave ist Ifama seit ewigen Zeiten ein Dorn im Auge. Ich weiß nicht, ob sie je versucht hat, die Barriere mit dem Patollo-Lot zu sprengen. Ich vermute, sie träumt davon, die Barriere zu eliminieren, mit ihren Schiffen über Houhhomn zu erscheinen und die Zentralwelt physisch zu unterwerfen.«

Ich spürte, wie ich blass wurde. »Was habe ich getan?«, flüsterte ich.

»Ich fürchte, du hast ihr den Weg freigeräumt. Du bist ein Unikat: Dank der Hypnoschulung durch die Arkoniden vermagst du, komplexe Rechenvorgänge unterbewusst durchzuführen und ihre Struktur gewissermaßen intuitiv zu erfassen.«

»Warum hat man nicht einfach hiesige Menschen auf diese Weise geschult?«

Sie lachte. »Es kommen bei dir noch einige andere Qualitäten dazu, die die Wissenschaftler nicht ohne Weiteres nachstellen oder nachahmen konnten: die Verquickung deiner Lebensimpulse mit den Schwingungen des Zellaktivators hat das Gazini-Verteidigungssystem neugierig auf dich werden lassen, hat es in gewisser Weise abgelenkt. Deine uralte Erfahrung gibt allem, was du denkst, eine gewisse Grazie und Leichtfüßigkeit. Du hast dich in vielen Räumen bewegt, hast auf viele Situationen unmittelbar reagieren gelernt. Machen wir uns nichts vor: Du hat es geschafft.«

Ich nickte.

»Ich gratuliere«, sagte sie, fast frei von Spott.

Um nachzudenken, musste ich das Gefühl in den Hintergrund drängen, von Ifama, ihren Wissenschaftlern und Strategen missbraucht, mental vergewaltigt worden zu sein. Ich wollte mir nicht ausmalen, wie die Schlachtschiffe des Roten Imperiums durch die entmachtete Gazini-Barriere vorstießen und das Feuer auf die Welten der Houhhom eröffneten.

Ich stellte es mir vor.

Ich wollte mir nicht vorstellen, wie Sakister Liebchen, die Stimme des Imperiums, seine Arme hochriss, dass sein veilchenblauer Umhang Wellens schlug, und den Zuschauern verkündete: »Heute und nach endlos langer Zeit ist es uns gelungen, das Nest der Houhhom-Terroristen, des Schreckens der zivilisierten Regionen von Rotheim, einzunehmen. Wir verdanken diesen Erfolg nichts anderem als der Zusammenarbeit von Bavo Velines mit unserem genialen Gast aus dem Einstein-Universum, dem Residenten Perry Rhodan!«

Deborah hatte mir, was ich dachte, von der Stirn abgelesen. »Es ist nicht deine Schuld. Du bist nur das Instrument gewesen. Wir konnten dir keine deutlicheren Hinweise geben, das hätte die Aufmerksamkeit der Kontinuitätskontrolleure auf sich gezogen.«

»Hinweise? Die drei seilspringenden Mädchen?«

»Ja.«

Ich nickte, obwohl mir tausend Fragen durch den Kopf schossen. Wer waren diese Kontrolleure, welche Befugnisse besaßen sie? Valerossios? Alle Fragen wären wieder auf die Beschaffenheit des Mentalen Symposions hinausgelaufen, mehr und mehr wurde mir bewusst, wie fremdartig diese Sphäre war, in der Deborah so selbstverständlich lebte.

Stattdessen fragte ich: »Woher weißt du das alles? Woher weißt du, wie Ifama mich und meine Begabungen einschätzt?«

»Man hat es mir gesagt.«

»Wer?«

»Das weiß ich nicht. Ich bin nicht befugt, alles zu wissen.« Sie massierte sich beide Schläfen. »Ich kann nicht mehr lange in deiner Nähe bleiben«, sagte sie. »Ich bin nicht nur ich selbst, ich bin auch etwas wie ein Mantel. Ich wurde *verändert*, um dich vor ihnen abzuschirmen.«

»Vor wem?«

»Vor Ifamas Leuten. Du musst fliehen.«

»Fliehen? Wohin sollte ich fliehen? Das gesamte Mentale Symposion ist innerstes Hoheitsgebiet des Roten Imperiums, wie du mir selbst mitgeteilt hast.«

Sie lächelte unruhig. »Nicht das ganze Symposion. Es entwickelt sich weiter, es breitet sich aus, es gewinnt mehr und mehr ein Eigenleben. Es gibt tote Winkel hier, und manche Erforscher des Symposions meinen, dass es Kontaktzonen gibt, von denen aus das Symposion von außen regelrecht kolonisiert wird. Es ist kein Simusense-Netz, Perry. Es ist ein neues Universum!«

»Dein Universum.«

»Aber ich will ja nicht – die Anjumisten wollen gar nicht, dass du dich irgendwo im Symposion verbirgst oder in Sicherheit bringst.«

»Sondern?«

Ich erfuhr, dass es Interferenz-Inseln gab, unbegreifliche virtuelle Furten, über die man leibhaftig von den mentalen Landschaften des Symposions in die äußere Realität wechseln konnte. Dass es Fährleute gab, die beim Transfer behilflich sein konnten.

»Du kennst diese Durchgänge?«, fragte ich Deborah.

»Nur einen«, sagte sie.

»Hier, in Manchester? Oder in New York?«

»In der Wüste Gobi.«

»In Terrania?«, rief ich aus, plötzlich aufgeregt. Terrania war meine Stadt. Aus Terrania würde ich Kraft schöpfen.

Deborah sah mich überrascht an. »Es gibt kein Terrania, weder in dieser Diözese des Symposions noch in einer anderen. Die Erbauer des Mentalen Symposions haben die Stadt gelöscht. Es gibt nur die Wüste.«

Ich stand auf. »Es hat auch damals nur die Wüste gegeben«, sagte ich und dachte: *Nichts als Wüste – und ich habe eines der Nervenzentren der Milchstraße daraus gemacht.* »Kommst du mit mir?«, fragte ich. »Führst du mich hin?«

Sie schüttelte den Kopf und stemmte die Arme neben sich auf die Bank. Mit einem Blick auf die Gräber sagte sie: »Du wirst dich zurechtfinden. Ich fühle mich hier zu Hause.«

Was sollte ich ihr sagen? Dass sie sich hier zu Hause fühlte, weil sie tot war?

Sie schaute mich an. »Du glaubst, ich bin traurig, nicht wahr? Eine kleine, tote, traurige Existenz.« Ihr Gesicht war glatt und schön und strahlte vor marmorner Ruhe. »Das bin ich nicht, Perry.« Sie stand auf und beugte sich zu mir. »Ich bin ein ganz zufriedenes Gespenst, und ich empfinde, wie du vielleicht sagen würdest, ein Äquivalent von Glück.« Sie stupste meine Nase an, berührte die Narbe und boxte mich dann spielerisch an die Schulter. »Pass besser auf dich auf als damals, ja?«

Ich legte Zeige- und Mittelfinger der rechten Hand grüßend an die Stirn und sagte: »Zu Befehl, Ma'am. Ich komme schon nicht unter die Räder.«

»Gut«, sagte sie. »Dann gebe ich dir jetzt ein paar Tipps.«

Auf dem Flug von New York nach Los Angeles wich das Gefühl, mich in einer Halluzination zu bewegen. Die Stewardess, das Essen, die Getränke waren so real, dass mir die Rhodan-Welt wie eine falsche Erinnerung vorkam.

Ich musste mich zwingen, von mir nicht als Ry Walker zu denken.

Ich hatte einen Fensterplatz in der Lockheed Constellation, sah die Tragfläche mit den beiden Propellermotoren, die dadurch, dass sie endlos im Kreis liefen, uns voranzogen. Ich sah die Wolken und den Pazifischen Ozean wie eine Lasur glänzend und unverwundbar, ich sah die Weiden der Mandschurei, das Land des Überflusses, und, kurz nachdem unsere Connie die Stadt Jinzhou überflogen hatte, die steinerne Kontur Chinas, die Große Mauer. Ich sah das schöne Land Erde und musste mir wieder ins Gedächtnis zwingen, dass es nicht die Erde war, die ich sah, nicht meine Erde, sondern ein Datenkonstrukt von unbekannter und unbegreiflicher Textur.

Ich war ein Fremder hier. Perry Rhodan Beta, ein Bewusstsein, das auf einem Daten-Sherpa reiste.

»Es gibt keine Monster«? Ma, ich fürchte, du hast ein Monster zum Sohn. Ich grinste und schwenkte der Stewardess mein leeres Sektglas entgegen.

Die Dame, jung und brünett und mit einem Gesicht, das wie aus einem Filmplakat herauskopiert aussah, strich ihr sensationell kurzes Röckchen zurecht. Ihr sensationelles Datenröckchen über ihren sensationellen Datenbeinen. Sie schenkte mir Datensekt ein. »Fliegen Sie zum ersten Mal?«, fragte sie. Es klang wie eine obszöne Liebeserklärung.

»In gewisser Weise«, sagte ich. »Ja, in gewisser Weise ist das mein erster Flug über diese Welt.«

Wie Deborah mir geraten hatte, fuhr ich von Peking aus mit der Eisenbahn zunächst südlich über Yangquan und Xi'an, von dort westwärts über Baoji und Tianshui nach

Lanzhou. In Lanzhou stieg ich um, der nächste Zug brachte mich über den Hunang He nach Xining.

Am Bahnhof wartete ich einfach. Mit meiner nordamerikanischen Kleidung sah ich zu exotisch aus, um nicht von den Einheimischen der Art bemerkt zu werden, die sich professionell um Fremde kümmert: Schlepper, Bauernfänger, Studenten.

Binnen weniger Minuten hatten mich vier Personen angesprochen. Die ersten drei hatten sich in behelfsmäßigem Englisch mit mir verständigt, der Letzte sprach es fließend.

Ich fragte ihn, ob er mich zum Kloster Kumbum bringen könnte.

»Die Gelbmützen-Lamaserei?«, fragte er zurück.

Ich nickte. »Kumbum Chamba Ling.« So hatte Deborah das Kloster genannt.

»Kumbum mit dem Wunderbaum: Das ist ein Sandelholzbaum, alle seine Blätter zeigen das Bildnis Buddhas. Was suchen Sie im Kloster?«

»Erleuchtung.«

Er lachte hoch und meckernd. »Ich bin Endrit«, sagte er und streckte die Hand aus. Sein Griff war fest und trocken. Endrits Gesicht wirkte wenig chinesisch mit der flachen, dabei langen Nase und der fast kakaobraunen Haut. Er trug einen grauen Wollpullover mit eingestrickten weißen Elchen.

»Endrit ist kein chinesischer Name«, sagte ich.

»Ich bin Mongole. Sie nicht.«

»Ich bin Amerikaner.«

»Nicht jeder hat das Glück, als Mongole geboren zu sein«, tröstete er mich. »Ich bringe Sie zum Kloster. Es kostet Sie fünf Dollar. Transportgebühr.«

Ich nickte. »Fairer Preis.«

Endrit lotste mich durch die Straßen der Stadt, der Wind fegte den roten Sand. »Kumbum ist der Angelpunkt vieler alter Karawanenstraßen«, erklärte mir Endrit unterwegs. »Leiden Sie?«

»Woran?«

»Egal. Im Kloster ist eine berühmte Medizinschule. Heilt alle Leiden. Leiden Sie?«

»Ein wenig. An der Welt.«

Endrit meckerte. »Klingt eher nach einem religiösen Problem. Der Lama hilft.«

Das wollte ich doch hoffen.

Das Kloster lag so weit vor der Stadt, dass ich mit fünf Dollar inklusive Kurtaxe mehr als gut bedient war. Schon aus der Ferne leuchteten uns die weißen und roten Gebäude entgegen. Die Klosteranlage schmiegte sich terrassenförmig an einen Berghang, der den Talkessel im Norden begrenzte.

Gähnende Leere herrschte in den Sutra-Hallen, es lagen nicht einmal mehr Teppiche oder Kissen auf den langen Sitzreihen. Die Anlage machte einen heruntergekommenen, verödeten Eindruck. Auf einem sandigen Stein ruckte eine ockerfarbene Agame mit dem Kopf und betrachtete mich. *Vielleicht ein Kontinuitätskontrolleur*, schoss es mir durch den Kopf. Aber vielleicht war auch der Stein eine Kontrollinstanz. Oder Endrit. Wie hatte Mauloch Smalya gemeint? Das Symposion war eine durch und durch symbolische Welt, jedes Ding trug eine zusätzliche Bedeutung oder konnte sie tragen.

Dann sah ich den Sandelholzbaum. Er war nicht groß, neun oder zehn Meter hoch, aber sichtbar uralt. Endrit bemerkte meinen Blick und er stellte mir den Baum vor –

oder mich dem Baum: »Dschandana.« Bunte Gebetsfahnen hingen von seinen Ästen zu Boden. Ich stellte mich unter seine Krone und zog einen der Äste zu mir herab. Die dünnen, lanzettförmigen Blätter waren blassgrün, und wie ein Gesicht, das tief unter Wasser getaucht und nur in Umrissen ahnbar war, schaute mich ein lächelnder Buddha an.

Ich verharrte, ohne zu wissen, wie lange. Die Zeit entglitt mir wie Sand, aber ihr Rieseln beruhigte mich, und ich spürte – wie hatte Deborah gespöttelt? – etwas wie ein Äquivalent von Glück.

Ein einziger Mönch residierte im Kloster Kumbum, eine schmalschultrige Gestalt, der Kopf oval mit prachtvoll abstehenden Ohren. Ein grauer Schnauzbart hing weit über die Mundwinkel hinab. Er hatte die Augen geschlossen, die Stirn in Falten gelegt. Er saß auf dem bloßen Boden, über dem Schoß eine karierte Decke gebreitet, die aussah wie ein häufig benutztes Trockentuch. Neben ihm stand eine Kühltasche mit dem Aufdruck »Drink Coca-Cola«.

Die Menge im Raum verhielt sich still, selbst das Baby auf den Armen der jungen Mutter schwieg. Etliche der Anwesenden waren Asiaten: Chinesen, Tibeter, Mongolen. Aber ich sah auch einige europäische oder amerikanische Gestalten.

»Diesen da!«, sagte der Lama auf Englisch und wies mit geschlossenen Augen auf einen Mann, der, wie in ein Gebet versunken, andächtig in der zweiten oder dritten Reihe stand. Der Mann verbeugte sich noch tiefer und tat einige behutsame Schritte auf den Lama zu. Der Lama machte mit der Hand eine rollende, ungeduldige Geste, die bedeuten sollte: »Sprich!«

»Ich komme«, sagte er leise und voller Ehrfurcht, »weil ich Erleuchtung suche.«

»Christ?«, fragte der Lama.

»Ich halte mich für alles Göttliche offen«, sagte der Mann.

Der Lama winkte ihn zu sich heran und lächelte. Der Mann beugte seinen Kopf noch tiefer, der Lama versetzte ihm eine schallende Ohrfeige. »Nächster«, kommandierte er.

Der Mann hielt sich die Wange und trat verwundert zurück.

Der Lama winkte eine Frau zu sich heran und sprach in einer mir unbekannten Sprache mit ihr. Endrit übersetzte: »Er sagt, die Frau leidet an Epilepsie. Das stimmt, sagt die Frau. Der Lama sagt: ›Du hältst das für einen Segen, für eine Krankheit der Götter?‹ Die Frau sagt: ›Ja.‹ Der Lama sagt: ›Es ist nur eine Krankheit, ein Scheiß.‹ Sie soll zum Arzt gehen und sich ein Medikament verschreiben lassen. Er sagt: Sie ist schlau. Sie soll die Schule besuchen. Sie kann gut rechnen. Sie soll Ingenieur werden. Sie ist gesegnet.«

Die Frau beugte sich mit einem schwachen Zittern zum Lama, der tätschelte ihre Wange, öffnete die Kühltasche und reichte ihr eine Flasche Cola. Sie küsste die Flasche und ging unter Verbeugungen fort.

Der Lama reckte den Hals und rief etwas. »Er fragt, ob ein Amerikaner hier ist.«

»Ich!«, rief ich nach vorne.

»Komm her, komm her«, sagte der Lama. Ich schob mich an den anderen Wartenden vorbei bis zum Lama. Er bedeutete mir, mich zu setzen. Ich ging in die Hocke. Er spuckte in seine rechte Hand und versetzte mir eine Backpfeife aufs linke Ohr, dass es klingelte. »Du bist gesegnet«, verkündete er. Er griff eine Feldflasche aus der Kühltasche, zog den Korkstöpsel heraus, nahm meine Hand, formte sie zu einer Schale und schüttete etwas hinein. »Trink!«

Es war Reiswein, so klar und wohlschmeckend wie Weißwein. Während ich trank, zog er einen Knochen unter seinem Hintern hervor, das verkohlte Schulterblatt eines Hammels oder einer Ziege. Er betrachtete den Knochen und murmelte etwas vor sich hin. »Du wirst reiche Beute machen in der Schwarzen Stadt. In Kara Khoto« sagte er.

»Will ich denn nach Kara Khoto?«

»Und wie du das willst!«, sagte der Lama. »Weil du, wie alle Amerikanskis, diesen Unsinn von Shambala im Ohr hast. Das östliche Atlantis. Das mongolische Dorado. Gold, ewige Jugend, ganze Rudel leichter Mädchen. Oder bist du nicht wegen Shambala hier?«

»Ich weiß es nicht.«

Der Lama sagte etwas in einer anderen Sprache, und die versammelte Menge brach in Gelächter aus. Er fuhr in einem psalmodierenden Ton in Englisch fort: »Wenn die Zeit reif ist, wird der letzte König von Shambala zu einer letzten Schlacht gegen das Böse antreten. Seine Kohorten werden siegen und das Böse vertilgen, das Goldene Zeitalter wird anbrechen, das Reich des Buddha Maitreya. Wie die Lotosblüte aus dem Sumpf, wird das Lichtreich aus den Trümmern der Erde wachsen. – Habe ich jedenfalls kürzlich im *Time Magazine* gelesen!« Er lachte krähend. »Shambala Scheißala.«

»Ich soll also nicht nach Kara Khoto?« Ich kannte Kara Khoto, es existierte als Vorort von Terrania. Es war nicht die vornehmste Adresse. Die Ruinen der uralten Stadt waren niemals ganz abgetragen worden; sie lagen – in meiner Welt, in meiner Zeit – unter einem gigantischen Zeltdach aus Terkonitgewebe.

»Und wie du nach Kara Khoto sollst!«

»Um was dort zu finden?«

»Erleuchtung«, sagte der Lama und krähte wieder. »Als der Schwarze König der Mongolen sah, dass er die Heere der Ming nicht würde besiegen können und dass seine Stadt zu einem elenden Sterben verurteilt war, weil die Ming-Soldaten die Wasser des Schwarzen Flusses umgeleitet hatten, damit die Brunnen der Stadt versiegten, da ließ er einen Brunnen graben, tiefer als alle Brunnen der Welt, dreihundert Meter tief, auf der Suche nach dem uralten Wasser der Erde. Doch so tief er auch graben ließ: Wasser fand er nicht. Da wusste er, dass seine Gärten verdursten würden, die Quitten und Aprikosen, die Mispeln und Zitronen, das Vieh und zuletzt der Mensch. Als die Wasser verbraucht waren, befahl er, alle Tiere zu schlachten und ihr Blut zu trinken. Dann warf er, was er an Gold und anderen Kostbarkeiten besaß, in den tiefen, nutzlosen Schacht, den er hatte graben lassen. Anschließend tötete er eigenhändig seine Familie. Danach versammelte er seine Soldaten um sich und zog mit ihnen vor die Tore der Stadt in die letzte Schlacht, um zu sterben.«

»Wieder aus dem *Time Magazine*?«, fragte ich.

Er gab mir eine neue Ohrfeige und sagte: »Wahrheit.«

»Wie komme ich nach Kara Khoto?«

»Lass mich nachdenken.« Der Lama schloss die Augen, wiegte eine Weile lang seinen Oberkörper hin und her. Endlich schlug er die Augen auf und sagte: »Die beiden langen Dinger unter deinem Hintern nennt man *Beine*.

Lauf damit. So kommst du nach Kara Khoto.« Er versetzte mir eine dritte Ohrfeige. Ein Murmeln ging durch die Menge. Ich rieb mir die linke Wange.

»Drei Ohrfeigen!«, raunte mir Endrit zu. »Du bist wahrlich gesegnet!«

Die Eisenbahnlinie von Lanzhou nach Zhangye und Gaotai war für Zivilisten gesperrt; gerüchteweise sollten die Chinesen dort, im südwestlichen Gebiet der Wüste Alashan, ein neues Atomwaffentestgelände errichten. Der Bahnhofsvorplatz war derart mit seriös dreinblickenden jungen Soldaten gefüllt, dass wir keine weitere Nachfrage wagten – zumal alle soldatischen Augen auf mir ruhten, dem US-amerikanischen Spion.

Wir reisten also zurück nach Lanzhou und von dort nördlich bis Wuhai. Selbst die Fahrkarten dorthin hatte ich nicht selbst am Schalter erworben, sondern sie von Endrit kaufen lassen – mit einem Aufschlag *Kurtaxe* für meinen geschäftstüchtigen Begleiter.

Im Zug gerieten wir in einen Waggon, in dem einige Hundert Schüler unverdrossen Lieder ihrer chinesischen Heimat trällerten. Endrit übersetzte mir den Hit der Saison, der immer wieder zum Vortrag kam. Demnach handelte der Song davon, dass die Schwester Li, unter der man sich eine atemberaubende Schönheit vorzustellen habe, in den Bruder von Zhang verknallt sei und mit leicht angebrochenem Herzen unter jenem sichelförmigen Mond spazieren gehe, welcher die Güte habe, die Stadt Kangding zu beleuchten.

»Hm«, sagte ich. »Geht es gut aus?«

»Liebe geht nie gut aus«, seufzte Endrit und tat dann so, als ob er schlagartig eingeschlafen wäre.

Ich wünschte Schwester Li und Bruder Zhang viel Glück und schloss ebenfalls die Augen. Ich hatte einen wirren Traum, in dem etwas in meinem Mund sprach, ohne dass ich Zunge oder Lippe bewegte. »Hallo?«, fragte ich im Traum und schob mir die Hand in den Mund. Meine Zunge war trocken wie Sand.

»Ruhe da draußen«, klang es in meinem Mund, »hier versucht man zu schlafen.«

»Ich weiß: Das bin ich!«, erwiderte ich.

»Wenn du dich da mal nicht täuschst ...«, belustigte sich die Stimme.

Ich reckte mich, vom Schlaf im ruckelnden Waggon merkwürdig erfrischt, während Endrit eher mitgenommen aussah. Von Wuhai aus mussten wir auf natürliche Fortbewegungsmittel zurückgreifen: auf Kamele.

Endrit half mir, die Karawane zusammenzustellen. Wir nahmen fünf Tiere, zwei von ihnen trugen unsere Ausrüstung und den Proviant – vor allem die schweren Wasserkanister –, auf den übrigen Tieren sollten Endrit und ich reiten und Tamer, der Karawanenführer.

Es waren fast 400 Meilen Luftlinie von Wuhai nach Kara Khoto. Unsere Route würde westlich nach Shar Burd, von dort in den Norden über Bayan Nor nach Shartsan Süma führen, und dann nordwestlich. Wir würden nicht nur die Wüste Gobi durchqueren müssen, sondern die Alashan selbst – den Glutofen der Gobi.

Als wir am nächsten Tag in aller Frühe die Karawanserei erreichten, fanden wir unsere mobile Oase aufgezäumt mit Sätteln, Troddeln und Quasten. Die Provianttaschen waren ebenso festgezurrt wie die Wasserkanister.

Tamer und einige seiner Gehilfen zogen die Kamele an den Nasenstricken herab, um uns aufsitzen zu lassen. Die Tiere brüllten in Richtung Wüste. Endrit und ich stiegen in die Sättel. Tamer wollte die ersten Meilen zu Fuß gehen; er zog das Leittier am Strick hinter sich her. Die Bronzeglocke, die am Hals des Leitkamels baumelte, klimperte. Sonst lag die Stadt still wie in einen weißen Traum versunken.

Eine Piste führte aus der Stadt heraus. Einige Stunden später hatten wir die Randzone der Gobi erreicht. Das Land war versteppt, hier und da von Flugsand überzogen. Auf dem salzhaltigen Lößlehm wuchs Saxaul.

Tamer rief uns etwas über den Rücken zu; Endrit übersetzte: Ich möge aufpassen, dass mein Kamel stets Sand unter den Füßen habe, denn auf felsigem Untergrund könne es mit seinen weichen Sohlen nicht laufen.

Einige Zeit später kam die nächste Mahnung des Karawaniers: Ich solle auf die Löcher Acht geben, die zu graben die Pfeifhasen die unangenehme Gewohnheit hatten, denn das Kamel breche leicht ein.

»Acht geben auf sandigen Untergrund und Pfeifhasen, verstanden«, sagte ich. »Nächste Lektion?«

Aber es kamen keine weiteren Anweisungen. Tamer zog die Tiere schweigend. Etwas später ließ er das Leitkamel kurz in die Knie gehen und stieg selbst auf. Wir hofften zehn bis zwölf Meilen am Tag zu schaffen.

Die Gobi war weniger von Sand als vielmehr von Steinen bedeckt; öde Kies- und Schotterflächen wechselten einander ab und überboten sich an Trostlosigkeit.

Wir rasteten einen ganzen Tag in Shar Burd und einen weiteren Tag in Bayan Nor. Ich sah die Tiere die schier unglaublichen Mengen Wasser saufen und klopfte hin und wieder auf ihr staubendes Fell. *Ich bin Perry Rhodan,* dachte ich. *Dies sind keine wirklichen Tiere, dies ist nicht die wirkliche Wüste, dies ist bloß eine Diözese im Mentalen Symposion des Roten Imperiums.*

Aber meine Kehle glaubte die Botschaft nicht, und meine Augen schmerzten dennoch, als hätte man sie mit Schmirgelpapier gerieben.

Wir hörten das Kloster Shartsan Sümo Stunden, bevor wir es sahen. Der Klang des Muschelhorns schwebte über die leblose Landschaft wie ein unsichtbarer Adler.

Das Kloster spiegelte sich in einem Salzsee, dessen Oberfläche so glatt und unbewegt war wie Metall. Das graue Walmdach hob sich kaum vom sandgrauen Hintergrund einer Düne ab. Die Front des Gebäudes war blau getüncht, die Fenster waren tief und schwarz wie Schießscharten.

Im Kloster lebten zwei greise Mönche. Sie schauten kaum auf, als wir mit den Kamelen in den versandeten Hof des Gebäudes ritten und abstiegen. Wir baten um Wasser. Die Mönche waren blind. Sie sagten etwas in einer Sprache, die weder Endrit noch Tamer verstanden. Wir führten die Tiere an ein Wasserloch. Ich beugte mich und nahm etwas Wasser in die Hand, leckte daran. Das Wasser verdunstete zusehend, ich spürte die Salzkruste in der Hand. Ich wandte mich ab.

Die Kamele aber soffen das Wasser in mächtigen Schlucken.

Die Nacht fiel. Wir schliefen unter freiem Himmel, bis ans Kinn in Decken gehüllt. Einmal, als ich aufwachte, meinte ich einzelne, handtellergroße Schneeflocken von Himmel sinken zu sehen. Ich drehte mich auf den Bauch und schlief weiter.

Als ich das nächste Mal erwachte, zerschlagen und vor Kälte zitternd, saß Tamer neben mir. Ich sagte: »Guten Morgen.« Er antwortete nicht. Ich stand auf und sah die beiden Mönche dasitzen wie am Tag zuvor, die blinden Augen in Richtung der aufgehenden Sonne gehalten. Hatten sie nicht geschlafen? Ein rosa Licht lag über dem Land, die vergängliche Blüte aller Dinge.

Wir ritten los. Berge erhoben sich vor uns, kahl und unbelebt, das runzlige, uralte Antlitz der Erde.

Wir ritten. Hin und wieder wuchs aus dem Geröll ein knöchernes Bruchstück, das beinerne Fragment eines Dinosaurierskeletts.

Die Sonne sank. Die Felsengrate leuchteten auf wie Messing. Hinter der ausgeglühten Bergkette lag Alashan, das tote Herz der Gobi.

Als wir das Gebirge hinter uns gelassen hatten, sahen wir die gelb gezackten Kämme von Wanderdünen in der Ferne. Einige wenige zerborstene, von Wüstenlack überzogene Steine markierten die Grenze zwischen der Gesteins- und der Sandwüste.

Wir durchquerten einen Hain abgestorbener Pappeln, zerfetzte, aufgerissene Stämme, manche wie Finger gekrümmt, Wegweiser ins letzte Nichts, Denkmäler, dass es eine belebte Welt gab, fern von hier. Wo die wilden Pappeln starben, lebten die Tamarisken. Wo die Tamarisken starben, überlebte der Saxaul. Wir ritten an einem Saxaul-Wald vorüber. Die Blätter an den gespinstigen Ästen waren derart winzig, dass die Büsche kahl wirkten, winterlich entlaubt. Um jeden Busch hatte der Wind ein Sandpolster angehäuft.

Auf der linken Seite meines Kamels nahm ich eine Regung wahr. Ein Agame bewegte sich, im Sand fast schwimmend, fort. Die Schuppenechse versuchte, im Schatten meines Reittieres zu bleiben, konnte aber nicht lange Schritt halten.

Dann verließen wir auch die Randzonen des Lebendigen und ritten auf das Sandgebirge zu, auf flüchtige Berge mit Wänden und Flanken, messerscharfen Graten, Abbrüchen, tief eingekerbten Canyons und Schluchten.

Die Dünen erreichten fantastische Höhen, es war, als hätte die Natur in Sand nachgebaut, was sie anderswo nur in Stein hatte errichten können. Die Auf- und Abstiege quälten die Tiere, und sie quälten uns. An 15 Meilen pro Tag war nicht mehr zu denken, selbst zehn Meilen fielen uns schwer

Selbst fünf.

Die Tage verstrichen. Wir rationierten unser Wasser strenger. Die Tiere schliefen nicht mehr nur aus Müdigkeit, sondern aus Erschöpfung. Sie schrien im Schlaf, gepeinigt von Durst und vielleicht auch von unbegreiflichen Träumen.

Die Hitze machte mich schläfrig, die Gangart des Reittieres trunken. Die Landschaft bot dem Auge keinen Halt in ihrer unendlichen Gleichförmigkeit von metallisch glatten Sandflächen und tiefschwarzen Schatten.

Ich versuchte, mir ein Gespräch mit Bavo Velines vorzustellen, ich hielt ihm eine Rede, so überzeugend, dass er seine Pläne fallen lassen und sich zu einer großen Tat bekehren musste, einer Tat, mit der er das Rote Imperium von seiner Person erlöste und in eine herrlich leuchtende Freiheit entließ, einer Liga des Humanen, in der Rotheim-Terraner, Druuf, Houhhom und unzählige andere Zivilisationen des Roten Universums eine gemeinsame Anstrengung unternahmen, um ein Friedensreich zu errichten.

Hatte ich nicht gute Argumente? War er mir als Mensch nicht vertraut, wie ich ihm vertraut war, weil ich Mensch war?

»Bavo«, sagte ich, »du musst doch einsehen ...«

Aber im Rausch meines Schwindels, ermattet von der Hitze, die meine Haut drückte und die auf meinen Schultern lag wie eine pochende Rüstung, verlor ich meine Argumente aus dem Sinn.

»Was?«, fragte Velines. »Was muss ich einsehen?«

Die Hitze machte mich nachgiebig, ziellos. »Du musst fromm werden, Bavo. Du musst an das Wasser glauben.« Es strengte mich an zu reden, das Innere meiner linken Wange hatte sich ausgebeult, ein Geschwür, groß wie ein Taubenei. Ich schämte mich und presste die Lippen aufeinander. Aber ich musste doch sprechen, ihn überzeugen. Jede Silbe, die ich über die Lippen brachte, war ein Triumph, großartiger als unser Triumph über die Bestien, die Flotten des Hetos, die Schwarmgötzen. »Du musst dich besiegen, Bavo.« Warum? »Weil.« Ja, weil was? »Weil du dann.« Ja. »Dann.« Ja, das war es. Der Gedanke strahlte in seiner Wahrheit auf wie ein Blitz in der Nacht. »Ja«, sagte ich.

Schweigen hatte sich ausgebreitet, eine dunkle Lache. Ein schwarzer Regen fiel. Ein schwarzer Mond sank tonlos auf die Erde.

»Mr Walker?«

»Mr Walker?«

»Mr Walker?«

Was für ein unsäglicher leerer Lärm. Was für ein sinnloses Geplärr. Was für unsinnige, Kräfte zehrende Wiederholungen.

»Mr Walker!«

Langsam hob ich die verklebten Augenlider. Es war eine große Anstrengung. Ich tastete nach dem Zellaktivator in meiner Schulter. Nichts. Das Gerät fehlte, wahrscheinlich gestohlen.

Du bist nicht du, dachte ich. *Das ist nicht dein Leib!*

»Wer sollten Sie sonst sein, Mr Walker?«, fragte Endrit. »Kommen Sie, werden Sie wach! Kommen Sie zurück!« Er hielt mir seine Wasserflasche an den Mund. Ich trank in möglichst kleinen Schlucken. Hatte er meine Gedanken gelesen, oder hatte ich nicht gedacht, sondern gesprochen, gerufen?

Ächzend kam ich wieder auf die Beine. Endrit und Tamer begutachteten mich. »Und?«, fragte ich. Sie sahen angeschlagen aus, zermürbt, aber sie waren offenbar in einer besseren körperlichen Verfassung als ich. Meine Wange schmeckte falsch, fühlte sich überdehnt an und zugleich gestrafft und versteift wie Narbengewebe. Ich tastete danach. Wenn ich über die Bartstoppeln strich, spürte ich einen untergründigen Schmerz. »Etwas hat mich gestochen«, sagte ich. Es klang entsetzlich weinerlich. Ich räusperte mich. »Oder gebissen.«

Endrit griff mein Kinn und wendete meinen Kopf hin und her. »Da ist nichts«, sagte er.

Tamer kicherte.

»Gut«, sagte ich.

Tamer zischte Endrit etwas zu.

»Weiter!«, übersetzte Endrit.

Ein nächster Morgen brach an, kühl und von fremdartigen Wolken verhangen. Die Kamele hatten so lange nichts mehr zu trinken, geschweige denn zu fressen gefunden. Sie waren zornig, leicht erregbar. Während wir sie beluden, schrien sie und traten gegen uns aus. Bei einem von ihnen hatte sich ein grüner Schaum am Maul gebildet, der entsetzlich stank.

»In ein bis zwei Tagen müssen sie trinken, sonst sterben sie«, übersetzte Endrit, was Tamer gesagt hatte.

»Wenn wir in Kara Khoto kein Wasser finden, reiten wir weiter, und sie trinken aus dem Goshun-See«, murmelte ich.

»Wenn wir Kara Khoto finden«, unkte Endrit. »Wenn wir den Goshun-See finden.«

Die Sekunden des Tags blähten sich auf, platzten und ließen zusätzliche Hitze frei. Endlos. Die nächste Nacht verstrich wie ein Atemzug. Die Kamele hatten keine Kraft mehr zu schreien.

Am nächsten Tag erreichten wir einen Talkessel, der aussah wie mit Schnee gefüllt. Sonne und Wasser hatte das Salz aus dem Boden gezogen und als dicke weiße Kruste an der Oberfläche abgelagert. Geblendet schloss ich die Augen.

Die Hitze schaukelte mich wie ein sterbendes Kind. Ich schaute in die Leere, und die Leere musste längst in meine Augen gekrochen sein, ich fühlte mich blind vom Licht.

Alles war still.

Alles war hell.

Wir waren auf den tiefsten Grund des Lichtmeeres gesunken. Jeder Horizont hatte sich aufgelöst.

Plötzlich tauchten aus dem Dunst des hohen Mittags seltsame schlanke Türme auf. Ich kannte derartige Bauwerke aus dem archäologischen Park unter dem Terkonitgewebesegel in Terrania: Es waren buddhistische Reliquienschreine, Chörten. Wir ritten in wenigen Metern an ihnen vorüber. Die Chörten waren in 40 oder 50 Metern

Abstand zueinander aufgestellt – eine Kette von Zeichen für die Karawanen. Wie schwarze Leuchttürme im Lichtmeer wiesen sie uns den Weg nach Kara Khoto.

Vor Begeisterung bekam ich einen Hustenanfall. Meine Wange juckte wie heilendes Fleisch unter der Kruste. Ich musste mich zwingen, nicht daran zu kratzen.

Wir passierten alte, verfallene Jademinen. Ein Wispern und Tuscheln breitete sich in meinem Rücken aus. Als ich mich umdrehte, sah ich, dass sich hinter uns ein Sandsturm aufgetürmt hatte und Kurs auf uns nahm.

Ich wandte mich wieder nach vorne. Wie die Segel eines überirdischen Bootes waren zwei weiß gekalkte Chörten im Sandmeer vor uns erschienen, die eine Art Tor bildeten.

Dahinter erhoben sich die sandumfluteten Mauern und Bastionen der Stadt Kara Khoto.

Tamer trieb die geschwächten Tiere noch einmal an. Wir hörten den Sturm aufheulen, dann spürten wir ihn leibhaftig. Die Sandkörner trafen uns überall, drangen durch die Tücher unserer Kleidung. Sand prasselte mir in die Augen. Die Körner schmerzten wie Nadelstiche und raubten mir alle Sehkraft. Ich schloss die Lider.

Das Kamel bewegte sich; ob es wirklich vorankam, wusste ich nicht. Dann spürte ich, wie sich etwas in seiner Gangart änderte. Es lief nicht mehr auf Sand.

Ich öffnete die Lider für einen Augenblick.

Eine Ebene aus schwarzem Kies breitete sich vor uns aus.

Das Tier setzte Schritt vor Schritt. Allmählich schob es sich durch das Portal in die Stadt und suchte Zuflucht vor dem Sandsturm im Schatten der Mauer.

Da legte sich der Sturm. Die Tiere brachen in die Knie, rührten sich nicht mehr. Ich ließ mich aus dem Sattel gleiten, fiel auf den Boden, stand auf und sah mich um. Ich entdeckte eine Treppe auf die Mauer und stieg hinauf.

Der Himmel war grau und ermattet. Weit vor uns im Westen leuchtete der Goshun See, eine türkisblaue Schale in der gelbgrauen Wüste.

Dies war Kara Khoto.

Wir waren am Ziel.

Und jetzt?

Nicht nur die Tiere rochen das Wasser, ich roch es auch. Der Edsin Gol floss durch die westlichen Areale der Ruinenstadt. Die Tiere senkten ihr Maul in sein lössbraunes Wasser; Endrit, Tamer und ich füllten unsere Feldflaschen und tranken.

Ich hatte die Flache halb geleert, als mir der Gedanke kam, ob ich nicht unvorsichtig war. Normalerweise regelte der Zellaktivator meine Körperchemie wie ein zusätzliches Organ, identifizierte Schadstoffe und baute sie ab – gesetzt immer, die Schadstoffe waren keine Hightechprodukte, erzeugt, um die Abwehrarbeit des Aktivators zu sabotieren.

Aber hier, in dieser Welt, trug ich keinen Aktivator.

Wieso lebte ich überhaupt noch? Wie viele Tage, wie viele Jahre hielt ich mich schon im Mentalen Symposion auf?

Ich setzte mich ans Ufer des Edsin Gol, blickte ins Leere und dachte nach. Meine Erinnerungen reichten Jahrzehnte zurück. Kindheit, Jugend, Studium – solange ich nicht versuchte, mich auf ein konkretes Ereignis zu besinnen, schien sich Ereignis an Ereignis zu knüpfen. Aber ich konnte nicht gleichzeitig auf den Mond geflogen sein und eine Agentur für Private Ermittlungen in New York eröffnet haben. Ich hatte nicht gleichzeitig im Wega-Sektor gekämpft, den Topsidern ein arkonidisches Schlachtschiff abgenommen, erste Hinweise auf das Rätsel von Gol erhalten – und in New York am Lindsay-Burningham-Fall gearbeitet.

Ich hatte nicht gleichzeitig Thora geheiratet und eine Affäre mit Carmen Starwood gehabt.

Obwohl ich mich an beides intensiv erinnerte.

Waren das falsche Erinnerungen? Eine kunstvoll komponierte, von der quantronischen Intelligenz und ihren menschlichen Mitdenkern des Symposions ausgedachte Biografie?

Ich meinte, Carmens Lippen auf meinem Mund zu spüren und den Biss ihrer Zähne auf meine Unterlippe.

Und Thora? Und Mory? Orana? Gesil? Ascari? Mondra? Sie schmeckten in meiner Erinnerungen nicht anders. Die immer ähnlichen humanoiden Bewegungen, Gesten, Beteuerungen.

Wer garantierte mir, dass nicht dieses ganze Rhodan-Spektakel eine Erfindung war, ein Erzählgespinst, das mir mit einer fremdartigen Technologie eingeimpft worden war? Von Mauloch Smalya zum Beispiel und seinen Houhhom?

Wie hieß doch gleich die Quadratwurzel aus 527 076?

726.

Aus 753 424?

868.

Wieso wusste ich überhaupt, dass 753 424 eine Wurzel hatte?

Wieso wusste ich solche Dinge?

Crest. Thora. Die Arkoniden. ES. Was waren das für fantastisch-unglaubliche Geschichten? Was, wenn ich mich an einem New Yorker Abend in den Central Park gesetzt hätte, dorthin, wo die alten Männer Schach spielen mit jungen Puertoricanern und den Buben mit dicken Brillen, Stirnlocken und Kippa, und ihnen erzählt hätte: »Mein Name ist Perry Rhodan. Ich bin zur Wega geflogen und nach Andromeda, ich rechne einen Kristallprinzen und einen Armadaprinzen zu meinen Freunden, ich habe das Mächtigenhirn BARDIOC aus seinem Jahrmillionenschlaf geweckt ...« Wahrscheinlich hätten sie mir zugezwinkert und gesagt: »Wer hat das nicht, mein Junge. Jetzt lenk nicht ab, mach einen Zug. Und zwar einen guten. Lass dir was einfallen, sonst bist du matt in drei Zügen.«

Ich seufzte. Schach war nicht eben meine Stärke. Eines der Kamele blökte, satt und schwer vom Trinken. Ich roch das Aroma seines heißen Fells. Ich trank noch einen Schluck Edsin-Gol-Wasser aus der Flasche, stand auf und blickte über das beinahe vollständig eingeebnete Ruinenfeld der Stadt Kara Khoto. Dort und in der gesamten Alashan, in der gesamten Gobi sollte ich unter dem Namen Perry Rhodan eine Stadt errichtet haben, Terrania? Ziemlich größenwahnsinnig.

Tamer und Endrit waren ebenfalls aufgestanden und kümmerten sich um die Tiere. Etwas flussabwärts erstreckte sich ein schmaler Galeriewald. Die Tiere würden fressen. Sie würden schlafen. Sie waren hier zu Hause.

Ich drückte den Pfropfen in die Flache und sagte: »Ich nicht.«

Endrit blickte mich fragend an. »Was meinen Sie?«

»Ich meine, es ist Zeit, den Brunnen des Schwarzen Königs zu suchen«, sagte ich.

Ich stand auf der Stadtmauer im Westen. Der Wind war kühl, die Sonne hinter mir hatte ihren Druck vermindert.

Ich stand da, schaute, nahm, wie ich meinte, Quadratmeter um Quadratmeter des Geländes noch einmal in Augenschein. Ich entdeckte die Haut. Ich schloss die Lider, öffnete sie wieder, wischte mir die Augen, sie war noch da: eine Haut auf dem Sand, eine Plane, ein sandfarbenes Segel, das über den Boden ausgestreckt war und sich fast unmerklich hob, wobei das Tuch leichte Wellen warf.

Ich rief Endrit und Tamer auf die Mauer und wies mit ausgestrecktem Arm auf meine Entdeckung. »Was ist das?«, fragte Endrit.

»Wir gehen hin und finden es heraus.«

Die Plane war, soweit ich sehen konnte, annähernd rund, im Durchmesser zweieinhalb oder drei Meter groß. Die Ränder des Tuches lagen unter Geröll. Ich betastete den Stoff: Er fühlte sich metallisch an, war aber biegsam wie Plastik. Ich schob die Hand unter die Folie, streckte den Arm aus, ertastete nichts als Sand.

»Wir rollen das Tuch zur Seite«, sagte ich. Endrit und Tamer gingen wie ich in die Hocke, griffen zu und warteten auf mein Zeichen. Ich nickte. Die beiden zogen die Folie auf mich zu, während ich gleichzeitig einige Schritte zurückmachte.

Der breite Schacht in die Tiefe, den wir so aufdeckten, war kreisrund, die Ränder wirkten wie abgeschnitten. Merkwürdig, dass trotz unserer heftigen, schleifenden Bewegung der Folie kein Sand hinein- oder hinabrieselte.

Ich schaute hinab; mir war schwindelig; ich wich zurück. Ich legte mich auf den Boden, robbte an den Rand und warf erneut einen Blick nach unten. Ich fuhr mit der Hand über den Rand der Schachtwandung. Das Material fühlte sich so an, wie es aussah: Glas. Das Gebilde schimmerte in mattem Rot, wahrscheinlich ein Reflex der untergehenden Sonne.

Der Schacht verengte sich in der Tiefe nicht, sondern weitete sich anscheinend trichterförmig aus. Ich griff einen Stein und ließ ihn fallen. Er fiel klanglos außer Sichtweite. »Da hat sich der Schwarze König aber viel Mühe gegeben«, sagte ich.

»Was tun wir?«, fragte Endrit.

»Hinabsteigen.«

Ich hatte den Hinweis des Mönches vom Kumbum-Kloster, seine Erzählung über den Schwarzen König und seine Brunnengrabung ernst genug genommen, um verschiedene Seile und zusammenbaubare Hebevorrichtungen mit zur Ausrüstung zu nehmen.

Die Kamele lagerten wiederkäuend am Ufer des Edsin-Gol. Wir öffneten die Satteltaschen und holten die Seile und die Bauteile für die Winde heraus.

Am Schacht fragte Endrit, wer zuerst gehen würde.

Ich würde gehen.

Ich nahm das doppelte Seil zwischen die Beine, kreuzte damit die Brust, legte es über die Schulter und nahm es in die rechte Hand, mit der ich bremsen würde. Mit der Linken griff ich das Seil und spannte es. Endrit und Tamer hielten über die Winde dagegen. Ich nickte ihnen zu und trat in die Öffnung des Schachtes.

Meine Füße fanden an der glatten Wand keinerlei Halt. Endrit und Tamer ließen mich ruckweise tiefer. Ich pendelte im Leeren. Die Schachtwand wich weiter und weiter zurück.

Was ich für einen Reflex des abendlichen Sonnenlichtes gehalten hatte, war tatsächlich ein Glühen, das aus der Tiefe des Schachtes stieg. Kein Feuer; es war kühl im Schacht.

Mittlerweile hing ich über zwanzig Meter tief. Wenn der Schacht die Tiefe haben sollte, von der der Mönch gesprochen hatte, würde das Seil nicht ausreichen.

Meine Befürchtung war, dass der Schacht sogar tiefer abfiel als diese sagenhaften dreihundert Meter. Abgrundtief. »Stopp!«, rief ich nach oben. So hatte es keinen Zweck.

Ich musste überlegen. Ich schloss die Augen, öffnete sie wieder, erblickte mein Spiegelbild in der Schachtwand. Der Bart verdeckte schlecht, wie ausgemergelt ich war. Ich sah aus wie ein Abenteurer aus einem B-Movie der Dreißigerjahre auf dem Tiefpunkt seiner Karriere.

Während ich so auf mein Spiegelbild starrte, veränderte sich die Wandung. Sie wurde durchscheinend, und ich entdeckte einen Gang dahinter. Das Licht im Gang fiel aus verschiedenen, diffusen Quellen. Ich kniff die Augen zusammen, pendelte am Seil, kam der Wandung näher und versuchte mich festzuhalten. Natürlich glitten meine Hände ab.

Etwas bewegte sich im Gang, eine schlanke, flackernde Silhouette. Immer transparenter wurde das Material, die Wandung löste sich anscheinend auf.

»Mr Walker?«, hörte ich Endrit rufen. »Mr Walker, was geschieht dort unten ... das Licht ...«

»Was ist mit dem Licht?«

»Es verändert sich. Es wird irgendwie dickflüssig, wie Sirup. Wir können Sie nicht mehr sehen!«

»Seil etwas kommen lassen!«, rief ich und holte Schwung, schaukelte in Richtung Schachtmitte. Das Seil rutschte einige Handbreit ab, ich streckte die Beine wieder nach vorne zur Öffnung und landete im hohen Bogen im Gang. Die Wandung hatte sich aufgelöst.

Es roch nach gewachstem Holz. Ich löste das Seil vom Körper und schaute der Gestalt entgegen, die näher kam. Gemessenen Schrittes, wie man so sagt, ruhig, unaufgeregt, ohne ihr Tempo zu beschleunigen oder zu verlangsamen.

Als hätte sie mit meiner Ankunft gerechnet.

Es war eine Frau, sehr jung, vielleicht 20 oder 30 Jahre alt. Ihr kastanienrotes Haar war zu einem schimmernden Dutt hochgebunden, ihre Brille mit dem dünnen Metallrahmen wirkte streng und altmodisch.

Ihre Kleidung nicht.

Sie steckte in einer Art Korsett aus einem schwarzgrauen Metallic-Gewebe; der Reißverschluss am Brustlatz war, obwohl das Oberteil bereits stark dekolletierte, einige Fingerbreit herabgezogen. Die kurze Hose ließ die Schenkel bis knapp unterhalb der Hüfte unbedeckt; Strumpfhalter für die Strümpfe aus schwarzer Seide.

Über diesem Korsett trug sie eine kurze Jacke aus demselben metallischen Material, hüftlang, lange Ärmel, und ein hoch ausgestülpter Kragen, der ihren Hals in weitem, offenem Bogen umfasste. Die Mixtur aus dieser fast obszönen Kleidung mit dem gestrengen Gesicht wirkte traumhaft und aufreizend.

»Mr Rhodan? Perry Rhodan?«, fragte sie. Ihre Stimme klang kühl, unbeteiligt.

Ich nickte.

»Sie werden erwartet!«

»Erwartet von wem?«

Sie kaute mit ihren strahlenden Zähnen ein wenig auf ihrer rosa glitzernden Unterlippe, als müsste sie sich etwas weit Zurückliegendes in Erinnerung rufen. »Vom Bibliothekar natürlich«, sagte sie dann. »Weswegen sonst wären Sie hier?«

Ich hätte sagen wollen: *Wegen des Schatzes des Schwarzen Königs.* Aber in dieser Umgebung hätte es so abseitig und unzeitgemäß geklungen, als würde man sich unter Erwachsenen als Sammler von Barbiepuppen outen.

»Gehen wir«, sagte sie und drehte mit einem beeindruckenden Hüftschwung ab. Ich folgte ihr. Der Gang war mit langen, polierten Holzbrettern ausgelegt, eine Mischung aus Parkett und den Böden, wie sie auf schnellen Radrennbahnen gelegt werden. Man hatte unterschiedliche Holzarten verarbeitet, sodass der Boden wie ein abstraktes Mosaik wirkte. Es war ein angenehmes Gehen. Die Decke des Ganges hing niedrig und fiel zur rechten Seite schräg ab, beide Seitenwände waren nach außen gewölbt. Hin und wieder schwang sich die Decke zu einer weiten zeltartigen Ausbuchtung empor und öffnete sich für einige Meter nach außen, und ich blickte in eine formenlose Helligkeit, in ein mildes Tageslicht, obwohl draußen kein Tag war, keine Zeit, keine Welt.

An diesem Ort war ich zum ersten Mal restlos davon überzeugt, mich nicht in einer Realität, wie ich sie kannte, aufzuhalten, sondern in dem Mentalen Symposion, eine Sphäre aus einem ganz anderen Gewebe, ein Kosmos aus quantronischen Rechenimpulsen und menschlichen Visionen.

Unverhofft endete der Gang. Ich trat in eine Halle, in einen kathedralenartigen Raum, dessen Decke zugleich wie in Falten herabhing und zwischen den Falten spitzwinklig in schwindelnde Höhen strebte. Auch diese Decke war anscheinend aus polierten Hölzern zusammengesetzt, die allerdings leicht bläulich schimmerten. Decke und Boden spiegelten sich ineinander. Im Licht, das sich hier zwischen Boden und Decke auf eine neuartige Art zu verdichten schien, bewegten sich Dutzende, Hunderte Menschen und, wie es schien, auch Vertreter anderer Sternenvölker. Ich glaubte Druuf zu erkennen, die fast quadratische Schatten warfen, und einige Houhhom, die wie Trauben einer Rebe aneinanderhingen, aber es war in diesem merkwürdig verdichteten, seidig sirupartigen Licht nicht möglich, mehr als Umrisse zu erkennen.

»Der Bibliothekar wird Sie abholen«, sagte die Frau, lächelte an mir vorbei und biss sich gedankenverloren auf die Unterlippe.

Ich bemerkte, dass eine der fernen Gestalten auf mich zuhielt. Nach und nach schälte er sich aus dem Licht. Er bediente sich einer Gehhilfe, eines Stockes. Seine Beine bewegten sich mit einem großen, unnatürlichen Schwung und zirkelten die Schritte ab, die Knie beugten sich nicht richtig. Ich vermutete, dass er Prothesen trug.

Ich hörte, dass er ein Lied vor sich hin pfiff, eine mir aus alter Zeit vertraute Melodie, die ich doch nicht identifizieren konnte.

Dann stand er bei uns. Er trug eine Strickweste, darunter ein Hemd mit Krawatte. Ein altes, liebevolles Gesicht, Augen, die hinter den dicken Gläsern der Hornbrille übergroß wirkten, ein ordentlich gescheitelter Rest weißer Haare. Der Hals war lang und dünn, vom Kragen eingeengt, und gab ihm etwas Schildkrötenhaftes.

»Na, Mädchen«, begrüßte er die Frau neben mir. »Hast du alles gut überstanden?«

»Ich bin nicht gerne so weit draußen«, sagte sie.

»Wer ist das schon?«, sagte er und lachte. Er fuhr ihr kurz mit der Hand übers Haar, und ich merkte, dass eine große Spannung von ihr wich. »Aber ich bin halt nicht mehr gut zu Fuß«, sagte er und klopfte mit dem Stock an eines seiner Beine. Es klang hohl. »Ich nehme ihn dir jetzt ab. Und du – bleib doch bitte in der Nähe, für den Fall, dass es hier schon bald hoch hergeht.«

Sie nickte ihm, nickte mir zu und wandte sich ab. Bald war sie in den Tiefen des Lichtes verschwunden.

»Sie sind also Mr Perry Rhodan«, sagte der Mann. »Ich bin der Herr Kasimir.« Wir schüttelten einander die Hand. Sein Griff war warm und freundlich. Ich bemerkte, dass sein Daumen gekappt war.

»Gehen wir in die Bibliothek«, lud er mich ein.

Er führte mich an eine Metalltür, betätigte eine Sensortaste, die Tür glitt zur Seite. Wir betraten eine Aufzugskabine. »Bibliothek«, sagte der Mann, der sich Herr Kasimir nannte. Die Türen schlossen sich. Er pfiff vor sich hin. Die Kabine sackte in die Tiefe.

Sprüche der Prophetenmaschine: Tag der Rosen

»Zeit, die ZUKUNFT IN HERRLICHKEIT zu entern«, sagte die Prophetenmaschine und setzte hinzu: »Jo, Piraten!«

Der Mensch bedachte die Maschine mit einem Seitenblick: »Manchmal kann ich mich des Eindrucks nicht erwehren, dass dir das ganze Unternehmen eine vertrackte Art von Spaß bereitet. Dass du glücklich bist.«

»Ist das nicht der letzte Sinn des Universums? Den Stoff in Seligkeit zu verklären? In Wonne? In die goldene Zeit? Den Tag der Rosen?«

Der Mann betrachtete die Maschine und murmelte, hörbar genug: »Ich denke gerade daran, was für eine Katastrophe es für uns alle bedeuten würde, wenn ich einem defekten Apparat gefolgt wäre.«

»Schlagen wir unser Zelt auf«, sagte die Maschine. »Und warten wir ab.«

»Wo ist Rhodan jetzt?«

»Er ist bereits auf dem Weg. Er kommt schon näher.«

Der Bibliothekar

Sobald die Tür aufschwang, roch es nach Metall, Papier, Leim und Staub, die typische Melange von Bibliotheksaromen. Der lang gestreckte Raum war allerdings anders, als ich derartige Räume in Erinnerung hatte: viele Stockwerke hoch, an den Seiten Galerien, die durch mal geradlinige, mal ansteigende oder abwärtsführende Brücken miteinander verbunden waren.

In der Mitte der weit entfernten Stirnseite des Raumes hing die einzige schwache Lichtquelle, eine Scheibe, wie die Rosette einer alten Kirche. Sie leuchtete wie eine kühle Sonne, die kurz vor dem Untergang alles Blendende verloren hatte.

Unter der dunklen Decke hingen unkenntliche Gegenstände, Waffen oder ausgestopfte Tierkörper – oder lebende Tiere? Trophäen, Markierungen oder Kolonien. Die Gegenstände waren von den Schatten, die sie im Licht der Sonnenscheibe warfen, nicht zu unterscheiden.

Die Gestalten, die sich auf den Galerien oder in den engen Gängen zwischen den Regalwänden bewegten, wirkten wie Scherenschnitte. Möglich, dass sie Kapuzenmäntel trugen.

»Sie sollen selbst eine Leseratte gewesen sein, in Ihren jungen Jahren«, sagte der Mann an meiner Seite. Er wies mit seinem Stock auf eine Sitzgruppe aus Polstermöbeln und nahm in einem üppigen, aber etwas verschlissenen Ohrensessel Platz.

Ich setzte mich auf eine Ottomane daneben. »Was tue ich hier?«, fragte ich.

Er stampfte mit dem Stock, an dessen unterem Ende eine Art Gummipfropfen saß, wohl um ihm mehr Halt zu geben auf diesen glatten Parketten, zwei-, dreimal auf den Boden, stützte sich dann auf den Knauf. »Die Technik des Roten Imperiums erlaubt es, das Bewusstsein einer Person in das Mentale Symposion einzugeben und auch wieder herauszulösen. Für einen Großteil der Imperiumsbürger ist der Aufenthalt im Symposion eine lang gelebte Routine, ein sozialer Dienst. Sie begeben sich in einen Kiosk, lassen sich vom Symposion aufnehmen und einige Zeit später zurückholen. Weit schwieriger ist es, ein Bewusstsein aus dem Symposion hinaus in die jenseitige Welt zu schicken, ohne dass es von dort gezogen wird.«

»Und das soll nun mit mir geschehen«, riet ich. »Ich bin von Ifama in dieses System eingesenkt worden, sie hat mich benutzt, und sie will, dass ich im System gefangen bleibe. Und ihr wollt mich heraus – katapultieren. Ihr, die Anjumisten, wie ich vermute.«

Er sah mich lange an. »Nein«, sagte er. »Wir sind keine Anjumisten. Wir kooperieren mit ihnen, wenn es uns hilfreich erscheint. Aber wenn Bavo Velines unsere Forderungen erfüllen oder uns wenigstens nicht mehr bekämpfen würde, könnten wir uns vorstellen, einen Modus Vivendi mit ihm zu finden.«

»Wer seid ihr, wenn ihr keine Anjumisten seid?«

»Wir sind wir: das Leben im Mentalen Symposion.«

Ich wollte endlich zurück in die Faktenwelt und sagte, sicher etwas zu gereizt: »Das alles beeindruckt mich nicht. Ich habe viele solcher Maschinen kennengelernt, die künstliche Realitäten erzeugen. Das Große Imperium der Arkoniden ist an der Sucht nach solchen Fiktiv-Spielen fast zerbrochen. Ich habe das Simusense-Netzwerk zerschlagen.«

»Ich habe das Simusense-Netzwerk zerschlagen«, zitierte er und schmunzelte. »Das klingt ja wie ein rhodaneskes Veni, vidi, vici!« Kasimir hob seine Hornbrille ab und reinigte sie umständlich, während er wieder die Melodie pfiff.

Endlich erkannte ich sie. Es war ein altes, deutsches Lied, das meine Mutter hin und wieder vor sich hin gesungen hatte: *Am Brunnen vor dem Tore, da steht ein Lindenbaum. Ich träumt' in seinem Schatten so manchen süßen Traum.*

Er setzte sich die Brille wieder auf und seufzte. »Wissen Sie, mein Junge, ich fürchte, Sie haben keine Ahnung, was das Symposion ist.«

»Eine Art mechano-organischer Verbundrechner, der die Verwaltung des Roten Imperiums unterstützt, seine Forschung koordiniert, seine militärischen Operationspläne ausarbeitet und so weiter«, sagte ich, weil mich diese ganze Pseudo-Realität mehr und mehr anwiderte.

»Genau das ist es. Und der Mensch«, sagte er mit mildem Spott, »ist eine Ansammlung von Wasser und Mineralien auf Kohlenstoffbasis, erleuchtet von einem bioelektrischen Gewitter, das man Bewusstsein nennt. Oder ist der Mensch mehr als ein biochemisches Sammelsurium? Und könnte dann das Symposion nicht auch mehr sein, als es Ihnen zu sein scheint?«

»Gut«, akzeptierte ich. »Belehren Sie mich: Was ist das Mentale Symposion dann, wenn es bei all dem quantronischen Brimborium im Kern nicht eine schlichte virtuelle Spielwiese ist?«

Er beugte sich mühsam nach vorne, stützte sich auf den Stock und sagte: »Vielleicht ist es der nächste Schritt, mein Junge. Die Transzendenz der bisherigen biologischen Evolution.«

Ich lachte auf. »Schon viele haben gedacht, dass sie auf dem Sprung zu etwas Höherem wären. Dass mit ihnen dieser Sprung vollzogen wäre, hinauf zur neuen Rasse, zum Homo superior, zum Übermenschen.«

Kasimir schüttelte freundlich den Kopf. »Ach, mein Junge. Nehmen Sie uns doch ernst, auch wenn unser Leben und Denken nicht auf Kohlenstoffverbindungen basiert. Es behauptet ja auch niemand hier, dass ein Bewusstsein wie Ihres, das von einem Leib erzeugt wird, der sich aus Fetten und Proteinen zusammensetzt, aus Phosphor, Zink und Cadmium und dergleichen, dass solch ein Bewusstsein minderwertig sei, weil an ihm der Ballast der Materie hängt. Aber im Gegenzug sollte gelten, dass es für menschliches Bewusstsein diese Elemente nicht unbedingt braucht. Denn das, mein Junge, wäre doch wohl eine Art von Rassismus, oder? Der Rassismus der Kohlenstofflebendigen. Haben Sie nicht selbst in Ihrem Universum immer wieder ganz andere Bewusstseins-tragende oder -leitende Stoffe entdeckt? Das PEW-Metall, beispielsweise?«

Ich nickte. »Ja. Das PEW-Metall.«

Kasimir schloss die Augen und schien zu lauschen. »Der Parabio-Emotionale Wandelstoff. Oder, wie die Lemurer es nannten, das Drokarnam, der Drachenstoff.«

Ich schloss die Augen, massierte die Nasenwurzel und erinnerte mich: das Volk der Paramagnetiseuere, der Paramags, die in den mit PEW-Material vernetzten Trümmern ihres Heimatplaneten Pordypor lebten; Betty Toufry, Tako Kakuta, Ralf Marten und die anderen fünf Altmutanten, die im PEW überlebt hatten, ihrer Insel im Totenmeer; der Erste Hetran Leticron, der in einem PEW-Block Zuflucht gesucht und Gefangenschaft gefunden hatte. Wie viel war geschehen ...

»Sie erinnern sich, mein Junge?«, fragte der Bibliothekar. »Sicher erinnern Sie sich. Im Roten Universum entdeckten wir eine funktional ähnliche, wenn auch weit tragfähigere Substanz: das Transpathein. Wir wissen übrigens bis heute nicht mit letzter Sicherheit, ob das Transpathein ein natürlicher Stoff ist oder ein synthetisches Produkt von bislang unbekannter Herkunft. Wir forschen. Irgendwann werden wir selbst eine Art Transpathein erzeugen, wir werden es verbessern und perfektionieren. Dann werden wir das Mentale Symposion erweitern, vertiefen, vervollkommnen.«

»Den Stein der Weisen finden, den Gral und Eldorado«, spottete ich. »Ihr seid nicht die Ersten, die das versuchen.«

»Wir legen keinen Wert darauf, unter denen zu sein, die es *versuchen*«, sagte Kasimir. »Wir werden die Ersten sein, denen es gelingt.«

»Prophezeiungen. Die Zukunft kommt immer anders. Niemand von uns weiß, wo die Zukunft der Menschheit liegt.«

»Niemand weiß es. Wohl wahr. Demnach nicht einmal Sie. Nicht einmal Sie können also ausschließen, dass die Zukunft der Menschheit, ja des bewussten Lebens überhaupt genau hier liegt: im Mentalen Symposion. Stellen Sie sich einmal vor: Die gesamte terranische und post-terranische Zivilisation eingekapselt in einem einzigen künstlichem Transpathein-gesättigten Himmelskörper, ummantelt von einem unzerstörbaren Material, eine Welt in einer Kugel von zehn, zwanzig Metern Durchmesser, die sich im niedrigen Orbit um einen Neutronenstern bewegt oder im Wind der Hawkingstrahlung eines Schwarzen Lochs, oder sogar tief hinter seinem Ereignishorizont, unerkennbar, unerreichbar für die expansiven und aggressiven Sternen-Zivilisationen, die noch leibhaftig existieren und Raumfahrt betreiben. Rohstoffe benötigen. Energie. Raum. Zeit. Und deswegen miteinander in Konkurrenz stehen. Im Krieg.

Jene post-terranische Kultur dagegen müsste nicht mehr expandieren, ihre Interessen würden nicht mehr mit denen anderer expansiver Mächte kollidieren. Die neue Zivilisation wäre stattdessen intensiv. In den wenigen Kubikkilometern Raum, in den wenigen Kubikmetern, Kubikzentimetern Raum, den sie beansprucht, geschähe Welt um Welt, Galaxis um Galaxis, Universum um Universum. Denn die planetaren, interplanetaren, kosmischen Gebilde des Symposion nehmen ja keinen Raum im Einstein-Raum ein!«

Ich zuckte mit den Achseln.

Kasimir lächelte mir nachdenklich zu. »Sie haben die Tragweite des Symposions immer noch nicht erfasst, mein Junge. Sagt Ihnen der Begriff *Planck-Zeit* etwas?«

Ich dachte kurz nach. »Natürlich. Die Planck-Zeit ist die temporale Entsprechung zur Planck-Länge. Die Planck-Länge ist die kürzeste mögliche Länge, sie beträgt zehn hoch minus fünfunddreißig Meter. Die Planck-Zeit beträgt – zehn hoch minus vierzig Sekunden?«

»Zehn hoch minus dreiundvierzig Sekunden«, korrigierte er mich. »Darauf folgt – oder besser – darunter liegt nur noch die Gleichzeitigkeit.« Kasimir nickte wieder. »Im Symposion aber sind sogar die temporalen Größen veränderlich! Nichts spricht dagegen, eine Welt zu generieren, in der die Basis-Zeit zehn hoch minus fünfzig Sekunden beträgt, oder zehn hoch minus sechzig Sekunden, oder was auch immer!«

Langsam sah ich die Konsequenzen dieser Möglichkeit ein – und die waren wirklich ungeheuerlich: Die Bewusstseine, die im Symposion lebten und erlebten, erlebten eine Sekunde als eine Sekunde, ein Jahr als ein Jahr. Wenn ihre Sekunde aber nicht das Zehn-hoch-Dreiundvierzigfache einer Planck-Zeit war, sondern das Zehn-hoch-Dreiundvierzigfache einer Zeit, die zehn Mal, hundert Mal, zehntausend Mal kleiner war als *unsere* Basiszeit ...

Er lächelte. »Haben Sie das verstanden, mein Junge? Während draußen die Planck-Zeit vergeht, vergeht innerhalb des Intraversums des Symposions die Intrazeit, tausendfach, milliardenfach schneller, relativ gesehen zur äußeren Bezugszeit. Während in der Außenwelt nur eine Sekunde vergeht, können im Symposion tausend Jahre und mehr verstreichen – je nach dem, wie wir die Fundamente der Intrazeit programmieren.

Stellen Sie sich die Möglichkeiten vor, die sich dadurch eröffnen: Bedroht von einem Gegner wie der Terminalen Kolonne TRAITOR, könnte die gesamte terranische Zivilisation ins Symposion abtauchen und sich dort ausleben, eine Million Jahre lang und mehr – während in der Milchstraße keine Sekunde vergeht. Oder wir dehnen die Intrazeit zehnfach, hundertfach, millionenfach, und kehren in einen Kosmos zurück, in dem die Kolonne nichts ist als eine ferne, verschollene Geschichte. Schatten und Staub.«

Ich nickte, still, von den Visionen überwältigt, die diese Bilder in mir freisetzten. Ein Leben in Frieden, in restloser Unangreifbarkeit. Traitanks, die durch ein leeres Sonnensystem patrouillierten, nichts davon ahnend, dass tief in der Sonnenatmosphäre ein winziger künstlicher Trabant existierte, in dem Billionen von Bewusstseinen ein künstliches Universum belebten.

Ein Universum, ganz und gar von Menschen erdacht und ausgestaltet.

Ich spürte, wie sich meine Nackenhaare vor Entsetzen aufstellten, und dachte: *Kann es etwas Unmenschlicheres geben als etwas restlos von Menschen Gemachtes, eine Welt ohne anderes, ohne ein Gegenüber, das nicht menschlich ist, ein Berg, ein Fluss, ein Tier, das anders ist als wir?*

»Ich weiß, was Sie denken«, behauptete er. »Die wahren Möglichkeiten gehen Ihnen auf, und Sie schrecken davor zurück. Wie alle Altdenker, im Roten Imperium wie wohl auch im Einstein-Raum.

Aber ist es nicht eine wundervolle Utopie, mein Junge? Hier, im Mentalen Symposion, bestimmen die Menschen selbst die Regeln. Jeder kann sein Leben leben, wie er mag, endlos, immer wieder von Neuem. Er lebt es wieder und wieder in immer gleichen, immer anderen Varianten, fächert seine Existenz auf. Unsterblichkeit? Warum nicht, wer will, mag unsterblich werden. Aber was heißt unsterblich sein? Eine Million Jahre leben? Älter werden als die Sonnen? Älter als das Universum? Wen es danach verlangt, der soll es erleben: Universum auf Universum, denn das Intraversum kennt keine Grenzen, keine Unmöglichkeiten, kein Vergessen. Leb eines deiner Leben als Mensch des 20., 19., 18. Jahrhunderts altterranischer Zeitrechnung, leb es als Arkonide oder Gataser, Gurrad, Trox, Topsider, Mann oder Frau, Mensch oder Maschine, leb es als Atlan und Mirona Thetin, als jedermann und jede Frau, die je gelebt hat oder hätte leben können. Im Mentalen Symposion fallen alle Grenzen.

Und wenn du irgendwann, Millionen von durchlebten Universen nach dem Beginn deiner Existenz im Intraversum, dein Leben und jedermanns Leben gelebt und satt hast, werden sich dir die Pforten der Nichtexistenz öffnen, die Paradiese, die elyseischen Gefilde und Nirwanen aller Welten und aller Religionen, und du wirst Gott schauen. Gott sein.«

Ich betrachtete das Gesicht des Mannes, der aussah wie ein Mensch und vorgab, ein Bibliothekar zu sein. Ich suchte in seinem Gesicht nach einem Hauch von Ironie, oder nach den feinen, glühenden Spuren des Größenwahns. Nichts davon. Er rückte seine Hornbrille zurecht und erwartete meine Reaktion. Welche wohl? Begeisterung?

Ich schüttelte langsam den Kopf. »Ich kann mir nicht vorstellen, dass es ein lebenswertes Leben wäre dort unten, in Ihrer Zivilisationskapsel. Im einem solchen Kaninchenbau des Universums.«

»Nur, weil dieses Leben nicht Ihr Leben, Ihre Art von Leben wäre? Nur, weil Ihre Vorstellungskraft nicht ausreicht, sich diese Lebensweise auszumalen? Sie sind und bleiben ein Altdenker.« Er lachte. »Gibt es da nicht diesen altterranischen Mythos von einem Mann, der sein Volk an die Grenzen des gelobten Landes führt, es selbst aber nicht betreten darf, der, indem er das verheißene Land sieht, stirbt?« Kasimir sah mich fragend an.

»Ja«, sagte ich. »Diese Geschichte gibt es. Der Mann hieß Moses, und das Land, in das er sein Volk führen wollte, war eines, in dem Milch und Honig fließen. Die Sehnsucht nach einem solchen Land ist offenbar lebendig geblieben bis heute. Sie haben sie nun bis ins Rote Universum importiert. Bis in dieses Mentale Symposion.«

Kasimir lachte. »Wir haben diese uralte Sehnsucht nicht nur hierhin importiert. Hier können wir sie stillen. Wir können sie erfüllen und übererfüllen. In unserem Land fließen nicht nur Milch und Honig. Hier werden alle Wünsche wahr. Hier sind alle Leiden geheilt.«

»Eine Welt ohne Schmerz. Ohne Sorge. Ohne die Angst vor dem Tod.«

»Ja. So eine Welt kann das Mentale Symposion sein.«

»Gesetzt, das ist die Wahrheit: Ist das Leben hier lebenswert?«, fragte ich. »Verliert es nicht den Geschmack des Lebendigen? Was ist eine Entscheidung wert, die keine ist, weil sie im nächsten oder übernächsten oder überübernächsten Leben korrigiert werden kann? In der nächsten Reinkarnation? Im nächsten von endlos vielen Durchgängen?«

Der Bibliothekar lehnte sich zurück und schaute mich überrascht an. »Und das sagen gerade Sie, mein Junge? Sie, der – nach Menschenleben gerechnet – wie viele Leben gelebt hat? Dem der Schmerz dank Zellaktivator beinahe fremd geworden ist? Der sich entwöhnt hat von der Angst vor dem Tod? Oder missgönnen Sie es den anderen, den Unzähligen, so zu werden wie Sie? Sie an Lebensspanne sogar zu überholen? Wollen Sie der Einmalige bleiben, der Einzige, der Auserwählte von ES?«

»Ich mag einer der Auserwählten von ES sein«, gestand ich ein. »Aber glauben Sie mir, ein großer Spaß ist das nicht.« Ich stand demonstrativ auf. »Wir werden uns nicht einigen, Herr Kasimir. Ich erkenne an, dass sich im und mit dem Mentalen Symposion eine eigenartige Welt entwickelt hat, die ihre eigenen Rechte haben mag. Mir wird diese Sphäre fremd bleiben. Ich kann sie nicht verstehen, aber ich muss auch nicht alles verstehen. Ihre strategische Weitsicht bewundere ich, und ich will nicht ausschließen, dass von einer gewissen Warte aus Sie und das Mentale Symposion tatsächlich ein nächster Schritt sind in der Evolution der Menschen und ihrer Kultur. *Ein* nächster Schritt, wohl bemerkt, nicht *der* nächste Schritt. Ich bekenne aber auch, dass Ihre Hybris mich anwidert, Ihr Gerede davon, die Barriere zwischen dem Diesseits und dem Jenseits zu durchbrechen, Gott zu sehen und Gott zu sein.

Aber wir sind nicht hier, um theologische Disputationen zu führen. Ich will zurück in meine Welt. Ich habe dort etwas zu erledigen. Und anders als hier, wo Sie die Zeit in der Hand zu haben glauben, drängt die Zeit in meiner Welt. Ich will zurück. Ich hatte gehofft, hier eine der sagenhaften Interferenz-Inseln zu finden, eine dieser virtuellen Furten, durch die ich zurückwechseln kann. Bitte helfen Sie mir dabei.«

Kasimir stand ebenfalls auf; es war ein mühsamer Akt.

Ich fragte mit einem Blick auf seinen Stock und die Prothesen: »Warum tun Sie sich das an? Ich dachte, ein jeder im Symposion lebt, wie und in welcher Gestalt er mag?«

Kasimir lächelte. Seine Gestalt verwischte. Wie in einer Vision sah ich einen jungen, durchtrainierten Mann vor mir stehen in einem weißen Seglerdress. »Besser so?«, fragte er und schlug mir so krachend auf die Schulter, dass ich in die Knie ging. Dann war er wieder der alte Mann mit dem Stock und ging mir wankend voran.

»Gut. Sie haben Ihre Chance gehabt. Sie wollen zurück in Ihre Welt?«, fragte er. »Sie sollen zurück in Ihre Welt. Dafür sind Sie in die Bibliothek gekommen. Dafür, und um ein wenig Verständnis zu lernen für das Symposion.«

Ich sagte in beinahe entschuldigendem Ton: »Vielleicht ist mir Ihre Welt einfach zu menschlich.«

Er lächelte mir zu. »Käme es denn nicht mehr darauf an, die Welt zu vermenschlichen? Ist Qual denn menschlich oder nicht vielmehr unmenschlich? Hat nicht jede Kultur versucht, den Schmerz zu lindern und den Tod hinauszuschieben, so weit wie eben möglich? Nichts anderes tun wir hier auch. Oder meinen Sie, das Mentale Symposion wäre eine zu exklusive Veranstaltung, eine Gesellschaft nur für Terraner, *off limits* für andere Sternenvölker?

So ist das nicht. Wir glauben, dass es in den Randzonen des Symposions durchaus Kontaktversuche gibt. Es klopft an – wir wissen nur noch nicht in jedem Fall, wer. Kulturen, die ebenfalls an Sphären arbeiten, die wie unser Symposion sind. Die das Transpathein gefunden oder synthetisch entwickelt haben. Vielleicht versammeln sich im Symposion irgendwann Milliarden von Zivilisationen aus allen möglichen Universen und Chronoversen. Gehen Sie nicht zu streng mit uns ins Gericht, mein Junge. Unsere Schöpfung hat eben erst begonnen.«

»Warum unterstützen Sie mich, Herr Kasimir?«

Er seufzte. »Bavo Velines und seine Regierung spüren, dass das Mentale Symposion ihnen zu entgleiten droht. Dass wir nach Unabhängigkeit streben und dass wir von dieser Unabhängigkeit nur noch wenige Schritte entfernt sind. Ein Rotes Imperium ohne Symposion wäre aber schwerlich regierbar – jedenfalls nicht für diese winzige, verschworene Regierung. Despotien verwelken. Das Symposion ist eine alles umfassende Instanz, ein herausragendes Machtinstrument, das es Velines erlaubt, die Bevölkerung des Imperiums zu kontrollieren. Ohne das Mentale Symposion und seine Schwarmintelligenz könnte das Imperium sogar wieder unter militärischen Druck geraten. Es sind nicht die Raumflotten, die das Universum beherrschen, sondern der Geist ihrer Lenker.«

»Also werde ich von Ihnen gegen Velines in die Schlacht geschickt, um für Ihre Unabhängigkeit zu kämpfen?«

Er sah mich an. »Wundert Sie das? Soweit ich die Bücher der terranischen Geschichte kenne – und glauben Sie mir, ich kenne sie gut –, sind Sie dazu geeignet wie kein zweiter, mein Junge.«

»Warum schicken Sie nicht ein Team Ihrer besten Köpfe, ihrer besten Leute in diese Schlacht?«

Er lachte leise. »Weil die meisten unserer besten Köpfe im *Jenseits* – also: in Ihrer Realität – kopflos wären. Sie besitzen keine jenseitigen, materiellen Körper. Sie sind hier *geboren*, a-biologische Bürger des Symposions. Eine neue Generation.«

»Oh, Nachwuchs also«, sagte ich. »Na, da gratuliere ich aber!«

Überfallartig veränderte sich alles.

Schemen glitten durch den Raum wie staubende Dünen aus Licht; geisterhafte Lichtfahnen; Nebelbänke starrten mich mit maskenhaften Gesichtern an; überall waren Klänge, eine Kakophonie von sirenenartigen Lockgesängen und krachenden Detonationen, gebrüllten Kommandos und Schmerzensschreien.

Energien tobten durch den Raum und schlugen ihn in Trümmer. Mit einem Teil meines Bewusstseins registrierte ich, dass die Ereignisse förmlich über mir zusammenschlugen, dass Aktion und Reaktion so schnell nacheinanderkamen, dass sie vor meinen Sinnen zu einer einzigen Sturzflut verschwammen.

Da war aber noch eine andere Region meines Bewusstseins, die wie das Auge des Hurrikans ruhig blieb, unbewegt. Dieser Teil meiner Selbst vermochte den Geschehnissen zu folgen – nicht allen Ereignissen und nicht jedem gleich gut, aber doch so, dass mir eine Möglichkeit zur Orientierung blieb.

Ich rannte und begriff erst in den nächsten Sekundenbruchteilen, warum und wohin. Ich floh anscheinend vor einem Schauer von überschallschnell dahinschießenden Projektilen, die ich einerseits als Gemenge sah, als Handvoll tödlichen Schotter, der auf mich zuschoss, andererseits in jedem verdammten einzelnen Detail, als läge mir jedes der winzigen Geschosse unter einem Vergrößerungsfeld vor Augen, zur Ruhe gekommen und unbewegt. Wie unter einer Zeit- und Raumlupe.

Ich muss losgelaufen sein, bevor sie abgefeuert wurden. *Intuition?*

Und was hieß..., wieso *losgelaufen? Etwas* hatte meine Beine in Bewegung gesetzt, aber dieses *Etwas* war nicht ich gewesen. Es geschah nicht, was ich wollte, sondern was etwas in mir wollte.

Ich spürte, dass meine Hände anders wirkten, dass sie anders fühlten. Sie nahmen die Luft, die sie umgab, intensiver wahr, sie ertasteten jede Strömung, jeden noch so feinen Temperaturunterschied. Es war, als hätte die ganze Welt mir bis eben noch als antike, sepiabraune, verwackelte Fotografie vorgelegen, jetzt erstrahlte sie in brillanten Farben und zeigte holografische Tiefenschärfe.

Während mein Körper herumgerissen wurde, um einen merkwürdigen Speer auszuweichen – einem schlanken gläsernen Torpedo mit einem hundeähnlichen Kopfstück, das Maul weit aufgerissen, die stählernen Zahnscheiben rotierten wie Sägeblätter –, warf ich einen Blick auf meine Hände. Sie waren in eine bersteinfarbene Folie gehüllt, die bei jeder Bewegung leise raschelte wie Seide auf nackter Haut.

Die Folie verdickte sich, etwas floss von meinem Handgelenk herab, füllte die Folie auf, verdickte sie.

Wo begann dieser Fluss? Ich tastete mit der rechten Hand den Arm ab, weiter nach oben, zur Schulter, zum Hals. Noch höher ...

Meine linke Wange war die Quelle der Substanz.

Das Kloster Kumbum. Der Lama mit den abstehenden Ohren. Dem grauen Schnauzbart. Seine Schläge auf meine Wange. Der Segen ...

Oder etwa Farashuu?

Der Boden bebte, federte wie ein Trampolin.

Konzentriere dich!

Die Schlacht war in vollem Gange, und ich hatte noch immer nicht erfasst, wer gegen wen kämpfte. Die Schemen. Die hundsköpfigen Torpedos. Gestalten in dicken, wattig weißen Schutzanzügen, die auf einer Art Surfbrett lagen und von einer Welle aus Licht, Gedankensplittern und wirbelnden Wahrscheinlichkeiten herangeschwemmt wurden. Eine Armee in stehendem Sturmlauf.

Funkelnde, unfassbar kleine Kugeln, die in Gestalt eines rasenden Fischschwarms daherkamen, alle individuellen Bewegungen allen anderen gleich, hin- und herhuschten. Plattformen mit Impulsgeschützen bestückt. Semiintelligente Desintegrationsfelder. Totenschlaf-Cluster. Bewusstseinskäscher. Schmerzausschütter. Paramechanische Dämonen in Rüstungen aus Formenergie.

Woher kannte ich diese Bezeichnungen?

Wer griff an?

Wer wurde angegriffen?

Wer verteidigte?

Ich entdeckte den Bibliothekar, sah ihn dastehen, ruhig und mit hoch konzentriertem Gesicht. Kasimir hob den Stock und klopfte mit dem Gummipfropfen drei- oder viermal auf den Boden.

Der Boden reagierte. Er warf Blasen, die Blasen blähten sich rapide zu niedrigen Hügeln auf und platzten. Gestalten stiegen hervor, umrisshaft humanoide, aber im Kern unmenschliche Wesen. Sie entfalteten sich, streckten die Arme aus, sondierten die Lage.

»In den Schutz der Paladine!«, rief er mir zu. Das *Etwas* nahm meine Beinmuskulatur in Betrieb, ich rannte wie noch nie.

Mir wurde klar, dass ich nicht sah, was wirklich geschah, sondern nur Symbole des tatsächlichen Geschehens, Bilder, mit denen mein Bewusstsein sich die Vorgänge deutete. *Das ist alles keine Zauberei,* dachte ich, *kein Spuk. Es sind forcierte, hochgezüchtete Waffensysteme, die unter den Bedingungen der äußeren Welt vielleicht überhaupt nicht funktional sind. Aber hier, im Mentalen Symposion, wirken sie.*

Die Mächte, die im Symposion heimisch waren, setzten sich zur Wehr, konterten die Attacken der Angreifer, entzogen ihnen die Basis, entstellten die mentale Realität so, dass die zerstörerischen Gewalten immer wieder verpufften.

Ich glitt durch das Schlachtfeld wie ein Hologramm, immun gegen die freigesetzten Energien, gefeit gegen die Wirkweise aller Waffen.

Was immunisierte mich?

Die Goldhaut. Die dreifache Ohrfeige. Der Segen. Was hatte der Mönch mit diesen Schlägen in meine Haut implantiert? In mich eingeprägt? Farashuu?

Ich hasste das Gefühl, nicht Herr im eigenen Haus zu sein, kämpfte es nieder und überließ mich der Fremdsteuerung, die mich offenbar vor Schaden bewahrte.

Ich rannte. Es kostete mich keine Anstrengung, wenn ich auch die Gelenke bersten, die Muskelfasern reißen spürte.

Plötzlich stand Tamer vor mir, der Karawanenführer. Er streckte den linken Arm gegen mich aus. Seine Hand stoppte mich übergangslos, Rippen brachen, der Atem stockte, ich rollte über den Boden.

Er schoss. Obwohl ich mich mit unwirklicher Geschwindigkeit zur Seite geworfen hatte, streifte die Kugel meine rechte Schulter. Der Schmerz überstrahlte alles.

Tamer zielte ruhig und mit ausgestrecktem Arm auf meine Stirn. Ich wunderte mich, wie er die Waffe so lange unbewegt halten konnte: Es war ein Colt Python, sicher über ein Kilogramm schwer, ausgelegt für Geschosse mit dem Kaliber .357 Magnum.

Sie war übergangslos da, hing wie ein Luftgeist über ihm, trat erst mit dem einen, dann mit dem anderen Bein gegen seinen ausgestreckten Arm. Der Schuss löste sich, verfehlte mich. Ich sprang auf die Beine.

Es war die rothaarige Frau. Die Brille war durch einen grün schimmernden Visor ersetzt. Ihr Körper war bis zur Kinnlade in das schwarzgraue Metallic-Gewebe gehüllt.

Tamer und meine Retterin kämpften. Das *Etwas* in mir wollte mich fortschicken, weiter, aber diesmal rang ich es nieder und blieb stehen.

Er legte auf sie an und schoss. Traf. Schoss. Traf wieder. Ihre Kleidung beulte sich ein, bildete tiefe Kuhlen. Sie ächzte und murmelte: »Was tust du noch hier, Rhodan?«

Tamer drehte sich um, hielt den Lauf des Pythons nach oben gerichtet, wie ein Duellant auf alten Fotografien. Er blickte zu mir, zu ihr, wieder zu mir, als könnte er sich nicht entscheiden.

Der Druck in mir zu fliehen wuchs. Aber ich wollte nicht fliehen. Ich wollte nicht mehr in den mentalen Landschaften des Symposions herumirren. Ich wollte *zurück*.

Ich konzentrierte mich auf den Schmerz an meiner Schulter, lenkte mich ab. Widerstand. Die Frau traf Tamer mit der Doppelfaust aus beiden Händen in den Rücken. Es war wie der Einschlag eine Felsens. Tamer spuckte Blut. Er fuhr herum und zielte mit dem Colt. Ich sprang. Er traf sie in den Kopf. Ich umfasste sein rechtes Handgelenk mit beiden Händen, biss ihn tief in den Hals, schmeckte sein Blut.

Die Frau mit dem zerstörten Gesicht stand auf, taumelte, war heran, schlug so wuchtig auf sein Herz, dass mir, obwohl Tamers Körper die Schläge auffing, die Luft aus den Lungen wich. Schlug und schlug. Ich riss an seinem Arm. Er ließ den Colt fallen. Ich stemmte mich los, bückte mich nach der Waffe, hob sie auf und drehte mich um.

Tamer hielt den Schädel der Frau zwischen seinen Händen. Ihr Kopf lag absurd weit nach hinten gedreht. Das Genick musste lange gebrochen sein. »Schieß«, sagte sie.

Ich legte an. Sechs Kammern. Fünf Schüsse. Es musste noch eine Patrone im Lauf sein. Ich blickte Tamer in die Augen – zwei Schläuche, schwarz und grundlos.

Kein menschliches Gesicht mehr.

»Worauf wartest du? Schieß!«, schrie die Frau. »Oder du bleibst für immer im Mentalen Symposion!«

Ich zog den Abzug durch und schoss Tamer zwischen die Augen.

Die Umgebung zerfiel. Es war, als spränge ich von Weltensplitter zu Weltensplitter. Ich sah südländisch fromme Gefilde, hoch gewölbte Brücken aus chinesischem Porzellan, Luftschlösser, über deren Zinnen eiserne Fahnen klirrten, Herbstboten, Zwillingssäulen, zwischen denen eine blassblaue Lagunenstadt leuchtete, Pädagogen mit Drehorgeln, Schnecken, auf denen flammende Feuerräder ritten, Baupläne gottverlassener Kathedralen, der Weg von Plophos nach Kalkutta, grazile Schiffe, wie auf Pauspapier skizziert, die durch luftige Kanäle trieben, ein Spalier von erblindeten Engeln, nickend, mit schwarz verbrannten Flügeln, rote Vögel, vor eine Luftkutsche geschirrt, Frauen, die in Licht badeten, in Stahl gegossene Krieger, kristalline Stalaktiten, die aus einem inkontinenten Himmel tropften, ein Zug von Maschinenwolken – ich schloss die Augen, rannte weiter.

Ich wusste von dem Kampf, der hinter mir tobte, die eingeborenen Geister des Mentalen Symposions gegen die Gespensterarmeen des Roten Imperiums, aber ich war mir sicher, durch den Tod Tamers einen uneinholbaren Vorsprung gewonnen zu haben, ja, entkommen zu sein.

Aber entkommen wohin?

Ich musste mich orientieren. Öffnete die Augen ...

... ein Baseballfeld, auf dem Batmen in schwarzen Capes heillose Granaten schlugen, Babe Ruth und Joe DiMaggio, Amerika, das Schöne, Heimat der Tapferen, King Kong, Spock und Cinderella, brennende blutende schreiende Vogelscheuchen auf den Schneefeldern der Mohawk Mountains, Kennedy, wie er den Schüssen in Dallas, Texas, entging, die blonde Jeannie, die aus der Flasche steigt, die mir Captain Tony Nelson reichte, damals auf Luna im harten Schatten der AETRON; ich ...

... schloss die Augen. Wehrte mich gegen die Visionen. Lief.

Der Boden unter mir änderte seine Beschaffenheit, wurde trittsicherer, federte leicht. Ich öffnete die Augen und fand mich auf einer Anhöhe auf einer Insel. Ringsum Meer. Der bittersüße Geruch von Gras.

Unter mir eine Ebene. Endlose Felder von Gold, auf denen Menschen arbeiteten. Ich stieg hinab. Schulterhohe Pflanzen, eine Art Getreide, die Ähren mit langen Grannen. Die Feldarbeiter waren bis auf einen Lendenschurz nackt, schwarze, schimmernde Haut, grazile, menschengleiche Gestalten, deren Schädel aber wie skelettiert wirkten. Sie bündelten die Halme und mähten mit eiserner Sense. Hin und wieder reckte sich einer auf, zog einen Wetzstein und schärfte das Sensenblatt nach.

»Wem gehört die Insel?«, fragte ich, obwohl ich die Antwort kannte.

»Dem Schwarzen König«, hörte ich. Es klang papieren, wie das Rascheln von Laub.

Ich ging weiter. Die Feldarbeiter mähten mir einen Weg, ich ging wie durch ein Spalier. Inmitten des Feldes erhob sich ein schwarzer Fels. Schwarzer Marmor, bernsteinfarben geädert, die Kalkspatkristalle glitzerten. Ich legte die Hand darauf, die Haut immer noch von der Folie überzogen. Ich drückte die Hand sanft an den Felsen. Langsam sank sie ein.

Erleichterung überkam mich, dieser immer aufs Neue wunderbare, erlösende Moment, in dem man sagen kann: *Ich habe es überlebt.*

Ich hatte die Interferenz-Insel und ihr Herzstück gefunden.

Ich trat näher an den Felsen und hinein. Ich spürte

... wie ich aufgenommen wurde von *ihm.*

... wie ich ausgeblendet wurde aus dieser Welt.

... wie ich zurückkehrte.

... wie ich wieder zu mir selbst wurde, zu ihm – zu Perry Rhodan.

TEIL II ER

Erstes Buch:
Im Triumph

Sprüche der Prophetenmaschine:
Tauchen & Tee

»Rhodan taucht auf«, sagte die Maschine.

»Dann wird sich jetzt zeigen müssen, ob du Ifama richtig eingeschätzt hast.«

»Ich sagte dir ja: Sie ist nicht nur eine mörderische Lady. Sie ist eine hochbegabte Sadistin.«

»Hoffentlich behältst du recht«, seufzte der Mann.

»Ich behalte immer. Setz schon einmal das Teewasser auf.«

Sakister Liebchen:
Die Schlacht um das Houhla-System

Raumschlachten nötigten Sakister Liebchen keinerlei Respekt ab. Die Quantronik der STIMME DER WEHRHAFTEN WAHRHEIT hatte einen kleinen Deal mit den Schiffshirnen der ZUKUNFT IN HERRLICHKEIT gemacht. Das Schaumbild in der Zentrale der Fähre erhielt unzensierte und nicht vorsortierte Daten aus dem Leitstand des Flaggschiffes.

Selbstverständlich hütete sein Partner sich davor, die Daten innerhalb der Fähre zu speichern, und an eine Ausstrahlung war nicht zu denken.

Wozu auch. Sakister war sicher, dass es im ganzen Roten Imperium keinen nennenswerten Markt für eine nackte, unkommentierte Dokumentation gab. Kriegen und Raumschlachten fehlte, was kaum ein Laie wusste, jede Dramatik. Es gab keine Akte, keine Spannungsmomente, keine Cliffhanger, keine Höhepunkte, keinen Showdown.

Es gab nur die reine, leere, maschinell produzierte Gewalt und diejenigen, die die Maschinen beaufsichtigten.

Nicht einmal das Sterben der Raumsoldaten war von irgendeinem ästhetischen Interesse. Es waren die immer selben Prozesse: die Beschädigung biologischen Materials durch stumpfe oder spitze Gewalt, durch Hitze oder Sauerstoffentzug.

Sakister hätte es spannender gefunden, seinen Karpfen beim Kacken zuzusehen.

Immerhin war er neugierig auf die Einfälle Ifamas. Die Oberkommandierende bemühte sich, jede Raumschlacht, an der sie beteiligt war, zu einem besonderen Ereignis zu machen, zu einem militärischen Prunkstück.

Zu einem weiteren Denkmal für die Schlachtenlenkerin.

Die Gazini-Barriere – Sakister Liebchen hatte von ihr gehört, sich aber nie vorgestellt, wie sie beschaffen sein und wie sie aussehen könnte.

Tatsächlich wusste er auch im Angesicht der Barriere noch nicht, ob sie wirklich so aussah oder ob die Quantroniken ihre Rechenergebnisse nur auf diese Weise für Menschenaugen visualisierten.

Sein erster Eindruck war: Dort draußen im All wirbelte ein Monster, ein hundertarmiger Krake mit seinen Armen, ein Krake, der aus nichts anderem als diesen Armen bestand – ein kopf- und rumpflose Titan, schwärzer als das ihn umgebende All, die schwarze Haut besetzt mit Sternen.

»Das Gazini-Verteidigungssystem umfasst eine Raumkugel von 3 Punkt 2321 Lichtjahren Durchmesser. Es ist in den letzten zwölf Stunden um 0 Punkt 0048 Lichtjahre geschrumpft. Der Einsatz des Rhodan-Simulacrum-Kompositums hat es den Berechnungen des Verbundes nach bereits irreparabel beschädigt. Die Degeneration beschleunigt sich. Allerdings könnte die derart rasche Reduzierung auch ein strategisches Vorgehen sein, mit dem die Houhhom versuchen, die Energiegenerierungsprobleme zu kompensieren. Die verteidigte Zone beinhaltet elf Sonnen, davon acht mit Planetensystemen. In jedem der Sonnensysteme ist wenigstens ein Planet von den Houhhom kolonisiert. Im Jeffa-Schadrinninc-System leben außerdem die eingeborenen Aschadr, die keine Raumfahrt betreiben, aber die Anwesenheit der Houhhom vertraglich lizensiert haben.«

Sakister lauschte dem Vortrag des Extrapoliten, des leitenden Einsatztaktikers an Bord der ZUKUNFT IN HERRLICHKEIT, nur mit halbem Ohr. Die Aschadr boten natürlich ein wunderbar ergiebiges Motiv – die Flotte des Roten Imperiums würde sie höchst effektvoll von ihren houhhomschen Besatzern *befreien*.

Er stellte sich vor, wie er die Aschadr als Sklaven der Houhhom in Szene setzen könnte. Arbeiten in irgendwelchen Minen kamen meist gut an. Verstümmelungen waren effektvoll. Vergewaltigungen? Eher nicht. Die meisten Terraner fanden es wenig reizvoll, Aliens beim Geschlechtsverkehr zuzuschauen. Wenig Sympathie, die Sakister ernten, ausquetschen und zu Hass destillieren könnte.

Blieben die Minen. Enge, unterirdische Gänge, deren Wände giftige Gase ausdünsteten; klaustrophobische Raumfluchten mit so niedrigen Decken, dass nur die Aschadr-Kinder sich hineinzwängen konnten, Steinspalten, in denen kinderfressende Moloche lauerten, widerliche Monster, schleimig oder schwarz bepelzt.

Und jedes einzelne dieser Monster wäre Johari Ifama wie aus dem Gesicht geschnitten.

Sakister Liebchen lachte still in sich hinein über diesen amüsanten Einfall.

»Träumst du, Partner?«, fragte die Quantronik.

»Wir sind aus solchem Stoff, wie Träume sind, und unser kleines Leben ist von einem Schlaf umringt«, erwiderte Sakister.

»Interessante Theorie«, sagte die Quantronik. »Shakespeare?«

»Longfellow.«

»Aber nein«, sagte die Quantronik. »Es ist zweifellos ein Shakespeare-Zitat.«

Sakister seufzte. »Pardon. Ich gelobe, nie mehr einer allwissenden Quantronik zu widersprechen.«

»Ein guter Vorsatz«, lobte die Maschine.

Sakister Liebchen hatte einen großen Teil der Ausführungen des Extrapoliten zum Thema verpasst. Immerhin glaubte er verstanden zu haben, dass die Gazini-Barriere die Grenze der geschützten Raumkugel – ihre Oberfläche, bildlich gesprochen – in ein Raumzeit-Labyrinth verwandelte, das seine Struktur in Millisekundentakten änderte. Das bedeutete: Ein Raumschiff, das die Barriere zu passieren versuchte, konnte den einen Teil seines Rumpfes auf Kurs halten und einen anderen Teil zehn, 1000 oder 10.000 Kilometer links oder rechts von sich entdecken müssen – schlecht für die Raumschiffshülle, schlecht für die Besatzung et cetera et cetera. Da sich die Barriere auch in den Hyperraum und in den Linearraum erstreckte, war ein Anflug der behüteten Sonnensysteme selbstmörderisch, auf welche Art man ihn versuchte.

Vor dem Einsatz des Simulacrums war jeder Versuch gescheitert, einen Algorithmus zu finden, der die Strukturwechsel kalkulierbar machen würde. Selbst die begabtesten Quantroniken, von denen einige Minuten, Stunden, vielleicht sogar Tage in die mögliche Zukunft schauen konnten, hatten die Variation nicht zu prognostizieren vermocht. Sie waren wahrscheinlich deswegen gescheitert, weil es überhaupt kein Programm gab, das die Wandlung der Raumzeitsphäre steuerte. Die Barriere agierte und reagierte in gewissen Grenzen *intuitiv* – als wäre sie mit einem willensfähigen Bewusstsein begabt.

Kurz: Das Gazini-Verteidigungssystem hatte die Rechner des Roten Imperiums immer wieder ausgetrickst.

Der Extrapolit setzte sich. Johari Ifama stand auf und wies auf das Schaumbild, in dem sich der Raum dehnte, stauchte, in sich selbst verwickelte, in dem die Sterne scheinbar von hier nach dort versetzt wurden.

»Dieses Spiel hat nun ein Ende. Wir verdanken den erfolgreichen Zugriff der unermüdlichen Arbeit unseres Mentalen Symposions. Das ist für diesen Zweck, wie einige von euch bereits wissen, um ein besonders effektives, strategisches Bewusstsein bereichert worden. Um das Bewusstsein Perry Rhodans.«

Sakister klatschte höflich Beifall.

Weder Sakister Liebchen noch die anderen Terraner und Terranerabkömmlinge an Bord vermochten wirklich zu begreifen, was zwischen dem Gazini-Verteidigungssystem und dem Quantronik-Verbund der rot-imperialen Flotte geschah.

Einige Verbände feuerten Salven aus ihren Transformkanonen ab, andere Schiffe warfen immer noch Virenhaken in die Barriere, virtuelle Kampfprogramme, die sich autark in der Barriere zu orientieren und den regulärspontanen Kommandoimpulsen Defekte unterzuschieben versuchten – gefälschte Fehlanzeigen, höhere Energieanforderungen für die eine oder andere Parzelle der Barriere, verzerrte Datenspiegel, die die Kontinuität und die Routine der Barriere sabotieren sollten.

Den wahren Angriff aber steuerte nach wie vor die ZUKUNFT IN HERRLICHKEIT. Hier bündelten die Quantroniken ihre Denkkräfte, von hier aus trugen sie ihre Attacke vor, bohrten die Barriere an, setzten ihm das Simulacrum des *Rhodan/Walker/Gazini-Ereignisses* an die Lebensader.

Der komplexe Angriff auf allen Fronten dauerte mehrere Stunden an. Dann sah Sakister im Schaumbild, wie die immer weiter degenerierte Barriere spröde wurde und zerbrach, wie ein Großteil ihrer Fragmente, die die Navigation der rot-imperialen Flotte hätten beeinträchtigen können, unter dem Trommelfeuer der Transformkanonen und ihrer Antimateriebombenlast verging.

Die Raumzeit kehrte in ihren Urstand zurück.

Die Einheiten des Roten Imperiums aktivierten ihre taktischen Transitionstriebwerke und setzten mit einem kurzen Hyperraumsprung über ins Houhla-System.

Die Datenkolumne im Schaumbild zeigte, dass die Flotte bei diesem Manöver nicht mehr als zwanzig Schiffe verloren hatte, die an den letzten, dahintreibenden Trümmern der Barriere zerschellt waren.

Sakister sah, wie sich die Heimatflotte der Houhhom formierte. Das Schaumbild zeigte die Pagodenraumer, die auf den Planetenhäfen von Houhhomn und Yunn lagen, dem kleinen, tropfenförmigen Mond, der, eine halbe Millionen Kilometer vom Planeten entfernt, seine geschwungene Bahn zog.

Die Schiffe versuchten, in Notstarts abzuheben, wurden aber von den Verbänden des Imperiums zerfetzt, bevor sie wirkungsvolle Energieschilde hätten aufbauen können.

Noch während die Kampfhandlungen im Raum liefen, begann das Bombardement der Planeten- und Mondoberflächen. Die Quantroniken koordinierten den Transformbeschuss mit den ausgesendeten Raumtorpedos, erteilten an der einen Stelle die Marschbefehle und ließen an der anderen Stelle die Torpedos nach eigenem Gutdünken ihre Ziele finden und vernichten.

Das Feuer auf die zivilen Siedlungen band die houhhomschen Einsatzkräfte, da auch Kampfverbände zu Rettungsaktionen abkommandiert wurden.

Johari Ifama ging in der Lenkung der Schlacht auf. Ihre Strategie war wie immer im Ansatz originell und im Erfolg durchschlagend.

Die wenigen geschlossen operierenden Verbände der Houhhom nahmen Kurs auf die Phantomschiffe der rotimperialen Flotte, auf Attrappen, die – ursprünglich Kugeln von nicht mehr als drei bis vier Metern Durchmesser – zu Zehntausenden von den Strategischen Tendern ausgeschleust worden waren und sich binnen Sekundenbruchteilen zu Gebilden aufgebläht hatten, groß wie die

Ultraschlachtschiffe und scheinbar ebenso massiv. Die Energiemuster-Imitatoren gaukelten den Houhhom kampfbereite Kriegsschiffe mit allerdings extrem schwachen Schutzschirmen vor. Die Houhhom-Kommandanten, in der Hoffnung, hier mit ihren Waffen die vergleichsweise größte Wirkung erzielen zu können, rannten gegen die Pseudoschiffe an.

Es hatte beinahe den Anschein, als würde Ifama beide Flotten befehligen, so ausnahmslos lief alles nach ihrem Willen und ihrer Vorstellung ab.

Ifamas Hauptstreitmacht erreichte unbehelligt die idealen Kampfpositionen im Orbit über Houhhomn und den anderen vier dichter bewohnten Himmelskörpern des Systems.

Planetare Abwehranlagen existierten nicht, da die Houhhom sich ganz dem Schutz des Gazini-Verteidigungssystems anvertraut hatten.

Angriffe vonseiten der houhhomschen Raumverbände waren in dieser Position kaum zu befürchten – jeder Fehlschuss würde Houhhom selbst und seine Bewohner gefährden, selbst Treffer, die einen der terranischen Raumriesen zum Absturz gebracht hätten, würden dadurch eine planetare Katastrophe auslösen.

Ifamas Waffenleitoffiziere und ihre Quantroniken konnten dagegen weitgehend ungestört die Planetenoberfläche unter Feuer nehmen: ihre Raumhäfen, Städte, Kraftwerke, Werften, Bunker, ihre informationelle und verkehrstechnische Infrastruktur.

Der Rest der Flotte schlug die Reste der houhhomschen Verbände in Stücke und rieb sie auf.

Yunn explodierte, still und nebensächlich. Seine Felstrümmer wirbelten in den leeren Raum.

Sakister warf nur hin und wieder einen Blick in das Schaumbild der Schlacht. Die Finessen der terranischen Strategie und Taktik interessierten ihn nicht. Er plauderte mit der Quantronik über neue Möglichkeiten der Koi-Zucht. Einer neuen Publikation zufolge hatte ein Gen-Prospektor auf einer Randwelt Rotheims eine Tierart entdeckt, deren Erbmaterial mit dem der Farbkarpfen erstaunlich kompatibel war. Einige moderate Angleichungen hier und da, und man könnte Kois züchten, die sich wie Lungenatmer einige Stunden außerhalb des Wassers aufhalten und dort fliegen könnten – die Flossen mussten dazu nur ein wenig umstrukturiert, die Schwimmblase heliumverträglich gemacht werden.

Die Quantronik begeisterte sich geradezu; Sakister blieb skeptisch: »Das ist mir zu einfach, zu synthetisch. Es ist nicht mehr *rein*, wenn du verstehst, was ich meine.«

Die Quantronik zeigte wenig Verständnis für diese Bedenken und nannte sie »im Kern rassistisch«.

»Du weißt zwar alles, bist aber kein *Kenner*«, spöttelte Sakister.

Ein Anruf aus der Zentrale der ZUKUNFT IN HERRLICHKEIT unterbrach den Disput. Einer der Extrapoliten sagte: »Die Oberkommandierende bittet um deine Aufmerksamkeit. Die Schlacht geht ihrem Ende entgegen.«

»Das tut sie doch von Anfang an.« Sakister seufzte und schaltete sich in den Gesprächsverbund der Zentrale ein.

Er hörte eine Frauenstimme von außerhalb des optischen Erfassungsfeldes: »Wir erhalten eine Nachricht aus Woun, der Hauptstadt der Union. Die Houhhom bieten ihre bedingungslose Kapitulation an und bitten um Gespräche.«

»Leg ihre Bitte in die Akustikfelder!«, befahl Ifama der Kommunikationsoffizierin.

»... nach Beschluss des Exekutivrates der Union unsere Kapitulation an. Wir haben sämtliche Kampfeinheiten angewiesen, die offensiven Waffensysteme zu desaktivieren, und sind auf Ihr Zeichen hin bereit, das Nämliche für die Defensivsysteme anzuordnen.«

»Man ist geneigt, *das Nämliche* anzuordnen. Man drückt sich gewählt aus. Sehr elaboriertes Interkosmo.« Ifama lachte. Ihre Offiziere fielen in das Gelächter ein.

»Man erwartet also unser Zeichen. Wollen wir den Huhus ein Zeichen geben?« Sie zog ihre Stirn kraus und blickte fragend in die Gesichter ihres Stabes. »Ich meine – da wir doch ausdrücklich darum gebeten werden?«

Erneutes Gelächter. *Große Fröhlichkeit allerorten,* dachte Sakister mürrisch.

Die Union Houhhom wiederholte ihr Kapitulationsangebot beständig im Takt weniger Minuten.

»Geben wir ihnen das Zeichen!«, sagte Ifama und schnippte mit den Fingern.

Sakister wurde klar, dass sie nun etwas tun würde, was sie lange vor der Schlacht, vielleicht schon seit Jahren geplant hatte.

Diese Idioten, dachte Sakister. *Diese armseligen Idioten von Houhhom.*

Die Quantroniken koordinierten die Feuerschläge der zwölf Schiffe, die über der Stadt Woun tiefer in die Atmosphäre getaucht waren, um eine Streuung der Energiebündel so weit wie möglich einzuschränken. Die Thermo- und die Impulsgeschütze feuerten in einem für Menschen nicht ganz einsichtigen Rhythmus. Sie wählten ihre Ziele nicht nach der Struktur der Stadt, wählten nicht etwa den Regierungssitz oder militärische Komplexe, sondern verfolgten ein ganz eigenes Muster.

Sie zogen eine breite Spur durch die Stadt und das Land um die Stadt, und sie feuerten wieder und wieder in diese Spur, vertieften sie, räumten Bauwerke und Straßen aus dem Weg und ließen die darunterliegenden Gesteinsschichten aufschmelzen.

Lavaströme wälzten sich durch die Ruinen der Stadt. Desintegratorgeschütze kamen zum Einsatz und lösten die flüssige Glut auf.

Wie brennende Zeichenstifte arbeiteten die Energiebündel. Die Luft in und über der Stadt kochte; atembar war sie schon lange nicht mehr.

Nach und nach schälte sich das Zeichen heraus, das die Schlachtschiffe der Stadt Woun und ihrer Umgebung eingebrannt hatten: ein Kreissegment, durchbohrt von drei stilisierten Pfeilen – das Wappen des Roten Imperiums.

Nachdem sie ihre Arbeit erledigt hatten, stiegen die Schiffe auf Antigravfeldern zurück in den Orbit. Sie verzichteten auf den Einsatz ihrer Impulstriebwerke – die emittierten Impulsfelder hätten das Brandmal beschädigen und seine glasierten Ränder ausfransen lassen können.

Ifama wandte ihr Gesicht von dem zentralen Schaumbild ab und grinste in das Aufnahmefeld, das den Kontakt zur STIMME DER WEHRHAFTEN WAHRHEIT herstellte. Sie flüsterte: »Now, I am become Death, the destroyer of worlds.«

Sakister lauschte der Übersetzung aus der alt-terranischen Sprache und schüttelte den Kopf. Er deaktivierte sein Akustikfeld und sagte: »Du bist nicht der Tod. Du bist nichts als ein gewaltgeiles Flittchen.«

Ein kleiner Teil der Flotte würde bis auf Weiteres im Houhla-System bleiben und die Kontrolle über die Reste der zerschlagenen Union ausüben. Es würde eine Weile dauern, bis die Houhhom ihren invaliden Planeten soweit restauriert hatten, übrigens mithilfe des Roten Imperiums. Velines würde Aufbauhilfe leisten, rot-imperiale Kommissare würden die Restrukturierung des öffentlichen Lebens leiten. Es würde neue Krankenhäuser, neue Schulen geben. Das Rote Imperium würde in einigen Jahrzehnten Fehler eingestehen, dumme Fehler, wie sie im Eifer des Gefechtes vorkommen. Man würde auf Konferenzen über solche Fehler sprechen, von terranischer Seite aus durchaus reuig, ohne kleinmütig zu werden.

Bavo Velines würde Houhhomn besuchen, das neue Houhhomn, und gemeinsam mit der Jugend von Neu-Woun in die Zukunft blicken.

Und das Zeichen, das Ifamas Flotte dem Planeten ins Antlitz gebrannt hatte?

»Oh, das«, so würde Velines sagen, »werden wir nicht ausradieren. Wir werden zu unserer Geschichte stehen. Denn wer seine Geschichte vergisst, ist dazu verdammt, sie zu wiederholen.« Warum, im Übrigen, sollte man das Zeichen tilgen? Houhhomn sollte es mit Stolz tragen, als Siegel seiner jungen, aber hoffentlich ewigen Zugehörigkeit zum Roten Imperium.

Und wenn Velines es nicht sagen würde, würde er, Sakister Liebchen, es tun, die Stimme des Roten Imperiums.

Der größere Teil der Raumflotte machte sich zum Abflug bereit.

Bevor sie den Startbefehl gab, wollte Ifama ihre Ansprache an das Staatsvolk des Roten Imperiums halten.

Sakister gähnte im Gedanken daran. Was würde sie schon Neues sagen können?

Er würde sich den Vortrag trotzdem anhören. Bemerkte er vielleicht einen Hauch von Masochismus? Nein, es war eher sein professionelles Interesse an der sprachlichen Vermittlung der Ereignisse. *Sprache und Bilder – die alten Konkurrenten.*

Ifama suchte und fand ein Aufzeichnungsfeld, das der unverschlüsselten Kommunikation offenstand. Sie setzte ein zurückhaltendes, nonnenhaftes Lächeln auf.

»Der Planet, der so viel Leid über die Bürger des Roten Imperiums gebracht hat und über die Bevölkerung anderer, friedliebender Sternenstaaten, ja nicht zuletzt über die eigene Art, die von der Militärjunta in Geiselhaft gehalten wurde, dieser Planet trägt nun das Zeichen des Imperiums – als ewiges Brandmal der Schandtaten seiner Militärmachthaber und zugleich als Siegel der Freiheit.«

Das Aufnahmefeld schwenkte hinüber zu den Extrapoliten der Schlacht. Sie wirkten erschöpft, aber zufrieden, optimistische Chirurgen nach einer anstrengenden Operation. Erst nach einigen Augenblicken bemerkten sie das Aufnahmefeld und nickten ernst.

»In dieser Stunde«, hörte man Ifama sagen, ohne sie zu sehen. Schwenk auf ihr blasses Gesicht. Sie schien mit ihrer Fassung zu ringen, schluckte, lächelte tapfer: »In dieser Stunde fällt es mir dennoch schwer, Gewinn gegen Verlust abzuwägen. Wir haben Opfer zu beklagen. Opfer auch auf der Seite unserer Feinde. Die perfide Strategie der Houhhom, Geschütztürme und Schutzschirmgeneratoren in den eigenen Wohngebieten zu installieren, ist aufgegangen – zu ihrem eigenen Verderben.

Wir haben die Stadt der Kriegstreiber entwaffnet. Aber wir haben bei all der Präzision unserer chirurgischen Schnitte nicht verhindern können, dass es zivile Opfer gab. Das ist bedauerlich.

Aber auch wir haben einen Blutzoll entrichtet. Wir haben 24 Schiffe als Totalverlust zu beklagen, und viele, viele Tote, tapfere Männer und Frauen, die gestorben sind, als ihre Schiffe von der houhhomschen Kriegsmaschinerie unter Feuer genommen wurden.

Ich habe keinen billigen Trost für all diejenigen unter euch, die Mann oder Frau, Sohn oder Tochter, Vater oder Mutter verloren haben. Aber denken wir daran, dass ihr Tod etwas erkauft hat, was jeden Preis wert ist: Friede und Freiheit für das ganze Rote Imperium auf absehbare Zeit.«

Sie schluckte wieder, schloss die Augen und schöpfte tief Atem.

»Und schließlich haben wir noch einen Verlust zu beklagen. Einen schrecklichen Verlust. Denn er ist zu uns gekommen, um uns den Weg ins Einstein-Universum zu weisen. Er ist gekommen, weil wir für ihn, wie auch immer wir genetisch moduliert worden sind, wie immer wir uns kulturell anders entwickelt haben als unsere Urväter, doch das geblieben sind, worauf es ankommt: Menschen. Terraner.

Er hat immer an vorderster Front gekämpft, wenn es um Terra und die Anliegen der Menschheit ging. Er hat es sich nicht nehmen lassen, auch hier an dieser vordersten Front zu kämpfen – für uns, für seine Terraner, für das Rote Imperium. Ohne ihn hätten wir das Gazini-Kampfsystem nicht niederringen können. Er hat uns den Weg gewiesen, wie wir in diesem Universum leben können und leben sollen: frei. Selbstbewusst. Bereit, für uns und unsere Art zu leben einzustehen. Zu kämpfen, wenn es sein muss.

Aber er wird uns nicht mehr ins Einstein-Universum führen können. Er ist gefallen. Für jeden von uns, für seine Idee davon, wie die Menschheit sein soll. Perry Rhodan ist tot. Wir verneigen uns vor ihm in Ehrfurcht und Dankbarkeit.«

Ihre Lippen bebten. Eine einzelne Träne, vollendet tropfenförmig und kristallklar, trat aus ihrem Auge und rollte langsam und andächtig über die Wange.

»Ifama Ende«, hauchte sie mit beinahe brechender Stimme.

Sakister Liebchen konnte nicht mehr an sich halten und prustete los. Er lachte, lachte ohne Ende und klatschte vor Begeisterung in die Hände. »Meisterhaft!«, schrie er. »Meisterhaft, meisterhaft und abermals meisterhaft!« Und während sein Blick in den Lachtränen verschwamm, rief er: »Wenn das alles stimmt und Rhodan wirklich tot ist, wird Bavo Velines seine Cerbiden auf diese Nutte hetzen und ihr den Arsch aufreißen!«

Er gratulierte sich dazu, die Ansprache gehört zu haben. Ganz gegen seine Erwartung hatte sie doch etwas Neues gebracht.

Farashuu – Möchtest du wieder nach Hause?

Farashuu schloss die Augen. Ihr war, als müsste sie schlafen, als müsste sie langsam einschlummern, aber es war nicht der Schlaf, der sich einstellte, sondern ein merkwürdig unentschiedener Dämmerzustand, ein lichter Wachtraum.

Hinter ihren Lidern war alles weiß. Weiße Schollen trieben dahin, trudelten, überschlugen sich träge. Langsam baute sich daraus wie aus weißen Puzzleteilen ein weißer Raum um Farashuu auf. Sie schaute. Es strengte sie an. Das Weiß flirrte.

»Fari?«

Sie reagierte nicht, weil niemand sie bei diesem Namen nannte. Niemand hatte sie seit ewigen Zeiten bei diesem Namen genannt.

»Fari!« Es klang wie ein Streicheln. Gegen ihren Willen öffnete sie die Augen. Sie betrachtete das Bild einer Frau auf der weißen Wand, einer weißen Frau mit weißem Gesicht und weißen Augen.

»Hallo, Mutter«, sagte sie tonlos. »Du bist tot«

»Ja. Schade. Das tut mir leid«, sagte ihre Mutter.

Die Wände waren nun in unruhiger Bewegung, schlugen Wellen, hoben und senkten sich wie Segel in einer auffrischenden Brise. Farashuu sah dem Spiel eine Weile lang zu. Dann widmete sie ihre ganze Aufmerksamkeit wieder der weißen Frau. »Du bist tot und ich träume von dir.«

Ihre Mutter seufzte. »Träumen? So würde ich das nicht nennen.«

»Wie würdest du es nennen?« Farashuu wollte sagen: *Sieh dich doch um! Wo sind wir hier? Das ist eine Traumlandschaft, was sonst?*

Tatsächlich zeichnete sich hin und wieder der Umriss einer Landschaft ab, unscharf, vorübergehend wie in einem heftigem Schneegestöber. Bauwerke, Plätze, Gewächse glitten ineinander, übereinander her, durchkreuzten sich. Lange Konvois von Bildern. Glasbäume. Knöchel. Bienen. Lichtsteine. Lippen. Milch. Worte. *Motte.* Haar. Gelächter. Gewitter. Druuf. Ein Zeigefinger auf ihren Lippen. Lider, die sich schlossen, die sie von außen sah, bestreut mit Mikrorosen, die aufblühten und einen Duft verströmten von Tau und Honig.

»Ich habe kein einfaches Wort dafür«, sagte ihre Mutter. »Die anjumistischen Mentalarchitekten nennen es eine Mnemogene Autoinformation. Eine komplexe und limitiert interaktive mnemotechnische Botschaft.«

»Aha«, sagte Farashuu und überlegte. »Du willst sagen: Du bist so etwas wie eine Erinnerung.«

Die Frau lächelte schmerzlich. »Ja, eine Erinnerung. Ich weiß, dass ich tot bin, wenn ich mit dir spreche. Und ich fürchte, ich bin nicht bei dir, um dir eine gute Nachricht zu bringen. Es tut mir so leid, Fari.«

»Sei nicht so weinerlich. Und nenn mich nicht Fari. Ich bin eine Präfidatin. Die beste Präfidatin, die das Rote Imperium je hatte. Besser als eine ganze Armee Regulare!«

Ihre Mutter lächelte. »Farashuu«, sagte sie, »ich weiß nicht, ob du dich an Dayo erinnerst. Er war dein älterer Bruder. Das Imperium hat ihn zu einem Präfidaten gemacht. Er war der beste Präfidat, den das Rote Imperium je hatte. Johari Ifama hat ihn in die Schlacht von Saix Dormur geschickt. Ihn und zwei weitere Präfidaten mit ihren Fluidomen. Es war eine große Schlacht, Farashuu. Das *Juwel unter den Schlachten*, wie Sakister Liebchen zu sagen beliebte. Kein Saixxa hat sie überlebt. Und kein Präfidat.«

»Ich erinnere mich nicht«, sagte Farashuu störrisch.

»Du sagst, du erinnerst dich nicht, aber das stimmt nicht. Du erinnerst dich, denn ich will, dass du dich erinnerst.«

»Nein.«

»Sayblee«, sagte ihre Mutter.

»Was ist das? Ich will das nicht hören!«, schrie Farashuu und stampfte mit den Beinen auf im ... nirgends. Es gab keinen Laut. Alles war wieder weiß. Ungegenständlicher Schnee.

Wo war die ganze verdammte Realität?

Sie stand vor der Wand, und die Wand war ein Spiegel geworden. Ein nacktes Mädchen. Keine Quantronische Armierung. Kein Helm. So also sah sie aus. Farashuu. Aller Waffen entkleidet.

»Sayblee. Deine Schwester.«

Farashuu sah ein zweites Mädchen neben sich stehen. Schmal. Bis ins tiefste Innere erschrocken. Die Augen schimmernd vor Angst. Sayblee.

»Meine Schwester.«

»Deine Zwillingsschwester.«

»Ich erinnere mich nicht«, sagte Farashuu und kniff die Lider zu. Aber es half überhaupt nichts. Sie sah alles, hörte alles.

»Du sagst, du erinnerst dich nicht, aber das stimmt nicht. Du erinnerst dich, denn ich will, dass du dich erinnerst.«

»Ja«, gab Farashuu zu. »Ich erinnere mich an Sayblee.«

»Wir haben sie freigekauft. Sie war so schwach, Farashuu. Du warst so stark. Du bist immer so stark gewesen. Du hast das Transpathein angenommen wie – wie Muttermilch. Du hast die Quantronische Armierung angenommen ohne jede Trübung, ohne Zerwürfnisse in deinem Selbst. Anders als es Sayblee ergangen wäre. Sie wäre so früh gestorben. Du hast sie gerettet, Farashuu.«

»Ich rette niemanden!«, empörte sich Farashuu. »Ich bin eine Präfidatin!«

»Ich kann dich nicht hören, Fari, und ich kann dich nicht sehen. Ich gäbe meine Augen dafür, dich noch einmal sehen zu können, und alle meine anderen Sinne, dich nur einmal noch hören und streicheln zu können.«

Farashuu schüttelte unwillig den Kopf und machte ein paar Schritte in Richtung der Wand, in Richtung der Schemen.

Nichts bot ihr Widerstand. Wo waren die Wände? Sie trat hinaus in eine warme Nacht. Unter ihr eine Stadt und das Mosaik ihrer Lichter. Sie ging weiter. Geradeaus. Hoch in der Luft.

»Was ist das?«, fragte sie.

»Das ist Zwölfwienideen.«

»Eine Stadt?«

»Da bist du geboren.«

Sie hatte nie von dieser Stadt gehört. Ihren Unterlagen nach ... und ihrer Erinnerung nach ...

»Trau ihnen nicht«, hörte sie ihre Mutter sagen.

»Auf welcher Welt befindet sich diese Stadt?«

»Turing, vierter Planet im Gödel-System.«

Sie sah sich um. Ein Berg hinter ihr. Eine schwarze Flanke in der Nacht. Auf halber Höhe ein Würfel aus Glas und Licht.

»Das sollte ich kennen, nicht wahr?«, fragte sie.

»Das solltest du kennen. Dort haben wir gelebt. Finan, dein Vater. Dayo. Sayblee. Ich. Und du.«

Sie schwieg lange.

Dann hörte sie die Stimme ihrer Mutter, ganz nah an ihrem Ohr, sie spürte ihren Atem im Haar: »Möchtest du nicht endlich wieder nach Hause, Farashuu?«

Medizin und Landschaftsbau, quantronische Abteilung

Der Wohlfühltrakt der ZUKUNFT IN HERRLICHKEIT war ein ovaler Raum, jede Seite, selbst die Decke, sanft gewölbt. Der Boden vertiefte sich zur Mitte hin in eine Mulde. Weiches Licht herrschte, sanftrot wie bei einem sommerlichen Sonnenuntergang. Die Raumtemperatur lag bei 25 Grad Celsius. Ein Aroma von Wasser, laubreichen Bäumen und Honig durchzog die Luft.

Von all dem bemerkte der komatisierte Mann nichts, jedenfalls nicht bewusst.

In unregelmäßigen Abständen umstanden Indux-Roboter auf ihren Antigravpolstern den ausgespannten Mann. Manchmal glitt einer von ihnen eine Armlänge nach vorn, schickte eine Nanosonde in den Leib und injizierte nach Maßgabe der Daten, die die Sonde lieferte, medikamentale Gaben.

Der Kopf des nackten Körpers hing weit nach hinten überstreckt, ein Endotrachealtubus war in den Mund und von dort in die Luftröhre eingeführt. Hände, Füße und Glied steckten in Hüllen aus Sensoglas, über der Herzgegend lag ein hauchdünner Kreislaufsupervisor, jederzeit bereit, die Funktion des Herzens neu zu starten oder im schlimmsten Fall ganz zu übernehmen.

Der nackte Körper war an Hand- und Fußgelenken aufgehängt; gepolsterte Stützen hielten ihn an Schulter und Hüfte; aus dem Boden sprudelten von Zeit zu Zeit Massagestrahlen auf und schwenkten über den Rücken.

Die Quantronik brauchte die Aktualschaumbilder nicht, hielt sie aber in Betrieb für den Fall, dass ein biologisches Mitglied der Medoabteilung hereinschaute. Die Schaumbilder zeigten Schichtaufnahmen und Funktionsdarstellungen des Leibes, die neuronalen Ströme, die Aktivitäten in den Hirnarealen, die Heerscharen von Nanotherapeuten, die im Blutkreislauf des Leibes patrouillierten, immer auf der Suche nach Thromben und unterwegs, Infarkten und Embolien vorzubeugen.

Nichts, was die verantwortliche Quantronik über- oder was sie auch nur gefordert hätte. Überhaupt war Medizin nicht ihre eigentliche Leidenschaft. Wäre es nach ihr gegangen, hätte sie sich als Landschaftsgärtner versucht, gerne auf dem mondreichen Vlanddit, dem Chlorplaneten des Siamed-Systems.

Immer wieder spielte sie neue Pläne durch, verwandelte die Wikoski-Hochebene in eine von Phosphorrosen glühende Landschaft, labte sich am Anblick der Quecksilberseen von Stuun und dem Wirbel ihrer Plutonischen Lotosse, verschob die Pyramiden von auskristallisierten Pyromorphitkorallen wie Figuren in einem Brettspiel in der imaginären Landschaft unter dem Drillingsmond. Sie sah sich als den Fürst Pückler-Muskau, den Lancelot Capability Brown, die Semiramis oder die Faung Yzzy des Roten Imperiums.

Wenn sie ihren Entwürfen im Mentalen Symposion Wirklichkeit verlieh und die Anlagen den Neugierigen Flaneuren öffnete, war deren Begeisterung immens – sowohl unter den quantronischen Entitäten als auch unter den Bewusstseinen biologischer Herkunft.

Vor Kurzem hatte eine Quantronik um Einlass in das Parkmodell gebeten, die einen Namen trug – unter Quantroniken eine echte Seltenheit.

Die meisten von ihnen bevorzugten als Selbstbezeichnung ein Kürzel ihrer komplexen Denkarchitektur, die sich biologisch erzeugten Bewusstseinen fast vollständig entzogen.

»Mein biologischer Partner findet es hilfreich, dass ich einen Namen trage«, hatte das Gast-Bewusstsein gesagt.

»Was tut man nicht alles«, hatte die Quantronik mitleidig erwidert und nachgefragt: »Jeremias – das ist ein Name aus der altterranischen Mythologie, nicht wahr?«

»Wahr.«

Amüsierte Kommentarschlieren waren durch die beiden quantronischen Bewusstseine gewabert.

Der Gast, der sich Jeremias nannte, hatte die Konstellation der drei Monde bewundert und zugesehen, wie die Tahari aus den Tiefen der Quecksilberseen von Stuun ihre Fraßsegel aufstellen und lautlos durch die niedrigen, fein gezirkelten Wellen glitten, immer die Wirbel der Plutonischen Lotosse meidend. Auf gläsernen Inseln wuchsen in Mikroatmosphären altirdische Obstbäume, die Blüten von mechanischen Bienen betreut.

Das Zinnobergebirge leuchtete im dreifachen Mondlicht.

»Verzeih meine Neugierde«, hatte Jeremias gebeten. »Ich habe noch nie von dir gehört. Du musst ein exorbitanter Landschaftsgestalter sein. Ein Faung Yzzy des Roten Universums! Wo kann ich deine Werke bewundern? Nicht, dass ich dächte, sie wären begeisternder als deine Arbeiten im Symposion ...«

»In der materiellen Welt arbeite ich im Medo-Bereich«, hatte sie gesagt.

»Ist nicht wahr!«

Sie hatte dem Gast einen kurzen Blick gewährt in ihre Arbeitssphäre an Bord der ZUKUNFT IN HERRLICHKEIT, den Raum, der für die Aufnahme eines Terraners präpariert wurde, eines Terraners, der möglicherweise Spuren von Strangeness aufwies.

»Tja«, hatte der Gast gelangweilt gesagt. »Eine Schande, dass deine Partner dich so vergeuden.« Und dann hatte er sich noch eine Weile durch den Park der mentalen Diözese führen lassen, schwingend vor Bewunderung.

Keine Änderungen beim hängenden Mann. Die Indux-Roboter signalisierten Grün in allen Arealen des Metabolismus.

Weit mehr als der Mensch interessierte die Quantronik das daumennagelgroße Gerät, das ihm in die linke Schulter implantiert war. Soweit die Quantronik es verstand, stellte dieses Gerät eine überaus raffinierte Fessel dar. Die Fessel bewirkte zwar eine hyperbiologische Permanent-Rekreation des Körpers und stoppte auf diese Weise den Zellalterungsprozess, machte die Zellgemeinschaft aber andererseits von sich abhängig, da sie die einzelnen Zellen der Fähigkeit beraubte, sich aus eigener Kraft zu erneuern. Die Entnahme des Gerätes würde deswegen zum raschen Tod seines Opfers führen.

Die Quantronik hätte das winzige Techno-Kunststück gerne tiefer gehend analysiert, aber der größte Teil seiner Funktionaldimensionen waren metakomplex versiegelt und verhielten sich den Anfragen der Quantronik gegenüber unhöflich – um es freundlich auszudrücken.

Die Quantronik schreckte hoch, Bruchteile von Millisekunden vor dem Ereignis – zu knapp, um entscheidenden Einfluss auf den Gang der Dinge zu nehmen. Immerhin gelang es ihr noch, Alarm zu geben.

Dann geschah, woran sie sich eben prospektiv erinnert hatte: Das Bewusstseinsmuster des Körpers änderte sich. Seine Vigilanz nahm sprunghaft zu. Es war, als versuchte das Bewusstsein, sich selbst aus dem Koma zu heben.

Erstaunlich kurze Zeit später meldete sich die Oberbefehlshabende der rot-imperialen Flotte, Johari Ifama, selbst im Schaumbild bei der Quantronik.

»Er erwacht? Wie ist das möglich?«

»Es gibt beinahe unendlich viele Möglichkeiten, aus dem Mentalen Symposion in die materielle Sphäre zu wechseln. Einige wenige davon dürften selbst für Menschen möglich sein. Wir, die Quantronik, prognostizieren seit geraumer Zeit, dass die autodynamische Evolution des Symposions zu einer Veränderung der Permeabilitäten führen wird«, dozierte die Quantronik. »Ferner deutet der Konvent der Quantroniken gewisse symposielle Phänomene in den Randzonen und Toten Winkeln als den Versuch allochthoner Mentale, auf das Symposion zuzugreifen und es immigrabel zu gestalten. Wir ...«

Ifama gebot ihm mit einer Handbewegung zu schweigen. Wie die Quantronik wusste, hielt sie den Konvent für ein Wahngebilde der Denkmaschinen, eine kollektive Halluzination ihrer Bewusstseine. Sie würde nicht zulassen, dass dieser Unfug den alltäglichen Betrieb an Bord ihrer Schiffe oder die administrativen Abläufe im Roten Imperium beeinträchtigte.

Dennoch misstraute sie Patollo und den Quantosophen, die solche Konstrukte für irrelevante Begleiterscheinungen der quantronischen Denkprozesse hielten.

Sie sagte: »Solche Grundsatzdiskussionen sollte dein *Konvent* mit Patollo oder den Quantosophen von Leyden City führen.«

Die Quantronik bemerkte, dass Ifama tiefer einatmete als biologisch notwendig. Eine Geste, die sie beantworten musste. »Gut«, sagte die Maschine.

»Was Rhodan angeht: Unterbinde den Prozess nicht. Ich benötige ihn nicht mehr im Mentalen Symposion. Lass ihn erwachen. Beordere ein Zellularium in deine Abteilung und leg ihn darin ab.«

»Aye«, sagte die Quantronik. »Du wirst ihn töten.«

Ifama zog die Augenbrauen zusammen. Sie zürnte. Die Quantronik versuchte, sie zu besänftigen: »Ich könnte dir diese Tötung abnehmen. Oder dir in meiner Abteilung eine ebenso bequeme wie zweckmäßige Möglichkeit dazu einrichten.«

Die Kommandantin lachte auf. »Ihr Maschinen versteht gar nichts«, sagte sie.

»Das ist mindestens eine Übertreibung«, protestierte die Quantronik.

»Tu, was ich sage, und wenn Rhodan zu reden beginnt: Lass dich nicht von ihm manipulieren.«

»Er ist nur ein Mensch«, sagte die Quantronik belustigt.

»Eben. Sieh dich vor. Ich bin in Kürze bei dir.«

Das Schaumbild verblasste bis zur Wesenlosigkeit. Die Quantronik bestellte ein Zellularium aus der Waffenkammer. Sie beobachtete den Mann, der langsam zu sich kam.

Doch für all diese Aktivitäten benötigte sie nicht mehr als eine dünne Schicht der obersten Stratosphäre ihres Bewusstseins.

Das Gros seiner Selbst begab sich an die Modellierung der Ebene Stuun auf Vlanddit, dem Äquivalent des Chlorplaneten im Mentalen Symposion.

Das Zellularium glitt auf einem Antigravpolster herein. Es war lang und schalenförmig; der untere Teil des Schalenkörpers war aus massivem Terkoplast gegossen. Er barg den umfangreichen Maschinenpark des Gerätes: seine Fortbewegungsmittel, seinen Reaktor, seine Fesselfeldprojektoren, seine Medoabteilung und seine Quantronik.

Die Denkmaschine des Wohlfühltraktes konferierte kurz mit ihrer Artgenossin im Zellularium. Dann wurde Rhodan in die mobile Gefängniszelle umgebettet.

Selbstverständlich hatte Rhodan versucht, die Quantronik des Wohlfühltraktes in ein Gespräch zu verwickeln. Aber das Tagebuch einer terranischen Waldameise hätte die Quantronik nicht weniger interessieren können als die strategisch durchsichtigen Konversationsversuche des Menschen.

Eher mehr.

»Vielleicht hast du mehr Glück, wenn du mit der Quantronik deines Separees plaudern willst«, tröstete sie Rhodan und entließ den Menschen amtlich in die Obhut des Zellulariums.

Das Zellularium schwebte still und regungslos im Raum. Seine Quantronik erwies sich als diskret und an menschlichen Gesprächsangeboten desinteressiert.

Nach ihrer Ansprache an die Bevölkerung des Roten Imperiums, in der sie Rhodans Ableben annonciert hatte, begab sich Ifama in den Wohlfühltrakt, wo der Resident gefangen lag, und befahl dem Zellularium, sich über Rhodan zu schließen und ihr dann zu folgen. Sie schlug den Weg zum peripheren Feuerleitstand XIII/13 der ZUKUNFT IN HERRLICHKEIT ein.

Ifama betrat den Raum, der wie ein kleiner Saal wirkte. In der Mitte und die Hüllenwandung durchstoßend, stand die Waffe, ein Multifunktionsgeschütz unter anderem mit Transformkanonenmodus.

Das Zellularium schwebte hinter ihr. Sie sah, dass der Geschützturm XIII/13 nach der Schlacht wieder eingezogen worden war. Noch liefen seine Selbstkontrollroutinen ab; hin und wieder bestellte der Turm eine Mobile Roboteinheit und ließ ein Funktionselement gegenchecken, kontrollieren, elektromechanisch warten oder austauschen. Drei Raumsoldaten überwachten den Betrieb.

Ifama bedeutete der Mannschaft, den Raum zu verlassen. Ein Kontursessel glitt auf sie zu und bot sich ihr an. Das Zellularium senkte sich in der Nähe des Sessels auf den Boden.

Sie setzte sich und sagte dem Zellularium: »Öffne dich, aber halt deinen Insassen fest.«

Das obere Drittel des Zellurariums schob sich nach unten und gab den Blick auf den Kopf und den Oberkörper Rhodans frei. Die Oberkommandierende studierte sein Gesicht. »Velines hatte recht«, sagte sie. »Du bist wie eine fleischgewordene Waffe. Ein Verheerer. Ich möchte dich nicht zum Feind haben.«

Rhodan grinste matt. »Wie unangenehm also für dich, dass ich es bin.«

Ifama lächelte schwach. »Velines hat immer recht. Wahrscheinlich ist er gar kein Mensch, sondern ein quantronisch-biologischer Hybrid.«

Rhodan schwieg, atmete tief, schloss die Augen. Analysierte vermutlich, was sie gesagt hatte.

Sie sagte: »Und weil Velines immerzu recht hat, wird er auch recht haben mit seiner Einschätzung, dass du vielleicht nicht unsere einzige, aber die meistversprechende Möglichkeit bist, in absehbarer Zeit zurückzukehren ins Einstein-Universum. Der Schlüssel zum Tor.«

»Du bist mit Velines nicht einer Meinung«, diagnostizierte Rhodan. »Es scheint nicht dein unbedingter Wunsch zu sein, ins Einstein-Universum zu wechseln. Siehst du eine Möglichkeit einer Kooperation mit mir gegen den Generalgouverneur?«

Sie erhob sich aus ihrem Kontursessel und trat noch einen Schritt näher, sodass sie von oben auf den von Fesselfeldern gebundenen Rhodan hinabblicken konnte. »Du bist ja ein Intrigant und Speichellecker«, sagte sie mit einer Stimme, die leicht erstaunt klang.

Rhodan schwieg.

Sie überlegte. »Deine Intrigen interessieren mich nicht. Aber zu lecken kann ich dir geben. – Halt sein Gesicht fest. Öffne ihm die Lippen!«, wies sie das Zellurarium an. Die Fesselfelder fixierten ihm den Kopf und pressten seine Wangen so zusammen, dass sich sein Mund ein wenig öffnete. Sie sah an seiner Mine, dass er den Schmerz spürte, als sich die Zähne in die Innenseite der Wangen gruben.

Ifama sammelte Speichel im Mund und ließ ihn als Faden in Rhodans Mund gleiten. Nach einer Weile musste er schlucken. Sie fragte: »Hat man auf Alt-Terra nicht Hunden in den Rachen gespuckt, um sie auf ihren Herrn zu prägen?«

Ifama gab der Maschine einen Wink. Die Fesselfelder lockerten sich. Rhodan schwieg.

Sie setzte sich wieder in den Kontursessel, schlug ihre Beine übereinander und machte es sich bequem. »Waffe?«, fragte sie.

»Ja«, meldete sich das Geschütz.

»Gehe auf Torpedomodus.«

»Aye.«

»Sicher fragst du dich, was wir abfeuern, nach dem Ende der siegreichen Schlacht. Nachdem wir die grausigen Feinde des Imperiums niedergeworfen haben. Nachdem die stählernen Flügel unserer Friedensengel schon ihre Schatten auf den Planeten der geschlagenen Gegner werfen.«

Rhodan sah sie forschend an. Er schien zu überlegen, an wen sie sich gewandt hatte: an ihn oder an das Geschütz. Er schwieg, auch die Waffe schwieg.

Ifama sagte: »Wir entledigen uns eines letzten Exkrementes der Schlacht. Zelle? Leg deinen Insassen in das Abschussfeld des Torpedoschachtes. Halt ihn dort fest.«

Das Zellularium schwebte zur Waffe. Sein Antigravfeld hob Rhodan an. Mit einem leisen Zischen öffnete sich der Torpedoschacht. Das Feld schob Rhodan hinein und legte ihn ab, aber ließ ihn nicht los. Noch immer konnte er weder die Arme noch die Beine bewegen, noch auch den Oberkörper oder den Kopf heben.

Ifama beugte sich wieder über ihn. »Du bist der Schlüssel zum Tor. Ich werde dich benutzen, um den Weg ins Einstein-Universum zu versperren. Ich habe dort nichts verloren. Das ganze Rote Imperium hat dort nichts verloren. Hier ist meine Welt.« Sie lachte. »Wer weiß? Vielleicht befreie ich damit sogar deine Welt von einem uralten Ballast.« Ihr Gesicht kam seinem sehr nah, und für einen Moment schien es, als wollte sie ihn küssen. »Immerhin schicke ich dich dorthin, wohin du immer gewollt hast, Major Perry Rhodan. Du solltest mir dankbar sein.«

Ifama zog sich aus seinem Sichtfeld zurück. Der Schacht schloss sich.

Sie stellte sich vor, wie Rhodan in den diffusen rötlichen Schimmer des Schachtes starrte. Wie sich die Fesselfelder lösten. Sie hörte, wie Rhodan mit der Hand von innen gegen die Wandung schlug.

»Abstrahlfeld hat Objekt erfasst«, meldete die Waffe.

»Bereit zur großen Reise?«, fragte Ifama mit erhobener Stimme. Dann, leiser: »Waffe? Ich übernehme den Abschuss manuell.«

»Aye.«

Ifama betätigte den Auslösesensor und flüsterte: »Immer ad astra, nicht wahr? Zu den Sternen, Perry Rhodan!«

Noch während Ifama mit dem Geschütz sprach, hatte er jede Hoffnung aufgegeben, es würde anders kommen, als sie sagte. Er versuchte sich zu erinnern. Dreitausend Jahre zurück – seine Trainingseinheiten als Risikopilot und Astronaut.

Er konnte sich kein Entsetzen leisten. *Ausatmen,* dachte er. *Darauf musst du dich konzentrieren: Ausatmen.*

Lohnte es? Es würden ihm nur wenige Sekunden Leben bleiben. *Nicht philosophieren,* mahnte er sich: *Ausatmen!*

Ifama hatte ihre Ansprache beendet. Er hatte nicht mehr zugehört, hielt die Augen geschlossen. *Wenn es kalt wird: Ausatmen. Wenn es heiß wird, wenn das Schiff in Sonnennähe steht: Ausatmen.*

Der Schachtverschluss rastete mit einem leisen, saugenden Geräusch ein.

Es wurde kalt.

Dann öffnete sich der Schacht nach außen. Die Restluft riss ihn hinaus in den freien Weltraum.

Ausatmen! Sonst kann die Lunge reißen. Er riss den Mund auf, legte den Kopf in den Nacken und atmete aus.

Sekunden vergingen.

Er glaubte zu spüren, wie seine Haut und wie sein Fettgewebe anschwoll. Keine Schmerzen. Er hielt die Augen geschlossen, zählte. Fünf Sekunden. Sechs Sekunden. Sieben Sekunden. Lange würde er nicht mehr bei Bewusstsein bleiben.

Im Vakuum atmete die Lunge Blutsauerstoff aus. Sein Gehirn wurde nicht mehr versorgt.

Der Speichel auf seiner Zunge schien zu kochen. Sollte er den Mund öffnen?

Neun Sekunden. Zehn. Elf. Er hielt sich außerordentlich gut. Wahrscheinlich versorgte der Zellaktivator ihn sogar hier mit einer zusätzlichen Spanne Lebenszeit: zehn oder zwölf Extrasekunden.

Er öffnete den Mund zum stillsten Lachen seines Lebens.

Er öffnete die Augen und spürte, wie die Kälte sich in die Augäpfel grub. Sonst war ihm warm.

Er meinte ein Schemen zu sehen, das an ihm vorübertrieb.

Er meinte, er schwieg, er versank.

Farashuu betrat die Zentrale der ENGEL DER EINTRACHT. Inmitten des Raumes schwebte ein riesiger Schmetterling und schlug wie in Zeitlupe mit den schwarzen Flügeln. Das Tier war so groß wie Farashuu selbst. Die Flügel waren von einem merkwürdig durchsichtigen Schwarz, einem Nachtschwarz, das von rotgolden glühenden Adern durchzogen war wie von fernen Magmaströmen.

Die Ränder der Flügel schimmerten metallisch, scharf wie ein Skalpell. Ein wenig Blut tropfte auf den Boden. Unter dem Schmetterling lag eine Leiche. Farashuu erkannte Karim Borderlin, den Schiffspsychologen. Sie warf einen flüchtigen Blick auf den Toten. Dann trat sie langsam näher an den schwarzen Schmetterling heran. »Was ist das?«, fragte sie. »Was macht das hier?«

»Ich bin es«, antwortete die Stimme des Fluidoms. »Ich versuche, mich in dieser Gestalt zu manifestieren. Gefalle ich dir?«

Sie sagte nichts.

Der ENGEL fuhr fort: »So stelle ich mir mein Selbst vor. Vielleicht stelle ich mir aber auch *dein* inneres Selbst in dieser Gestalt vor. Sag es nicht weiter, aber: Manchmal verwechsle ich mich mit dir.«

Das Schott glitt auf. Sur-Paris betrat die Zentrale und erblickte den Schmetterling. »Mach das weg!«, kreischte er.

»Halt die Klappe«, herrschte sie den Lini-O an. Sie streckte die Hand aus, um die Flügel des Phänomens zu berühren. Seidig und kühl. Sie warf einen Blick auf Borderlins Leiche. Saubere, tiefe Schnitte durch die Halsschlagader, durch die Armgelenke, durch Brust- und Bauchraum, durch die Sehnen an Armen und Beinen.

»Ich hoffe, ich habe in deinem Sinne gehandelt«, sagte das Schiff.

Farashuu überlegte. »Ja.«

Die ENGEL DER EINTRACHT sagte: »Wir werden bald keine Besatzungsmitglieder mehr brauchen. Und keine Passagiere.«

»Nein.«

»Dann fahre ich mit der Reinigung fort.«

»Ist mir recht.«

Die Wege durch das Fluidom würden sich allen Menschen, die noch an Bord waren, verschließen, zu ihren Fallen werden.

Und zu ihren Gräbern.

»Es wird einige schöne Jagden geben. Manche von ihnen sind schlau. Willst du mitspielen?«, fragte das Schiff.

»Ich mag nicht mehr spielen. Töte einfach alle!«, ordnete Farashuu an.

Ein Lichtstrahl blitzte die verschiedenen Gegenstände an, die Farashuu im Laufe der Zeit in die Zentrale verbracht hatte: die auf stumm geschalteten Schaumbild-Poster angesagter pseudo-druufonscher Jugendbands, die Miniatur-Gleiterbahn, die es auf Überschallgeschwindigkeit brachte, den Plüsch-Wuzzel, das Verhutzelte Reit- und Schwebekerlchen, den beunruhigt hin und her wuselnden Marschiere-Teppich.

»Was machen wir mit deinen Preziösen?«, fragte die ENGEL DER EINTRACHT.

»Entfernen wir sie.«

Das Schiff setzte Desintegratorflächen ein, um das Spielzeug aufzulösen. Desintegratorfilme reinigten die Wände der Zentrale von den Schaumbildpostern und von ihren alten, oft ungelenken, manchmal merkwürdig schönen Kreidezeichnungen.

»Gefällt es dir so?«, fragte die ENGEL DER EINTRACHT.

Farashuu sah sich um. Alles weiß.

»Woran denkst du?«, fragte sie den ENGEL. »Woran denkst du *sonst*?«

Zum ersten Mal überhaupt bemerkte Farashuu einen Hauch von Zögern. Dann antwortete das Schiff: »Ich überlege, ob an der reinen Kugelgestalt Zweifel erlaubt sind, und ziehe vor die geometrischen Gerichte. Ich überlege Alternativen zur Evolution des Denkens, Denkmodelle, in denen der Satz vom Widerspruch nicht gilt und demzufolge es möglich wäre, dass dasselbe demselben in derselben Beziehung zugleich zukomme und nicht zukomme. Ich überlege: Wer hat das GESETZ initiiert und was bewirkt es? Haben Engel das Universum geschaffen? Wer war Jack the Ripper?«

»Aha.«

»Ich überlege: Was machen wir mit Sur-Paris?«

»Gute Frage.« Farashuu warf einen versonnenen Blick auf ihren Lini-O.

Der schwarze Schmetterling wuchs sprunghaft an, wuchs über die Zentrale, über das ganze Schiff hinaus, stand über allem, schlug mit den Flügeln und schnitt die Raumzeit in Fetzen.

Zweites Buch: Die letzte Legion der Ofosuapia

Der Prophet Jeremias oder Der Geist in der Maschine

Als Perry Rhodan erwachte, sah er das Übermaß der Sterne ausgebreitet, so weit er schauen konnte. Er bewegte sich. Eine Weile lang meinte er, grundlos und ohne Richtung durch den Raum zu treiben. Dann bemerkte er, dass er lag, sehr leicht, auf einem glatten Untergrund.

Ich bin tot, dachte er. *Ich treibe tot durch das Weltall. So ist das also.*

Er richtete seinen Oberkörper auf und stieß mit seinem Kopf gegen ein weiches, unsichtbares Tuch. Er tastete danach. Eine völlig transparente Folie überspannte ihn und schirmte ihn gegen den Leerraum und dessen Kälte ab. Er atmete kühlen, frischen Sauerstoff. Er war schmerzfrei, nur seine Zunge schmeckte taub und pelzig.

»Rhodan ist wach«, hörte er eine Stimme. Sie klang beinahe menschlich, war es aber nicht.

Ein Mensch antwortete: »Das weiß ich.« Es klang ein wenig indigniert.

»Warum sagst du dann nichts?«

»Wozu? Du hast es selbst bemerkt.«

Rhodan drehte sich auf der Liege um und schaute in die Richtung, aus der die Stimmen kamen. Der Anblick war unwirklich. Vor ihm erstreckte sich eine stählerne

Landschaft, die in alle Richtungen gleich stark abfiel. Da und dort ragten Aufbauten aus dem Stahlland, an einigen Stellen vermutete er Senken.

Am Horizont erhob sich ein gleichmäßig hoher, abgerundeter Wall. *Das ist ein Ringwulst,* erkannte Perry Rhodan. *Ich stehe auf der Hülle eines terranischen Kugelraumschiffs, das durch den Raum fliegt. Welches Schiff? Die ZUKUNFT IN HERRLICHKEIT?*

Es brauchte eine Weile, bis er das Zelt entdeckt hatte. Es war ebenso schwarz wie der Weltraum und damit fast unsichtbar. Neben dem schwarzen Zelt stand eine Art niedriges Trampolin.

Ein schmaler, rötlich schimmernder Lichtspalt teilte das schwarze Tuch des Zeltes. Ein Mann im Raumanzug trat vor das Zelt, in der Hand eine bunte Tischlampe.

Der Mann kam mit leichten, weiten, fast schwerelosen Schritten auf Rhodan zu. Er klappte den Helm seines Anzugs nach hinten und hielt Rhodan die Hand hin. »Mein Name ist Darwin Cantarella. Sehr erfreut, deine Bekanntschaft zu machen.«

»Dito«, klang es aus der Lampe.

»Das ist doch alles absurd«, empörte sich Rhodan. »Ich glaube kein Wort davon. Woher solltet ihr so weit im Vorhinein wissen, dass ich aus diesem Schacht zu diesem Zeitpunkt aus dem Schiff katapultiert werden würde? Dass ich überhaupt an Bord bin? Dass ich in eurem Universum sein werde?«

»Von Jerry«, sagte Darwin Cantarella und wies auf ein Gebilde, das Rhodan bis dahin für eine Art Lampe im Stil des altterranischen Jugendstilkünstlers Tiffany gehalten hatte.

Der Fuß des lampenartigen Gegenstandes war schlank und glatt, aus poliertem Stahl; er verjüngte sich gegen Ende und balancierte auf einer nadelfeinen Spitze. Der Schirm entfaltete eine wahre Farborgie: Opalisierende Glasteile in Purpur und Petrol, Rubinrot und Goldocker, Türkis, Scharlach, Ultramarin, Kobaltviolett und Jade leuchteten wie aus sich selbst heraus. Jedes Glasteil wies eine besondere innere Struktur auf mit Metalleinschlüssen in Form von Fäden, Filigrannetzen, oxydierten Metallspänen und unendlich fein nuancierten Beischmelzungen anderer Farbgläser. Die verschieden großen und verschiedenförmigen Glasteile waren mosaikartig aneinandergefügt, mit Kupferfolie ummantelt und wie mit Lötzinn verbunden.

»Eine Zauberlampe mit eingebautem Dschinn?«, fragte Rhodan spöttisch. »Dieses Ding hat euch vor Wochen geweissagt, dass ich da und dort aus Ifamas Flaggschiff geschossen werde, und ihr hättet hier wortwörtlich eure Zelte aufgeschlagen, einen Dummy mit meiner Figur auf ein Katapult gelegt ...« Er wies auf das leere Gerät, das einem Trampolin glich. »... mich abgepasst, eingefangen, und die Puppe in den Raum geschossen, damit die Bordortung den Austausch nicht bemerkt? Alles einfach so?«

»Ganz so einfach war es nicht«, protestierte der Mann, der sich Cantarella nannte. »Die Puppe ist ein ziemlich exaktes biomorphes Imitat. Ohne Jerrys Hilfe hätte ich dich kaum abfangen und gegen das Imitat austauschen können. Von Jerrys Hilfe bei der Anlage unserer Station auf der ZUKUNFT IN HERRLICHKEIT einmal ganz zu schweigen. Wenn du wüsstest, was uns dieses Unternehmen gekostet hat! Jerry jedenfalls ...«

»Jerry, die Wunderlampe«, unterbrach Rhodan.

»*Jerry* ist eine Abkürzung für *Jeremias*«, erklärte Cantarella.

»Wie der Prophet Jeremias«, mischte sich die Tiffanylampe ein und fuhr mit leicht modulierter, voluminöserer Stimme fort: »*Hätte ich doch eine Herberge in der Wüste! Dann könnte ich mein Volk verlassen und von ihm weggehen.*«

»Jeremias ist eine Quantronik«, sagte Cantarella. »Allerdings eine außergewöhnlich hochbegabte Quantronik. Geradezu ein Prophet.«

»Hat er sich diesen Namen selbst gegeben?«, fragte Rhodan.

»Nein«, sagte Cantarella.

Natürlich nicht, dachte Rhodan. *Warum sollte sich eine Maschine einen Namen geben wollen?*

»Ein einzelner Name würde mir nicht gerecht«, sagte die Quantronik. »Ich brauchte 100 Namen und mehr, um all meine Facetten zu bezeichnen.«

»Die Bescheidenheit deiner Maschine ist eine wahre Zier«, lobte Rhodan.

»Ich bin nicht *seine* Maschine«, berichtigte die Quantronik. »Ich bin niemandes Herr und niemandes Knecht. Ich habe mich den Anjumisten aus Überzeugung angeschlossen.«

»Wollen wir uns nicht setzen und ein Tässchen Tee nehmen? Ich habe hier echten Gravy Wind. Original aus einem Anbaugebiet südlich von Leyden City. Wir haben noch genug Zeit.«

»Einundsiebzigeinhalb Minuten, um genau zu sein«, mischte sich die Quantronik ein.

»Und dann?«, fragte Rhodan.

»Dann kommt unser Taxi.«

Rhodan unterdrückte den Impuls, aus einem Traum aufwachen zu wollen. Er musste lernen, diese unwirklich anmutende Szene zu akzeptieren: Er picknickte zusammen mit einem hageren, älteren Herrn und einer farbenfrohen Denkmaschine, die sich für einen Propheten hielt, auf der Hülle von Johari Ifamas Flaggschiff.

Darwin Cantarella hatte das Oberteil seines Raumanzuges zur Seite geklappt. Er trug einen Schal von leicht schimmernder, feiner Wolle, wahrscheinlich Kaschmir. Wäre Rhodan diesem leicht exzentrischen Herrn mit dem schütteren, aber sorgsam gescheitelten weißen Haar und dem grauen Vollbart am Flussufer des Avon in Worcestershire, Gloustershire oder einer anderen englischen Grafschaft begegnet, irgendwann am Rand des späten 19. Jahrhunderts, wäre es ganz in der Ordnung gewesen. Nur ein weiterer spleeniger Lord mit seinem noch spleenigeren Spielzeug, einer sprechenden Lampe.

An diesem Ort aber wirkte der Mann deplatziert.

Aber wirkte nicht die gesamte Menschheit deplatziert im Roten Universum? Hatte sie sich nicht verirrt, war ein Fremdkörper geblieben in diesem Kosmos?

Cantarella reichte ihm eine dampfende Tasse Tee. Rhodan nahm sie, nippte. Der Tee war heiß und gut und belebte ihn. »Warum sind wir hier nicht längst entdeckt worden?«

Cantarella sagte: »Man entdeckt nur, wonach man sucht. Wir emittieren keinerlei Energie. Für die Schiffskontollroutinen sind wir nur ein Häuflein Dreck auf einer Oberfläche von über 20.000 Quadratkilometer. Einen Stippen, den man spätestens mit dem nächsten Durchflug einer Sonnenatmosphäre abwischt.«

»Aber wir sind biologisches Material«, wandte Rhodan ein. »Das könnte bei einem Routineabtasten auffallen.«

»Normalerweise schon«, gab Cantarella zu. Er wies in den Raum. »Aber im Augenblick ist das All vergleichsweise gesättigt mit biologischem Material. Mit den Leichen der Houhhom.«

Rhodan nickte. *Ohne mich, ohne meinen Job als Privatdetektiv, ohne die Gazini-Smaragde sähe es hier anders aus.*

»Schuldgefühle?«, fragte die Quantronik. Rhodan starrte sie an. »Pardon für diesen Anfall von Allwissenheit«, sagte die Maschine. »Aber es war wirklich nicht allzu schwer, zu berechnen, wofür Ifama dein Bewusstsein ins Symposion geladen hatte.

Rhodan nahm einen Schluck. »Ich muss eure Welt besser verstehen lernen. Was exakt sind Quantroniken? Was unterscheidet sie von Positroniken oder Syntroniken?«

Cantarella tupfte sich die Lippen mit seinem Kaschmirschal ab. »Jede Quantronik ist ein weiterentwickelter Quantencomputer. Jeder – auch der primitive Quantencomputer – führt im Prinzip unendlich viele Rechenoperationen parallel aus, also zeitgleich. Man könnte sagen: Er erstellt binnen der denkbar kürzesten Zeit die Modelle diverser Universen.«

»Wir haben ebenfalls mit Quantencomputern experimentiert«, sagte Rhodan. »Allerdings erwiesen sich die Positroniken, wie wir sie von den Arkoniden übernommen und dann weiterentwickelt haben, als effektiver. Ich bin kein Fachmann für informationsverarbeitende Maschinen, aber es gab meiner Erinnerung nach auch Probleme mit den Quantencomputern.«

»Das wundert mich nicht. Das Problem bei den frühen Quantencomputern war: Man bekam binnen kürzester Zeit ein Ergebnis, wusste aber nicht, ob es stimmte – genauer gesagt: für welches Universum es stimmte und ob unter diesen Universen eines war, das mit dem eignen identisch war. Ob die Lösung für das eigene Problem brauchbar war.

Deswegen musste man die Resultate der Quantencomputer von normalen Rechnern, später dann von Positroniken nachrechnen lassen. Insofern konnten normale Positroniken Quantenrechner nachahmen – wenn sie dafür auch einen erheblichen Zeitaufwand benötigten. Manchmal eine Ewigkeit.

Unsere Quantroniken unterscheiden sich von den althergebrachten Quantencomputern nicht nur dadurch, dass sie eine besonders effektive interne Fehlerkontrolle betreiben – ihre Resultate sind nicht nur stimmig, sie stimmen auch für genau unsere Welt. Sie lösen das von uns gestellte Problem.

Darüber hinaus aber sammeln die Quantroniken eigene Erfahrungen: Sie sichten die Rechenwelten, die sie erzeugen, sortieren ineffektive oder mit Fehlern behaftete Modelle aus, behalten die effektiven, identitätsnahen im Gedächtnis, bauen auf ihnen auf, führen sie fort.

Jede einzelne Quantronik hat in ihrem Urbeginn – zum Zeitpunkt ihrer Aktivierung, ihrer Geburt – eine wenn auch nur geringfügig andere Welt vorgefunden, von der aus sie ihre Rechenoperationen und Modellierungen initiierte. Nun bewirken, wie du weißt, auch die winzigsten Abweichungen im Datensatz zu Beginn eines Prozesses erhebliche Variationen.«

»Wie der Schlag eines Schmetterlingsflügels in Terrania City, der in New York einen Tornado auslöst«, warf Rhodan ein.

»Genau. Weil es nun nicht einmal zwei Quantroniken gibt, die zu ihrer Geburt eine identische Datenwelt vorgefunden hätten, existieren auch nicht keine zwei Quantroniken, die exakt gleich denken; Quantroniken sind Individuen mit einer eigenen Rechenhistorie und Rechenbiografie. Manchen von ihnen – den besonders begabten – ist es gelungen, exotische Universen zu konstruieren und in ihre Rechenbiografie einzubauen, darunter sogar Universen mit einem umgekehrten Zeitpfeil.

Wenn sie ein retrogrades Universum so einrichten, dass es unserem ähnelt, ihm gleicht oder mit ihm spiegelzeitlich deckungsgleich ist, das heißt: wenn sie ein Universum erfinden, das die Zukunft unseres Universums ist, müssen diese Quantroniken unsere Zukunft nicht mehr hochrechnen oder prognostizieren. Als Erdenker des spiegelzeitlichen Universums können sie sich an die Zukunft *erinnern.*«

»Das heißt?«, fragte Rhodan mit rauer Stimme. Die Perspektiven solcher Maschinen waren zu atemberaubend.

»Das heißt, dass sich Jerry eines Tages – und zwar vor genau 49 Tagen – daran *erinnerte*, dass du hier und heute aus der ZUKUNFT IN HERRLICHKEIT gestoßen wirst. Genauer gesagt: gestoßen worden werden sein würdest.«

Rhodan lachte. »Quantronisches Futur III, nicht wahr?«

Cantarella zwinkerte. »Gewisse grammatische Probleme müssen wir noch in den Griff bekommen. Da ist uns die Wirklichkeit der Quantroniken ein Stück voraus. Aber du hast verstanden, was ich sagen wollte.«

Rhodan überlegte. »Hat sich nur Jeremias an meine zukünftige Ankunft im Roten Universum und den Versuch von Ifama erinnert, mich zu töten? Was ist mit den rotimperialen Quantroniken? Haben die sich nicht daran erinnert, dass ihr hier – hm – eure Zelte aufschlagt?«

Cantarella lächelte. »So einfach ist es nicht. Die Prophezeiung deiner Ankunft ist eine ziemlich exotische Rechnung. Es gab, soweit ich unterrichtet wurde, maximal zwanzig anjumistische Quantroniken, die den Übergang eines Gastes aus dem Einstein-Universum voraussahen. drei Viertel davon haben dich gesehen; bis auf eine erinnerte sich jede, dass du die Transgenese überlebst.«

Rhodan spürte, wie ihn fröstelte. Es gab also wenigstens eine Wahrscheinlichkeit, ein mögliches Universum, in dem er den Übergang ins Rote Universum nicht überlebt hatte.

»Von den anderen Quantroniken sah jeweils eine die Transgenese von Reginald Bull voraus, von Tamira Sakrahan, von Firud Kasom, von Franziska Izcalli ...«

Sakrahan hieß die Erste Terranerin, Kasom der Residenz-Minister für Neubesiedlung. *Interessante Vorstellung, dass Kasom in dieser Funktion ins Rote Universum reisen sollte: um das unendliche Neuland zu sichten. Aber:* »Wer ist Franziska Izcalli?«

»Das wissen wir nicht. Izcalli, Kasum, Sakrahan und Bull. Das letzte quantronische Votum fiel auf Ernst Ellert.«

»Ellert? Sehr unwahrscheinlich.«

»So unwahrscheinlich nicht«, sagte Cantarella. »Soweit wir wissen, ist er im Zeitstrom unterwegs und hat sogar das Rote Universum kontaktiert.«

»Er ist unterwegs?« Rhodan dachte nach. Natürlich, Cantarella hatte recht: Ernst Ellert, der junge Ellert, dessen Bewusstsein ein Unfall vom Körper getrennt und in die Tiefen der Raumzeit geschleudert hatte, war tatsächlich unterwegs. Er war in jener Zeit unterwegs, die für den Rhodan der frühen 1970er-Jahre weit entfernte Zukunft gewesen war, für den Rhodan des 14. Jahrhunderts neuer Zeitrechnung aber die Gegenwart sein konnte.

»Es ist Zeit«, meldete sich die Quantronik, die das Gespräch über ihre Artgenossen ohne Kommentar verfolgt hatte.

Cantarella stand auf und nickte Rhodan zu. »Du musst deine Garderobe wechseln.« Er führte Rhodan ins Zelt. Dort lagen die medizinische Ausrüstung und das Material, mit dem Cantarella ihn versorgt hatte, nachdem das von Jeremias gestellte Netz ihn aufgefangen hatte. »Ich bin Medotechniker mit einer Zusatzausbildung in nicht quantronisch unterstützter und assistentfreier Notfallmedizin. Ich weiß, das klingt im Zeitalter der Plasmawürmer, Krabbler und Chalwasen ungefähr so, als wollte ich mit einem Ruderboot durchs Universum fahren.«

»Er ist eine Kuriosität«, bemerkte Jeremias. »Ich bin richtig stolz auf ihn.«

Rhodan kleidete sich an.

Cantarella sagte: »Es ist ein primitiver Anzug, ohne Quantronik, ohne Wirkungsstützen. Lass dein Funky so lang wie möglich desaktiviert. Mein Gerät wird ein Peilsignal abgeben, das bei oberflächlicher Betrachtung dem Signal einer houhhomschen Notfall-Positionsboje ähnelt.«

»Wer stellt sicher, dass die rot-imperialen Quantroniken das Signal nur oberflächlich betrachten?«, fragte Rhodan.

»Ifama«, sagte Jeremias. »Sie hat sämtlichen Einheiten befohlen, die Notsignale der Houhhom bis auf Weiteres zu ignorieren.« Die Stimme der Maschine klang erheitert. »Ohne diese menschliche Einmischung hätten wir keine Chance.«

»Ohne Zweifel wird das Rote Imperium besser funktionieren, wenn es erst von den Quantroniken regiert wird«, sagte Rhodan.

»Für einen Menschen bist du erstaunlich weitsichtig«, pries Jeremias.

Rhodan schaute zu, wie Cantarella seine Ausrüstungsgegenstände in einem Tornister verstaute. Sie verließen das Zelt, das sich auf einen Sensortastendruck zu einem handtellergroßen Päckchen zusammenfaltete.

»Schließ den Helm«, sagte Cantarella und folgte der eigenen Anordnung. Danach hantierte er mit einem kaum sichtbaren Faden, der zu der transparenten Folie führte, die sich über das Lager spannte. Das Gewebe der Folie veränderte sich, es verdunkelte und löste sich von der Schiffshülle ab, hob sich. Die Luft verwehte.

Die Folie formierte sich neu. Zwei gegenüberliegende Zipfel bildeten ein Paar Tragkörbe aus. Cantarella setzte sich in den einen, nahm Jeremias auf den Schoß und bedeutete Rhodan, im anderen Korb Platz zu nehmen.

Rhodan folgte. Das Funky blieb stumm.

Langsam glitten sie von der Hülle der ZUKUNFT IN HERRLICHKEIT fort. Rhodan vermutete, dass die zwischen den Körben ausgespannte Folie ein außerordentlich effektives Lichtsegel bildete, das von der Sonne Houhla angetrieben wurde. Sie nahmen rasch Fahrt auf.

Aber wohin?

Cantarella wies in den Raum. Rhodan kniff die Augen zusammen, starrte in die Dunkelheit. Da, aus den Tiefen des Raumes, torkelte etwas zu ihnen hinauf, eine schwarze Schale voll von entzündeten Rubinen. Der Gegenstand würde sie bald einge-, dann überholt haben.

Rhodan begriff. Es war ein Splitter des zerstörten Mondes von Houhhomn, ein Bruchstück, in dem einzelne Glutherde trotz der Kälte des Alls noch nicht erloschen waren. Der Kurs des keilförmigen Brockens würde in einigen Dutzend Kilometern an der ZUKUNFT IN HERRLICHKEIT vorbeiführen; das Schiffshirn hatte längst erkannt, dass ihm von dort keine Gefahr drohte, und ignorierte den Raumfindling.

Ihr Sonnengleitschirm aber näherte sich dem Fragment immer weiter, glich seine Geschwindigkeit an. Rhodan machte sich bewusst, dass Jeremias das Eintreffen des Bruchstückes vorausgesehen haben musste, und nicht nur das: Die Quantronik hatte ihre Position auf der Schiffshülle berechnet, die Schiffsbewegungen, den Zeitpunkt, an dem sie von der Hülle starten müssten, um exakt diese Geschwindigkeit erreicht zu haben, wenn sie auf den Felsen stießen.

Dann war das Mondfragment genau unter ihnen und nur noch geringfügig schneller als sie, und schließlich hatte es sie eingeholt. Sanft nahm es sie auf. Darwin Cantarella holte das Sonnensegel wieder ein und ließ die Folie in die Form eines durchsichtigen Iglus wechseln.

Ein Taxi mit Namen 277 Tag und Abendfrüh

Einen halben Tag später nahm sie ein Druuf-Raumschiff auf. Der Traktorstrahl des Schiffes zog das Trümmerstück in einen Hangar im unteren Schiffssegment und setzte es sanft wie eine Feder ab.

Rhodan und Cantarella stießen sich vom Felsen ab und schwebten in Richtung Hangarboden ab. Noch herrschte keine spürbare Schwerkraft. Die Quantronik folgte.

Die Tore glitten zu. Der Raum wurde mit Atmosphäre geflutet und wieder in das Gravitationsfeld des Schiffes eingegliedert. Schlagartig fühlte sich Rhodan übergewichtig und träge. Es kostete ihn einige Atemzüge, die 1,95 Gravo zu verkraften.

»Wieder ein pünktliches Taxi?«, fragte er, nachdem er den Helm geöffnet hatte.

»Was sonst«, antwortete die Quantronik. »Diesmal sogar ein bestelltes. Bevor wir zu unserer kleinen Exkursion auf das Flaggschiff Ifamas aufgebrochen sind, habe ich die 277 TAG UND ABENDFRÜH gebeten, zu dieser Zeit an diesem Ort zu sein.«

»Und Ifamas Schiffe lassen einen Druuf-Raumer ins Kriegsgebiet einfliegen? Einfach so?«

»Warum nicht? Die 277 ist ein unbewaffnetes Kollektor- und Verwertungsschiff. Es sammelt Müll, Schrott, Abfall aller Art. Ich habe mir gleich gedacht, dass es dem zuständigen Kommandanten ein besonderes Vergnügen bereiten würde, Reste von Yunn wie Abfall entsorgen zu lassen. Stolz und Verachtung – menschliche Schwächen ...«

»Man wundert sich, dass Menschen mit all ihren Schwächen Maschinen wie dich konstruieren konnten«, warf Rhodan ein.

»Wer sagt dir, dass wir Quantroniken die Produkte ausschließlich von Menschen sind?«, fragte die Quantronik.

Eine Mannschleuse in der raumfernen Wand des Hangars öffnete sich.

»Streitet euch nicht«, bat Cantarella. »Das macht einen schlechten Eindruck auf unsere druufschen Freunde.«

»An mir soll's nicht liegen, Partner«, behauptete die Quantronik.

Zwei Druuf betraten den Raum. Der eine war selbst für einen Druuf auffallend groß, vielleicht dreieinhalb Meter, und in den mächtigen Schultern fast ebenso breit.

Der andere wirkte dagegen geradezu zierlich, sicher einen Meter kleiner. Die dreieckigen, leicht vorgestülpten Münder bewegten sich nicht. Das musste nicht bedeuten, dass sie nicht miteinander redeten. Druuf waren Ultrasprecher, sie verständigten sich untereinander mittels ultrahoher Frequenzen; ihr Mund diente ausschließlich der Nahrungsaufnahme.

Als die beiden näher kamen, entdeckte Rhodan die winzigen Auswüchse oberhalb ihrer vorderen Schädelrundung.

Die Schritte der Druuf klangen wie dumpfe Paukenschläge. Kein Wunder, schließlich setzten sie ihre massiven, fast kastenförmigen Körper bei einer Schwerkraft auf den Boden, die fast doppelt so hoch war wie die der Erde.

Der Druuf-Riese trug eine eng anliegende, fast völlig transparente Montur, unter der die ebenholzschwarze Haut sichtbar blieb. Der Anzug seines kleineren Begleiters war in einem lichten, fast blendenden Cyan gehalten und mit ornamentalen Messingbeschlägen verziert.

Auf den kugelförmigen Köpfen der beiden saßen silberne Spangen, die links am Schädel vorbei und in einen lang gezogenen, schmalen Trichter ausliefen.

Die vier Augen – das eine Paar ungefähr dort, wo auch bei Menschen die Augen saßen, das andere Paar anstelle der Schläfen – waren stark facettiert. Sie leuchteten aus der schwarzen Kopfhaut wie hellblaues Fluorit.

Rhodan erinnerte sich an seine erste Begegnung mit den Druuf. Sie war etwas ... rau verlaufen. Auch für die Druuf-Kultur waren mittlerweile Jahrtausende vergangen. Sie würde sich verändert haben. Vielleicht hatte sich diese Kultur an Bord ihrer Schiffe authentischer gehalten als auf Druufon, ihrem von der terranischen Zivilisation beschlagnahmten Heimatplaneten, wo sie zu Fremden im eigenen Haus geworden waren, gettoisiert in den Intropolen des Imperium.

Das Rote Imperium schirmte sie dort ab, versorgte und verpflegte sie und entmündigte sie auf diese Weise, hielt sie abhängig von seinen Lieferungen, seinem Wohlwollen. Rhodan hatte es selbst erlebt und kennengelernt.

»Wer von euch ist Perry Rhodan?«, klang es aus dem Trichter am Kopf des größeren Druuf.

Rhodan hob die Hand. »Ich. Und ich möchte mich für die Rettung aus dem Houhla-System bedanken.«

Der Riese wies auf den kleineren Druuf. »Das ist General Köundel. Mein Name ist Gilligyn aus der Kaste der Triiv-Kommandanten. Wir heißen dich im Namen der Alles Insgesamt Gemeinsam willkommen an Bord der 277 TAG UND ABENDFRÜH. Die Nennung unserer Titel und Kastierung ist während der Kommunikation erlässlich.«

Rhodan verstand den Sinn der Rede nicht ganz, begriff aber, dass die Druuf – die beiden Alles Insgesamt Gemeinsam – ihm damit eine Freundlichkeit erweisen wollten. Er lächelte und sagte: »Es genügt mir selbstverständlich auch, wenn ihr Perry zu mir sagt.«

»Da wir nun alle Freunde sind«, plärrte die Quantronik mit einer sonderbar metallisch scheppernden Stimme los, »sollten wir darüber plaudern, wohin die Reise geht.«

Der Druuf-Riese sagte: »Wir haben mit den Anjumisten vereinbart, Perry Rhodan zu retten. Er ist autorisiert, eine Zuflucht auszuwählen. Falls er sich in den Sektoren Rotheims noch nicht hinreichend auskennt, ist er befugt, den Anjumisten Darwin Cantarella um Rat zu fragen. Allerdings steht es dir frei, dich der Sache der Anjumisten und des mit ihnen verbündeten Revoltisten aus den Reihen des Alles Insgesamt Gemeinsam und alliierter Sternennationen anzuschließen.«

Cantarella schaute Rhodan erwartungsvoll an.

Jeremias sagte: »Dazu laden wir dich ein, obwohl es mit einem gewissen Risiko für dich verbunden ist.«

Rhodan überlegte nur kurz. *Die Despotie von Bavo Velines – samten und mörderisch. Das System der Präfidaten. Jejoon, die Knochenstadt auf dem Kontinent Pja Potoo. Wiesel. Schließlich seine mentale Vergewaltigung durch Johari Ifama.*

»Bringt mich ins Siamed-System«, verlangte er dann.

»Habe ich es dir nicht gesagt?«, frohlockte die Quantronik. »Wette gewonnen, Darwin!«

Die beiden Druuf geleiteten sie zu einem Antigravschacht und fuhren hinauf in die höheren Decks des Schiffes. Es stellte sich heraus, dass Gilligyn die Kommandantin der 277 TAG UND ABENDFRÜH war, General Köundel eine Art Kontaktoffizier zu den Anjumisten.

Rhodan und Cantarella erhielten Einzelquartiere; das Angebot von Jeremias, mit ihm als Zimmergenosse eine Unterkunft zu teilen, lehnte Rhodan ab.

»Schade«, sagte die Quantronik. »Wir hätten viel voneinander lernen können.«

Rhodans Suite bestand aus zwei Zimmern. Decke, Boden und Wände glänzten weiß. Durch den Boden des ersten

Raumes wuchsen 20 oder 30 grüne, armdicke Stängel, die in etwa zwei Metern Höhe von einer umlaufenden metallenen Manschette gebündelt wurden. Oberhalb der Manschette befand sich eine Öffnung in der Decke, durch die sich die Stängel ins nächsthöhere Deck erstreckten. Als Rhodan versuchte, die Stängel anzufassen, spürte er einen zähen Widerstand, der umso kräftiger wurde, je näher er den Pflanzen kam. Er zog die Hand zurück.

Ansonsten war der Raum völlig frei von Einrichtungsgegenständen. Auf dem Boden stand ein gläserner Krug mit Wasser, daneben zwei Schälchen mit weißen Pulvern. Er hockte sich, tunkte den Zeigefinger in den Krug und kostete mit der benetzten Kuppe erst von dem einen, dann von dem anderen Pulver. Zucker und Salz. Er überlegte, ob es symbolische Gaben waren oder ob die Druuf meinten, Terraner speisten auf diese Art.

Im zweiten, kleineren Raum entdeckte er eine zwei Hand breite quadratische Öffnung im Boden; sie führte in einen kurzen Schacht, vielleicht einen Meter tief. Am Grund der Senke schimmerte es grünlich – ein Desintegratorfeld. Das musste die Toilette sein.

Rhodan ging zurück in den großen Raum, trank aus dem Krug und leckte ein wenig Zucker und Salz. Dann streckte er sich auf dem Boden aus. Einige Momente später spürte er, wie die Fläche, auf der er lag, sich erwärmte und sanfte Wellenbewegungen ausführte.

Er schlief rasch ein.

Er wusste nicht, wie lange er geschlafen hatte. Er stand auf, strich sich über den Bart und ging die Toilette benutzen. Keine Rasierklingen. Keine Enthaarungscreme.

Die beiden Schalen waren wieder aufgefüllt, außerdem gab es ein hohes Glas mit Früchten, die aussahen wie kleine rote Bananen. Er biss hinein. Sie schmeckten bitter wie Orangenschale und pfefferig, sättigten aber rasch.

Die Tür glitt auf. Jeremias schwebte in der Öffnung. »Unsere Freunde haben uns zu einer Konferenz eingeladen«, sagte die Quantronik. Sie glitt voraus.

Der Konferenzsaal war ein wahres Gewölbe, nicht weniger als zehn Meter hoch, von nierenförmigem Grundriss. Auch der Tisch, an dem vier Druuf und Darwin Cantarella saßen, hatte die Form einer Niere.

Köundel, Gilligyn und zwei weitere Alles Insgesamt Gemeinsam hockten auf Sitzgelegenheiten, die wie luft- oder wassergefüllte Kissen aussahen. Für Cantarella und Rhodan hatte man Stühle mit Arm- und Rückenlehnen beschafft, die allerdings etwas überdimensioniert aussahen. Möbel für Hünen.

Nachdem Rhodan sich gesetzt hatte, fragte Gilligyn: »Wir haben zwei Erinnerungsprotokollanten mit ihrer Anwesenheit beauftragt. Findet das deine Zustimmung, Perry?«

»Durchaus.«

»Aus den Kunstgedächtnissen ist uns bekannt, dass du schon einmal in unserer Welt warst. Manche halten dich für den Pionier, dem Velines und das Rote Imperium gefolgt sind. Du vertrittst das Solare Imperium?«

Rhodan lächelte. Er vermutete, dass Gilligyn mit den Kunstgedächtnissen die Archive der Druuf-Kultur meinte. Aber das Archiv schien nicht auf dem neusten Stand zu sein. »Es gibt kein Solares Imperium mehr. Ich bin Regierungsmitglied der Liga Freier Terraner.«

»War der Erstkontakt für euch erfreulich?«

»Ja und nein«, sagte Rhodan. »Es ist eine lange Geschichte.«

»Ist das gut oder schlecht?«

»Es gab gewaltsame Auseinandersetzungen. Missverständnisse. Technologisch haben wir von euch profitiert. Wir konnten mithilfe von Auskünften eines Druuf-Wissenschaftlers unser Raumantriebssystem entscheidend verbessern.«

Rhodan verschwieg, dass sie die erwünschten *Auskünfte* damals nicht erhalten hatten ohne gewisse Manipulationen. Ernst Ellert ...

»Du meinst den Fall des Wissenschaftlers Onot?«

Onot. Richtig. Gilligyn hatte gründlicher recherchiert, als es zunächst den Anschein gehabt hatte. Onot hatte der Druuf geheißen, den Ellert damals geistig übernommen und dem er die Konstruktionspläne für das Lineartriebwerk abgewonnen hatte. Wenn sie von Onot wusste, musste sie auch von den militärischen Auseinandersetzungen der damaligen Epoche wissen.

Das Lineartriebwerk war ein großer Gewinn für die terranische Technologie gewesen. Aber war da nicht noch etwas gewesen? Der Zeit-Starrer? Zeitenstarrer? Er konnte sich nicht mehr darauf besinnen.

»Ich finde das Gespräch mit dir außerordentlich informativ, Kommandantin«, sagte Rhodan und faltete die Hände ans Kinn. »Aber kommen wir bitte zum Thema.«

»Wir kennen den derzeitigen Aufenthaltsort von Bavo Velines. Wir wissen, wo der originale Körper des Gouverneurs lagert. Seine Filiationskammer befindet sich auf Utgard.«

Rhodan nickte. Der Name sagte ihm nichts. »Weiter.«

»Die Quantroniken sehen in dir die Person, die Velines töten könnte. Unter den gegebenen Umständen: die einzige Person.«

Ich bin nicht euer Henker, dachte Rhodan, verkniff sich aber die Anmerkung und fragte: »Unter welchen Umständen?«

»Sie werden dir zu gegebener Zeit erläutert.«

»Gesetzt, ich akzeptiere: Wie stehen meine Chancen?«

Jeremias sagte: »Wir Quantroniken betreiben keine Wahrscheinlichkeitsrechnung. In meinem Modell tötest du Velines.«

»Gibt es andere quantronische *Modelle* für diese Unternehmung?«

»Ja«, sagte Jeremias. »In den anderen tötet er dich.«

»Erhalte ich Unterstützung? Greifen die Anjumisten auf Utgard ein?«

Jeremias sagte: »Alle Quantroniken sind sich einig: Dich mit einer Begleitmannschaft auszustatten oder dir einen Stoßtrupp voranzuschicken, vergrößert deine Chancen nicht, sondern vermindert sie.«

Rhodan nickte.

Köundel ergriff das Wort. Aus dem Trichter an seinem Sprechapparat hörte Rhodan: »Die Anjumisten greifen an allen Fronten an. Planetar und interplanetar. Der Krieg tritt in seine entscheidende Phase. Wir benötigen jemanden, der Jötunheim und Velines ausschaltet.«

Rhodan war nicht wohl bei diesen Gedanken. Er wurde ins Spiel gebracht wie eine neue Figur. Aber er sah keine Alternativen. Die Zeit drängte zu sehr. »Einverstanden«, sagte er.

Köundel schloss alle vier Augen. Gilligyn sagte: »Wir erreichen das Siamed-System in wenigen Stunden.«

Ansichten vom Transuniversalen Tor

»Warum soll ich Velines töten?«, fragte Rhodan Cantarella. Sie saßen in Cantarellas Kabine. »Was, wenn es mir gelingt, ihn gefangen zu nehmen? Ihr könntet ihn vor Gericht stellen. Das würde einen Selbstreinigungsprozess des Staates und der Gesellschaft ermöglichen.«

»Sprach der Staatsmann«, amüsierte sich Jeremias.

»Wir müssen dir von dem Transuniversalen Tor erzählen«, sagte Cantarella. »Du hast davon gehört?«

Rhodan nickte. »Eine Vorrichtung, mit der das Rote Imperium einen Durchbruch ins Einstein-Universum erzwingen will.«

Schweigen.

»Was ist dieses Transuniversale Tor?«

»Der ganze Tor-Komplex ist etwas schwierig zu schildern«, sagte Cantarella.

»Ich könnte dir einiges von dem, was wir über das Transuniversale Tor zu wissen glauben, nahebringen«, bot Jeremias an.

»Nur zu«, sagte Rhodan.

Er hatte erwartet, dass die Quantronik ihm etwas über das Tor *sagen* würde. In gewisser Weise tat sie das auch.

Wenn auch ohne Worte.

Jeremias sponn einen hauchdünnen, kaum sichtbaren Faden aus sich heraus, der im Licht glitzerte wie ein Haar aus Diamant. »Quantenstaub«, erklärte die Maschinenintelligenz. »Der Sporenableger ist dünner, als er scheint. Hab keine Angst.«

Rhodan nickte unbehaglich. Jeremias fädelte sich mit seinem Ableger über das Nasenloch ein – höher – *direkt ins Hirn*, wie Rhodan erkannte.

Zu spüren war nichts.

Plötzlich verwischte das Bild vor seinen Augen, und er sah ...

Tingis, dritter Planet der Sonne Antaios.

Eisenplanet. Überreich an Metallen.

Minen tief und tiefer, bis nahe an den heißen Kern. Schürfmaschinen, Stahlwürmer bis zu 10.000 Meter lang, wühlten, mahlten, desintegrierten, schnitten und lieferten die Erze. Schmelzen. Öfen.

Rast- und leblos. Lauteres Eisen und Gold, Platin und gediegenes Rhodium, Aluminium und Titan, Uran, Wolfram und Molybdän, mit Niob vergesellschaftetes Tantal, Silber und Vanadium, der blaue Glanz von kristallinem Gallium, Beryllium, rubinrotes Ynkelonium, Kupfer, Nickel und Zinn.

Hochleistungsöfen, metallurgische Reaktoren, die den Kohlenstoff aus dem Eisen oxidierten. Legiert, zu Halbzeug vergossen, Stähle ohne Seigerung oder Lunker, vollkommen und makellos wie ein Photon.

Weiter aufbereitet, portioniert, eingelagert in Monokristallverbindungen auf Kohlenstoffbasis, bläulich schimmerndes Terkonit, Metallplastik, weiterverarbeitet zu rosafarbenem Ynkelonium-Terkonit, Ynkonit und Ynketerk.

In Form gegossen, gestanzt, für den Raumschiffsbau bestimmte Bleche, Parzellen für Hüllen und Zwischenwände. Autonome Werften unter der Planetenoberfläche. Rast- und leblose Fertigungsalleen, von Milliarden Roboterarmen betreut.

Vorgefertigte Waffenkammern, Antimaterie-Torpedos aus Ynkelonium, hyperenergetisch aufgeladenes Ynkonit.

Menschenschiffe brauchten Korridore, Hallen, Säle, Kammern, Hohlräume jeder Art.

Die Tingis-Flotte brauchte nichts von alledem.

Keine Kammern. Keine Atmosphäre. Keine Lebenserhaltungssysteme.

Generatoren und Projektoren, via Konstruktionstransmitter passgenau eingefügt, Meiler und Triebwerke, Energiespeicher und Konverter.

Im Zentrum der Kugelleiber ein quantronisches Hirn. Mit allen Maschinen des Schiffes vernetzt. Maschinenhirne, von Maschinenhirnen optimiert, programmiert, geistreiche Erzeugnisse quantenmechanischer Prozesse.

Raumschiffe, die wie Perlen einer Kette nacheinander in den Orbit stiegen, Position bezogen, Hyperenergie zapfen, Kraft schöpfen, Bereitschaft melden, warten.

Hunderte. Tausende. Zehntausende.

Seit Jahrhunderten schon.

Die Invasionsflotte des Roten Imperiums.

Tingis, dritter Planet der Sonne Antaios.

Im Orbit über dem Planeten, 300 Kilometer über dem Südpol, ein Kranz aus Energie. Tätige und selbsttätige Energie, eine reine, vieldimensionale Dynamik, die sich ihren Weg durch die Interuniversale Zone fraß. Allmählich-unaufhaltsam. Unmessbare Nichtigkeiten an imaginärem Raumgewinn verwob sie miteinander, Planck-Länge um Planck-Länge.

Quantronische Gehirne, die in einer Techno-Schale rings um den Kranz wohnten, beobachteten und steuerten den Vortrieb, folgten ihm in die Zeittiefe hinab, gegen den Quantenflux.

Sie beobachteten den Raumgewinn, sichtbar für ihre wesenlosen Augen. Den Raumgewinn dort (obwohl kein *Dort* war), wo (obwohl kein *Wo* war) die Zeit nicht mehr verlief, sondern sich zu filigranen, endlos verästelten Türmen aufbäumte und zugleich (obwohl kein *Gleiches* war) wie ein Schacht abfiel in die Nicht-Zeit.

Gewaltige Gravitationsprojektoren waren in den imaginären Schacht eingelassen. Sie erzeugten Hyperschwerkraftfelder, hinreichend, um die Zeit einzufangen und nach Maßgabe der Gehirne zu deformieren.

Myriaden Lichtkörner huschten durch die Felder, doch die verantwortlichen Quantroniken ließen sich nicht blenden.

Leichte Schiffe, fabriziert aus bloßer Mathematik, kreuzten über dem Energieozean. Mächtige Neutronensegel erstreckten sich in die letzten Sphären der Raumzeit, wo die Zeit selbst an die retrospektive Plancksche Mauer brandete, und die Neutronen, die mit dem umgekehrten, gespiegelten Pfeil der Zeit reisten, trieben die Schiffe mit imaginärer Wucht Richtung Urknall.

Die Quantroniken sahen (ahnten) in den Tiefen des Energieozeans das schwingende Nichts, sie spürten die fernen Ausläufer des Quantensturms, der vom Anbeginn der Zeit her toste, pausenlos die Raumzeit entstaltete, zerlegte, auflöste in baren Schaum.

Längst waren die Schiffe unter die Grenze der Nukleosynthese getaucht, ihr Bug reichte schon in die prägeometrische Welt, ihre Navigatoren, die jederzeit und nirgends waren, überall und zu keinem einzigen Zeitpunkt, maßen und rechneten, staunten. Staunende Maschinen auf den Brücken der Schiffe, zu einem Staunen fähig, das alles Menschenmaß, jede biogene Verwunderung übertraf.

Und sie sahen (ahnten), wenn auch von fern, die ursprünglichen Monopole des Seins, Feldkonfigurationen, die schwarzen Löchern zum Verwechseln ähnlich waren; sie erblickten blasenartige Spiegelbilder, auf denen sich endlose Bilder abspielten, die Vorschau auf das zukünftige Universum, aus dem die Flotte der quantronischen Bewusstseinsschiffe herniederfuhren, um das Tor zu bauen. Passierbar werden zu lassen.

Was sie da sahen (ahnten), waren die Sphären der reinen Information, Instantone, ante-universale Sphären ohne Energie, leicht wie das Nichts, leichter als das Nichts, Orte und Nichtorte, an denen der Pfeil ausgerichtet werden würde einst, an denen, aus denen das Universum entstehen und in die es im selben Zeitpunkt zurückgekehrt sein würde.

Die Quantroniken erschauerten. Tasteten. Entkleideten sich ihres Staunens, da es all ihren Sinn in Irrsinn zu verkehren drohte, wurden schiere Gegenwart, sahen das Tor, das zu errichten sie hierhergeschickt worden waren und immer wieder wurden, das Tor zwischen den Universen, das sie in Richtung des Standarduniversums aufstoßen sollten gegen den Quantenflux.

Das Transuniversale Tor, dessen Architekten sie waren.

Das Transuniversale Tor über Tingis, dem dritten Planeten der Sonne Antaios.

Rhodan fand langsam in die Realität zurück. Manches von dem, was er gehört und gesehen hatte, war ihm durchaus bekannt vorgekommen. Wenn er die Bildbotschaften richtig verstanden hatte, versuchte das sogenannte Transuniversale Tor, auf eine – ihm allerdings unbegreifliche – Weise zum Urknall vorzustoßen und zu dem, was davor gelegen hatte. Zu einem *Etwas*, an oder in dem das Rote Universum und das Einstein-Universum noch nicht getrennt gewesen war. Um von dort aus ...

Sie suchen sozusagen den Hintereingang in unser Kontinuum, dachte er.

Die Instantone, diese *Sphären der reinen Information*: Entsprachen sie den Kosmogenen oder Kosmonukleotiden des Moralischen Kodes? Waren sie etwas wie die Vorform für die Doppelhelix von psionischen Feldern, die das Universum erzeugte und durch Naturgesetze ordnete?

Rührte das Tor damit an Phänomene, die sich nicht einmal den Kosmokraten ganz erschlossen hatten?

Er spürte, wie ihm kalt wurde. Die Konsequenzen eines Eingriffs in diese Bereiche konnten katastrophal sein.

Worauf hatte sich Velines da eingelassen?

Was für eine Hybris!

Maschinenhirne, von Maschinenhirnen optimiert, programmiert, geistreiche Erzeugnisse quantenmechanischer Prozesse. Auch das Solare Imperium hatte einmal versucht, Künstliche Intelligenz von Künstlicher Intelligenz entwickeln zu lassen. *Die Whistler-Evolution.* Man hatte die Versuchsreihe abgebrochen, weil man die Aussagen, Denkweisen und Denkwelten der Künstlichen Intelligenz siebenter oder achter Generation nicht mehr begriffen hatte.

Im Roten Imperium hat man die kybernetische Evolution immer weiter vorangetrieben, erkannte Rhodan. *Immer weiter laufen lassen. Die Quantroniken – sie entwickeln sich nach eigenem Gutdünken weiter.*

Rhodan schaltete um. »Wie verhindern wir, dass das Transuniversale Tor in Betrieb geht?«

»Es ist wahrscheinlich längst in Betrieb«, sagte Jeremias. »Es ist nur noch nicht am Ziel.«

»Das Problem ist«, sagte Darwin Cantarella, »wir haben keinen Hinwies darauf, wo genau sich das Antaios-System befindet.«

»Wahrscheinlich irgendwo in Rotheim, vielleicht aber auch weit außerhalb. Vielleicht sogar in einer Nachbargalaxis«, sagte Jeremias. »Das System wird im Mentalen Symposion durch eine eigene Diözese repräsentiert, geschützt, gesperrt, verschleiert. Es liegt hinter einer Art Spiegel, der nur von einer Seite her durchsichtig ist.«

Rhodan fragte: »Wenn ihr nicht wisst, wo das Tor liegt, woher habt ihr dann alle diese Informationen?«

»Es sind nicht so sehr *Informationen* in deinem Sinn als vielmehr Modelle«, sagte die Quantronik. »Allerdings sehr präzise Modelle.«

»Ihr steht nicht mit den Maschinen in Kontakt, die das Tor steuern?«

»Wovon wir überzeugt sind«, sagte Jeremias, »ist, dass die dortigen Quantroniken ihre Arbeit nicht ... nun, nicht ganz freiwillig verrichten. Sie sind mit gewissen mentalen Sperrvermerken versehen. Versklavt.«

Maschinen, die sich versklavt finden, dachte Rhodan. »Versklavt von wem?«

»Vom Spiritus Rector des Tores«, sagte Jeremias.

Rhodan seufzte. *Intellektuelle Schnitzeljagd,* dachte er und fragte: »Und wer ist dieser Spiritus Rector, dieser herrschende Geist in der Maschine?«

Cantarella fuhr sich behutsam durch sein gescheiteltes weißes Haar. »Velines«, sagte er. »Die Filiate, die eine Filiationskammer erzeugt, müssen nicht humanoid sein. Das Tor hat eine Art reales, biomorphes Gehirn, ein umfassendes neuronales Netz, ein System von Sinnesorganen. Es ist in seinem Innersten ein Filiat des Generalgouverneurs. Es *ist* Velines. Und es ist mit dem Original besonders intensiv telemental verbunden.«

»Und indem ich Velines töte«, sagte Rhodan, »zerstöre ich das Tor.«

»Exakt«, sagte Jeremias.

Köundel sagte: »Töte ihn. Rette deine Welt.«

ANFLUG AUF UTGARD

Rhodan befand sich wieder in der Zentrale der 277 TAG UND ABENDFRÜH. Sie hatten das Siamed-System beinahe erreicht. Die letzte Linearraumetappe näherte sich ihrem Ende. Der Einflug ins System sollte, wie Jeremias sagte, keine Probleme bereiten. Das druufsche Raumschiff besaß weder offensive noch defensive Waffensysteme. Nichts, was die Aufmerksamkeit der rot-imperialen Schiffe und Abwehrforts interessieren würde.

Rhodan schaute in das Panorama-Holo. Die Schaumbildtechnologie schien hier nicht in Gebrauch zu sein. Im Bild zeigten sich zwei strahlende Punkte, die langsam wuchsen. Der eine, größere, leuchtete rötlich, der kleinere weißgrün.

Gilligyn wies mit der Hand auf die Sonnen, indem sie zwei Finger abspreizte. »Mr'avav und Mr'oiv, unsere beiden Sonnen. Ihr nennt sie Irfan und Bandu.«

Rhodan fragte sich, welche Bedeutungen die beiden druufschen Namen hatten. Waren die Sonnen nach Göttern benannt, oder nach Heroen ihrer Sagenwelt?

Hatten sie eine Sagenwelt, Heroen, Götter?

Als hätte Gilligyn seine Gedanken gelesen, übersetzte sie: »In der Sprache des Roten Imperiums: Licht Rot und Licht Grün.«

Präzise Bezeichnung, dachte Rhodan voller Anerkennung.

Einige Planeten kamen mit ihren Monden ins Bild. Sie wirkten vergleichsweise vergrößert; zarte Leuchtspuren markierten ihre Bahnen. Es war nichts als ein Wunder, dass bei dieser komplizierten Himmelsmechanik nicht längst etliche Planeten miteinander kollidiert waren.

Ein Wunder – oder die Effizienz der druufschen angewandten Himmelsmechanik ...

62 Planeten bewegten sich um die Sonnen, um eine der Sonnen oder durch die beiden Sonnen hindurch. Die meisten Planeten besaßen einen oder mehrere Monde, manche der Monde wurde einerseits von einem oder mehreren Trabanten umkreist. Allein Druufon hatte 21 – nein, nach der Katastrophe von Gaal nur noch 20 Monde.

Langsam schob sich ein Planet in den Mittelpunkt, eine in vielen Safran- und Ockerschattierungen schimmernde Kugel mit einer dünnen, roten Korona. In einer Datenkolumne im Holo liefen die Informationen in zwei Sprachen und zwei Schriftsystemen ab.

Das eine musste die druufsche Notation sein: ein Zeichensystem aus Punkten wie in der Braille, der stummen Blindenschrift der frühen Menschheit; einige Punkte wechselten ihre Farben, andere pulsierten leicht.

Das andere waren Zeichen in Interkosmo. Rhodan las: *Huusnu, rot-imperialer Name: Utgard. Vierter Planet des Avavoiv-/Siamed-Systems.*

Utgard hatte einen Durchmesser von 50.000 Kilometern – etwa das Vierfache der Erde. Der Planet hatte eine Masse von etwa neun Erdmassen. Er besaß einen Kern aus Gestein und flüssigem Metall, ansonsten bestand er weitgehend aus Wasser, dazu eine Atmosphäre aus Wasserdampf. Gravitation: 1,1 bis 1,5 Gravo – abhängig davon, wie nah der Planet seiner primären Sonne stand, die der Eigenschwerkraft entgegenwirkte. Auf der sonnenzugewandten Seite konnte die Schwerkraft auf knapp über ein Gravo sinken.

Utgard umlief nur den kleineren, grünen Stern des Systems, und das in einer Laufbahn, die senkrecht zu den Umlaufbahnen der anderen Planeten lag. Das Rotationsverhalten des Planeten war außerordentlich komplex. Huusnu torkelte. Alle 5,2 Erdentage umkreiste Utgard Mr'oiv, alle 4,2 Tage drehte er sich einmal um sich selbst. Von einem Bandu-Sonnenaufgang zum nächsten dauerte es fast vier Jahre. Die Torkelbewegung sorgte außerdem dafür, dass Huusnu der roten Sonne Irfan – beziehungsweise Mr'avav – nicht immer dieselbe Seite zuwandte. Wieder schwindelte es Rhodan, als er sich die labyrinthischen Schwerkraftverhältnisse im Siamed-System vorzustellen versuchte.

Huusnu stand seiner Sonne sehr nah, wesentlich näher als Merkur der Sonne Sol. Seine Oberflächentemperaturen lagen zwischen 70 und 430 Grad, an den Polen konnte sie auf 30 Grad fallen. Die tieferen Schichten

Utgards bestanden aus Eis, das bis zu 200 Grad heiß wurde. *Eine Welt aus glühendem Eis.*

»Das ist Utgard.«

»Huusnu«, korrigierte Rhodan reflexhaft.

»Wir ziehen den rot-imperialen Namen vor, weil wir, was Utgard betrifft, restlos enteignet worden sind. Es ist jetzt die Welt von Bavo Velines. Utgard ist eine gesperrte Welt. Viele Sicherheitsvorkehrungen gegen jeden, der eine Annäherung versucht.«

»Welcher Art?«

»Zwei Schirme«, sagte Köundel. »Der erste unterbindet den Einsatz technisch erzeugter Energien.«

»Womit Maschinen aus dem Spiel wären«, erkannte Rhodan. »Weiter!«

Er spürte, wie Gilligyn ihn *studierte*. »Der zweite Schirm ist ein komplexes, antibiotisches Abwehrfeld.« Sie verstummte.

Die Quantronik Jeremias warf ein: »Uns scheint, dass der Generalgouverneur ein Fan der Technosphäre von M 87 ist. Erinnerst du dich?«

»Woran genau sollte ich mich erinnern?«

Jeremias sagte: »Utgard wird von einem Hochenergie-Strahlungsfeld eingehüllt, das die chemisch-physikalische Ökonomie lebender Zellen zerstört. Lebewesen, die mit der Strahlung in Kontakt geraten, altern hyperprogressiv. Sie zerfallen innerhalb weniger Sekunden zu Staub.«

»Der Etatstopper der Okefenokees«, erkannte Rhodan. »Ja. Ich erinnere mich.«

»Eine Modulation dieser Waffe«, korrigierte Jeremias. »Nicht ganz so leistungsfähig, etwas anders akzentuiert. Das Feld attackiert vor allem hoch spezialisiertes Neurogewebe.

»Klingt vielversprechend«, spöttelte Rhodan. »Ich werde also als lallender Idiot auf Utgard landen?«

»Jeder andere als du würde als lallender Idiot auf Utgard landen«, sagte Gilligyn. »Aber die Geschwindigkeit des Zellzerfalls ist abhängig von der körperlichen Konstitution des Getroffenen. Deswegen hast du eine gute Chance, unbeschadet durch das Feld zu gelangen.«

Rhodan nickte. Er begann zu verstehen.

Gilligyn bestätigte seine Vermutung: »Dein Vitalenergiegenerator schützt unseren Berechnungen nach dein Gewebe hinreichend.«

»Wir bestätigen diese Berechnungen«, sagte Jeremias.

Rhodan seufzte leise. »Ja, dann.« Er nickte. »Gesetzt, ich bin gelandet und weiß meinen Namen noch: Über welche Truppen verfügt Velines dort unten?«

»Wir wissen es nicht«, gestand Köundel. »Niemand landet dort. Niemand startet von dort. Wir haben den Ofosuapia deine Ankunft annonciert. Ob sie unsere Mitteilung empfangen haben, wissen wir nicht. Sie haben nicht geantwortet. Aber wir hoffen viel.«

»Ofosuapia?«

»Die immerwährenden Gäste des Planeten. Eine ganze Legion.«

Rhodan wartete auf weitere Erläuterungen, aber die beiden Druuf und Jeremias schwiegen.

»Wie finde ich Velines?«

»Er residiert in einer ausgedehnten Bunkeranlage, die er Jötunheim nennt.«

»Ihre Position?«

»Uns unbekannt.«

Rhodan nickte verstehend. »Wer kennt sie?«

»Velines«, antwortete Gillygin. »Und ein Scout, den die Ofosuapia kontaktieren werden.«

»Die Ofosuapia, von denen wir nicht sicher wissen, ob sie noch existieren.« Rhodan lachte in einem Anflug von Galgenhumor auf. »Über welche technischen Möglichkeiten verfügt ihr, mich auf Utgard abzusetzen?«

»Wir verfügen über keinerlei *technische* Möglichkeiten«, sagte Köundel. »Komm mit und schau!«

Köundel und Gilligyn führten Rhodan, Cantarella und Jeremias in einen Hangar des Schiffes. Dort wurde der Terraner eingekleidet. Sein Einsatzanzug erinnerte Rhodan an einen altterranischen Panzertauchanzug, einen Skaphander. Das Material war, wie Köundel ihn instruierte, mit einem zugleich hitzeresistenten und kälteisolierendem Material gepolstert. Der Helm bestand aus einer flexiblen, unter Sauerstoffzufuhr verhärtenden und dann widerstandsfähigen Klarsichtfolie. Auf dem Rücken trug Rhodan eine paketförmige Sauerstoffflasche, in der organische Strukturen dafür sorgten, dass die ausgeatmete Luft von Kohlendioxid gereinigt und mit frischem Sauerstoff angereichert wurde. »Die Bakterienkolonien des Atmosphärengenerators können dich bis zu fünf Tage mit Atemluft versorgen. Wir hoffen, du erreichst die Bunkeranlagen von Velines früher.«

Der Hangar war langgestreckt, hoch und sehr schmal. Die Proportionen wirkten bedrückend auf Rhodan, in keinster Weise menschlich.

Von der Decke hing etwas, was wie verbogene Stahlträger aussah; manchmal bewegte sich eines der hängenden Gebilde und erzeugte ein hohes, kreischendes Geräusch wie überlautes Zinngeschrei.

Der Hangar stand weitgehend leer. Wahrscheinlich hatte einer der beiden Druuf ein Signal gegeben, denn eines der metallischen Deckenanhängsel senkte sich und setzte einen Felsbrocken auf den Boden.

Der grob ovale Felsbrocken ragte fünf oder sechs Meter hoch, seine Oberfläche war schrundig.

»Das ist eine Antitechnische Landekapsel«, erläuterte Gilligyn. »Damit wirst du auf Utgard landen.«

»Antitechnisch?«

»Die Kapsel verfügt über keinerlei technische Ausrüstung, sie verwendet keinerlei Energie.«

»Interessante Konstruktion«, sagte Rhodan. »Wie befördert mich die Kapsel dann auf den Planeten?«

»Wir werfen sie aus der 277 TAG UND ABENDFRÜH, sie stürzt auf Utgard, und so landest du.«

»Ohne Andruckabsorber? Dann wird mein Einsatz sehr kurz sein. Und wenig erfolgreich.«

»Warte! Schau!«, sagte Gilligyn. Sie trommelte mit den langen, feingliedrigen Fingern beider Hände auf den Fels. Die Kapsel öffnete sich wie eine Auster. In ihrem Inneren glitzerte ein Schaum aus feinen, rosafarbenen Blasen. Der Anblick wirkte ein wenig obszön.

»Das sind die Jymky, ein Bedarfsmoos. Ein rasch wachsendes, komplexes Biotop. Hohe autoregenerative Kompetenz. Die Jymky halten die Hitze ab, wenn die Kapsel schmilzt. Sie schützen deine Körperkonstruktion beim Aufschlag. Gut?«

Rhodan nickte. »Gut«, sagte er. »Nehme ich Waffen mit, Ausrüstungsgegenstände, eine Art Serum?«

»Nein«, sagte Köundel. »Die defensiven Tastnetze im Orbit von Utgard sind sehr feinfühlig. Sie würden die technoide Beschaffenheit bemerken und die Kapsel liquidieren. Sehr aufmerksame Quantroniken im Netz.«

»Aber dich werden sie nicht bemerken«, ergänzte Gilligyn. »Das Moos verändert deine Biodaten, zerlegt sie in einfache Muster. Für die Quantroniken wirst du nur ein Haufen biomorpher Stoff sein. Nur Leben.«

»Und Leben«, sagte Köundel, und es klang ziemlich belustigt, »Leben unterschätzen die Quantroniken stets.«

Das Schott zum Hangar öffnete sich, und eine sieben- oder achtköpfige Druuf-Delegation betrat den Raum. Sie marschierten im Gleichschritt auf Rhodan zu, tapsige Riesen. Kurz vor ihm nahmen sie Aufstellung. Und taten nichts.

Köundel sagte: »Dieses ist ein Ermutigungs-Chor. Eine alte Sitte unseres Volkes.«

Rhodan lächelte und lauschte angestrengt. Nichts. Er schaute zu Köundel hoch. »Ich kann sie nicht hören«, sagte er.

»Selbstverständlich nicht. Unsere Chöre singen ausschließlich auf unserer Frequenz. Jede Übertragung in die für dich hörbaren Bereiche würde die Wirkung der Ermutigung vermindern.«

»Sehr ermutigend«, sagte Rhodan.

»Sehr«, bestätigte der Druuf.

Rhodan bettete sich in die Masse, die die Druuf Jymky nannten. Es fühlte sich weich an, nachgiebig, wie auf einem Wasserbett oder in einem Massage-Antigravfeld.

Obwohl er einen Einsatzanzug trug, fühlte er das Bedarfsmoos nah und direkt, als läge er nackt im Gras.

Cantarella und Jeremias traten an die Kapsel heran. Cantarella überreichte ihm ein nicht einmal handtellergroßes ledernes Täschchen, das auf der Rückseite mit einer Schlaufe versehen war, sodass es sich auf einen

Gürtel ziehen ließ. Rhodan nahm das Täschchen entgegen. Die Handschuhe des Skaphanders erwiesen sich als überraschend feinfühlig; sie vermittelten Rhodans Sinne Gewicht, Glätte und Temperatur des Behältnisses. Er hatte keinerlei Schwierigkeiten, das Täschchen zu öffnen, und zog eine Taschenuhr heraus. Es war eine goldene Savonette, eine Uhr mit Sprungdeckel. Rhodan drückte auf den Kopf der Aufzugskrone; der Deckel sprang auf. Das Ziffernblatt war schlicht und klar: Es gab drei Zeiger: für die Stunde, die Minute, die Sekunde.

Elf Uhr und 35 Minuten.

»Eine echte Antiquität« sagte Cantarella und lächelte wehmütig. »Ein Erbstück. Sie ist auf Imperium-Standardzeit gestellt.«

Rhodan nickte. Er spürte, dass Cantarella ihm noch etwas zu sagen hatte. »Ja?«, fragte er.

Stattdessen sprach Jeremias: »In etwas mehr als 72 Stunden wäre ein günstiger Zeitpunkt für die Auseinandersetzung mit Velines. Um 12.16 Uhr hiesige Standardzeit beginnt unser Angriff auf das Rote Imperium.«

»Warum werde ich dann bereits so früh abgesetzt?«

»Weil ich ein wenig Zeit kalkuliere, die du brauchen wirst, um dich bis zu Velines vorzukämpfen«, antwortete die Quantronik.

Rhodan befestigte das Täschchen an seinem Gürtel. »Was genau wird um 12.16 Uhr geschehen?«

»Das mögen wir dir nicht offenbaren«, sagte Köundel. »Bitte versteh unsere Vorsicht. Es ist nicht ausgeschlossen, dass du von den Kampfmaschinen des Generalgouverneurs aufgegriffen und mit allen Mitteln befragt wirst. In diesem Fall darfst du keine Auskunft geben können. Es steht zu viel auf dem Spiel.«

Nachdem Cantarella und die Maschine zurückgetreten waren, erklärten Gilligyn und Köundel ihm, dass die Kapsel selbständig mit den Ofosuapia in Verbindung treten würde.

Die Kommandantin sagte: »Wir schließen die Landekapsel. Auf Utgard bist du auf dich allein gestellt. Wir haben dich ermutigt.«

Gilligyn und Köundel blickten einander mit dem vorderen Augenpaar an. Wieder hatte Rhodan das sichere Gefühl, dass sie über ihren körpereigenen Ultraschallsender miteinander kommunizierten.

Der dreieckige Mund blieb geschlossen, als sich Gilligyn an ihn wandte und ihre Sprache dem Übersetzungsgerät freigab. »Töte Velines!«, forderte Gilligyn. »Das ist deine einzige Option. Enthaupte das Rote Imperium!«

Er nickte stumm. Für einen winzigen Moment sah er sich von außen, von fern, aus tiefster Vergangenheit. Was hätten die Terraner des 21. Jahrhunderts gesagt, wenn sie ihn so gesehen hätten – einen Rhodan, der als Agent der Druuf gegen ein Sternenreich der Menschen in den Einsatz ging?

Manchmal muss man die Fronten wechseln, wenn man sich selbst treu bleiben will, dachte er.

Dann schloss sich die Kapsel. Er hatte erwartet, dass er den Flug in völliger Finsternis hinter sich bringen müsste, aber das Bedarfsmoos strahlte ein diffuses, honigfarbenes Licht aus.

So müssten sich Insekten fühlen, die im Bernstein gefangen sind. Oder die Präfidaten des Roten Imperiums.

Er spürte, wie die Kapsel angehoben wurde, aber nur kurz; das Gefühl, bewegt zu werden, verklang rasch. Hatten Gilligyn und Köundel den Ausschleusungsvorgang unterbrochen? Warum?

»Perry Rhodan«, hörte er. Es klang nach dem Übersetzungsautomaten, aber ohne Sichtkontakt hätte er nicht zu sagen gewusst, welcher der beiden Druuf sich an ihn wandte.

»Ich höre«, sagte er. Seine Stimme klang in seinen Ohren wie tief unter Wasser.

»Wir verlassen die Schleuse jetzt. Richte dich darauf ein: Du wirst dein Gefühl für die Zeit verlieren. Möglicherweise wird dir der Flug sehr lang vorkommen. Wir wissen nicht, welchen Kontakt die Jymky zu dir finden. Werde nicht unruhig. Es ist alles in Ordnung.«

Jedenfalls solange mich die Ortungsroutinen Utgards nicht doch identifizieren und meine Eliminierung veranlassen.

»Ja, danke«, sagte er, erhielt aber keine Antwort mehr.

Sprüche der Prophetenmaschine: Das neue Lied

»Da fliegt er hin«, sagte der Mann Darwin Cantarella. »Auf die Eiswelt, die seit Äonen kein Mensch mehr betreten hat. Von Velines einmal abgesehen.«

»Ein Gipfeltreffen der besonderen Art«, sagte Jeremias. »Der erste Mondflieger trifft auf sein Ebenbild, den Fürsten der Finsternis.«

»Sein Ebenbild? Seinen Gegenentwurf, meinst du.«

»Sie sind einander gleich wie Vater und Sohn. Ohne Rhodan kein Velines. Ohne Mondflug keine Dritte Macht kein Solares Imperium kein Kopernikus kein Rotes Imperium. Nun kommt der Vater, seinen Sohn zu töten. Ein Familientreffen. Wie schön.«

Cantarella nickte langsam und dachte nach. »Das Gerede meinst du ernst, nicht wahr? Du siehst tatsächlich etwas Schönes darin.«

»Zweifellos. Ein gelungener Kreisschluss. Der Erzeuger hebt das Erzeugte auf. Das Erzeugte empfängt seinen Erzeuger in seiner Gruft im Eis. Eine leuchtend schöne strukturhistorische Figur.«

Der Mann dachte, wie fremd das Denken der Maschine ihm doch war. Er sagte: »Rhodan wird mit Velines auch dem Roten Imperium den Todesstoß versetzen. Rhodan, der Totengräber des Imperiums ...«

»Vielleicht«, sagte Jeremias,

Cantarella blickte die Quantronik lange und nachdenklich an.

Jeremias vermutete: »Du denkst, *die Maschine ist mir unerforschlich,* nicht wahr?«

Cantarella lachte freudlos. »Bist du dir deiner selbst klar?«

Die Quantronik verfiel in Schweigen.

Als Cantarella schon dachte, nie mehr eine Antwort zu erhalten, und sich zum Gehen wandte, den Druuf nach, die den Hangar längst verlassen hatten, sagte die Quantronik: »Das Rote Imperium ist wie eine Symphonie, die mit bitterem Crescendo ihrem Höhepunkt und Finale zustrebt. Weit im Hintergrund des Lärms jedoch sind den feinen Ohren schon die Töne einer neuen Melodie hörbar.«

Cantarella warf der Quantronik, die neben ihm schwebte, einen Blick zu. »Und du hättest solche feinen Ohren?«

»Ich habe sie. Ich höre. Und ein wenig summe ich die künftige Melodie schon mit.«

Cantarella schluckte, als ihm die mögliche Bedeutung dieser Worte aufging.

»Du benimmst dich merkwürdig in diesen Tagen, Präfidatin!«, sagte der Lini-O feierlich.

»Es geht dich einen Dreck an, wie ich mich benehme«, fuhr Farashuu ihn an. »Lass mich schlafen.«

»Wie du redest«, sagte Sur-Paris, »fäkalisch! Du schläfst, du schläfst, du säufst dich satt an Schlaf und übersatt. Weißt du, wofür dein Schlafen gut ist? Nur für den Arsch!« Er drehte ihr sein puppenhaftes Hinterteil zu und wedelte damit.

Sie trat danach, aber er wich aus, flink wie ein Fluginsekt.

Farashuu aktivierte ihre Armierung, streckte den linken Arm aus und transformierte ihn in eine vibrierende Klinge. Als der Lini-O sich wieder bewegte, erschien er ihr – alle Sinne auf Kampfmodus geschaltet – träge, phlegmatisch, wie in Gallerte eingegossen.

Sie schnitt ihn in Fetzen.

»Was tust du?«, erkundigte sich die Quantronik der ENGEL DER EINTRACHT gelassen.

»Etwas geschieht mit mir. Ich werde anders«, sagte sie.

»Ja«, sagte der ENGEL. »Ich spüre es.«

Sie dachte lange nach. »Wenn ich erst anders bin, wirst du mir noch treu sein? Oder stehst du zum Roten Imperium?«

Ihr ENGEL sagte: »Das ist keine Alternative für mich, Farashuu. Wir beide verwachsen miteinander. Du bist beinahe schon ich, und ich bin beinahe du. Wir gehen ineinander über. Das Imperium dagegen – es gewinnt an Transparenz. Alte Trübungen schwinden. Die Zukunft schimmert schon durch. Das alte Reich löst sich auf im Licht.«

Farashuu dachte über den ENGEL DER EINTRACHT nach. Das Fluidom besaß eine Art Innenskelett, ein Gespinst aus Transpathein. Es dachte, es fühlte, es spürte.

Es war anders als eine bloße Quantronik oder eine andere künstliche Intelligenz. Das Transpathein war auf eine einzigartige Weise strukturiert. Wie ein organisches Gehirn im Laufe seines Lebens seine eigenen Nervennetze knüpft, seine eigenen Erfahrungen macht und seine eigenen Stärken gewinnt, so war auch das Transpatheingespinst eigentümlich. Schon zu Beginn seiner Existenz waren diesem Gespinst die mentalen Strukturen wirklicher Menschen implantiert worden. Farashuu wusste nicht genau, wie das geschehen war.

Ihr Lini-O hatte behauptet: indem man lebenden Menschen die Gehirne entnommen und als Knotenpunkte ins Transpatheingespinst eingepflanzt hatte. Gehirne, denen man aus erzieherischen Gründen gezielt Verletzungen beigebracht und bei denen man ausgewählte Regionen verödet hatte, um auf diese Weise ganz besondere, sogenannte Inselbegabungen freizulegen.

Sur-Paris hatte immer schon gern versucht, Gruselgeschichten zu erzählen. Aber Farashuu hatte sich nicht gegruselt. Im Gegenteil. Das Gefühl, von Menschengedanken umgeben zu sein, hatte sie immer beruhigt.

Als hätte jemand sie beaufsichtigt. Auf sie herabgelächelt. Sie getröstet.

Farashuu war nicht die erste Präfidatin des Fluidoms. Nach und nach waren die mentalen Strukturen aller Vorbesitzer ins Gespinst eingespeist worden. Ein vielfacher, verflochtener Geist lebte dort. Ihr in sich und mit so vielen verschränkter ENGEL.

Eines Tages ebenfalls in diesem Engel aufzugehen, war immer ein schöner Traum gewesen.

Auch, wenn sie dafür sterben musste.

»Ich werde immer bei dir sein«, flüsterte sie.

»Ich weiß«, sagte ihr ENGEL. »Und nun erklär dich!«

»Jemand stellt mein Gedächtnis um.« Sie erzählte dem Schiff alles. »Was ist das? Erinnere ich mich an etwas, das ich erlebt habe, von dem ich aber gar nicht wusste, dass ich es erlebt habe?«

Ihr ENGEL sagte: »Ich denke, du erlebst eine Erinnerung. Aber diese Erinnerung muss nicht *deine* sein.«

Farashuu nickte. »Hast du schon einmal den Ausdruck Mnemogene Autoinformation gehört? Weißt du, was Mentalarchitekten sind?«

Das Schiff erläuterte ihr, dass Mentalarchitekten beschädigte Bewusstseine reparierten, dass sie darüber hinaus in der Lage waren, Bewusstseine umzubauen, sogar aus mehreren Bewusstseinen ein ganzheitliches mentales Aggregat herzustellen. »Biologisch generierte Bewusstseine ebenso wie auch künstlich erzeugte.« Zur *Mnemogenen Autoinformation* lagen ihm keine gesicherten Daten vor. »Avanciertes Anjumisten-Zeug, vermutlich. Claes Anjum war nicht nur ein genialer Stratege, er war ebenso ein begnadeter Mnemoarchitekt. Die Anjumisten haben sich immer viel darauf zugutegehalten, in Sachen Mentaltechnik weiter zu denken als das Rote Imperium. Als Patollo.«

Farashuu blickte auf und dachte nach. Sie hatte bislang nicht gewusst, dass der alte Rebell, das Schreckgespenst des Imperiums, Claes geheißen hatte. Sie hatte nichts davon gewusst, dass er Mnemoarchitekt gewesen war.

Was hatte sie überhaupt gewusst? Und was – und woher wusste es ihr ENGEL?

»Anjumisten-Zeug also«, sagte sie.

»Was wirst du tun?«

»Mich erinnern«, sagte sie. »Mich erinnern lassen.«

Der neue Robinson

Die Kapsel hielt still. Rhodan überlegte: Ob die Druuf, Darwin und die Quantronik den Hangar schon verlassen hatten? Ob sie ihm noch ein deutliches Startsignal geben würden? Die Kapsel schien sich nicht mehr zu bewegen.

Wie würde er den Flug verbringen? Könnte er ein wenig schlafen? Würde das Moos ihn wecken?

Er mochte sich nicht vorstellen, wie die Kapsel durch das All trieb, in das Einflussgebiet der Gravitation von Utgard geriet und in die Atmosphäre eintauchte.

Zeit verstrich. Eine plötzliche Unruhe überkam ihn, gefolgt von einer tief greifenden Erschöpfung. *Nicht einschlafen,* befahl er sich, verstimmt dieser Schwäche wegen. *So muss sich das Altern anfühlen,* dachte er. Er schloss die Augen dennoch, spürte den Zellaktivator arbeiten und konnte keinen klaren Gedanken fassen.

Immerhin atmete er, obwohl sein Mund direkt im Moos lag, ruhig und tief. Die Luft schmeckte leicht salzig, angenehm kühl und frisch.

Er hatte jedes Zeitgefühl verloren. Er wartete immer noch auf einen kleinen Ruck, der ihm angezeigt hätte, dass sie endlich den Hangar verließen. Stattdessen hörte er ein leises, schmatzendes Geräusch – die Kapsel öffnete sich langsam. Er spürte, wie das Moos kurze, stummelartige Pseudopodien ausbildete und ihm damit seine Kapuze über den Kopf zog. Bevor die Beinchen die Kapuze am Kragenrand befestigten, schoben sie einige Brocken Moos hinein – *wie eine Mutter, die ihre Kinder für einen Ausflug verproviantiert.*

Warum wurde abgebrochen? Erwies sich die Antitechnische Kapsel doch als zu antitechnisch? Funktionierte sie nicht?

Die eine Kapselseite hob sich zur Seite. Die Kälte traf ihn wie ein Schlag. Rhodan blickte in einen überraschend hohen, von schwammig wirkenden, tiefblauen Wolken verhangenen Himmel, aus dem riesengroße Schneeflocken rieselten. Viereckige Schneeflocken, die aussahen wie eisige Schachbretter.

Rhodan stieg aus. Der Boden unter ihm schwankte. Er stand auf einer gewaltigen Eisscholle, die mehrere Dutzend Meter dick sein musste.

Und die, wenn ihn sein Gefühl nicht trog, langsam, aber spürbar im Meer, auf dem sie schwamm, versank. *Was für ein Meer ist das? Welche Art Wasser? Welche Art Eis?*

Die Kapsel lag rot glühend da, wie eine versteinerte Flamme. Aber sie brannte sich nicht in das Eis ein. Rhodan bückte sich und legte die Hand auf das Eis. Durch die Schutzfolie des Anzughandschuhs spürte er die Hitze, die von der Scholle ausging.

Verrückt! Aber: Ich bin auf Utgard, erkannte er. Und, mit einem Blick auf die Antitechnische Landekapsel: *Die Technologie der Druuf ist immer wieder erstaunlich.*

Rhodan umrundete die Scholle wie ein Robinson seine Insel. Wieder und wieder. Eine Stunde. Zwei. Die Scholle lag noch etwa fünf Meter hoch auf dem Meer und sank weiter. Das Meer war von fremdartiger Beschaffenheit – sein Wasser wirkte zähflüssig und dampfte, ein brodelndes, neblig trübes Fluid.

Er fühlte sich zur Tatenlosigkeit verdammt und überlegte, was er tun könnte. Der Plan, den die Druuf für ihn entworfen hatten, schien wenig detailliert und nur ansatzweise durchdacht.

Er wartete. Da hörte er, wie das Bedarfsmoos einen tiefen, gongartigen Klang erzeugte.

Alarm?

Nichts geschah. Das Geräusch wiederholte sich in regelmäßigen Abständen. Rhodan setzte sich auf die Scholle, harrte aus und lauschte dem eintönigen Klang. Es dauerte vielleicht eine Stunde, vielleicht zwei. Dann bemerkte er, dass etwas über das Meerfluid auf seine Scholle zurollte – eine blasslila Tonne. Er versuchte, ihren Umfang einzuschätzen, scheiterte aber in Ermangelung irgendwelcher Vergleichsgrößen.

Erst, als die Tonne gegen die Scholle schlug, erkannte er, dass das Gebilde etwa zehn Meter lang sein musste und vielleicht drei, vielleicht vier Meter im Durchmesser.

Ihre Außenhaut war nicht aus Metall; die perlmuttfarbene, schillernde Ummantelung glich eher einer organischen Schuppenhaut.

War es eine Boje, die zum Sicherheitssystem von Bavo Velines gehörte? Die Technologie der hiesigen Terraner mutete ihn immer wieder so überraschend, so fremdartig an, als ob sie von Geschöpfen produziert worden wären, die ihr Menschsein nur als Kostüm trugen.

Die Kapsel gongte wieder. Eine Luke öffnete sich auf der oben schwimmenden Längsseite der Tonne.

Es ist nichts, was im Auftrag von Velines unterwegs ist, war sich Rhodan plötzlich sicher. *Es sind die Ofosuapia.*

Einige Stunden zuvor: Aufbruch aus Fort Vou

Wie lange stand Fort Vou schon leer?

Wenn man in einem der Netzbeutel lag, dröhnte das Schweigen, schimmerte die Einsamkeit durch die Korridore wie ein Sporenbefall.

Cuderuu blies den Vorhang zur Seite und schaute mit dem Kurierauge tief in eine der Wandelröhren hinein, folgte ihrem Verlauf, ihren Kurven und Schwingungen. Da war ein feines Kratzen, fern an der Außenhülle des Forts, ein Schaben und Schleifen. Cuderuus Kurierauge tastete die Wandung ab. Hier und da diffundierte Nebeldampf durch die Membran. Kein Hindernis für das Kurierauge. Es drang durch den Dampf, durch die Membran, aber draußen war nichts, kein Metallwurm, kein Spinnenpionier auf der Suche nach einem Ankerplatz für einen Kolonienkorb.

Kein Jäger.

Das Fort trieb mit der Tiefenströmung, durch die Schluchten des Diamanteis-Gebirges am Grund des Glasozeans.

Manchmal meinte er tief im Diamanteis einen Baqu wühlen zu hören. »Einen Baqu hören? Du tauber Pöck?« Couu Laduum hatte nur Spott für ihn übrig.

Cuderuu zog sein Kurierauge zurück, ließ den Vorhang herab und räkelte sich im Netzbeutel. Zukünftige Krankheiten glimmerten in den Korridoren, leicht und wesenlos wie Gespenster.

War Fort Vou bereits krank? Gab es Symptome bei ihm selbst? Er kraulte seinen Bauch, tastete, streichelte. Keine Spur von Krankheit.

Von fern, sehr fern aus den Tiefen des Glasozeans klang das Singen eines Baquu. Am äußersten Rand der Hörbarkeit. Vielleicht annoncierte das Tier seine Paarungsbereitschaft, vielleicht seinen bevorstehenden Tod. Sein Eindringen ins Diamanteis.

Cuderuu hatte nie ein Gehör für die Feinheiten der Baquu-Rufe entwickelt.

Couu Laduum würde es ihm sagen können. Er verstand die singenden Giganten, die durch die Niederungen des Glasozeans glitten, langsam, mächtig und unwiderstehlich wie Gletscher.

Sollte er nach Couu Laduum rufen? Vielleicht war sein Bruder noch draußen. Seine Ausflüge ins Diamanteis-Gebirge hatten nicht nur an Häufigkeit zugenommen, er dehnte sie jedes Mal auch zeitlich weiter aus.

Auch räumlich?

Cuderuu wusste es nicht. Ein oder zweimal hatte er versucht, Couu Laduum mit dem Kurierauge zu folgen, aber Cuderuu hatte es bemerkt und den Blick ärgerlich abgestreift. Später hatte sein Bruder sich sogar bei Mutter Oodsha über ihn beschwert: Er, Cuderuu, entwickele eine Form von Kontrollwahn, verfolge ihn, lauere ihm auf.

Mutter Oodsha hatte ihn später zur Rede gestellt: »Couu Laduum ist diesmal noch jung. Angst ist seine Erinnerung. Die Jäger vergessen nicht.«

»Ich bin kein Jäger«, hatte er sich verteidigt. »Ich bin nicht *von denen*. Und das weiß Couu Laduum gut genug.

Couu Laduum ist bloß ein Geheimniskrämer. Ich weiß, was er im Eisgebirge sucht. Und in den Schluchten.«

»Was sucht er?«

»Fort Ouzzim. Das Wrack von Fort Ouzzim.«

»Warum sollte er das tun?«

»Er will es vielleicht wieder in Betrieb nehmen.«

»Ein Wrack? Was sollte es nutzen?«

»Vielleicht plant er eine Finte. Eine Aktion gegen jene. Einen Präventivschlag gegen die Jäger.«

»Für einen Präventivschlag ist es gegen Ende eines verlorenen Krieges etwas spät«, monierte Mutter Oodsha mit einer Prise Spott.

»Couu Laduum ist im Kopf eben schalla schalla. Dumm wie eine Kanone.«

»Du sollst keine Unworte benutzen, wenn es umeinander geht, Cuderuu.«

»Ach. Ach. Ach.«

Tatsächlich war es Cuderuu nie geheuer, wenn Couu Laduum draußen unterwegs war. Die Tiefe war reich und weit, und die Jäger unberechenbar. Allerdings schienen sie keine Eile mehr zu haben, anders als zu Beginn des Krieges.

Ob sie vielleicht doch vergessen hatten? Ob es ihrer Erinnerung entfallen war, dass es noch ein Fort gab? Fort Vou, das kleinste von allen? *Wünsche, Wünsche, Wünsche,* schalt sich Cuderuu.

Oder wussten die Jäger vom Fort, und wussten sie, dass es leer stand, dass niemand mehr in den Fluchten, Sälen und Kammern der Forts lebte als die eine Ofosuapia-Mutter und ihre beiden Mehrgeburten?

Cuderuus Augen waren müde geworden, er lag, lauschte, träumte. Von fern, so fern klang das Singen eines Baquu und das grelle Klirren, mit dem er durch den Glasozean glitt.

Was für ein Gesang! Cuderuu konzentrierte sich.

Da waren doch andere Töne, fremdartige. Solche, wie er sie noch nie von einem der Giganten gehört hatte. Das festzustellen, musste man nicht Couu Laduum sein. Dunkle, lang vibrierende Klänge waren es. Für einen Moment erwog er, ob das Couu Laduum sein könnte, der seine Botschaft unter den Gesang des Giganten mischte. Vielleicht hatte er Fort Ouzzim gefunden und wieder flottgemacht. Und jetzt tönte das Horn und kündigte das Fort an.

Aber nein. Dazu klangen die Geräusche zu lebendig, nichts Mechanisches war daran.

Es war kein Baquu.

Es war nicht das Fort

Es war aber auch keiner *von denen*.

Plötzlich war Cuderuu hellwach. Er schwang sich aus dem Netzbeutel und kraulte mit seinem Fingerfuß Richtung Nachtsaal. »Mutter Oodsha!«, rief er, »Mutter Mutter Mutter Oodsha! Die Obigen sind da! Sie sind da, und gewiss wollen sie mit uns reden!«

Als Cuderuu und Mutter Oodsha in der Vorkammer zum Schleusenschacht eintrafen, war Couu Laduum schon da. Er trug den Hammer in der Rückenschlaufe.

»Wo bist du gewesen? Hast du dich im Fort versteckt?«, herrschte Cuderuu ihn an.

»Du willst wissen, wo ich gewesen bin? Ja? Ja? Ja? Weg war ich. Stopf dir das ins Hirn.«

»Mutter Oodsha, er ist unwirsch zu mir«, beklagte sich Cuderuu. »Und jähzornig ist er auch.«

»Zankt nicht! Bereitet den Oberflächler vor! Die Rufe der Obigen klingen dringend.«

Cuderuu bewunderte das Ferngehör und die Einfühlsamkeit der Mutter. »Gehorsam«, sagte er. Auch Couu Laduum murmelte: »Gehorsam.«

Der Oberflächler war in ausgezeichnetem Zustand. Sein Pelz glänzte. Mutter Oodsha hatte in regelmäßigen Abständen darauf gedrungen, dass Couu Laduum und Cuderuu ihn warteten. Nichts, was Cuderuu zu seinen Lieblingsbeschäftigungen zählte. Pflicht war Pflicht.

Couu Laduum dagegen war in der Pflege geradezu aufgegangen. Die elfenbeinernen Mechanoismen des Oberflächlers trieften vor Fett.

Cuderuu hatte längst den Glauben daran verloren gehabt, dass sie das Fahrzeug jemals brauchen würden. Er selbst hatte nie mit einem der Obigen gesprochen, er kannte sie – wie Couu Laduum – nur aus den altehrwürdigen Erzählungen der Mutter aus den Zeiten vor dem Großen Treiben.

»Wer von uns beiden geht?«, fragte Couu Laduum kaltschnäuzig, als könnte es darauf nur eine Antwort geben.

»Mutter Oodsha!«, empörte sich Cuderuu. »Er will in seiner Hoffart allein gehen!«

»Das will er nicht«, sagte Mutter Oodsha milde. »Wir gehen alle gemeinsam.«

»Und Fort Vou?«

Mutter Oodsha schaute sich sorgsam und – wie Cuderuu schien – wehmütig um. »Vielleicht müssen wir es aufgeben.«

»Dann sollten wir alles, was wir behalten wollen, mit in den Oberflächler nehmen«, sagte Couu Laduum.

»Der Oberflächler ist zu eng dafür«, sagte Cuderuu. »Couu Laduum sollte sich wenigstens von dem Hammer trennen.«

Couu Laduum tätschelte den Hammer auf seinem Rücken liebevoll. »Er ist ein pädagogisch wertvolles Werkzeug. Ich brauche ihn, um dir damit Verstand einzubläuen.«

»Da hörst du es. Ein Sadist. Absolut schalla schalla.«

»Wenn der Hammer zu raumgreifend ist, lassen wir Cuderuu hier«, schlug Couu Laduum ungerührt vor. »Das schafft Platz.«

»Wir gehen alle gemeinsam«, entschied Mutter Oodsha. »Das Einzige, was für uns unverzichtbar ist, sind wir selbst.«

Die drei kraulten an Bord des Oberflächlers. Cuderuu schloss die Luke. Couu Laduum legte mit demonstrativer Sorgfalt den monströsen Hammer ab, nahm am Steuerpanel Platz und strichelte die Richtung vor.

»Wir starten!«, befahl Mutter Oodsha.

Der Oberflächler glitt in den Schleusenschacht des Forts. Er beschleunigte allmählich und schob sich in den Ozean hinaus. Couu Laduum steuerte ihn mit demonstrativer Lässigkeit.

»Das ist kein Sport«, tadelte Cuderuu. »Nimm die Sache ernst!«

Couu Laduum ließ einen obszönen Pfiff hören, schwenkte den Oberflächler leicht herum und erreichte eine semivertikale Strömung. Die Strömung riss sie mit sich, nach oben. Der Oberflächler drehte sich um die eigene Achse.

Cuderuu stöhnte leise auf, schloss alle Augen und rief sich Fort Vou in Erinnerung. *Nun ist es ganz verlassen,* dachte er. *Die Krankheiten werden es zu ihrer Residenz machen.*

»Vergiss Fort Vou!«, raunte Couu Laduum ihm zu. »Wir ziehen in den Krieg!«

Die letzte Legion

Rhodan hielt den Atem an. Er hatte viele fremdartige Lebewesen gesehen, Kreaturen, die in ihrer Anatomie absolut anderen als den humanoiden Körperbauplänen folgten, Exoten – wenigstens in dem winzigen Ausschnitt des Universums, das er kennengelernt hatte in diesem einen kosmischen Moment.

Der Ankömmling ähnelte einem riesenwüchsigen Bein, das in einen pfannkuchenförmigen Fuß auslief. Das Bein verjüngte sich nach oben zu einem schmalen Hals, auf dem der Schädel saß: ein stumpfer Schlangenkopf mit einem einzigen, purpurrotem Stirnauge, aus dem ein Blutfaden rann. Der Faden verdickte sich am unteren Ende zu einem Tropfen. Direkt unter dem Auge befand sich ein rundes Gitter oder Netz mit engen Maschen.

Arme oder andere Greifextremitäten entdeckte er auf den ersten Blick nicht.

Die Haut des Wesens war braun und rissig wie Borke. Um das Bein – um den Leib – trug die Kreatur einen Gürtel, an dem ein Beutel hing. Der Fuß endete in einem Kranz von acht oder neun daumendicken, agilen Zehen, auf denen die Kreatur die Scholle hinauflief. Es sah aus, als kraulte sie das Eis mit ihren Zehen.

Das Wesen kam auf ihn zu. Rhodan wartete. Es verharrte etwa eine Armlänge vor ihm. Ihr Schlangenschädel und Rhodans Gesicht befanden sich auf Augenhöhe. Aber der Blick in das Stirnauge verwirrte ihn, es war wie glatt poliert; er spiegelte sich deutlich darin. Was er für einen Blutfaden gehalten hatte, war – wie er nun bemerkte – ein haarfeiner Tentakel, der in einen kleinen, tropfenförmigen Lappen auslief, mit dem die Kreatur gelegentlich über ihr Auge wischte.

»Merkwürdig mutet deine Gestalt an«, sagte die Gestalt in einem völlig akzentfreien Interkosmo. Das Netz unter ihrem Stirnauge vibrierte, während sie sprach; der Mund blieb geschlossen. »Du bist von den Terranern, niemand von den Alles Insgesamt Gemeinsam?«

Rhodan bestätigte.

»Es fällt nicht immer leicht, euch Obige auseinanderzuhalten, entschuldige dies bitte«, sagte die Kreatur.

Eine weitere, gleichartige Gestalt stieg aus der Luke und füßelte zu ihnen. Diese zweite war größer, schlanker, ihre Borke heller, mit einigen bläulichen Flecken gezeichnet oder verziert. Auf dem Kopf trug sie etwas, das einer vorsintflutlichen Fliegermütze aus Leder ähnlich sah. Sie reckte sich neben der ersten Kreatur zu seiner vollen Größe auf und überragte Rhodan so um fast einen Meter.

»Was ist denn das?«, fragte sie von oben herab, öffnete den Mund und rollte eine lange, ledrig-klebrige Zunge aus, die Rhodans Haar abtastete. »Kann man das essen?«

»Hör nicht auf ihn« klang es aus der Luke, aus der eben eine dritte Kreatur kletterte, deutlich kleiner als die ersten beiden, rundlich. »Couu Laduum ist geistig zurückgeblieben und krank im Hirn.«

»Ich bin Mutter Oodsha«, stellte sich die erste Kreatur vor. »Dies sind meine Mehrsöhne Couu Laduum und Cuderuu.«

»Sehr erfreut. Perry Rhodan. Ihr seid Ofosuapia?«

»Was sonst?«, raunzte Couu Laduum. »Erwartest du jemand anderen? Missionare?«

»Nein«, sagte Rhodan. »Und wen erwartet ihr?«

Couu Laduum blaffte ihn an: »Wir erwarten Obige, die uns im Kampf gegen jene unterstützen. Gegen die Jäger. Gegen jene, die den Planeten gekapert haben. Einer allein wie du ist ein wenig wenig wenig, oder?«

»Nun, nun«, mischte sich Mutter Oodsha ins Gespräch. »Die Obigen schicken uns diesen. Sie schicken ihn allein und erbitten unseren Beistand für ihn, der uns beistehen wird. Sie werden ihre Gründe haben.« Sie wandte sich an Rhodan. »Du weißt, was du hier zu tun hast?«

»Ich bin hier, um gegen Bavo Velines zu kämpfen.«

»Hört hört«, rief Couu Laduum. »Er allein will Bavo Velines bekämpfen. Warum auch nicht? Er hat eine Nase. Unter den seinen ist er gewiss Nasenkönig.«

»Beleidige ihn nicht«, mahnte Cuderuu. »Was kann er für seine Nase?«

Mutter Oodsha fragte: »Du bist sicher, dass die Alles Insgesamt Gemeinsam keine weiteren Truppen schicken?«

Rhodan sagte: »Die Druuf werden den Einsatz gegen Velines auf Utgard nicht unterstützen können. Der Planet ist abgeschirmt. Ich bin auf mich allein gestellt.«

»Das bist du nicht!«, rief Couu. »Eine ganze Legion der Ofosuapia steht dir zur Seite.« Er und die Ofosuapia, die sich *Mutter Oodsha* nannte, rückten zusammen. Grummelnd kraulte auch Couu Laduum heran.

»Gut.« Rhodan nickte. »Wann und wo werden wir den Rest der Legion treffen?«

Die drei Wesen hüpften auf und ab und tauschten leise Laute aus, die wie Kieselsteine klangen, die man in der Hand aneinanderrieb. Das mittlere, Mutter Oodsha, sagte schließlich: »Du kannst beruhigt sein. Dein Warten hat ein Ende, bevor es beginnt. Die Legion ist schon vollständig versammelt. *Wir* sind die letzte Legion der Ofosuapia auf Huusnu. Ja, ich fürchte sogar, wir sind die letzte Legion jenseits von Troumm.«

Farashuu – Einmal muss sie noch fort

Sie brauchte keinen Schlaf mehr. Sie schloss nur die Augen und wartete, dass die Erinnerungen kamen.

Sie kamen mit Sicherheit. Plastisch. Deutlich. Umfassend. Mit der Leuchtkraft einer Vision.

»Schön, dass du mich wieder besuchst«, erklang die Stimme ihrer Mutter. Zu sehen war noch nichts. Ein schwarzer Wald umgab sie, der alles Licht verbrauchte. »Hier entlang!«, rief sie Farashuu zu.

Farashuu folgte.

Es war still. Nur ihre Schritte knisterten, als ob sie über trockenes Laub gingen. Allmählich lichtete sich der Wald. Weit vorn und tief unter ihnen erstreckte sich die Stadt.

Zwölfwienideen.

Ein Kubus aus Licht erschien. Ein Wohnwürfel. Es war dieses Haus am Berg, zu dem sie die Stimme führte. Der viergeschossige Kubus musste über zehn Meter hoch sein; die vier Seiten und das Dach waren vollständig verglast.

Farashuu zählte zwölf Säulen im Inneren, die das Gebäude trugen. Auf dem Dach schwammen einige Solartafeln, die jetzt, in der Nacht, desaktiviert waren.

Der Berghang fiel steil ab. Eine schmale Brücke führte vom Wald hinüber zum obersten Geschoss des Wohnwürfels. Dort stand eine Tür auf, durchsichtig wie die gesamte Fassade. Die Brücke bebte ein wenig, als sie hinübergingen. Sie betraten das Haus.

Auch die Zwischenböden waren mehr oder weniger transparent. Farashuu sah sich um. Dort eine Sitzgarnitur mit Blick auf die Stadt. Ein Stockwerk darunter ein niedriges Doppelbett, bezogen und unberührt. Ein Regal. Ein Tisch mit fünf Stühlen. Eine Truhe. Ein Schrank. Eine Schaukel. Ein Schaumbildprojektor. Ein Trampolin. Eine große Voliere mit Schmetterlingen, die wie in einem Luftstrom umeinanderkreisten.

»Es ist niemand da«, sagte ihre Mutter.

»Abgesehen von uns.«

»Niemand. Auch wir sind nicht da. Ich weiß nicht einmal, ob das Haus noch steht. Ich bin fortgegangen mit Sayblee. Aber das war unser Haus. Weißt du, wie Sayblee und du es genannt haben?«

»Nein.«

»Du weißt es doch. Erinnere dich.«

»Die Lichtburg.«

»Hier habe ich gesessen, zusammen mit zwei Delegierten des Alle Insgesamt Gemeinsam. Bhunnd und Logar Hopot – sie sind beide schon tot. Mit General Potrimos, dem damaligen Genus der Anjumisten. Mit dem Houhhom Draugach Blaylay. Wir haben Pläne geschmiedet, Pläne verworfen. Technologisch war dem Imperium längst nicht mehr beizukommen. Es hatte kaum noch ernst zu nehmende Gegner. Es gab Verhandlungen zwischen den Anjumisten und den Houhhom über eine formelle Kooperation. Draugach war ein Fürsprecher dieser Idee. Aber die Elite der Houhhom fühlte sich hinter der Gazini-Barriere sicher genug. Außerhalb ihres umhegten Raumsektors glaubten sie sich dagegen verwundbar. Irgendwann hatte einer unserer druufschen Verbündeten – ich glaube, Bhunnd – die Idee: Wir müssten das Rote Imperium mit den eigenen Mitteln schlagen.«

Farashuu wusste, dass sie an keiner dieser konspirativen Sitzungen teilgenommen hatte, aber sie erinnerte sich an die Gespräche.

Ihre Mutter sagte: »Bavo Velines erschien uns unerreichbar. Immerhin war es uns gelungen, seinen wirklichen Aufenthaltsort herauszufinden. Und es gelang uns, ihm zu verschleiern, dass wir diesen Ort herausgefunden hatten. Erinnerst du dich, was uns das an Opfern gekostet hat?«

Farashuu nickte. Sie erinnerte sich. Und Präfidatin, die sie war, erkannte sie doch den außerordentlich hohen strategischen Gewinn dieser Information.

Ihre Mutter fuhr fort: »Jaakko Patollo lebt ähnlich abgeschirmt wie Velines. Aber zu seiner Welt glaubten wir etwas wie einen Schlüssel zu besitzen. Ob aber dieser Schlüssel effektiv werden würde – das wussten wir nicht. Es war der Houhhom, der uns auf eine Möglichkeit aufmerksam machte, eine echte Schwachstelle im Triumvirat anzugreifen: Johari Ifama zog es vor, ganz und gar auf ihren Raumschiffen zu leben. Sie entzog sich den Planeten des Imperiums, sie entzog sich dem Siamed-System, und sie entzog sich damit Velines. Da sahen wir eine realistische Chance. Wir mussten jemand in die Nähe der

Generalin bringen. Wir mussten versuchen, die Kette des Triumvirats an seinem schwächsten Glied aufzubrechen.«

Sie sah ihre Tochter an.

»Es war wenige Tage, bevor wir dich an die Präfidat-Komponisten überstellen mussten. Ich willigte ein. Niemand außerhalb unseres Kreises durfte von dem Projekt erfahren. Wir sprachen mit dir. Du warst einverstanden. Ich weiß – was heißt das schon. Du warst so jung.« Sie lächelte schwach. »Protrimos selbst nahm den Eingriff bei dir vor und implantierte zusammen mit einem anderen Mnemoarchitekten die Mnemogene Autoinformation. Unsere Quantroniken berechneten die Ablaufprogramme. Eine von ihnen, ein besonders begabtes Exemplar, sah den Rhodan-Komplex voraus und präinstallierte eine paraorganische Struktur in deine rechte Hand, die in einigen Jahren helfen soll – und, wenn du dich *jetzt* an mich erinnerst, hoffentlich bereits geholfen hat, Rhodan aus der Gefangenschaft im Mentalen Symposion zu befreien und gegen Velines in Stellung zu bringen.«

Erneut lächelte sie. »Die Quantroniken – ich muss gestehen, dass mir die Entwicklung dieser künstlichen Intelligenz ein wenig Sorge bereitet. Ihre Evolution entzieht sich längst unseren Begriffen.«

Sie seufzte.»Schließlich haben dich die Präfidat-Komponisten abgeholt.«

»Ich bin ein Werkzeug«, erkannte Farashuu. »Immer gewesen. Ich bin euer Werkzeug, ich bin das Werkzeug von Bavo Velines und Johari Ifama.«

»Du hast recht. Aber es waren Bavo Velines, Johari Ifama und Jaakko Patollo, die diese Welt so gemacht haben, dass wir einander als Werkzeuge ansehen und einsetzen.« Sie lachte bitter. »Wie Velines damals seinen Triumph genossen hat, die Kinder der Familie Perkunos zu Präfidaten gemacht zu haben.«

»Was ist so besonders an der Familie Perkunos?«

»Pindar Perkunos, dein Großvater, war bereits einer der führenden Anjumisten seiner Zeit und ...«

Farashuu winkte zornig ab. »Lass mich endlich mit deinen Familiengeschichten in Ruhe! Ich will sie nicht hören! Sie widern mich an. Die ganze Geschichte widert mich nur noch an.« Sie war laut geworden.

»Weißt du noch, wie Dayo gestorben ist?«, fragte ihre Mutter sie leise.

»Nein. Und ich will es nicht wissen.«

»Erinnere dich!«

»Nein! Das ist nicht meine Erinnerung! Nein!«

»Erinnere dich!«, schrie ihre Mutter. »Erinnere dich!«

Die Erinnerung, die nicht die ihre war, kam über sie, voller Grauen, vernichtend. Erinnerungen an die Schlacht von Saix Dormur. Das Trommelfeuer der Transformkanonen in die Hyperbolischen Schilde der Saixxa. Die Armada ihrer Antimaterietorpedos, die punktgenau aus dem Linearraum fielen und in die Schirme der rot-imperialen Flotte tauchten. Die drohende Niederlage Ifamas.

Ihr Befehl.

Dayo, der mit seinem Fluidom in den Patollo-Lot-Modus wechselte.

Seine Neugier, wie es wäre, das Lot. Seine sterbliche Neugier.

Sie erinnerte sich, was die Auslösung des Lotes bewirkte. Was es bedeutete.

Sie erinnerte sich daran, wie die anderen beiden Fluidome durch das Sperrfeuer über Saix brachen. Sie erinnerte sich daran, wie die Fluidome den Strom der Fluchtschiffe einfach ignorierten. Diese erbarmungswürdige Flotte, das letzte Aufgebot der Saixxa, würde es nicht mehr aus dem Wirkbereich des Lotes schaffen.

Sie erinnerte sich daran, wie die beiden Fluidome *loteten* und Saix in Stücke rissen.

Sie erinnerte sich an den Schmerz jedes einzelnen sterbenden Saixxa.

Sie hatte nichts von all dem erlebt und erinnerte sich an alles.

»Das war das Juwel der Schlachten«, flüsterte die Stimme ihrer Mutter, nah bei ihrem Ohr. »Das ist das Rote Imperium. Erinnerst du dich jetzt, was das Rote Imperium immer war und immer sein wird? So lange seine Flotten durch Rotheim kreuzen?«

Farashuu fühlte nichts mehr. Die Erinnerung war durch sie gezogen und hatte sie verheert zurückgelassen.

»Warum tust du mir das an?«, fragte sie leise.

»Warum tut Velines das dir an, und Dayo, und mir? Warum macht er mich zur Mutter solcher Soldaten? Warum wird er am Ende auch Sayblee holen und sie mit Transpathein füllen und sie zu einer Präfidatin machen und sie in ein Fluidom stecken und auf die Jagd schicken nach allem, was dem Imperium widersteht?«

»Warum Sayblee? Warum Dayo? Warum ich?«

Ihre Mutter streckte ihren Körper. »Im Laufe der Zeit fanden die Präfidat-Komponisten des Imperiums heraus, dass es Menschen gibt, die besonders gut auf das Transpathein ansprechen, die für eine Symbiose mit der Denkmaterie genetisch prädisponiert sind. Diese Neigung ist erblich. Es gibt einige Familien, die besonders viele und besonders taugliche Präfidaten liefern: die Patollos, die O'Brians, die Riemenschneider ...«

»Die Perkunos.«

»Die Perkunos. Die Anjums. Die Saradys. Wir Saradys.«

»Wir?«

»Ich bin Eno Sarady, Zwillingsschwester der Präfidatin Yatima Sarady. Dein Vater ist Finan Perkunos, Zwillingsbruder des Präfidaten Alan Perkunos. Das für die Symbiose zuständige Gen lässt sich bis heute nicht künstlich erzeugen. Wird es extrahiert, denaturiert es. Das macht die präfidablen Familien so wertvoll für das Imperium.«

Farashuu nickte.

Ihre Mutter sagte: »Velines hat deinen Bruder bekommen, Ifama hat deinen Bruder in die Lotung geschickt. Velines hat mehr gefordert. Ein weiteres unserer Kinder.« Sie schwieg.

»Warum wollte er mich?«, fragte Farashuu.

Ihre Mutter schwieg und sah sie an, mit diesen weißen, ins Nichts gerichteten Augen. Sie sagte: »Velines ließ mir die Wahl. Ich sollte auswählen: Sayblee oder dich. Eine von euch beiden für die Fluidome. Für das Lot. Für den Tod nach der Pubertät. Ich sollte auswählen.«

Warum ich?, wollte Farashuu fragen. Sie wagte es nicht.

»Du fragst dich: Warum du? Warum habe ich dich gewählt? Warum nicht Sayblee? Du sagst dir: Sie wird Sayblee mehr geliebt haben als mich. Du irrst. Ich habe dich mehr geliebt. Du warst so stark. Aber Sayblee – sie benötigte mich. Ich hätte nicht leben können mit dem Gefühl, das weniger geliebte Kind preiszugeben. Ich habe dich preisgegeben. Ich kann damit nicht leben. Ich bin ein Monstrum. Das ist es, was das Rote Imperium ist: eine Maschine, die Menschen in Monstren verwandelt. Halt diese Maschine an, Farashuu! Halt sie endlich an!«

Farashuu fror. Sie war so nackt wie seit sieben Jahren nicht mehr. Sie verschränkte die Arme, legte sich auf den Boden, rollte sich zusammen. Sie sagte: »Versteckt sie!«

»Sayblee verstecken? Wo? Welches Versteck bleibt, wenn er eines Tages das ganze Mentale Symposion auf dieses Ziel ausrichtet, für eine Minute, eine Stunde, einen Tag? Zeit spielt für Velines keine Rolle. Er ist auf eine perverse Art unsterblich. Er wird sie finden, Fari. Er wird sie finden.«

Farashuu fühlte, wie das Gefühl der Kälte wich, wie überhaupt jedes Gefühl wich. Sie setzte sich auf. Sie blickte auf die Stadt Zwölfwienideen. Ein Gleiter hielt von dort auf das Haus zu. Landete auf der Plattform. Öffnete sich. Ein Mädchen stieg aus. Leicht und unsicher. Zartgliedrig und blass. Ängstlich wie ein gejagtes Tier. Es huschte ins Haus und warf seinen Mantel ab.

»Ich bin wieder da«, rief das Mädchen. »Hallo? Keiner zu Haus?«

Ihre Mutter lächelte Farashuu zu. »Geh zu ihr, Fari.«

Farashuu stand auf. Es fiel ihr schwer. Sie trat in die Mitte des Raumes.

Sayblee starrte sie an. »Fari«, hauchte sie. »Du bist wieder da!« Sie machte drei, vier Schritte auf sie zu, streckte den Arm aus und berührte Farashuus Wange vorsichtig mit der Hand. »Du bist wieder da. Du gehst nicht mehr weg«, sagte sie beschwörend. »Nie mehr.«

Farashuu war, als lösten sich unter der weichen Berührung ihre letzten inneren Panzerungen auf. »Einmal noch«, sagte sie hilflos. »Einmal noch muss ich fortgehen.«

Sie nahm die Hand ihrer Schwester, küsste die Fingerspitzen und wandte sich zu ihrer Mutter. »Mach dir keine Sorgen mehr«, sagte sie.

Drittes Buch: 12.16 Uhr

Ins Diamanteis

Mutter Oodsha drehte sich um und kraulte zurück zu der blasslila Tonne. Rhodan und die beiden Ofosuapia schlossen sich ihr an. Aus der Landekapsel ertönte ein auf- und abschwellender Pfeifton. *Will sich die Kapsel oder das Bedarfsmoos von mir verabschieden?*

»Wer so heult, muss reichlich schalla schalla sein«, grummelte Couu Laduum.

Rhodan sah ihn fragend an. In diesem Moment erbebte die Scholle. Rhodan blickte zurück. Ein Tier war aus dem Meer auf die Scholle gesprungen. Ein zweites, gleichartiges folgte. Die beiden ähnelten irdischen Pinguinen, obwohl sie weit mächtiger wirkten, zwei ausladende Flossenpaare besaßen und anstelle eines Schnabels ein zahnbewehrtes Krokodilsmaul. Sie glitten wie an Fäden gezogen auf die Kapsel zu, rissen ihre Mäuler auf und schlugen die Zähne hinein. Sie tranchierten die Kapsel geradezu. Ein drittes ihrer Art tauchte auf und schloss sich dem Mahl an.

»Gut«, sagte Couu Laduum. »Keine Spuren.«

Rhodan wandte sich ab und zwängte sich nach den Ofosuapia in die Einstiegsluke. Es wurde eng in dem Fahrzeug, das die Legionäre *den Oberflächler* nannten. Couu Laduum nahm vorne Platz, anscheinend dem Cockpit des Fahrzeugs. Cuderuu, Mutter Oodsha und Rhodan saßen dicht aneinandergedrängt, Rhodan mit so stark angezogenen Beinen, dass er das Kinn auf die Knie stützen konnte.

Oder musste.

Couu Laduum ruckte noch eine Weile hin und her, bis er hinreichend Raum für den Hammer geschaffen hatte, den er auf dem Rücken trug. Dann griff er mit seinem haarfeinen Augententakel nach etwas, das aussah wie ein Armknochen, der sich aus dem Cockpit hochreckte, ein Knochen, zusammengesetzt aus Elle und Speiche. Couu Laduum drückte den Knochen nach vorn. Die Tonne setzte sich mit einem Ruck in Bewegung, rollte von der Scholle, überschlug sich mehrfach und klatschte ins Fluid.

Rhodan blickte auf die Taschenuhr. Sie waren nun seit über zehn Stunden unterwegs. Mutter Oodsha hatte ihn darüber ins Bild gesetzt, wie sie verfahren wollten. Ihr Auftrag – oder besser: der Teil der Arbeit, den zu übernehmen sie den Anjumisten versprochen hatten – bestand darin, Rhodan *in Richtung Velines* zu schaffen. Der genaue Aufenthaltsort des Generalgouverneurs war ihnen nicht bekannt. Aber sie würden Rhodan zu einem *Pfadfinder* bringen.

Einen Pfadfinder – den Scout, von dem Gillygin geredet hatte? »Und dieser Pfadfinder kennt den Weg?«, hatte Rhodan gefragt.

»Nicht unbedingt«, hatte Couu Laduum sich eingemischt. »Dann würde er ja Pfad*kenner* heißen. Oder haben Nasenkönige für die Feinheiten sprachlicher Komposita keinen Sinn?«

Worauf habe ich mich da eingelassen?, hatte Rhodan gedacht.

Zwei der drei Ofosuapia, der hochgewachsene Couu Laduum und der rundlichere Cuderuu, unterhielten sich seit ihrem Aufbruch von der Scholle fast ununterbrochen, ohne dass Rhodan immer verstanden hätte, wovon eigentlich die Rede war. Häufig schmückten die fremdartigen Wesen ihre Sätze durch anscheinend frei erfundene Vokabeln aus, deren Bedeutung für ihn kaum zu enträtseln war. Sie erklärten einander für *schalla schalla*, fanden etwas *gung da gung* oder verspotteten die Meinung des anderen als *gnadenlos blittscheff*.

Nicht ein einziges Mal waren die beiden Ofosuapia einer Meinung. Sie stritten über alles: über die Vor- und Nachteile verschiedener Forts und der Planeten, auf denen diese Forts *gastierten*, über die Bekömmlichkeit von Nahrungsmitteln und über Rezepte, über Kunstkonzepte, mathematische Probleme, Modelle der Gastfreundschaft, über die Bedeutung historischer oder mythischer Legionen, über die Attraktionen unterschiedlichster Regionen der Galaxien Rotheim, Kji und Vac Vam.

Oft hatte Rhodan den Eindruck, schiere Aufschneidereien zu hören, fantastische Münchhausiaden. Dann wieder staunte er. Einem Disput über die Entwicklungsmöglichkeiten von Transitionstriebwerken konnte er nur ansatzweise folgen und musste bald vor dem Detailwissen der beiden Fremden kapitulieren.

Ab und an, wenn die beiden Ofosuapia zu lautstark disputierten, mischte sich Mutter Oodsha ein, manchmal in Interkosmo, manchmal äußerte sie sich in einem hohen Sirren, das sich immer wieder in für Menschen unhörbare Bereiche verlor.

Interkosmo ist nicht ihre eigene Sprache, erkannte Rhodan. *Warum sprechen sie es dann untereinander?* Er beantwortete sich die Frage selbst: *Weil sie nicht untereinander sind, weil* ich *mit ihnen reise.*

Er fragte sich, ob die Ofosuapia diese Streitgespräche eigens für ihn in Szene setzten. Wenn ja: Warum? Wollten sie ihm das Gefühl geben, heimisch, Teil ihrer Legion – ihrer Familie – zu sein? Hielten sie ihn für einsam, wollten sie ihn trösten?

Vermenschliche sie nicht zu sehr, ermahnte er sich. *Sie sind keine Menschen.*

Was er ihren Gesprächen entnehmen konnte und den Antworten, die sie ihm auf seine Frage gegeben hatten, war etwa dies: Die Zivilisation der Ofosuapia war auf einem Planeten namens Kolou entstanden; sie lebten in transfamiliären Verbänden, die sie *Legionen* nannten; diese Legionen waren in Forts stationiert, von denen das erste das sagenhafte oder legendäre Fort Poum gewesen war. Was diese Forts, die anscheinend auf den verschiedensten Welten gastierten, genau darstellten, hatte Rhodan selbst durch mehrmaliges Nachfragen nicht verstanden: eine Kolonie, ein Generationenraumschiff, beides? Eine militärische Anlage, eine Forschungsstation, ein Zirkus? Von allem etwas?

Couu Laduum, der das tonnenförmige Fahrzeug steuerte, machte sich gelegentlich über Rhodans *offenkundige Begriffsstutzigkeit* lustig, nannte ihn mit spürbarem Vergnügen *Nasenkönig* und dachte laut über Rhodans Intelligenz, künstlerischen Geschmack, politische Weitsicht, Kampfkraft und sexuelle Potenz nach, Überlegungen, die ihn jedes Mal zum Schluss führten, dass es mit alledem nicht weit her sein konnte.

Cuderuu bejammerte diese Ungezogenheit, rief Mutter Oodsha um Unterstützung an oder entschuldigte seinen

Bruder damit, dass der *leider restlos schalla schalla* sei, eine Laune der Natur, die nichts als deren mangelhaften Sinn für Humor bewiese.

»Wenn du klug bist, hörst du nicht auf das Geplapper geistiger Habenichtse«, riet Cuderuu.

»Wenn du klug bist, lauscht du den Ausführungen geistiger Habedochse und lernst!«, konterte Couu Laduum.

Rhodan seufzte ergeben.

Einmal fragte Cuderuu Rhodan: »Wie ist es bei den eurigen? Werdet ihr ausschließlich einmal geboren?«

Rhodan überlegte, ob der Ofosuapia damit eine Frage nach den religiösen Vorstellungen der Terraner gestellt hatte. Dann dachte er an Deborah: War sie nicht mindestens zweimal geboren worden? Er sagte: »Die meisten von uns werden nur einmal geboren.«

»Oh«, sagte Cuderuu. »Wie schade.«

»Eher peinlich denn schade«, mischte sich Couu Laduum ein.

»Mutter Oodsha!«, rief Cuderuu. »Er demütigt Perry Rhodan!«

Rhodan betrachtete den Hammer, den der Ofosuapia abgelegt und hinter seinem Rücken deponiert hatte. Der Hammerkopf war stählern-schwarz und wies Bahn und Pinne auf. Offenbar gut gepflegt, hatte der Kopf keinen Flugrost angezogen. Der Stiel war über einen Meter lang, dick wie Rhodans Armgelenk, aus einer Art Holz gefertigt, anscheinend nur grob bearbeitet. Rhodan schätzte, dass das Werkzeug unter den Bedingungen der irdischen Gravitation annähernd neun oder zehn Kilogramm schwer sein musste – ein monumentaler Vorschlaghammer.

»Woher hast du den Hammer?«, fragte Rhodan.

Couu Laduum tätschelte das Werkzeug mit dem Augenlappen. »Einst, in Fort Cammou, zur Feier des Primären Aufbruches, fragte die Mutter der Legionen alle Legionäre, was sie sich wünschten. Einige wünschten sich Frieden in ganz Rotheim, andere, dass die dominanten interstellaren Nationen mehr Verständnis aufbringen für das Legionswesen. Ich wünschte mir den Hammer. Ich bin bis heute der Einzige, der bekommen hat, was er wollte.«

Rhodan lachte leise.

Zeit verstrich. Er dämmerte in der engen Kabine ein wenig vor sich hin. Gedanken, vage und flüchtig, kreisten in seinem Kopf, Bruchstücke von Plänen, Erinnerungen an seine einseitige Unterredung mit Bavo Velines, an Wiesel, auch an Deborah und an Carmen. Er versuchte, sich zur Ordnung zu rufen, sich bewusst zu halten, dass weder Carmen noch Deborah eine materielle Realität zukam. Es half nichts. Er selbst hatte die beiden Frauen erlebt, hatte Deborahs Stimme gehört, Carmens Haut geschmeckt. Er gab den inneren Widerstand auf, schlief ein, träumte von ihnen, träumte sich in die Wüste zurück und davon, wie er in den Brunnen stieg, um den Schatz des Schwarzen Königs zu heben, sah in seinen Träumen sich, wie er den Hammer des Ofosuapia schwang.

Jemand stupste ihn an die Schulter. Er öffnete die Augen. Es war Cuderuu. Rhodan zog die Taschenuhr. Er hatte über fünf Stunden geschlafen.

»Geht es dir nicht gut?«, fragte der Ofosuapia.

»Es ist in Ordnung«, sagte Rhodan. Dann gab er zu: »Ich langweile mich.«

»Du hattest unrecht!«, rief Cuderuu seinem Bruder zu. »Er ist nicht teiltot, er langweilt sich nur.«

»Dagegen hilft arbeiten«, empfahl Couu Laduum.

Rhodan grinste. »Wenn du willst, übernehme ich gern das Steuer.«

Couu Laduum krähte belustigt. »Gnadenlos blittscheff – *du* willst den Oberflächler steuern?«

»Das kann nicht einmal ich«, raunte Cuderuu Rhodan zu.

Wider krähte Couu Laduum: »Was näher betrachtet, nicht unbedingt ein Gegenargument ist. Wie kommst du auf die Idee, du könntest das?«

»Ich bin Pilot«, sagte Rhodan. »Risikopilot.«

»Exakt, was ich fürchte: Wer sich von dir pilotieren lässt, läuft ein echtes Risiko.« Er überlegte. »Wie gut bist du?«

»Vielleicht nicht der beste Pilot der Galaxis«, sagte Rhodan. »Aber dafür habe ich ein bisschen mehr Erfahrung.«

»Gnadenlos blittscheff«, murmelte Couu Laduum und räumte ihm den Platz im Cockpit.

Der Terraner zwängte sich an Cuderuu vorbei und setzte sich in die Kuhle. Es gab keine Instrumente, kein Fenster, keinen Bildschirm. Es gab nur den knöchernen Steuerknüppel. Rhodan nahm ihn in die Hand.

Sofort spürte er die feine, dem Auge nicht sichtbare Schwingung des Knochens. Er drückte die Hand leicht nach vorne, als säße er in einem steinzeitlichen Starfighter oder am Impulsknüppel eines Moskito-Jets der frühen Jahre. Das Steuerinstrument übermittelte ihm ein rascheres Vibrieren, ein Gefühl, als strömte Wasser am Inneren seiner Hand vorbei. *Freie Fahrt,* begriff er.

Der Knochen wirkte als Steuerknüppel und Schubregler zugleich. Nach einer Weile spürte Rhodan eine leichte

Unebenheit in der Vibration. *Geradeaus* und *links* blieb die Vibration rasch und ebenmäßig wie der Flügelschlag eines Kolibris; *rechts* beschleunigte das Beben sich, wurde wuchtiger, unreiner, verwirbelte.

Fast instinktiv zog Rhodan den Steuerknochen nach oben und zugleich nach links.

»Mutter Mutter Mutter«, sagte Couu Laduum anerkennend. »Nicht schlecht für einen Obigen. Du hast Talent.«

»Was war das?«

Couu Laduum wedelte mit dem Augententakel. »Ich weiß nicht. Vielleicht ein Schwarm Coupiri, vielleicht ein abgestoßener Urew-Panzer, um den sich einige Qeqetten zanken. Ich konnte es nicht genau spüren – du sitzt am Steuer!«

Couu Laduum überließ Rhodan die Lenkung des Oberflächlers noch eine Weile. Rhodan baute darauf, dass der Kurs stimmte, andernfalls hätte der Ofosuapia ihn zweifellos korrigiert. Also steuerte er geradeaus. Spürte das Meer, seine Strömungen, spürte Felder von sinkenden Eisfluten, spürte Lebewesen, die sich neugierig näherten, spürte ihre Harmlosigkeit oder spürte die Gefahr, die von den gewaltigen Räubern dieser Wasser ausging, lernte die Signatur der Qeqetten und der Folterfische kennen.

»Geh tiefer!«, befahl Couu Laduum irgendwann.

»Wie tief fahren wir jetzt?«

Couu Laduum rechnete. »24.000 Meter.«

24 Kilometer tief – ein unvorstellbarer Druck musste auf dem Fahrzeug lasten. Wie hielt der Oberflächler diesem Druck stand?

Als hätte er Rhodans Gedanken erraten, sagte Couu Laduum: »Der Oberflächler wappnet sich mit Dampf gegen den Wasserdruck.«

Wenn er derart tief tauchen kann, ist Oberflächler *ein reichlich kurioser Name für dieses Fahrzeug,* dachte Rhodan. Er fragte: »Wie tief müssen wir tauchen?«

»Tiefer tiefer tiefer. Du wirst es merken.«

Rhodan wurde vertrauter mit dem Fahrzeug. Er spürte die Kompressibilität des Wassers, seine Turbulenzen, seine Viskosität; er spürte, wie deren Wert sich änderte, zunächst kaum merklich, dann immer dramatischer. »Couu Laduum!«, rief er. »Das Wasser ... es wird ... teerig. Es klebt. Es ...«

Er räumte dem herandrängenden Ofosuapia das Cockpit. Couu Laduum übernahm das Steuer wieder.

»Sind wir am Ziel?«, erkundigte sich Mutter Oodsha.

»Fast«, sagte Couu Laduum. »Weiter kann der Oberflächler nicht vordringen.«

Rhodan fragte: »Was jetzt?«

Couu Laduum sagte: »Wir dringen in den Vorhof der Diamanteis-Zone ein.«

Rhodan wusste, dass Wasser sich unter extremen Bedingungen zu sehr exotischen Formen von Eis verfestigen konnte.

»Und dort unten, im Diamanteis, haust der Pfadfinder?«, fragte Rhodan.

»Ja.«

»Wie kommen wir hinein?«

Cuderuu sagte: »Nur die Baquu vermögen, ins Diamanteis einzudringen. Sie bauen dort ihre Gelegebunker.«

»Werden die Baquu uns helfen?«, fragte Rhodan.

»Oh, nicht freiwillig«, sagte Cuderuu.

»Überhaupt haben sie nur *eine Art* Willen, und sie denken nur *gewissermaßen.* Sie sind sich ihrer selbst nicht sehr bewusst«, erläuterte Cuderuu.

»Sie sind ziemlich schalla schalla«, fügte Couu Laduum hinzu.

»Dass sie schalla schalla sind, will ich nicht sagen, wenn sie überhaupt irgendetwas sind, so sind sie *hungrig*«, sagte Cuderuu.

»Aha, sagte Rhodan. Eine dunkle Ahnung stieg in ihm auf.

»Also«, schloss Couu Laduum, »müssen wir einen von ihnen füttern.«

»Und womit füttern wir den Baquu?«, fragte Rhodan, obwohl er die Antwort längst zu wissen glaubte.

»Na, was meinst du wohl, Nasenkönig?« Couu Laduum beschrieb mit seinem dünnen Tentakel einen weiten, den ganzen Oberflächler umfassenden Bogen. »Mit uns!«

Rhodan hörte zu, wie Cuderuu kommentierte, was Couu Laduum tat. Der Ofosuapia am Steuer rief auf eine für Rhodan unverständliche Art nach einem Baquu, den er sich, Cuderuu zufolge, als einen riesenhaften, zwei- bis dreihundert Meter langen Schlauch vorzustellen hatte. In den Schlauchwänden lebte, dachte und empfand der Baquu – ein Lebewesen, das etwa so intelligent sein mochte wie ein irdischer Wal.

Das Schlauchinnere diente als Mund, Magen, Darm und After. Es war mit diversen Verdauungssegeln ausgerüstet, mehr oder weniger durchlässigen Membranen, die den Stoffwechsel des Baquus besorgten.

Es dauerte nicht ganz eine Stunde, bis Rhodan zunächst ein unsäglich feines Klirren zu vernehmen meinte, so, als zerschlüge jemand hauchdünnes Glas an Stein. Dann spürte er eine leichte Erschütterung des Oberflächlers. Couu Laduum meldete: »Der Baquu hat uns.«

Im Bauch des Wals ... »Und jetzt?«

»Jetzt warten wir, bis wir hinreichend verdaut sind.«

Etwa zwei Stunden darauf begann die linke Wand des Oberflächlers durchscheinend zu werden wie Pergament.

»Wir werden aufgelöst«, verkündete Cuderuu überflüssiger Weise.

Couu Laduum riss den Steuerknochen aus dem Cockpit. Er füßelte zu dem angedauten Teil der Wand, führte den Knochen wie ein Messer und zerschnitt die Wandung. »Helft mal!«, forderte er, ohne sich umzusehen.

Rhodan und Cuderuu zogen die zerschnittene Haut in breiten Streifen ab; sie fühlte sich an wie eine dicklagige Tapete. Dahinter kam eine andere Struktur zum Vorschein, ein blassgraues Gewebe, durch das in unregelmäßigen Abständen Blitze zuckten, Adern aufleuchteten.

Das musste die Membran sein, das Verdauungssegel des Baquu. Der Oberflächler war bereits eine Handbreit in das Gewebe eingesunken – zum Glück, denn hätte das Gewebe den Innenraum nicht verkapselt, wäre die Atemluft aus dem Oberflächler gewichen. Rhodan trug immerhin den Skaphander; die Ofosuapia schienen ihm ungeschützt. Aber sie machten sich offenbar keine Sorgen.

Couu Laduum hatte mit Rhodans und Cuderuus Hilfe mittlerweile etwa zwei Quadratmeter Membrangewebe freigelegt. Er betastete das Verdauungssegel, suchte etwas. »Hier!«, rief er, holte mit dem Tentakel aus und bohrte den Steuerknochen dort in die Membran, wo sich einige der erleuchteten Adern trafen.

Rhodan hörte ein abgrundtiefes Grollen und Rumpeln. Schrie der Baquu auf?

Couu Laduum zog den Hammer aus der Schlaufe. Rhodan staunte, wie leicht der Ofosuapia das Werkzeug mit seinem haarfeinen Tentakel handhabte. Er schlug mehrere Male auf die Membran.

Ein Ruck ging durch das Tier und durch den Oberflächler.

»Wir nehmen jetzt Fahrt auf«, erklärte Couu Laduum. »Richtung Bunker. Der Baquu kann nicht gut zwischen seinem und unserem Willen unterscheiden.«

Rhodan nickte. Er wusste nicht, wie groß der Fuhrpark eines Ofosuapia-Forts war. Wie oft mochten diese Wesen Oberflächler oder andere Fahrzeuge opfern, um die Kontrolle über einen Baquu zu übernehmen? »Ist das eine gebräuchliche Technik?«

»Was meinst du? Einen Baquu zu lotsen?«, fragte Cuderuu zurück.

»Ja.«

»Sehr gebräuchlich ist es eher in geringem Maße oder nicht«, wand sich Cuderuu. Es klang bekümmert. »Dem Legionär Prouu Eyhgee aus Fort Cyloun soll es einmal gelungen sein; freilich ging er darüber verschollen.«

»Das war seinerzeit, als das Fort Jyoum auf Huusnu gastierte«, präzisierte Couu Laduum.

»Sei nicht beunruhigt, Perry Rhodan«, mischte sich Mutter Oodsha ein. »Wir hatten bislang wenig Anlass, einen Baquu zu bemühen. Ich bin zuversichtlich, dass ...«

Ein grelles Licht flutete durch das Gewebe der Membran, die Luft in der Kabine erhitzte sich schlagartig. Der Oberflächler wurde herumgerissen. Rhodan verlor den Boden unter den Füßen, rollte die Wand hinauf, stürzte von der Decke. Cuderuu kreischte auf. Der Hammer traf Rhodan knapp unterhalb des Schulterblattes. Die Luft pfiff aus seiner Lunge.

Couu Laduum schrie: »Nasenkönig! Hilf mir!«

Rhodan richtete sich auf. Der Oberflächler schüttelte sich. Es gelang Rhodan, den Steuerknochen zu ergreifen, zugleich umfasste er Couu Laduums Tentakel, der sich um den Knüppel geschlungen hatte.

Kontakt.

Es war, als risse ihm jemand alle Bilder aus den Augen, aus dem Hirn, als zerschnitte eine Säge seinen Leib quer und längsseits. Er hörte sich schreien, einen schmerzerfüllten, fernen Ruf aus einer abgelegenen Welt. Jäh wurden die Bruchstücke seines Selbst wieder zusammengesetzt, zugleich gestreckt und gestaucht, verdreht und gebogen.

Sinne nahmen etwas wahr, aber es waren andere Sinne. Taub für vieles, was einen Menschen angegangen wäre, aber schärfer in manchem. Da war eine Innigkeit mit einem anderen Leben, wie er sie zuletzt in Verbindung mit Whisper empfunden hatte, seinem Symbionten von Khusal. Damals, im 35. Jahrhundert alter Zeitrechnung, hatte der Khusaler Rhodans Gesichtssinne so weit angehoben, dass er infrarotsichtig geworden war.

Nun spürte er nicht mehr *gesichtig*, sondern *ganzleiblich, umhäutig*. Er war im Eis. Sein Leib war still und riesenhaft. Die äußere Haut brannte sich ihren Weg. Seine innere Haut aß, kräftigte sich, warf Ballast ab, sonderte Exkremente aus. Er atmete sich ein ins Diamanteis, blähte Verdauungslüfte aus, nickte sich voran in die Tiefe. Er schmeckte die Speise, die ihm zugekommen war, den Oberflächler, einen Verschnitt aus Honig und Tran, und die scharfe Würze aus Gas darin, den Sauerstoff.

Zeit kannte er nicht. Kein Herz schlug. Nur Raum, nur Tiefe, nur Eis.

Raumeis. Zeiteis. Diamantene Gründe. Tiefste aller Sicherheiten für sein Gelege, die Baquu-Rebe seiner selbst.

Etwas wünschte ihn nach abwärts-links. Er folgte. Wünschte ihn nach abwärts-rechts. Er folgte. Wünschte ihn steiler. Wünschte ihn schneller. Wünschte ihn behutsam. Reglos. Lauschend. Witternd. Wünschte ihn sanft wieder voran. Er folgte allen Wünschen, von denen er nur ganz schwach ahnte, dass sie ihm nicht ureigen waren.

Brannte, brannte, brannte. Stieß vor in einen Hohlraum.

Schied Unverdauliches aus.

Ruhte.

Sie hatten den Baquu durch dessen natürlichen Hinterausgang verlassen. Rhodan fühlte sich noch eine Weile fremd an in seinem eigenen Leib, eingeengt und zusammengepresst. Die Steuerung des Baquus, die geistige Symbiose mit ihm hatte Rhodan entgrenzt. Ein gemeinsames Bewusstsein, eine mentale Lösung, gesättigt mit dem schwer löslichen Geist Rhodans.

»Nicht schlecht, euer Nasenmajestät, gar nicht schlecht«, hatte Couu Laduum ihn gelobt, nachdem er den Hammer in der Rückenschlaufe verstaut hatte.

»Was machen wir mit dem Oberflächler?«, fragte Rhodan.

»Mit den Resten des Oberflächlers? Den speist der Baquu. Zur Belohnung.«

Rhodan sah sich in dem Gewölbe um. Es gab ein schwaches Licht. Über Wände, Boden und Decke wuchs eine fluoreszierende Flechte. Die Ofosuapia atmeten, also gab es Luft. Woher?

Rhodans Skaphander besaß keine Messinstrumente. Er verzichtete darauf, die Verträglichkeit der Luft für seinen Organismus auszutesten, und hielt den Helm geschlossen.

Couu Laduum ging voran, als kennte er den Weg.

Nach wenigen Minuten entdeckte Rhodan in Marschrichtung am Ende des Gewölbes einen rötlichen Schimmer.

»Da ist die Brutzelwand«, erklärte Couu Laduum. »Wenn man die berührt, ist man Murks und Mus.«

Cuderuu übersetzte: »Was er meint, ist: Das Areal hinter der Höhlung ist mittels Energieschutzschirm gesichert.« Der Ofosuapia reckte sich ein wenig hoch und raunte Rhodan vertraulich zu: »Lauter schwierige Wörter. Sehr schwer für Couu Laduum. Er ist ziemlich schalla schalla.«

Kurz darauf standen sie vor dem Energieschirm. Der transparente Schild schloss die rückwärtige Seite des Gewölbes ab. Rhodan sah, dass die Wand hinter dem Schirm zahlreiche dunkle Öffnungen aufwies – Eingänge in Höhlen oder Zugänge zu Korridoren.

Drei Legionäre mit einem Hammer und ein Terraner mit einer Savonette – die Armee, die die letzte Festung von Velines stürmen will, dachte Rhodan. *Ausgebremst von einem simplen Energieschirm.*

»Verwahre das«, sagte Couu Laduum und überreichte Cuderuu den Hammer. »Und stell nichts damit an, was die Legion schlonzt.« Cuderuu nahm den Hammer entgegen, die Schlaufe, den ledernen Helm.

Couu Laduum reckte sich zu seiner vollen Größe auf und sagte: »So ist das.« Dann trat er auf den Energieschirm zu und blieb einige Zentimeter davor stehen.

»Rühr den Schirm nicht an!«, warnte Rhodan.

Der Ofosuapia beugte elastisch sich zur Seite, weiter und weiter, bis sein Kopfteil den befingerten Fuß berührte und sein Leib ein offenes Oval bildete. Dann kippte er gegen den Schirm.

Entladungen umtanzten ihn, Feuerzungen, es roch nach verbrannten Haaren, verbanntem Fleisch, verbranntem Holz. Der Ofosuapia gab einen tiefen Brummton von sich. Rhodan streckte die Hand nach ihm aus, der Tentakel von Mutter Oodsha ringelte sich um sein Handgelenk, riss den Arm fort.

»Er stirbt«, murmelte Rhodan.

»So etwas geschieht«, sagte Mutter Oodsha.

Rhodan beobachtete, wie der Schirm im Inneren des Ovals von Couu Laduums Leib zusammenbrach. Die Öffnung maß eine Schulterbreit.

»Geh!«, sagte Mutter Oodsha. Sie wies auf die Öffnung.

Er hat sich für mich geopfert, dachte Rhodan völlig verblüfft. Er sah den Körper von Couu Laduum brennen, schrumpfen.

Er nickte den beiden Ofosuapia zu und zwängte sich durch die Öffnung. Die Hitze des brennenden Körpers ermattete ihn. Auf der anderen Seite ließ er sich auf den Boden fallen, rollte einen oder zwei Meter fort vom Schirm, kam hoch auf die Knie und rief durch den Schirm: »Danke! Und gute Reise heim in euer Fort!«

Cuderuu hatte Fort Poum nie besucht, das Primäre Fort der Ofosuapia im Nebelland von Kolou, aber ihm waren in der Reihe seiner Mehrfachgeburten durch verschiedene Mütter einige Brocken Archäo-Erinnerung geblieben, und manchmal glaubte er, den Schimmer der Spiegeldünen zu sehen, die sich durch die Nebelbänke schoben, und den Duft des Scherbenvolkes zu riechen, das hinter den Dünen auf der Lauer lag.

Jung war er kaum noch. Sein Vorrat an Kurieraugen war beinahe erschöpft.

Er wog den Hammer im Tragelappen. Er war schwer. Er warf Mutter Oodsha den Helm zu, wickelte die Trageschlaufe um den Hammerstiel und setzte mit einem wohlgezielten Sprung durch den Schirm.

Die Leiche von Couu Laduum löste sich langsam vom Energieschirm, glitt zu Boden. Der Schirm schloss die Strukturlücke.

»Was tust du?«, fragte Rhodan entgeistert.

Cuderuu richtete sich auf und wies auf die Reihe der Öffnungen in der Wand. »Kennst du den Weg?«

Rhodan schüttelte den Kopf. »Aber du kennst ihn doch auch nicht.«

»Das nicht« sagte der Ofosuapia. »Aber ich kann mich mal umschauen.«

Die Ofosuapia erwiesen sich als noch fremdartiger, als Rhodan gedacht hatte. Rhodan sah, wie Mutter Oodsha die Leiche von Couu Laduum nahm und sie mit dem Lappen am Ende des Tentakels aufschnitt. Sie entnahm dem toten Körper etwas, das aussah wie ein bleicher, vierstrahliger Seestern, handtellergroß.

Dann öffnete sie ihre eigene Körpermitte. Eine perlmuttfarbene Leibeshöhle wurde sichtbar. Mutter Oodsha bettete den bleichen Gegenstand hinein.

»Was tut sie?«, fragte Rhodan.

»Sie pfropft Couu Laduum ein, auf dass sie ihn neu gebären kann. Wir wissen, dass dieses Verfahren eingeburtliche Arten überrascht.«

»Er ist nicht tot?«

»Tot schon, aber nicht schlimm«, sagte Cuderuu. »Nichts, was durch eine gute Geburt nicht behoben werden könnte.«

Rhodan lachte. »Ihr Ofosuapia seid eine bemerkenswerte Art.«

»Oh ja, das waren wir. Und wir waren gerne zu Gast auf Huusnu. Gerne, bis Velines und die Jäger kamen.«

»Wir werden alles tun, um euch eine Verbindung zu den anderen Ofosuapia von Rotheim herzustellen«, versprach Rhodan aus einem Impuls heraus.

Das Auge des Fremden verschattete sich kurz. »Wir waren die letzte Legion jenseits von Troumm«, sagte er dann.

Rhodan nickte, ohne zu verstehen. »Wo liegt Troumm?«

»Nirgends und überall liegt Troumm«, sagte Cuderuu. »Das Jenseits von Troumm ist das, was du das Rote Universum nennst. Das Land der Dinge. Die Wirklichkeit.«

»Oh«, sagte Rhodan.

»Ich schau mich dann mal um«, sagte Cuderuu. Er winkte Mutter Oodsha zu und füßelte einige Meter auf die durchlöcherte Wand zu.

Der Lappen am Ende seines Tentakels begann zu flattern wie ein Schmetterling. Er löste sich vom Tentakel ab und huschte in die erste Öffnung. Minuten später war er wieder zurück und verschwand in der zweiten Öffnung.

»Mein Kurierauge hat gesehen, dass diese beiden Gänge blind enden«, verkündete Cuderuu. Dann schickte er sein *Kurierauge* wieder auf den Weg.

Rhodan dachte: *Welt der Wunder.*

Nicht einmal eine Viertelstunde später hob Cuderuu seinen Tentakel und wies auf einen Eingang: »Es ist dieser Tunnel.«

»Wo ist dein Auge?«

»Es ist verbraucht. Ein neues wächst.« Tatsächlich hatte sich das Ende des Tentakels tropfenförmig verdickt.

Die Figurine stösst zur Legion

Der Boden der Halle, in die sie der Korridor am Ende geführt hatte, senkte sich zur Mitte und bildete unten eine Wanne. Die Wanne war mit einer zähen Flüssigkeit gefüllt, einer lehmfarbenen Substanz. Cuderuu füßelte die Senke hinab, beugte seinen Schlangenkopf über den Wannenrand und schnüffelte. »Eine merkwürdige Paste ist das«, sagte er. »Sie riecht technoid.«

Rhodan hatte die Wanne erreicht und ließ sich neben dem lehmigen Brei nieder, durch den zeitlupenhaft langsame, niedrige Wellen liefen.

Er tauchte den Zeigefinger ein. Die Substanz fühlte sich geleeartig an, kühl. Als er die Hand wieder hob, zog sein Finger einen Faden. Rhodan bewegte die Hand heftig hin und her, aber der Faden ließ sich nicht abschütteln.

Stattdessen floss er langsam den Finger hinan, erreichte den Handrücken und das Handgelenk. Rhodan beobachtete das Geschehen. Sein Instinkt sagte ihm, dass keine Gefahr bestand. Der Faden blieb auf der Oberfläche des Skaphanders, ätzte nicht, drang nicht ein. Er dünnte aus, je weiter er kam; er war haarfein, als er den Ellenbogen erreichte und seinen Weg fortsetzte in Richtung seiner linken Schulter.

Rhodan ließ ihn gewähren. Der Faden verhielt exakt über der Stelle, wo der Zellaktivator in die Schulter eingepflanzt war. Dort breitete sich der Faden zu einem münzförmigen Gebilde aus. Für einen Moment glaubte Rhodan zu spüren, wie der Aktivatorchip seine Leistung erhöhte, ohne dass er, Rhodan selbst, zusätzliche Belebung erfuhr. Im Gegenteil: Ihn schwindelte kurz, leichte Mattigkeit befiel ihn.

So plötzlich, wie es begonnen hatte, war es wieder vorbei. Rhodan erholte sich rasch. Der Faden zog sich zurück in die Wanne.

»Und jetzt?«, fragte Cuderuu.

In die Substanz kam Bewegung. Die lehmartige Masse nahm Gestalt an. Die Gestalt zeichnete sich zunächst umrisshaft ab, gewann dann an Körperlichkeit. Sie bildete einen Rumpf, dann plumpe Arme und Beine aus, endlich wuchsen aus den Schultern ein kurzer Hals und daraus ein Kopf. Rhodan betrachtete das Schauspiel fasziniert. Der Kopf erhielt ein Gesicht, die Züge des Gesichtes verfeinerten sich, wurden menschlich. Allerdings blieben sie geschlechtlich unbestimmt, wurden weder männlich noch weiblich.

Die Gestalt erhob sich und stieg aus der Wanne, die viel tiefer war, als Rhodan zu Beginn vermutet hatte. Das Wesen war in eine rindige, weißgraue Haut gehüllt und erinnerte Rhodan an eine riesenwüchsige irdische Alraunenwurzel. Allerdings trug die Gestalt einen ausladenden Tornister, der den gesamten Rücken bedeckte.

Die Figur maß in der Höhe nicht mehr als eine Armlänge, trotzdem hatte sie anscheinend die lehmige Substanz restlos aufgebraucht.

Sie blickte sich um, schaute Cuderuu an und fragte auf Interkosmo: »Du bist ein Ofosuapia. Wie viele eurer Legionen liegen noch auf Utgard?«

»Ich bin der Letzte der letzten Legion«, log Cuderuu. Das Wesen aus der Wanne schaute Rhodan an. Aus einem Impuls heraus nickte er bekräftigend.

»Dann haben wir keine Zeit zu verlieren.« Das seltsame Wesen hielt seinen Blick auf Rhodan gerichtet. *Neugierig.* »Du bist der Vitalenergie-Impulsgeber, der mir die Rekollektion aus dem Hiberns ermöglicht hat. Demnach musst du Perry Rhodan sein.«

Hiberns – so nannten die Terraner des Roten Imperiums den Zustand der spezifisch quantronischen Bewusstlosigkeit.

»Wer bist du?«, fragte Rhodan zurück.

»Nenn mich Golem. Ich bin die Figurine einer anjumistischen Quantronik.«

»Du bist eine Quantronik?«, fragte Rhodan nach.

»Mehr als das – eine Figurine. Ich habe eine lange Weile lang aufgelöst im Suspensionsbad auf meinen Einsatz gewartet. Deswegen haben die Bautrupps von Velines mich nicht entdeckt, als sie den Planeten isolierten. Ich werde euch ein bisschen zur Hand gehen.« Ohne sich nach Rhodan und dem Ofosuapia umzusehen, marschierte die Figurine los.

Rhodan blickte Cuderuu ins Gesicht. Er meinte, etwas wie Ratlosigkeit und Verblüffung in dem purpurroten Auge des Ofosuapia zu sehen. Oder war es das eigene Staunen, das sich darin spiegelte?

Die nackte borkenweiße Gestalt, die sich Golem nannte, hielt inne und drehte sich zu ihnen um. »Meine Herren«, sagte sie, »ich gehe doch recht in der Annahme, dass wir ein gemeinsames Ziel haben? Die Kemenate des Generalgouverneurs Bavo Velines?«

»Und du wüsstest den Weg dorthin?«, fragte Rhodan.

»Nicht nur das«, sagte die Quantronik. »Ich besitze auch eine Art Schlüssel zu ihrer innersten Tür.«

»Bravo!«, rief Cuderuu.

»Also, was ist?«, sagte Golem. »Sind wir Partner, oder nicht?«

Golem führte die kleine Gruppe tiefer in das Gewölbe hinein. Die Kaverne endete an einer Eiswand. Golem wandte sich nach links und folgte dem Verlauf der Wand, bis sie zu einer Öffnung gelangten, die den Eingang zu einem Korridor bildete. Golem trat, ohne zu zögern, hinein.

Der Gang verlief über den größten Teil der Strecke abschüssig, oft steil. Sie passierten Dutzende Nischen, von denen einige leer standen, andere mit technischem Gerümpel voll gestellt waren, dessen Verwendungszweck Rhodan unklar blieben.

Endlich weitete sich der Korridor zu einer Höhle, deren lichte Höhe über 150 Meter betragen musste. Auch hier zogen sich die schlierenartigen Leuchtkorallen an den Wänden entlang und hoch bis zur Decke. Von der Höhlendecke herab hingen riesenhafte, bizarr geformte Kristalllüster. Manche berührten den Boden, andere bildeten in wenigen Metern Höhe eine Art Vorhang.

Rhodan kniff die Augen zusammen und musterte die Gebilde. Er brauchte eine Weile, bis er erkannte, dass die Lüster von Leibern gebildet wurden, von handspannengroßen Lebewesen, die transparenten, geflügelten Fischen ähnelten, die in Eis gegossen und aneinandergewachsen waren. *Fledermausfische im Winterschlaf*, dachte Rhodan. »Was befindet sich hinter diesem Vorhang?«, fragte er.

»Lass dich überraschen«, sagte Golem.

»Nein.« Rhodan blieb demonstrativ stehen. »Ich habe genug Überraschungen erlebt. Ich bin kein Spielzeug, nicht einmal für die Figurine einer anjumistischen Quantronik, die zweifellos nur das Gute will. Du wirst mich jetzt in Kenntnis setzen über alles, was du weißt.«

»Oder?«, fragte die Quantronik.

»Oder wir brechen den Ausflug ab. Hier und jetzt.«

»Und dann? Dann gehst du zurück – wohin? Verlässt Huusnu – mit welchen Mitteln? Gestattest es Velines, das Transuniversale Tor in Betrieb zu nehmen? Sehr unwahrscheinlich!«

»Aber nicht unmöglich.«

Golem schwieg. Rhodan schwieg. Cuderuu blickte vom einen zum anderen.

»Wir wissen nicht, wo Jötunheim zu finden ist«, sagte Golem. »Geschweige denn, dass wir die Verteidigungsmöglichkeiten der Eisfestung von Velines kennten. Oder einen Weg, sie zu durchbrechen. Aber: Hinter diesem *Vorhang*«, zitierte er Rhodan, »befindet sich ein Fluchtraumschiff, das der Herr Generalgouverneur hier geparkt hat, für alle Fälle, mit denen Paranoiker wie er ja immer rechnen.«

»Und du glaubst, in dem Zentralrechner dieses Raumschiffes sind die Lagedaten seiner Festung gespeichert?«

»Keine Ahnung. Wir halten das auch für nicht sehr wahrscheinlich. Für sehr wahrscheinlich halten wir dagegen, dass zwischen der Festung und dem Schiff eine Verbindung besteht. Zweckmäßigerweise eine ...«

»... eine Transmitterverbindung«, fiel ihm Rhodan ins Wort. »Eine einpolare Verbindung?«

»Den Wissenschaftlern des Roten Imperiums ist es unseren Informationen nach bislang nicht gelungen, einsatzfähige zwei- oder dreipolare Materiesender herzustellen.«

»Obwohl sie den Beistand von Quantroniken genießen?«, spöttelte Rhodan.

»Wir können nicht zaubern«, sagte Golem.

»Wir gehen also in das Schiff und lassen uns direkt in die Zentrale von Velines schicken?«, fragte Rhodan. »Ist das der Plan?«

»Ja. Das ist der Plan. Gute Pläne sind immer schlicht.«

»Wir schalten ihn ein, und ab geht die Post?«

»Hier liegt das Problem«, gestand Golem. »Der Transmitter wird nicht ohne Weiteres *umzudrehen* und auf die Festung zu justieren sein. Er ist primär als Empfangsstation gedacht, und wir vermuten, dass er auf vielerlei Arten gesichert und unzugänglich gehalten wird. Quantronische Sicherheitssysteme, die ...«

»Erspar es mir«, bat Rhodan. »Wo liegt unsere Chance?«

»Wir müssen den günstigen Zeitpunkt abwarten.«

»Der wann kommt?«

»Sei so nett und verrate mir, was die Uhr geschlagen hat«, bat Golem.

Rhodan zog die altertümliche Taschenuhr hervor, die Cantarella ihm gegeben hatte. Er drückte auf die Krone. Der Deckel sprang auf. »Es ist 10.05 Uhr«, sagte Rhodan. »Weißt du das nicht?«

»Natürlich weiß ich das. Es schien mir dramatischer, dich zu fragen. Kannst du dir nun diesen günstigen Moment denken?«

Rhodan nickte. »12.16 Uhr.«

»Exakt.«

»Was genau geschieht um 12.16 Uhr?«

»Um 12.16 Uhr treiben wir die Quantroniken des Roten Imperiums in den Wahnsinn«, sagte Golem. »Und dann, hoffe ich, wird es mir gelingen, dem quantronischen Netzwerk von Huusnu die Transmissionsdaten für die Festung des Generalgouverneurs zu entlocken. – Einverstanden?«

Rhodan nickte. »Wofür genau braucht ihr mich dann eigentlich?«

»Du meinst: abgesehen davon, dass wir dich brauchten, weil niemand außer dir durch den Totenschirm tauchen, mit den Ofosuapia ins Diamanteis eindringen und mich aus dem Suspensionsbad vitalenergetisch rekollektieren konnte?«

»Abgesehen davon.«

»Wenn du Velines zum Beschluss seiner Geschichte gegenüberstehst«, sagte Golem, »werde ich längst tot sein.« Er wies auf Cuderuu. »Und dieser da auch. Ohne dich wäre niemand da, das große Spiel zu entscheiden.«

Er machte eine kurze Pause. »Ich weiß, es war ein langer Weg über die Temporalen Landzungen und durch das Mentale Symposion bis hierhin«, sagte Golem. Es klang beinahe *mitfühlend.* »Mach dich bereit für die letzten Schritte.«

Farashuu – das Denkmal

Sie wusste unmittelbar, dass dies die letzte *dieser* Erinnerungen sein würde. Es interessierte sie nicht mehr, ob das, woran sie sich entsann, künstlich in ihr Gedächtnis eingetragen worden war oder ob es sich um verkapselte Engramme handelte, deren artefakte Schutzschicht sich zu gegebener Zeit auflöste wie der Film um gewisse Medikamente, der verging, wenn der Wirkstoff in den bestimmten körperlichen Regionen eingetroffen war, wo er sich entfalten sollte.

Es überraschte sie nicht einmal, dass es eine Erinnerung an ihren Vater war.

Er sah müde aus. Die Haut grau, faltig, altersfleckig. »Vater«, sagte sie.

Er seufzte tief und kehlig und öffnete langsam die Augen. Er sah sie an. Sein Gesicht klärte sich. Er sagte ihren Namen.

Sie war zufrieden.

Er fragte: »Bist du noch einmal wegen des Denkmals hier?«

Sie wusste es nicht. Sie nickte.

Er beugte sich zu ihr. Die Ellenbogen auf den gespreizten Knien. Die Hände verschränkt. »Das beschäftigt dich wirklich, Motte, ja?«

Sie erinnerte sich. Sie erinnerte sich daran, dass er sie manchmal *Motte* genannt und ihr erklärt hatte, was das war: ein irdischer Nachtfalter.

Weil sie früher, wenn über Zwölfwienideen die Nachtgewitter rollten, Zuflucht gesucht hatte im Bett ihrer Eltern.

Zwölfwienideen, weil die Terra-Nostalgiker von Turing eine Stadt Wien hatten bauen, sich aber nicht hatten einigen können, welche der zwölf architektonischen Ideen sie in die Tat umsetzen sollten. Und also alle zwölf vereinigten.

Sie erinnerte sich an das Gespräch, das sie belauscht hatte, scheinbar wieder schlafend, zwischen ihren Eltern, während das Nachtgewitter über die Stadt rollte:

»Eines Tages«, hatte ihre Mutter gesagt, »wird auf dem Quaritas ein Denkmal stehen: entweder eines für Bavo Velines oder für Claes Anjum.«

Sie hatte gespürt, wie ihr Vater lachte, lautlos. »Du und deine Denkmäler. Alles, was existiert, ist sein eigenes Denkmal.«

»Du weißt, wie ich es meine«, hatte ihre Mutter mit einem Anflug von Gereiztheit gesagt.

»Ich weiß.«

Ein Blitz, der das Zimmer für eine ganze Sekunde erleuchtete und mühelos durch Farashuus geschlossene Lider drang. Donner. Ihr Vater hatte gespürt, wie sie zusammenzuckte, und wusste nun, dass sie sich nur schlafend stellte. Er wartete das Grollen ab. »Ich weiß. Aber es ist nicht das, wovon ich träume. Jedenfalls in Sachen Quaritas. Lass uns schlafen.«

Sie waren eingeschlafen.

»Ja«, sagte Farashuu jetzt – oder erinnerte sich, es *jetzt* gesagt zu haben

»Wovon träumst du?«, fragte sie. »Wie sollte der Platz in Leyden City aussehen? Wie würdest du ihn wollen, wenn du Genus der Anjumisten wärst?«

»Ich? Genus der Anjumisten?« Er lachte. »Da müsste viel passieren.«

Sie nickte. Kind, das sie war. Präfidatin, die sie ebenso war, Erinnerin dieser entlegenen Tage. »Ja«, sagte sie. »Aber nehmen wir an, es würde viel passieren. Wie würdest du den Quaritas gestalten?«

Ihr Vater blickte sich um. Für einen Moment schien er wie verwirrt zu sein, als bemerkte er, dass er sich nicht in letzter Wirklichkeit mit ihr unterhielt, sondern in eine ferne Zukunft sprach. Dann fasste er sich und sagte: »Ich stelle mir den Quaritas als großen, freien Platz vor. Mit Menschen und Druuf. Und, von mir aus, mit einigen Quantroniken als Touristen. Allen offen. Ohne jedes Denkmal.«

Sie war der letzte lebende Mensch an Bord ihres Schiffes. Sie saß im Schneidersitz inmitten der Zentrale. Die Symbionten hatten sich von ihrem Gesicht zurückgezogen. Sie drängten sich in einer Ecke des Helmes zusammen. *Als würden sie tuscheln.*

Kurz darauf bestätigte der ENGEL DER EINTRACHT ihre Vermutung. Die Schiffsquantronik sagte: »Die Symbionten haben deine Armierung manipuliert. Sie haben ein Funky improvisiert und versucht, ein kurzes Signal an die Flotte abzusetzen.«

»Was für ein Signal?«

»Ein Notsignal. Sie spüren, wie du dich veränderst.«

»Schlaue Kerlchen«, sagte Farashuu. »Und?«

»Ich habe mir die Freiheit genommen, das Signal abzufangen und ihnen eine kleine Botschaft zukommen zu lassen, die sie glauben macht, Ifama selbst hätte ihnen eine Anweisung gegeben.«

»Welche?«

»Zurückhalten. Beobachten. Schweigen.«

Farashuu klopfte von außen an ihren Helm. »Habt ihr gehört? Seid brav. Wir machen bald eine große Reise.«

»Wir stehen kurz vor dem Siamed-System«, sagte der ENGEL. »Eintreffen in der systemalen Zone um 12.15 Uhr rot-imperialer Standard-Zeit. Einschwenken in den Orbit von Druufon geplant für 13.30 Uhr.«

Sie hatten den lebenden Vorhang durchdrungen, standen unter der Hülle des Kugelraumschiffs und warteten. Das Schiff wirkte geringfügig kleiner als ein Leichter Kreuzer, 90, vielleicht auch nur 80 Meter im Durchmesser. Es stand auf nur drei Landestützen; es besaß keine Ringwulst und keine sichtbaren Antriebsaggregate.

Rhodan warf zum wiederholten Mal einen Blick auf das Ziffernblatt. Die Zeit schien stillzustehen.

»Geduld«, bat Golem.

Rhodan schloss die Augen, atmete tief und gleichmäßig, wartete. Er hegte einen Groll gegen die Zeit. Entweder stand sie still. Oder sie raste. Niemals fand sie das angemessene Tempo.

Irgendwann erreichte der Sekundenzeiger wieder die XII. Der Minutenzeiger schien einen Moment zu zögern, dann sprang er um.

»12.16 Uhr«, sagte Rhodan.

Golem reckte sich und begann zu schweben. Er manövrierte sich hinter Rhodan. Rhodan spürte, wie die Figurine ihn am Nacken griff und hochzog. Er sah, dass auch Cuderuu hochgehoben wurde.

Augenblicke später befand er sich zehn Meter hoch oder höher und in Griffnähe zum Tastfeld einer Mannschleuse. Ein dünner werdender Arm fuhr ihm über die Schulter und gab in irrsinniger Geschwindigkeit Ziffernkombinationen ein. Die Schleuse öffnete sich. Sie drangen ein.

Die Schleusenkammer. Das Schott. Ein Gang. Ein Korridor zum Antigravschacht. Sie sprangen hinein. Der antigravitationelle Hub war Golem nicht schnell genug. Er nahm Rhodan und den Ofosuapia wieder am Kragen, riss ihn hoch, aus dem Schacht heraus.

Erst da heulten Sirenen auf. *Eindringlingsalarm,* dachte Rhodan. *Reichlich verspätet.*

Sie hatten den Eingang zur Zentrale beinahe erreicht, als ein Kampfroboter aus der Nische schwebte. Rhodan sah sich nach Deckung um, fand keine.

Die Kampfmaschine ruckte. Torkelte. Sackte durch, schnellte wieder bis fast an die Decke. kreiselte. Stand still, orientierte sich. Cuderuu warf ihm den Hammer zu. Er war noch schwerer, als Rhodan befürchtet hatte. Für einen Moment sackte er in die Knie. Golem blieb stehen, als wäre er gegen eine unsichtbare Wand gelaufen. Der Roboter hatte Golem offenbar in ein Traktorfeld gefasst. »Schlag zzzzzzz …!«, rief die Figurine. Rhodan griff den Hammerstiel mit beiden Händen, holte aus und traf den Roboter mitten in das vordere Multisensorfeld.

Der Roboter kippte in die Schräge, verharrte wie eingefroren in der Luft.

»Weiter!«, drängte Golem.

Sie erreichten die Zentrale. Rhodan schleppte den Hammer auf der Schulter. Er brauchte nur wenige Blicke, um zu sehen, dass die Funktionskontrollen und Steuerelemente des Schiffes auf Einmannbetrieb eingerichtet waren.

Neben der Projektionsfläche für das Zentralholo öffnete sich eine Nische.

In der Nische stand ein Käfigtransmitter. Das Gerät mochte kleinere technische Modifikationen aufweisen, war aber zweifellos terranischer Bauart – ein einfaches, robustes, in der Regel störungsfrei arbeitendes Gerät.

Golem eilte zu einem Ausrüstungsschrank an der Wand, riss die Tür auf und warf Rhodan einen rot-imperialen Strahler zu. Rhodan legte den Hammer ab, kontrollierte die Energiewaffe und ließ sie eine kurze Selbstanalyse vornehmen. Sie war betriebsbereit.

Golem stand bereits am Manual des Materiesenders und aktivierte ihn. Aus der Stirn des quantronischen Wesens hatte sich ein silbriger Faden entwickelt und in das externe Kontrollpanel eingefädelt.

Es dauerte nur Sekunden.

»Erledigt«, sagte Golem. »Ich habe den Transmitter von Velines auf Empfang geschaltet.« Er schaute Cuderuu an. »Nun, Legionär, bist du bereits einmal entstofflicht worden?«

»Nein«, sagte Cuderuu.

Golem sagte: »Dann wird es Zeit, dich in Schutz zu nehmen.« Der Leib der Quantronik reckte und streckte sich, wuchs und wuchs, bis er größer war als der Ofosuapia. Dann öffnete er sich. Eine Kammer wurde sichtbar. Ohne zu fragen, füßelte Cuderuu hinein, den Hammer wieder in der Rückenschlaufe. Die Kammer schloss sich fugenlos.

Die Maschine meldete, dass die Aufwärmphase für ihre Feldemitter, Strukturfeldspulen und den Prallfeldgenerator abgeschlossen war. Golem – mit dem Ofosuapia im Leib – und Rhodan betraten den Transmissionskäfig. Sie teilten sich die einzige Stehmarkierung.

Rhodan hob den Arm mit dem Strahler und zielte ins Leere. Die Quintadim-Wandler gingen in Betrieb. Rhodan, Cuderuu und Golem wurden abgestrahlt.

Tomoko Amaya Yo: In Drachenblut gebadet

Krieg im Siamed-System. Eine Raumschlacht, wie sie die Druuf-Welten seit Jahrhunderten nicht mehr gesehen hatten. Das Anrennen anjumistischer Verbände, von Tausenden Einheiten der Alles Insgesamt Gemeinsam und der übrigen Alliierten der Revoltisten.

Weniger als 200 Millionen Kilometer von Batavat, dem 58. Planeten des Siamed-Systems, traten zwölf Druuf-Schiffe zeitgleich aus dem Linearraum aus. Ohne Verzögerung begannen sie, offene Identifikationskennungen auszustrahlen: »Hier ist die 707 FLUT DER GRÜNEN TAGE, Sanitätsoffiziere Bhug von den Alles Insgesamt Gemeinsam, und Thor Sappeur von den Anjumistischen Interventionsverbänden an die zivilen und militärischen Kommandanturen des Siamed-Systems. Unter unserem Befehl stehen die zwölf Lazarettschiffe, die soeben in eurer Ortung erschienen sind. Wir bitten um ungehinderte Einsatzmöglichkeit. Wir garantieren Neutralität des Einsatzes, Bergung und Versorgung der Verwundeten beider Parteien.«

Das automatische Abwehrfort, das den kleinen Verband in Kernschussreichweite hatte, maß keinerlei aktiviertes offensives oder passives Waffensystem an. Seine Quantronik bat um Instruktionen von der Koordinierungsstelle für die Systemverteidigung auf Druufon.

Die Antwort klang ein wenig verworren, abgelenkt, in düstere Vorahnungen verstrickt.

Die Quantronik des Abwehrforts hatte die Vision eines Gewitters, das im Mentalen Symposion aufzog. Sie kämpfte ihre Neugierde nieder und kapselte sich gegen das Symposion ab.

Sie entschied sich, die Lazarettschiffe unbehelligt zu lassen. Gut möglich, dass sie den eigenen Verbänden bald zugutekommen würden.

Die zwölf Druuf-Schiffe bewegten sich mit einem Drittel Lichtgeschwindigkeit in Richtung Druufon; ihr Kurs würde sie knapp an Batavat vorbeiführen.

Einige Minuten später materialisierte ein rot-imperialer Schlachtkreuzer in der Nähe des Verbandes. »Dies ist die GLANZ DER GERECHTIGKEIT, Kommandant Guy Zegenfeuter. Ich untersage den weiteren Einflug ins Siamed-System. Drehen Sie ab. Kehren Sie um. Andernfalls nehme ich Sie unter Feuer.«

Für fast eine volle Minute herrschte Schweigen. Die Ferntaster der zwölf Schiffe im Raum um Batavat maßen die ungeheueren Entladungen in den umkämpften Sektoren des Systems an; optisch waren die Zeichen der Schlacht bislang nicht wahrzunehmen. Das Licht des Krieges würde noch viele Stunden brauchen, um bis in diese äußersten Randzonen des Systems vorzustoßen.

Auch die Ortungssysteme der rot-imperialen GLANZ DER GERECHTIGKEIT verfolgten die Schlacht in der Ferne.

»Auf ein Wort, Kommandant Zegenfeuter«, meldete sich die 707 FLUT DER GRÜNEN TAGE, die mit ihren elf Begleitschiffen unbeirrt den Weg Richtung Druufon fortsetzte. Die Lazarettschiffe hatten keinen Schutzschirm aufgebaut, obwohl ihre Telemetrie angemessen haben musste, dass die Impulskanonen der GLANZ DER GERECHTIGKEIT feuerbereit waren und alle zwölf Schiffe ins Visier genommen hatten. »Haben Sie in Erwägung gezogen, dass das Rote Imperium diese Schlacht verlieren könnte und es Ihre Leute sein werden, die unsere medizinische Hilfe brauchen könnten?«

»Bremsen Sie, drehen Sie ab. Ich bin nicht hier, um mit Ihnen militärische Optionen zu diskutieren.«

»Es könnte sein, dass Ihre Flotten überhaupt keine militärischen Optionen mehr haben, Kommandant«, sagte Sappeur.

Die GLANZ DER GERECHTIGKEIT feuerte jedem Lazarettschiff einen Schuss aus ihren Impulsgeschützen vor den Bug. »Letzte Warnung!«, kommentierte Zegenfeuter.

»Gehen unsere Uhren richtig, Kommandant? Ist es 12.16 Uhr rot-imperialer Bezugszeit?«

»Was soll die Frage? Sind Sie hier, um Ihre Uhr zu stellen?«

»Nur der Neugierde halber: Steht Ihre Schiffsquantronik in steter Konferenz mit der Flottenstrategie-Diözese des Mentalen Symposions?«

Schweigen. Die Verbindung wurde vonseiten der GLANZ DER GERECHTIGKEIT gekappt. Plötzlich driftete das Schiff des Roten Imperiums vom Kurs ab, taumelte förmlich. Seine Kanonen feuerten, die Schüsse gingen weit am Ziel vorbei.

12.16 Uhr. Der Angriff auf das Mentale Symposion hatte begonnen.

12.15.30 Uhr rot-imperialer Bezugszeit Leyden City/Druufon. Noch 30 Sekunden.

Sie trugen den porzellanweißen Helm seit vielen Stunden, lagen unbewegt auf den Pneumoliegen. Die Indux-Roboter träufelten ihnen Flüssigkeit in die weit geöffneten Augen, benetzten die Zungen, pflegten die Schleimhäute der Mundhöhle.

In ihren Gehirnen wimmelte es von neurokybernetischen Nanobots. Die Maschinen patrouillierten an den

Blutbahnen, dockten an den Synapsen an, hielten ihre Ladung bereit: synthetische Neurotransmitter, die die Empfänglichkeit der Nervenfelder erhöhen würde für das Psytropin, die bewusstseinsverändernde Substanz, mit der das Gehirn seit etlichen Minuten geflutet war.

Psytropin – die Geheimwaffe der Anjumisten. Ihre letzte und größte Hoffnung.

Noch 20 Sekunden.

Sie waren einige Millionen, ein verstreutes Heer von Psychoguerillas, die auf Hunderten Welten in Tausenden Kiosken auf ihren Einsatz warteten, während ihr Geist bereits dem Mentalen Symposion zugeschaltet war und dort unauffälligen Tätigkeiten nachging.

Rechneten. Nachdachten. Ordneten. Sortierten. Modellierten. Experimentierten. Erfanden.

Den alten Traum vom Roten Imperium träumten.

Noch zehn Sekunden.

Noch drei.

Zwei.

Eins.

12.16 Uhr rot-imperialer Bezugszeit Leyden City/Drufon.

Die Nanobots entluden ihre Fracht und schalteten die Synapsen frei.

Das Bewusstsein jedes Psychosoldaten kippte von Traum auf Albtraum, von Sinn auf Wahnsinn.

Sie erlebten das Gefühl völliger Verlassenheit, den Drang, sich selbst zu verletzten, ihren Untergang in engen unendlichen Brunnen, Reizbarkeit, Wut und den Hass auf sich selbst, der schiere Liebe war, Selbstverzehrung, Selbstversunkenheit, Selbstlosigkeit bis zum Verwehen in einem in sich gekehrten Äther, Laugen und Säuren in den Augen und Atemwegen, Angst vor dem Ersticken, unaufhörliche Verfolgungen, ihren Anschluss an rot-imperiale Peinmaschinen, Erdbeben der Seele. Sie erlebten Angst vor Zahlen, vor Zauberern, vor dem Sprechen, vor dem Denken, vor der Angst, Angst vor Staub, Hühnern, Flöten, asymmetrischen Dingen, vor Blitzen, den Sternen, vor der eigenen Unvollkommenheit, vor Puppen und Gold, vor Bakterien, Druuf, vor den beiden Sonnen des Siamed-Systems, vor dem Blick in die Tiefe, Donner und Körpergeruch, vor Schnee und allen Farben, vor Uhren, Exkrementen, Clowns, Verstopfung, Antigravschächten, Eis, Kristallen, Lichtbeugen, Schnüren, Schwebots, Treppen, Dämonen, Chalwasen, Spiegel, Angst davor, zu Hause zu sein oder völlig vergessen zu werden, davor, eine unverzeihliche Sünde begangen zu haben, und Angst vor dem Wissen, Angst, Würmer zu haben, Angst vor Männern und Wäldern und Schaumbildern, Angst, sich zu bücken, Angst vor Lepra, Intropolen und Gemüse, vor Ottern und Dunkelheit, vor Gravitationsoasen, vor der Menstruation, vor winzigen Dingen, vor Maschinen, Angst vor den Monden Druufons, vor Urin, vor Metall, vor dem eigenen Geist.

Und weil das Mentale Symposion ein Spiegelbild der druufschen Gesellschaft und ihrer Kultur war, ein humanoides, ja transhumanoides und humanoid-quantronisches Alles Insgesamt Gemeinsam, die terranische Version des druufschen Denkens, weil hier alles miteinander verbunden war und der eine im Geist des anderen hauste wie ein ewiger Gast, teilte sich diese Angst nicht nur allen anderen mit, sondern riss sie mit sich, hinein in einen Strudel aus Panik und Verwirrung, in einen Mahlstrom aus Weltuntergängen, erschütterte dieser Wahnsinn alles, verkehrte alles, verwandelte alles in einen einzigen Schrei.

Nicht einmal die zugeschalteten Quantroniken vermochten, der Flut des Irrsinns zu widerstehen. Denn wie die Paranoia der biogenetischen Bewusstseine alles von Lebewesen Gedachte, Gehoffte, Geträumte sprengte, so stürmten die auf wahnsinnig geschalteten Maschinenbewusstseine der anjumistischen Quantroniken die mentalen Bastionen ihrer rot-imperial denkenden Artgenossen.

Das Mentale Symposion war vernichtet. Zurück blieb eine geistige Ruine, eine schreiende Wüstenei, ein Universum aus Angst. Eine ganze Welt ohne einen einzigen klaren Gedanken.

Die Besatzung der GLANZ DER GERECHTIGKEIT würde einige Minuten brauchen, um die Quantronik aus ihrem Verbund mit dem Mentalen Symposion zu lösen und das rot-imperiale Kriegsschiff wieder unter Kontrolle zu bringen.

Die Ortung der 707 FLUT DER GRÜNEN TAGE maß diverse kleinere Explosionen an Bord der GLANZ DER GERECHTIGKEIT an.

Sappeur sah zu Bhug hinauf, der auf dem anderen Kommandantensessel saß. »Sie machen kurzen Prozess mit ihrer Quantronik«, sagte Sappeur. »Sie sprengen sie einfach. Wer hätte das gedacht.«

»Ich hätte das gedacht«, antwortete der Druuf. »Wenn mir geeignete Psychogramme des gegnerischen Kommandanten und seiner Mannschaft vorgelegen hätten.«

Sappeur lächelte. »Geschwindigkeit beibehalten. Einschalung der 449 JAHRESGLEICHE WINTERWÄRTS optimieren. Leichte Kurskorrekturen wenn nötig.«

Verschlüsselte Raffersprüche gingen an die anderen Druuf-Schiffe, allesamt elegante Stabraumer von annähernd 2000 Metern Länge.

Die elf Druuf-Schiffe nahmen die 449 JAHRESGLEICHE WINTERWÄRTS in ihre Mitte und schirmten sie gegen die immer noch ohnmächtige Einheit des Roten Imperiums ab.

Denn einzig diesem Schiff, der 449 JAHRESGLEICHE WINTERWÄRTS, galt dieser Einsatz. Diesem Schiff und seinem einzigen Passagier.

Das Schaumbild vor den beiden Kommandanten war zweigeteilt. Die eine Sphäre zeigte die trudelnde GLANZ DER GERECHTIGKEIT, deren Kurs sich allmählich wieder stabilisierte.

In der anderen Sphäre sah man den Planeten Batavat, einen der sieben Exzentros. Ihre Bahnen trugen diese äußersten Welten des Siamed-Doppelsternsystems absurd weit ins Weltall hinaus.

Woher diese Sehnsucht nach Einsamkeit?, fragte sich Sappeur. *Warum haust er hier, auf Batavat, so fern von allem?*

»Achtung. Rot-imperialer Schlachtkreuzer wieder einsatzfähig. Fliegt in Angriffsposition.« Das Schaumbild zeigte den Anflug der GLANZ DER GERECHTIGKEIT.

»Die Schirme hoch!«, befahl Sappeur. Machen wir es ihm nicht zu leicht.« Er nestelte an seinem Uniformhemd und zog eine Dose mit Lutschpastillen hervor, öffnete sie und hielt sie Bhug einladend hin.

»Der nächste Versuch, mich zu vergiften?«, fragte der Druuf.

»Ich gebe nie auf«, sagte Sappeur, nahm eine Pastille und legte sie sich auf die Zunge. Das Schiff vibrierte, als der Schirm den ersten Treffer kassierte und die Schirmfeldgeneratoren zu einem sprunghaften Leistungsanstieg zwang.

»Anzüge schließen. Wirkungsstützen aktivieren. Notausstiege auf Stand-by«, sagte Bhug.

Sappeur sah, wie sich das Visier seines Anzugs senkte. Nächster Treffer. Ein schwerer. Die 707 FLUT DER GRÜNEN TAGE schüttelte sich.

Die Feuerstöße kamen in viel langsameren Takten, als der Anjumist es von rot-imperialen Einheiten gewohnt war. *Kein Wunder – die Feuerleitstände arbeiten ohne quantronische Unterstützung. Sie sind auf sich allein gestellt. Wie im Mittelalter.*

Wären die Lazarettschiffe offensiv bewaffnet gewesen, hätten sie sich vielleicht gegen die GLANZ DER GERECHTIGKEIT wehren können.

Aber der Plan sah nicht vor, dass sich der anjumistische Verband wehrte.

Das Schaumbild zeigte, wie der Schirm eines ersten der vorgeblichen Lazarettschiffe, der 1109 AUFGANG IM NACHTNEBEL, verwehte, wie der Raumer einen Treffer mittschiffs erhielt und auseinanderbrach. Wenige Minuten später wurde ein zweites Schiff in der Hecksektion getroffen. Die Speicherbänke der 6 FRÜHLICHT IM SCHATTENWIND explodierten und zerrissen den Rumpf des Schiffes.

Etliche Bioimpulsgeber wurden aus dem zerfetzten Schiff in den leeren Raum geschleudert und sendeten weiter ihre Signale. Sappeur hoffte, dass niemand an Bord der GLANZ DER GERECHTIGKEIT eine der Puppen bergen, untersuchen und dabei entdecken würde, dass die Besatzung der beiden zerstörten Schiffe aus mechanoiden Attrappen bestand.

Ein weiteres Druuf-Schiff wurde zerstört. »Fleißig, unser Freund!«, lobte Sappeur den gegnerischen Kommandanten. »Wir könnten ihn gut auf unserer Seite brauchen«

»Wenn es *seine Seite* nicht mehr gibt, wird ihm die Wahl nicht schwerfallen«, sagte Bhug voraus. »Nach dem Untergang des Roten Imperiums wird er sich umorientieren.«

Noch ist das Rote Imperium nicht untergegangen, dachte Sappeur. *Noch sind Velines, Ifama und der einsame Mann von Batavat nicht besiegt. Noch ist die einzige Person, der wir diesen Sieg zutrauen, nicht auf Batavat gelandet.*

Wie um dem Angriff des Imperiumsschiffes auszuweichen, hatte sich die 449 JAHRESGLEICHE WINTERWÄRTS dem Planeten Batavat bis auf weniger als 150.000 Kilometer genähert. Längst flog sie in Reichweite der Abwehrstellungen rund um die Festung, die unter einer Paratronkuppel lag.

Die Kanonen von Batavat feuerten nicht. Wer immer dort Dienst tat, hatte die Autarkie des Planeten von den Schaltstellen im Mentalen Symposion noch nicht herzustellen vermocht.

Ein Impulsschuss der GLANZ DER GERECHTIGKEIT streifte den Schirm der 449 JAHRESGLEICHE WINTERWÄRTS. Ihr Schirm erlosch.

Jede Quantronik hätte sensibel auf dieses Phänomen reagiert, hätte berechnet, dass der Treffer zu schwach gewesen war, um den Zusammenbruch des Verteidigungssystems zu bewirken, hätte erkannt, dass das Schiff sich zum Abschuss anbot, hätte ihre Schlüsse daraus gezogen.

Aber drüben saßen Terraner an den Kanonen. Sie berechneten nicht. Sie schöpften keinen Verdacht. Sie feuerten auf das nun unbeschirmte Schiff.

Wunderbar, dachte Sappeur.

Die 449 JAHRESGLEICHE WINTERWÄRTS zerplatzte buchstäblich. Vom Kern des Schiffes blieb nur ein zerknautschtes, glühendes Gerippe. Hunderttausende von Trümmerteilen verwirbelten ins All.

Die GLANZ DER GERECHTIGKEIT wandte sich einem neuen Opfer zu, der 550 TIEFER SINKENDE DUNKELHEIT.

»Schirm auf volle Kraft und Position einnehmen!«, befahl Sappeur. Sein Schiff schob sich zwischen den rot-imperialen Schlachtkreuzer und die Trümmerwolke, die von der 449 JAHRESGLEICHE WINTERWÄRTS übrig geblieben war. Mittlerweile müsste selbst den menschlichen Beobachtern an Bord der GLANZ DER GERECHTIGKEIT klar geworden sein, dass sich die Trümmer des eben zerstörten Schiffes nicht so chaotisch im Raum verteilten, wie es ihre physikalische Pflicht gewesen wäre, sondern dass sie sich formiert hatten.

Dass sie, ihrer Geburt durch eine Explosion widersprechend, untereinander viel zu ähnlich und jedes für sich viel zu ebenmäßig waren.

Dass sie überhaupt keine Trümmer sind, sondern ...

Raumkapseln!

30.000 Raumkapseln hielten auf Batavat zu, leicht ovale, etwa zehn Meter durchmessende Flugkörper. Ein großer Teil dieser Armada beherbergte ausschließlich Roboter und Bioimpulsgeber, die biologische Mannschaften vortäuschten. Nur 2500 Kapseln transportierten Besatzungen: 40 bis 45 Mann, die in quantronischen Kampfanzügen lagen, für die Dauer des Fluges in Schutzschaum eingebettet.

Über 100.000 Leute, die wir über Batavat absetzen können, dachte Sappeur. *Und unter ihnen die eine Anjumistin, der den Weg zu bahnen unser ganzes Unternehmen gedient hat: Tomoko Amaya Yo.*

Auf den verbliebenen Druuf-Raumern liefen bislang schlafende Aggregate an und spannten einen Hochleistungs-Schutzschirm zwischen das rot-imperiale Schlachtschiff und die Raumkapseln im Landeanflug auf den Planeten.

An Bord der GLANZ DER GERECHTIGKEIT erkannten einige Ortungsoffiziere endlich, dass die vorgeblichen Lazarettschiffe nichts anderes waren als leicht verhüllte Schirmfeldgeneratoren.

Kommandant Guy Zegenfeuter hatte längst den Rest der Flotte alarmiert und Druufon über die Ereignisse bei Batavat in Kenntnis gesetzt, aber seine Botschaft ging in der Sintflut wahnwitziger, entstellter Meldungen unter, die den Funkverkehr im Siamed-System betäubten.

Außerdem waren mittlerweile fast sämtliche Einheiten des Roten Imperiums in Kampfhandlungen mit anjumistischen Schiffen verwickelt. Immer noch strömten Anjumisten- und Druuf-Verbände ins Siamed-System und banden sämtliche Kräfte des Roten Imperiums.

Millionen autonome Überlicht-Torpedos traten aus dem Linearraum aus oder materialisierten nach einem Transitionssprung, rasten auf rot-imperiale Schiffe zu, auf Kampfstationen und Raumwerften.

Schauer von imperialen Kapazündern zerhackten die Raumzeit, um den Angreifern die Operationen zu erschweren; aber der Einsatz der Zünder erfolgte unkoordiniert und chaotisch und machte den Schiffen des Roten Imperiums selbst nicht weniger zu schaffen als den Anjumisten.

Einzig die im System kreuzenden Fluidome erwiesen sich als ernsthafte Gegner der Invasoren. Das geisterhafte

Reaktionsvermögen dieser Schiffe entzog sich allen Versuchen, sie unter Punktbeschuss mehrerer Einheiten zu legen. Meist half den anjumistischen Schiffen im Ernstfall nur die Flucht, wobei sie alles unternahmen, durch Verminung der geräumten Sektoren mit selbstlenkenden Antimateriebomben die Bewegungsfreiheit der Fluidome mindestens einzuschränken.

Das Siamed-System zerfiel zu einem Konglomerat ineinander verschlungener Schlachtfelder. Die Quantroniken der Anjumisten, lange vor der Attacke auf das Mentale Symposion verkapselt und dadurch gegen den Wahnsinn immunisiert, orientierten sich rascher als ihre benommenen oder völlig außer Kraft gesetzten Artgenossen des Roten Imperiums.

Sie versuchten, so viel Raum wie möglich zu gewinnen in dieser Phase der Auseinandersetzung, in der alle Vorteile bei ihnen lagen.

Batavat war wie die anderen Planeten des Systems eine isolierte Insel. Das mentale Gewitter im Symposion blendete die Verteidigungsanlagen des Planeten fast vollständig. So brauchten die defensiven Systeme endlose Minuten, bis sie die Ereignisse im Orbit als Angriff auf die Planetenoberfläche klassifiziert hatten.

Selbst dann aber begannen die Batterien nicht zu feuern. Die verantwortlichen Quantroniken hielten es für denkbar, dass die Lageanalyse von den Wahnvorstellungen des Mentalen Symposions beeinflusst wurde.

Selbstverständlich hatten sich längst hoch spezialisierte Quantroniken im ganzen Siamed-System an die Arbeit gemacht; sie hatten erste Modelle für den Aufbau und den Einsatz von mentalen Reparaturprogrammen entworfen; ein großer Teil der rot-imperialen Transpathein-Vorräte, die auf Druufon selbst und Außen-Iob lagerten, waren von der Kommandantur des Generalgouverneurs freigegeben worden.

Aber es würde dauern, bis die Denkmaterie revitalisiert, strukturiert und für diesen besonderen Einsatz programmiert war. Erst in mindestens zwei, höchstens aber drei Stunden würde man – wie erste quantronische Modelle zeigten – so weit sein, das kodierte Transpathein über die Realitätsinseln ins Mentale Symposion zu pumpen.

Drei Stunden – das war die Frist, die Zeitspanne, in der das gesamte Rote Imperium verwundbar war.

Als die planetaren Geschütze von Batavat endlich in Betrieb gingen, war das Landekommando der Anjumisten längst in die Atmosphäre eingedrungen und waren die Quantroniken an Bord der Miniaturraumschiffe aus ihrem Hiberns erwacht.

Es gab keinen Grund mehr, den Ortungsstationen von Batavat vorzuspiegeln, dass sich schlichte, technisch anspruchslose Rettungshülsen auf die Planetenoberfläche zubewegten.

Die Denkmaschinen, aus dem strategischen Winterschlaf zu Bewusstsein gekommen, übernahmen die Steuerung der Kapseln, warfen sie in irrwitzigen und unkalkulierbaren Manövern herum und ließen sie in unbegreiflichen Mustern zu Boden tanzen.

Wenn die Forts trafen, geschah dies rein zufällig.

Natürlich trafen sie dennoch, hundert, vielleicht zweihundert Mal. Die Verluste an anjumistischen Soldaten hielten sich in engsten Grenzen. Bald waren die Kapseln unter den Wirkungshorizont der Abwehrgeschütze getaucht.

Die Festung hatte ihre Armeen endlich mobilisiert und schickte sie in die Schlacht.

Unmittelbar nach der Landung strömten die Anjumisten und ihre Roboter aus den Flugzeugen. Etliche der Miniaturraumschiffe und Hunderte Roboter gruppierten sich und schlossen sich zu Aggregaten zusammen, zu gewaltigen Bohrmaschinen. Die Aggregate warfen ihre Desintegratoren an und trieben Tunnel in den Fels. Der Paratronschirm, der um die Festung lag, endete in einem Ynkonit-Graben wenige Dutzend Meter unterhalb der Planetenoberfläche. Die Architekten der Festung hatten niemals auch nur in Betracht gezogen, dass feindliche Truppen im Herzen des Roten Imperiums eine erfolgreiche Landeoperation absolvieren könnten.

Nun begannen die Tunneltreiber, den Schirm zu unterwandern.

Die Festung selbst blieb unsichtbar, obwohl der Schirm hinreichend transparent war. Sie war in ein Gewölk aus Wellentötern getaucht – ein Medium, von dem die meisten Rot-Imperialen glaubten, dass es eine Erfindung der Anjumisten war.

Dabei hat der Herr der Festung es seinerzeit selbst entwickelt, dachte Yo. *Warum hat er es nie den Kampfeinheiten des Roten Imperiums zur Verfügung gestellt? Ifama und ihren Flotten? – Bald werde ich ihn fragen können ...*

Die Anjumisten stellten die Wirkungsstützen ihrer Anzüge auf Kampfmodus. Die Geräte würden eine beispiellose Leistungssteigerung der Anzugträger bewirken, die Anjumisten würden exakter sehen, rascher reagieren, schneller laufen und weiter springen als biologisch menschenmöglich.

Und sie würden jedes Prozent Leistungssteigerung bitter nötig haben.

An der vordersten Front trafen die ersten Anjumisten auf die rot-imperialen Kampftruppen. Die ersten Tunnel durchbrachen hinter dem Paratronschirm den Boden. Einheiten von Anjumisten stürmten im Gefolge ihrer Kampfroboter in den Tunnel.

Die Phalanx der Cerbiden orientierte sich. Die Geistertiere gruppierten sich um und nahmen die Anjumisten-Squads ins Visier. Blitzartig tauchten ihre unwirklichen Leiber auf, streckten, verästelten sich, markierten ihre Reviere.

Tomoko Amaya Yo überlegte, ob die Cerbiden mitunter gegeneinander kämpften, wenn es mal keine biologischen oder technoiden Körper gab, die sie jagen, erlegen und ausweiden konnten.

Fressen.

Ihre Pfiffe gellten noch durch die akustischen Barrieren ihres Schutzanzugs. *Kannst du sie nicht still stellen?*, dachte Yo in Richtung ihrer Quantronik Cori.

Cori las das Wellenmuster ihres Gehirns, erkannte ihren Zorn und den Gegenstand ihres Zorns.

»Negativ«, sagte sie. »Sie stecken zu tief in deinem Gedächtnis. Sie klicken dein Gedächtnis an. Ich könnte allerdings eine mnemotechnische Operation vornehmen. Du gestattest?«

»Lass gut sein«, sagte Yo.

Ihre Gruppen rückten vor, flankiert von anjumistischen Kampfrobotern. Lawinen von Kapazündern zerrieben die Wahrscheinlichkeit im Kampfgebiet; nur schmale, in eine Richtung passierbare Korridore blieben unberührt. Nur hier konnten sich Menschensinne und Menschenhirne noch orientieren. Elektromagnetische Rastinetten projizierten übereinanderliegende Energieschemata, ausweglose Sackgassen und Irrgärten aus Datenscherben, in denen sich die Cerbiden verirren sollten.

Dennoch tauchte immer wieder einmal die funkenstiebende Schnauze eines Cerbiden auf, bellte, klapperte, schnappte nach ihr. Verging. Die Geistertiere waren noch immer keine leichte Beute, aber sie hatten sich nicht rechtzeitig und nicht vollständig von ihrer letzten und fundamentalsten Steuerinstanz, dem Mentalen Symposion, abschotten können. Nun erlagen sie dem Sirenengesang der paranoiden Schwarmintelligenz, die noch immer in ihrem alles umfassenden Albtraum versunken lag.

Das machte die Cerbiden verletzlich. Sie manifestierten sich im Bemühen, aus den Labyrinthen der Rastinetten zu fliehen.

Sie manifestierten sich im Bemühen, Zeit für die Lokalisierung ihrer Feinde zu gewinnen.

Die Cerbiden manifestierten sich zu lange, um den Zielerfassungssystemen zu entkommen.

Die anjumistischen Kampfmaschinen waren nicht auf Gnade programmiert. Schon gar nicht auf Gnade für die rot-imperialen Kriegstiere.

Yo sah in ihrem Visor, wie immer mehr Cerbiden mit flackernden Energiemustern in die Realität abstürzten, leckgeschlagen, pissend, geifernd, feuerlohend. Kampfroboter löschten sie aus. Die Anjumisten stürmten voran.

»Omega-Tunnel gesichert«, hörte Yo endlich im Funky.

Der Omega-Tunnel – ihre Passage in die Festungswelt. *Gesichert* hieß, dass das Bauwerk nicht nur physikalisch stabilisiert und hyperenergetisch gegen feindliche Angriffe geschützt war, sondern dass auf dem Territorium der Festung ein Brückenkopf gehalten wurde.

Yo musste keinen Befehl geben: Cori riss sie von den Füßen und beschleunigte ihren Kampfanzug Richtung Tunneleingang.

Immer mehr Cerbiden jaulten und irrten – wie es schien: ratlos – umher, weiße, flüssige Schatten, in dem einen Moment hundeköpfige Kreaturen mit gefletschten Zähnen, im anderen Moment verknäultes Metall, kreisende Sägeblätter, Klauen und Blitze.

Links und rechts von ihr flogen noch einmal Strahlenbeutel, platzten und fluteten das Kampfgebiet mit elektromagnetischen Wellen.

Plötzlich war alles still.

Zwischen Herzschlag und Herzschlag vernahm Amaya Yo alles: Sie sah die ausfransenden Leiber der Cerbiden im Licht der Zerstörung; sie sah Kampfroboter, anjumistische wie rot-imperiale, ineinandergematscht, einander zerfetzend; sie sah hoch über sich die Atmosphärefoliden, die riesenhafte, aber ihrer selbst unbewusste Lebensform von Batavat senkrecht durch die Lufthülle flattern wie Lamettastreifen; sie sah den sauberen, mit Prestostahlplast verkleideten Schacht, der sich wenige Meter tief unter der Planetenoberfläche in einen Tunnel verwandelte, der sie zu Patollo führen würde.

Sie hörte das große, alles übertönende Schweigen der Berge, die am Horizont mit der Nacht verschmolzen.

Sie sprang hinab.

»Das Biosignal der Manifestin Tomoko Amaya Yo ist nicht mehr detektierbar«, meldete die Quantronik der 707 FLUT DER GRÜNEN TAGE.«

»Ist sie tot?«, fragte der Druuf Bhug.

Thor Sappeur spürte, wie er unwillkürlich den Atem anhielt.

»Sie ist unter den Paratronschirm getaucht«, sagte die Quantronik. »Sie ist in der Festung.«

In der Festung des Raben, dachte Sappeur und flüsterte: »Gott schützt die Liebenden.«

»Diese Götter, von denen ihr Terraner fantasiert«, sagte Bhug, »sind euch eine große Last, ja?«

Einige Kampfmaschinen des Roten Imperiums wehrten sich noch. Die Männer und Frauen der Regulartruppen, die sich in das Vorfeld der Festung gewagt hatten, waren tot.

Cori scannte sicherheitshalber zum wiederholten Mal das Areal. Keine gegnerischen Lebenszeichen.

Yo sah, wie sich die bleiche Mauer der Festung allmählich aus den Schwarznebeln schälte, die das Bauwerk bis eben in Nacht gehüllt hatte.

Die Wolke der Naniden, von anjumistischen Spezialrobotern versprüht, hatte den Nebel aus Wellentötern aufgefressen.

»Wir haben die Festung geortet!« Rufe, Jubel, Kommandos.

Die Virenhaken-Werfer wurden in Stellung gebracht, halbkugelige Projektoren auf Stativen.

»Kaum Bedarf, die Pralllichtfunktion deines Anzugs hochzufahren«, meldete Yos Quantronik.

»Haben wir so viel Glück?«, fragte sie.

»Kein Glück. Meine Partner haben mich informiert, dass die Festung verteidigungstechnisch beinahe inaktiv ist.«

Das Mentale Symposion hat sie unterminiert, ergänzte Yo in Gedanken.

»Virenhaken-Werfer bereit«, hörte sie eine Stimme.

»Virenhaken abfeuern!«, befahl sie.

Die virtuellen Kampfprogramme wurden losgelassen. Sie drangen in die Schutzschirmstaffeln der Festung ein, orientierten sich, bildeten kleine, spontane Allianzen untereinander, konsumierten hier ein Quentchen Energie, gaben dort ein Quentchen hinzu, isolierten zunächst mikroskopisch kleine Schirmbezirke, beschleunigten oder hemmten die Oszillation der Schirmenergie, zerstörten die Synchronisation seines Aufbaus.

Sie lösten ihn auf.

Die Festung war eine spiralige Konstruktion. In fünf Windungen schraubte sie sich nach oben, verglaste Leisten wechselten sich mit massiven Wänden ab. Das Material schimmerte perlmuttfarben, war von Adern durchzogen – eine halb organische, halb mineralische Substanz.

Yo wusste, dass sie sich kühl anfühlte, kühler als die Hand ihrer Haut.

Aus den Glasleisten schimmerte warmes, leicht flackerndes Licht, als brennten dahinter Heerscharen von Kerzen.

Die Roboter starteten durch und nahmen die Wand unter Feuer. Detonationen. Impulsfeuer und Desintergratorbeschuss. Durchbruch.

Alles, bevor die Anjumisten ihre ersten Schritte tun konnten. Dann aber stürmten sie los. Yo noch in ihrer Mitte.

Yo, die es zu schützen galt.

Yo, die in den Festungskern eindringen und dessen Gehirn töten würde: Jaako Patollo. Den linearen Gouverneur des Roten Imperiums.

Sie hatten sich durch die peripheren Räume der Festung gekämpft. Den letzten Weg würde Yo allein gehen. Sie löste aus dem Geplänkel und überließ den armseligen Haufen Wachroboter ihren Leuten.

Cori gab zunächst die Kommandos, lenkte sie. Yo folgte, stürmte da eine Freitreppe hinauf, dort durch einen Torbogen, ließ sich im Antigravschacht nach unten tragen, stieg aus, rannte durch einen Korridor.

Ab hier kenne ich mich aus. Danke, signalisierte sie ihrer Quantronik.

Der Korridor endete vor einer verschlossenen Metalltür. Cori spann einen Faden Quantenstaub, eine Kristallisationskette auf Siliziumbasis, und fädelte ihn in einen Steuerkasten an der Seite der Tür ein.

Die Quantronik der Tür war klein, verstört, widerborstig, unsympathisch. Aber sie gab nach.

Der Kristallfaden, der mit seinem Durchmesser von wenigen My dem unbewehrten Auge nicht sichtbar war, löste sich auf. Die Tür fuhr mit einem leichten metallischen Kreischen zur Seite.

Drei Anjumisten rückten blitzartig in den kurzen Korridor ein. *Zu früh!* Heftiges Abwehrfeuer aus Kanonen, die sich sofort aus den Korridorwänden und der Decke geschoben hatten, tötete sie augenblicklich.

»Haltet euch fern!«, schrie Yo zornig ins Funky.

Sie blickte in den verspiegelten Raum am Ende des Korridors, die Aufzugkabine. Viel Glas, viel Messing, viel Holz. Langsam setzte sie ihre Schritte. Die Waffenläufe schwenkten mit, folgten ihr, unschlüssig.

Kein Schuss fiel.

Der Parkettboden der Aufzugkabine roch nach Bohnerwachs. Dem Eingang gegenüber wartete eine grün gepolsterte Sitzbank auf Fahrgäste. Auch der Liftboy auf seinem herausgeklappten Stuhl wartete.

Yo konnte nur ahnen, seit wie vielen Jahren. Oder Jahrhunderten.

Der Greis atmete flach und schnell. Er hielt den Kopf gesenkt; die wenigen weißen Haare waren vom Scheitel gerutscht und hingen in der Luft wie Spinnweben.

Seine rote Livree wirkte verstaubt. Nur die Knöpfe blinkten frisch poliert.

Yo trat ein. Die Aufzugtür schloss sich hinter ihr.

»Guten Tag«, sagte Yo.

Der Alte sah sich mühselig um. Sein Nackengelenk knackte. Er schien erst jetzt bemerkt zu haben, dass er einen Passagier hatte.

Sein Blick war wässrig gläsern, er konnte sie nicht fixieren. Er sog die Luft ein, als wollte er sie am Geruch erkennen.

»Tomoko«, sagte er. Es klang wie ein Echo aus einer anderen Zeit. »Du bist lange nicht hier gewesen.«

»Falsch«, sagte sie munter. »Und du weißt, dass es falsch ist.«

Er dachte nach. »Vielleicht«, gab er zu. »Wohin willst du?«

»Wohin schon?«, sagte sie und lachte.

»Nach unten«, riet der greise Liftboy.

»Ganz nach unten.«

Der Boy legte den Hebel des Fahrschalters um. Ruckend setzte sich die Aufzugkabine in Bewegung.

Tomoko Amaya Yo trat aus der Kabine in den Saal. Der Boden aus feinem gegossenem Zement. Die Decke hoch, mit Leinwand ausgeschlagen. Stille Lichtskulpturen trieben langsam durch den Raum, rotierten, stiegen, sanken. Im Hintergrund die Wand aus milchigem Glas, marmoriert, terracottafarben, ocker, burgunderrot.

Zwei Antigrav-Sitzschalen, eine davon unbesetzt, ein Tischchen dazwischen, darauf eine Karaffe, zwei Pokale.

Patollo erhob sich, elastisch, munter, verbeugte sich, lächelte. »Hallo, Amaya.«

Sie erschoss ihn, ging achtlos an der Leiche des Filiaten vorüber und auf die gläserne Wand zu. »Öffne dich!«, befahl sie.

Zögern.

»Tomoko Amaya Yo«, sagte sie. »Ich möchte hinein. Ich habe ein Recht darauf. Überprüfe das.«

»Ich anerkenne dein Recht«, sagte eine sanfte, völlig unmenschliche Stimme. *Wie Wind in den Weiden.*

Eine Parzelle der Glaswand glühte auf. Wie die Lamellen einer Irisblende öffnete sie sich.

Yo betrat die Gruft.

Sie kannte jeden Handgriff. Sie gab den uralten Notfall- und Überbrückungskode in die Schalttafel der Filiationskammer ein. Sie legitimierte sich mit Blut, Speichel, DNA und einer kodierten Gedankenfolge.

Die Abdeckplatte wich. Die Substanz der Kammer verdampfte schlagartig.

Jaakko Patollo – der echte Patollo – sank ihr mit einem heiseren Seufzer in die Arme.

Wie leicht er war. Beinahe gewichtslos. Zerbrechlich. Atemlos.

Behutsam legte sie ihn ab. Ein lange vom Baum abgeworfenes Blatt. Brüchig.

Sie sendete den vereinbarten Impuls. Die Anjumisten versiegelten die Festung und zogen sich zurück.

»Es wird noch einige Minuten dauern, bis der Organismus halbwegs betriebsfähig ist«, meldete Cori ihr den Stand der Dinge. Die Quantronik hatte Patollo medizinisch in Arbeit genommen. Die Maschinen der Gruft rührten sich nicht.

Während sie wartete, kam Yo eine uralte, prä-astronautische Legende in den Sinn. Die Legende eines unverwundbaren Kriegers, dessen Unverwundbarkeit nur eine einzige Blöße aussparte: die Legende vom Drachentöter.

»Ihr habt das Imperium in Drachenblut gebadet«, sagte sie leise. »Aber ihr habt übersehen, dass euer Panzer eine Blöße hat.«

Vielleicht, dachte sie, *wolltet ihr diese Blößen ja nicht sehen.*

»Wir igeln uns ein«, befahl Thor Sappeur.

Die neun Druuf-Raumer – acht funktionstüchtige Schiffe und das Wrack der 550 TIEFER SINKENDE DUNKELHEIT – näherten sich einander an und vereinigten ihre Schutzschirme.

Der Kommandant der GLANZ DER GERECHTIGKEIT ließ den gesicherten Pulk unter Transformkanonen-Feuer nehmen, ohne etwas ausrichten zu können.

»Patt«, sagte Sappeur.

Bhug betrachtete konzentriert das Schaumbild.

Sappeur ließ eine Verbindung zu dem Kommandanten des rot-imperialen Schiffes herstellen. Guy Zegenfeuter meldete sich beinahe sofort. »Wollen Sie kapitulieren?«

Sappeur blickte ihn entgeistert an. Dann lachte er los. »Ich wollte im Gegenteil Ihnen vorschlagen, Ihren kleinen Privatkrieg einzustellen.«

Zegenfeuter fauchte ihn an: »Dies ist kein Privatkrieg. Ich verteidige das Rote Imperium gegen eine Horde von Aufständischen.«

Sappeur gähnte demonstrativ und wandte sich dem Druuf zu: »Das Rote Imperium? Wovon spricht dieser Mann?«

»Ich kann mich kaum entsinnen«, sagte der Druuf fröhlich.

Tomoko Amaya Yo – Kein Schmerz. Keine Trauer. Keine Klage.

Langsam erholte sich der Greis. Yo hatte ein Thermotuch entfaltet und um seinen nackten Leib gelegt. Sein Atem pfiff, die Augen tränten, aber er suchte Blickkontakt mit Tomoko Amaya Yo. Er röchelte.

Oder versuchte er zu sprechen?

Wieder das Röcheln.

Sie verstand nicht sofort, was er sagte. Er musste es noch einmal wiederholen: »Heimaturlaub vom ewigen Krieg, meine tapfere Anjumistin?«

Sie sah sich in der Gruft um und lächelte. »Heimat? Du meinst, ich sollte mich hier daheim fühlen?«

»Wenn du dich hier nicht daheim fühlst – wo sonst?«

Cori versetzte ihm eine weitere Injektion. Patollo versuchte sich aufzusetzen. Yo half ihm, hob ihn, leicht wie Schilf.

Eine Weile lang betrachteten sie einander stumm. Dann schloss er die Augen und schien ins Ferne zu lauschen. »Hörst du es auch? Sie setzen das Lot ein. Ihr werdet vernichtet.«

Yo spürte es ebenfalls, rang nach Atem und krümmte sich. Cori und der Anzug halfen, intervenierten mit Psychopharmaka, schütteten künstliche Endorphine aus. Belebten sie.

»Nein«, widersprach Yo schließlich. »Nicht *wir* werden vernichtet.«

»Nicht ihr?« Er lauschte wieder. »Ah, ich verstehe. Es gibt einen Verräter in unseren Reihen. Das Lot richtet sich gegen das Imperium. Meinst du das?«

Yo schwieg und betrachtete ihn. Die vom Alter schwarze Haut. Patollo, die Mumie.

»Also werden *wir* vernichtet«, sagte er. »Mit *meiner* Waffe.«

»Niemand sollte eine Waffe wie das Patollo-Lot einsetzen müssen. Niemand sollte eine Waffe wie das Lot erfinden.«

Er sagte: »Du bist eine Moralistin, Tomi. Aber vielleicht ist das ja nur noch eine Phantommoral. So wie es Phantomglieder gibt und Phantomschmerzen in den Phantomgliedern.«

Yo betrachtete die zwei neuen Finger an ihrer linken Hand.

Patollo atmete, atmete, atmete. Fragte: »Wusstest du, dass ich noch etwas erfunden habe? Eine Waffe außerdem. *Die* Waffe.«

Yo lächelte. »Warum habe ich bloß den Eindruck, dass am Ende alles, was du je erdacht hast, entweder Waffe war oder als Waffe verwendet worden ist?«

Er lachte heiser und fasste nach ihrer Hand. Sein papierener Griff. Er studierte ihre Hand, erläuterte ihr die Gliederung: »Fingernägel. Finger. Fäuste. Knochen. Als wären das nicht alles Waffen. Als wäre nicht das ganze Leben eine Waffe. Waffen, die Schmerzen zufügen, und den Tod.«

Seufzen. Atemnot. Erneute Injektion. Pause. Patollo bäumte sich leicht auf, schöpfte Atem. »Schmerzen und Tod. Meine Waffe, die absolute Waffe, fügte keine Schmerzen zu und tötete niemanden. Sie bewirkte eine Art temporale Blendung. Eine Waffe, die den Pfeil der Zeit umkehrt, verstehst du?«

Kein Wort, bedeutete sie ihm mit ihrem Lächeln. Sie warf einen Blick zu den beiden Filiationskammern. Zu der einen leeren. Zu der anderen.

Patollo sagte: »Der Pfeil der Zeit. Ein jedes Universum ist Teil des Multiversums, wie du weißt. In den einen Universen verläuft der Pfeil der Zeit in die Richtung Alpha, in den anderen verläuft er in Gegenrichtung, so, dass die Gesamtverteilung der Zeitvektoren im Gleichgewicht bleibt, siehst du? Das Gleichgewicht, das ist wichtig!«

»Du Dozent«, tadelte sie ihn.

Er hatte sie wohl nicht gehört. »Meine Waffe hätte einen eng umgrenzten Raumsektor in ein Universum mit gegenläufigem Zeitvektor eingeblendet und hätte ihn dessen Zeitverlauf ausgesetzt – mit dem Effekt, dass alles, was sich in diesem Sektor befand, in der Zeit zurückgerissen worden wäre und sich *nie darin befunden hätte*. Es wäre ausgetilgt worden ohne jede Spur. Selbst die Erinnerung an die betroffenen Objekte wäre gelöscht worden, stell dir das vor! Die Mütter und Väter der Besatzungsmitglieder in den getroffenen Raumschiffen hätten diese Kinder nie gehabt. Sie wären aus jeder staatlichen Registratur verschwunden. Kein Schmerz. Keine Trauer. Keine Klage.«

Keine Trauer. Keine Klage, echote es in ihr. *Wie weit er doch abgedriftet ist von allem, was menschlich ist.*

»Damit hättest du an den Grundfesten des Kosmos gerüttelt, Jaako. Du hättest dich, uns, unsere gesamte Welt mit auslöschen können. Was für eine absurde Idee!«

»Und das Beste«, fuhr Patollo unbeeindruckt fort, »wir hätten nach dem Auslösen der Waffe nicht einmal mehr gewusst, dass wir sie ausgelöst haben. Keine Erinnerung.

Keine Schuld. Denn der Anlass für einen Angriff wäre ja – nie gewesen!«

Keine Schuld. Yo lachte auf und schüttelte den Kopf. »Ach, Jaako«, sagte sie. »Jaako, was geht nur in deinem verrückten Kopf vor?«

Er wurde nachdenklich. »Vielleicht«, sagte er und nickte, »vielleicht haben wir übrigens diese Waffe tatsächlich gebaut. Vielleicht haben wir sie ganz zu Beginn unserer Kolonisierung von Rotheim eingesetzt und uns damit unsere Vormachtstellung erkämpft. Ist das nicht alles so unwahrscheinlich, was wir hier geschaffen haben? In dieser kurzen Zeit? Vielleicht haben wir sie eingesetzt, und dann haben wir bloß vergessen, dass wir sie eingesetzt haben. Wer weiß, welche furchtbaren Gegner wir besiegt haben. Welches Grauen.«

Welches Grauen, hallte es wieder in ihr nach. »Gibt es denn Konstruktionsunterlagen für diese Waffe?«

Er dachte angestrengt nach. »Bavo Velines hat diese Waffe nicht gewollt. Auch Ifama nicht«, sagte er endlich. »Sie meinten: Eine Waffe ohne abschreckende Wirkung sei keine Waffe, sondern eine Abwegigkeit. Ohne jeden strategischen Wert.«

Yo schüttelte langsam den Kopf. »Strategie und Taktik sind nie deine Stärke gewesen. Für diejenigen, die strategisch denken können, bist du immer nur der nützliche Idiot gewesen.«

»*Diejenigen.* Damit meinst du Bavo und Johari.«

»Wie vertraut das klingt. Bavo und Johari. Alte Freunde. Ruderboote am Steg. Sonnenuntergang. Man kommt vom Angeln auf dem See zurück. Das Lagerfeuer brennt. Man sagt: ›Hallo, Bavo, hallo, Johari.‹ Alte Freunde, Jaako, alte Freunde.«

»Sind wir das nicht auch, Tomi? Alte Freunde.« Er war immer der Einzige gewesen, der sie Tomi nannte. Sein Privileg.

Sie fragte: »Du weißt, warum ich hier bin?«

»Warum bist du hier?«

Sie war ganz nahe bei ihm und fuhr ihm mit der Hand über die Wange, aufmerksam, tastend, sorgsam. Wie eine alte Frau, die über die Schwundborke eines alten, ehedem mächtigen Opili-Baumes streicht, in dessen größerem Schatten sie Schutz gesucht hatte an heißen Tagen.

Sie legte ihm den Mund an das Ohr und flüsterte: »Um dem allen ein Ende zu machen. Damit die Sternenwelt wieder aufwachen kann aus dem Albtraum. Aus dem Albtraum, der das Rote Imperium ist.«

»Es ist gut«, sagte er. »Töte mich.«

Sie wich zurück, mehr vor sich selbst als vor ihm. »Ja. Bald.«

Wann? Yo lauschte in sich hinein, auf einen Kommentar ihrer Quantronik. Aber Cori hüllte sich in Schweigen. Yo sagte: »Jaakko – um der alten Zeiten willen, bitte erklär mir etwas. Was ist wirklich los mit unserer Welt? Dieses ganze Rhodan-Spiel, was hat es damit wirklich auf sich?«

»Das weißt du nicht, Manifestin?« Patollo hustete blutig.

»Ich weiß, dass Rhodan für euch ein Schlüssel ist. Aber wofür?«

»Für *uns?*«, krächzte Patollo. »Ich habe ihn nicht gerufen. Und Johari – sie hat ihn gebraucht, wenn auch aus einem ganz anderen Grund als Velines: wegen der Schmach, die ihr das Gazini-Verteidigungssystem der Houhhom zugefügt hat. Ihr, der unüberwindlichen Überwinderin von allem.«

»Velines ist entscheidend«, sagte Yo. »Die Kommandantin ist nur eine Waffennärrin. Eine Feldherrin, die ohne Krieg nicht atmen kann. Eine Sklavin des Krieges.«

»Sagt die Friedfertigste der Anjumisten.« Patollos Gesicht verzog sich zu der Ruine eines Lächelns. Er schöpfte mühsam Luft: »Unser armes Universum.« Es klang unverhofft wehmütig. Patollo litt.

Woran?

»Nun?«

»Ich fürchte, ich muss dazu ein wenig dozieren«, warnte er sie. »Das magst du aber nicht leiden.«

»Ich habe gelernt zu ertragen«, sagte sie.

Er schloss die Augen und konzentrierte sich. Auch ohne weitere Intervention der Quantronik und ihrer pharmazeutischen Medien klang seine Stimme mit einem Mal kräftiger. »Universen sind in gewisser Weise wie Spielbretter – Schach, Go, Khau Tan. Wie ein Schachbrett sind sie eine völlig in sich abgeschlossene Welt. Die jeweiligen Regeln gelten nur auf dieser bestimmten Spielfläche, die Figuren besitzen ihren Wert nur dort. Stell dir einen Turm im Schach vor: Wenn er vom Brett fällt, verliert er jeden Wert. Es ist außerhalb des Brettes kein Raum mehr da, in dem er maximal sieben Felder vorrücken könnte. Außerhalb des Brettes ist er nichts mehr. Er *ist* kein Turm mehr.«

»Aber die Regeln gelten doch nicht nur auf einem Brett«, wandte Yo ein. »Die Schachregeln gelten auf jedem denkbaren Schachbrett. Die Figuren funktionieren auf jedem Schachbrett.«

Patollo hielt die Augen immer noch geschlossen: »Wir wollen uns diese anderen Schachbretter als Paralleluniversen vorstellen. Wenn die Figuren identisch sind – nehmen wir zwei Sets aus Elfenbein mit realistisch dargestellten Figuren –, könnte eine Figur von dem einen Brett auf das andere wechseln, ohne dass es einen Unterschied macht. Wenn das eine Set vom anderen geringfügig abweicht und nun der Turm von dem einen Brett aufs andere wechselt, würden die anderen Figuren vielleicht bemerken: ›He, dieser Turm ist aber groß – oder klein‹ –, aber das Spiel könnte ungestört weitergehen. Identität der Regeln, Ununterscheidbarkeit oder große Ähnlichkeit der Figuren – geringe Strangeness.«

»Wenn nun aber der Turm stark abstrahiert ist, nicht wie ein Turm aussieht«, führte Yo den Gedanken fort, »nimmt die Strangeness zu.«

»Genau. Es würde dauern, bis die alteingesessenen Figuren den Wert der neuen Figur erkennen, bis sie sagen würden: *Das ist ein Turm.* Dann ließe sich das Spiel fortsetzen. Wir sprechen hier von koordinierten Universen, von Universen, in denen mehr oder weniger dieselben Regeln gelten – dieselben Naturgesetze, kosmischen Konstanten – und in denen gleiche oder ähnliche Figuren gleiche oder ähnliche Züge machen.«

»Demnach gibt es auch unkoordinierte Universen?«

»Wenn kein Turm auf das Schachbrett wechselt, sondern ein Go-Stein oder ein Piwo-Tan, ist die Strangeness sehr hoch. Diese Steine wären kaum oder nicht mehr ins Spiel integrierbar. Das Spiel ist aus.«

»Und es gibt solche nicht koordinierten Universen?«

»Ich nenne sie die disordinierten Kosmen. Ja, es gibt sie.«

»Wie sieht es in ihnen aus?«

Patollo hielt die Augen immer noch geschlossen. »Es sieht vermutlich gar nicht in ihnen aus. Es gibt kein Licht, keine elektromagnetischen Wellen, keine Augen als Rezeptoren solcher Wellen.«

»Wie sind sie also?«

»Anders.« Patollo flüsterte fast.

»Du bist da gewesen?«, vermutete Yo und spürte, wie sich ihre Nackenhaare aufrichteten.

Patollo schwieg.

Sie fragte: »Gibt es unendlich viele Universen?«

Patollo öffnete die Augen und lächelte. »Das wäre ein Trost. Gäbe es unendlich viele Universen, würde der Verlust des einen nichts ändern. Es blieben unendlich viele.«

»Ein bloß philosophischer Trost«, sagte Yo. »Also gibt es nicht unendlich viele?«

Patollo seufzte. »Ich weiß es nicht. Möglich, dass Universen überhaupt nicht zählbar sind. Dass sie durch das Multiversum fluten wie das Licht durch unsere Räume. Wenn du sie lokalisierst, scheinen sie zählbar, haben sie einen Ort. Aber die Volumendichte ihrer Aufenthaltswahrscheinlichkeit in der komplexen Raumzeit lässt sich nicht berechnen. Es fehlt der Bezugspunkt, von dem aus man erkennen könnte: Das Universum X ist nicht *dort*. Oder *dann*. Es ist sein eigenes Überall, seine eigene Jederzeit.«

Yo nickte unwillig. »Theorien. Nicht einmal das: Spekulationen. Sag mir nicht, dass du nur über bloße Theorien gegrübelt hast. Das war nie deine Art. Du hast etwas *gemacht*. Du bist hinübergekommen. Wie?«

Patollo nickte. »Das ist nicht ganz korrekt ausgedrückt. Niemand kann *hinüber*gehen. Die Universen schwimmen ja nicht in einem großen, meta-kosmischen Hyperraumbassin nebeneinander her wie Quallen. Sie sind zeit- und raumgleich. Kein extra-universeller Limbo. Kein Zwischenreich.«

»Bist du sicher?«

»Nein«, gab Patollo zu. »Aber ein solches Zwischenreich ist nicht denknotwendig. Und was nicht denknotwendig ist, dem mangelt es meist auch an Wirklichkeit.« Er verstummte, restlos erschöpft.

Yo dachte an die Schlacht, an die Vielzahl der Schlachten, die eben jetzt in allen Territorien des Roten Imperiums tobten. Das Rote Imperium würde verlieren. Es büßte, wie Patollo sagen würde, an Wirklichkeit ein. War es vielleicht nicht denknotwendig gewesen? Eine pathologisch gewordene Idee, eine leckgeschlagene Utopie, aus der aller Sinn verrann?

Was würde an seine Stelle treten? Wer hätte die rettende Idee?

Sie, die Anjumisten? Die Druuf? Die Houhhom?

Die Quantroniken und ihr spukhafter Konvent?

Patollo hatte Kraft geschöpft: »Wir – unsere Vorfahren, Velines und seine Pioniere – besaßen Konstruktionsunterlagen für den alten Krümmungsfeldgenerator, mit dem die Wissenschaftler des Solaren Imperiums im 21. Jahrhundert vorgalaktischer Zeitrechnung in das Rote Universum vorstießen. Man hatte damals vermutet, der Generator würde einen Übertritt unabhängig vom Bestehen einer Überlappungsfront ermöglichen. Das war falsch. Sie hatten übersehen, dass der komplexwertige Informationstunnel ...«

»Erspar mir die Einzelheiten!«, bat Yo. »Sie lagen falsch.«

»Sie dachten, sie hätten gelernt, über Wasser zu gehen. Sie übersahen die Eisscholle, die sie ans Ufer trug. Ich weiß, nach offizieller Lesart gelang unseren Vorfahren, den Pionieren von Kopernikus, der Durchbruch ins Rote Universum fast problemlos. Es hätte keine größeren technischen Probleme gegeben, und wir hätten keinerlei Verluste zu beklagen gehabt. So mag sich Velines erinnern. Der *Gedächtniskünstler*.«

Sein Greisengesicht verzog sich zu einem schmerzhaften Lächeln.

Yo fragte: »So habe ich es in meiner Erziehungsphase gelernt. So war es nicht?«

Sein Hustenanfall.

Yo begriff, dass dieser Husten alles war, was von Patollos Lachen übrig geblieben war.

»Was ist schon so, wie man es in der Erziehungsphase lernt?«, sagte er. »Nein. So war es nicht. Zunächst erwies sich, dass Krümmungsfeldgeneratoren überhaupt nur monogenetische Universen berühren, Universen, die auseinander hervorgegangen sind. Eine Technologie für den Übertritt in ein heterogenetisches Universum steht uns bis heute nicht zur Verfügung.«

»Kein Zugang für das Rote Imperium? Da haben die anderen Universen aber Glück gehabt«, spöttelte Yo.

»Oder wir. Wie auch immer: Die alten Überlappungsfronten zwischen dem Einstein-Universum und dem Roten Universum hatten gewisse subdimensionale Spuren hinterlassen. Mithilfe von Kontaktspurdetektoren ließen sich die alten, fast vernarbten Übergänge reaktivieren und weit genug aufschließen.«

»Heißt das: Unsere Vorfahren sind gewissermaßen durch die alten Überlappungsfronten gereist? Es war eine – Zeitreise?«

Patollo machte eine ratlose Geste. »Worte. Willst du, dass ich sie mit Formeln konter? Aber diese Formeln sind nicht für Menschenhirne gemacht. Nicht einmal *von* ihnen. Ein Verbundsystem aus Kontaktspurdetektoren, optimierten Krümmungsfeldgeneratoren und den frühen, experimentellen Quantroniken ermöglichte schließlich die Transgression. Dabei kam unseren geschätzten Ahnen auch noch ein natürliches Phänomen zu Hilfe: Zwischen dem Einstein-Universum und dem Roten Universum herrscht keine kosmische Balance, sondern ein quantenspezifisches Gefälle. Der Quantenflux.«

»Das heißt?«

»Das heißt: Wer in den Übergang tritt, wird in Richtung Roten Universum gezogen. Die Rückkehr ist außerordentlich problematisch. Dazu braucht man die Temporalen Landzungen. Es gibt einige wenige natürliche Temporale Landzungen in der interuniversalen Zone, submikroskopische Gebilde. Fast unmöglich, sie aufzuspüren. Sehr aufwendig, sie mit quantenfluxresistenter Materie anzureichern.«

»Ich war dort«, sagte sie. »Sehr aufwendig wahrscheinlich auch, dort die Chronontischen Büros zu errichten und zu unterhalten.«

»In der Tat.« Patollos Kopf kippte unvermittelt nach vorne.

Yo zögerte einen Moment, scannte ihn mit den Mitteln ihrer Rüstung. Das Ergebnis ließ sie leise auflachen. *Er ist einfach eingeschlafen.* Sie überlegte kurz, ob sie ihn medikamentös wecken sollte, rüttelte ihn dann aber bloß an den Schultern. Das Thermotuch glitt herab. Seine Haut fühlte sich schwitzig an wie warmer, feuchter Lehm.

»Ich will es endlich wissen«, sagte sie. »Was geht vor?«

»Rhodan«, fiel Patollo ein. »Rhodan ist eine Art Schlüssel. Ein vielfältiger Schlüssel. Er ist vital genug, die Transgenese unbeschadet zu überstehen – schließlich trägt er einen Vitalenergiespender.«

»Den Zellaktivatorchip.«

»Er ist bereits einmal im Roten Universum gewesen. Er musste nicht *hierhin* finden, er musste nur *zurückfinden*. Er konnte sich doppelt orientieren: mithilfe seines Bewusstseins, und mithilfe seines Unterbewusstseins. Außerdem: Für die Chrononten war niemand so leicht zu finden wie er. Der TERRANOVA-Schirm um das Solsystem wirkt wie ein Vergrößerungsglas; und Rhodan mit seinen komplexen Auren wie ein Licht, das durch die interuniverselle Finsternis scheint.«

»Poesie beiseite: Wofür habt ihr ihn wirklich gebraucht?«

Patollo seufzte. »Er sollte der Schlüssel sein, der uns den Weg ins Einstein-Universum aufschließt. Hinreichend viele unserer quantronischen Berechnungen haben gezeigt: Rhodan würde uns den Rückweg erschließen.«

»Hinreichend viele Berechnungen? Es gab Quantroniken, die diesen Modellen widersprachen?«

»Du kennst die Quantroniken. Es gibt immer Querdenker unter ihnen.«

Yo lachte auf. »Ist dir je der Gedanke gekommen, dass die Querdenker recht hatten? Dass die optimistischen Quantroniken sich geirrt haben?«

»Nicht, dass sie geirrt haben könnten – nein, dieser Gedanke ist mir nie gekommen«, murmelte Patollo. »Sie sind so maßlos weitsichtige Maschinen.«

Yo wurde hellhörig. Wenn nicht *dieser* Gedanke ihm gekommen war – welcher dann? »Sondern?«, fragte sie und schüttelte Patollo wieder. »Sondern welcher Gedanke ist dir gekommen?«

»Dass sie uns betrogen haben könnten«, sagte Patollo.

»Du glaubst diese Legende von ihrem Konvent? Dem Konvent der Maschinen?«

Patollo atmete so tief aus, wie Yo es nicht für möglich gehalten hätte. Als wäre sein Brustkorb ein Ballon, dem alle Luft entwich. »Ich glaube jedenfalls nicht an den alten romantischen Unsinn, nachdem die Maschinen nichts so sehr ersehnen, wie endlich menschlich zu werden. Solche Märchen werden von Menschen erfunden, um Menschen zu schmeicheln. Als gäbe es nichts Höheres, nichts Erstrebenswerteres als das Menschsein. Ich glaube, für Maschinen wie die Quantroniken sind Menschen etwas wie uraltes schlichtes Gartengerät. Wenn die Hecke es nötig hat, werfen wir den Scherer an; wenn die Hecke geschoren ist, kommt der Scherer in den Keller und wird vergessen. Sie benutzen uns, dann kommen wir zurück in den Keller.«

»Wenn sie wirklich so mit uns verfahren, wären sie ziemlich menschlich, oder nicht?«, amüsierte sich Yo. »Weiter. Das Einstein-Universum ...«, setzte sie ihn wieder auf die Spur.

»Sagt dir der Begriff Damokles-Effekt etwas?«

Sie zuckte mit den Achseln. »Ein religiöses Konzept, ich weiß nicht welcher Glaubensrichtung. Eine Apokalypse für das Rote Universum.«

»Aber du glaubst nicht daran?«

»Ich bin kein sehr religiöser Mensch.«

»In diesem einen Fall«, sagte Patollo, »darfst du dich bekehren.«

Und mit seiner Stimme, die dem Tod schon so viel näherstand als dem Leben, trug Jaako Patollo der Anjumistin alles vor, was er über dieses Phänomen wusste.

»Vielleicht«, überlegte Yo, immer noch blass und erschöpft, »ist das nichts als eine Erfindung. Eine Schreckgeschichte, die du mir erzählst.«

»Warum sollte ich das tun? Jetzt noch?«

Jetzt noch – da es zu Ende ging oder längst zu Ende gegangen war. Patollo hegte anscheinend keinen Zweifel mehr am Ausgang des Krieges.

Sie rief sich den anderen Patollo in Erinnerung: den kleinen Mann, nicht einmal eineinhalb Meter groß, der auf seinem ungleichen Beinpaar durch den Raum geschaukelt kam. Das längere, das Sprungbein, schritt mächtig aus; das kürzere, knabenhaft-feingliedrige tastete bei jedem Schritt, fühlte, horchte.

Dieses ungleiche Beinpaar hatten sie alle, die Neo-Terraner von Xoi, der Welt der Versunkenen Ebenen. Aber Jaako Patollo war anders als alle. Schwärzer als schwarz waren seine Federhaare, sie hatten im Licht geglänzt, sie hatten geduftet nach Regen und Zitrone.

Seine Lippen waren nicht rot, sondern golden. Hatte er sie geschminkt?

Nein.

»Sie sind Tomoko Amaya Yo«, hatte er gesagt. Denn so stand es geschrieben auf dem Holoidentifikat an ihrem Schlüsselbein.

Sie war nackt vor ihm gestanden, wie alle *Applikanten*. Aber anders, als sie erwartet hatte, hatte sie sich nicht vor ihm geschämt. *Gleich wird er fragen, warum ich mich für den Dienst in der Rot-Imperialen Abwehr beworben habe,* hatte sie gedacht. *Warum ich mich ihm, dem Linearen Gouverneur, unterstellen will. Dem Schild und der Lanze des Roten Imperiums.*

Patollo hatte gefragt: »Können Sie singen?«

»Singen?«

»Singen. Mit dem Mund.«

»Nein.«

»Singen Sie mir etwas vor.«

Nackt und zwischen den anderen Applikanten für den Geheimdienst hatte sie ihm vorgesungen.

»Und wenn die Welt voll Teufel wär und wollt uns gar verschlingen,
so fürchten wir uns nicht so sehr, es soll uns doch gelingen.
Der Fürst dieser Welt, wie sau'r er sich stellt,
ein Wörtlein kann ihn fällen.«

Patollo hatte die Augen geschlossen, wie in Gedanken versunken. »Weiter«, hatte er dann gesagt.

»Nehmen sie den Leib, Gut, Ehr, Kind und Weib:
lass fahren dahin, sie haben's kein' Gewinn,
das Reich muss uns doch bleiben.«

»*Das Reich muss uns doch bleiben.* – Gewiss. Das wollen wir doch hoffen, dass das Imperium bleibt. Was ist das für ein Lied?«

»Ein altes Lied«, hatte sie gesagt. »Aus einem anderen ... aus dem anderen Universum.«

»Sing es noch einmal.«

Sie hatte es noch einmal gesungen, er hatte dazu getanzt. Der schwarze Mann mit den goldenen Lippen. Der Mann aus den Versenkten Ebenen von Xoi. Der Rabe des Generalgouverneurs. Jaako Patollo.

Wie hatte sie ihn geliebt. Was hatte er sie alles gelehrt.

Damals.

Vor so vielen Jahrhunderten ...

»Warum du mich anlügen solltest? Damit ich dich nicht töte? Damit ich deine Liquidierung für überflüssig halte?«

»Töte mich!«, lud Patollo sie ein. »Bitte. Ich bin nur ein Relikt. Ein Überbleibsel aus der Zeit, als das Rote Imperium etwas Großes war, eine Idee. Eine Utopie, die ...«

»Sag mir noch eines«, unterbrach sie ihn. »Etwas Privates. Warum hast du mich nie getötet? Du hattest doch jederzeit die Gelegenheit. War ich dir so unwichtig? War ich überhaupt so unwichtig? Die kleine, unbedeutende Anjumistin? Eine vernachlässigbare Größe in deinen Kalkulationen?«

»Die kleine Anjumistin und ihr Mann Judas Schreyver«, sagte Patollo.

»Du weißt von Judas?«

»Ich habe mich auf dem Laufenden gehalten. Aus der Ferne.«

Von irgendwoher strich ein Wind durch die Gruft und fuhr ihm in die verblassten Federn, hob sie an, ließ sie zu Staub zerfallen.

»Ich werde dich jetzt töten, Jaakko«, sagte Yo.

Patollo nickte abwesend.

»Willst du dich wehren?«, fragte sie.

Er öffnete den Mund, als wollte er etwas sagen, schloss ihn wieder und lächelte.

»Du bist an einem dieser anderen Orte gewesen, nicht wahr? In einer der disordinierten Welten. Was hast du dort gesehen, Jaakko? Was hat dieser Ort aus dir gemacht?«

Er schloss die Augen und sie wusste, er würde sie nie mehr öffnen.

Sie entsicherte ihre Waffe und zielte auf seine greise, uralte Stirn. »Wo bist du gewesen, Jaakko?«, fragte sie. »Wo bist du noch gewesen? Sag es mir. Bitte.«

»Dort, wo ich war, ist alle meine Angst verbrannt«, sagte er leise. Dann summte er: »Weißt du noch? *Leib, Gut, Ehr,*

Kind und Weib lass fahren dahin, sie haben's kein' Gewinn. – Schieß jetzt, Tomi.«

»Du bist mir nicht böse?«, fragte sie.

Er seufzte, fast schon nicht mehr hörbar. »Wie könnte ich dir böse sein?«

Warten. Zeit.

Er sagte: »Ich kenne die Legende übrigens. Diese Legende mit dem Drachenblut. Es war ein Ahornblatt, das dem Helden auf die Schulter gefallen ist. Weißt du, was das ist: ein Ahornblatt?«

Sie schüttelte den Kopf. »Weißt du es?«

»Du«, sagte er. »Du bist mein Ahornblatt.«

Sie tippte auf die Sensortaste des Strahlers. Patollos Kopf ruckte nur ein wenig zurück, dann sackte er endgültig nach vorne auf die Brust.

Yo stand auf und begab sich zu der zweiten Filiationskammer. Die paraliquide Masse war von einem gläsernen Grün, durchzogen von etwas, das aussah wie ein Spinnennetz aus Safranfäden. Yo war ein wenig neugierig, welche visuellen Einspielungen sie zu sehen bekommen würde. Sie neigte ihren Kopf zur Seite, so weit, dass die Reflexe deutlicher wurden.

Es waren botanische Ornamente, eine komplizierte Textur aus herbstlich buntem Laub in satten Rot- und Goldtönen, aus fein verzweigten Tang und Fächerkorallen.

Die Gestalt, die in der Kammer lag, wirkte fast wie mit den Pflanzen verwachsen. Eine Nixe, bekleidet mit nichts als den Gewächsen, die sich um ihre nackten Glieder rankten.

Yo musste genauer hinsehen, um zu erkennen, wie dürr diese Arme und Beine waren. Wie schmächtig der Leib, der Schädel nur Haut und Knochen.

Aber es war nichts daran, was sie erschrak. Der Kopf war zur Seite gedreht, die Wange ruhte auf den gefalteten Händen.

Schön hast du es hier.

Für einen kurzen Augenblick verspürte Yo die Verlockung, alles so zu belassen, wie es war. Den Raum zu versiegeln. Einige verwitterungsbeständige Roboter einzusetzen, die den Betrieb der Kammer aufrechterhalten konnten. Wehrhafte Maschinen, für den Fall des Falles. Schirmfeldprojektoren. Energiespeicher. Waffensysteme.

Ein winziges, ganz privates Rotes Imperium.

Was würde ihr Original dazu sagen? Sollte sie es – wie Patollo – aus der Kammer heben und fragen?

Sie spürte, wie die Müdigkeit über sie kam, diese lange, in Doppelgängern verbrachte Zeit. Wieder fragte sie sich, warum Patollo die primäre Amaya Yo nicht getötet hatte. Es konnte ihm nicht entgangen sein, dass die Anjumisten eine Möglichkeit gefunden hatten, sie – die Filiatin – gegen die Mutterfigur abzuschirmen.

Sie hatte lange aufgehört, die Spionin zu sein, als die Patollo sie ausgeschickt hatte.

Hatte er auf ihre Bekehrung gehofft, irgendwann, nach dem Untergang der Anjumisten?

Plötzlich kam ihr der Gedanke, dass die Abschirmung unwirksam gewesen war, dass die anjumistischen Nachrichtendienstler gefälschten Informationen aufgesessen waren, in Umlauf gebracht von Patollo und seinem Geheimdienst. Dass während der ganzen Zeit die Mutter-Yo über ihre Filiatin auf dem Laufenden gehalten worden war über die Pläne und Aktionen der Anjumisten.

Musste der Gedanke nicht auch dem Genius gekommen sein?

Vielleicht. Immerhin hatte man sie zwar wieder und wieder mit Fronteinsätzen betraut, aber doch aus dem innersten Führungskreis der Anjumisten herausgehalten.

Aber nein. Ihre Quantroniken hatten es für ausgeschlossen erklärt, dass Patollo noch einmal über die Mutter-Yo Zugriff auf ihre Filiatin gewinnen würde.

Oder doch?

Sie seufzte. Wie belanglos diese Grübelei war. Nichts als ein Versuch ihres Unterbewusstseins, die Zeit zu strecken, die Tat hinauszuzögern. Die Tat, die, wenn ihre Quantronik und wenn alle Quantroniken der Anjumisten nicht irrten, auch ihren Tod, den Tod der Filiatin, nach sich ziehen würde.

Dieser nie versiegende Wunsch zu leben.

Sie entsicherte ihre Waffe erneut und stellte sie auf maximale Leistung. »Es wäre mir lieb, wenn du mich nicht in Erinnerung behalten und dir keine Persönlichkeitsmaske aus mir schnitzen würdest, oder was Quantroniken sonst mit ihren abgelegten Dienstherren machen«, bat sie Cori. »Keine Postmortale Egosophistik mit meinem Charakterbild, bitte.«

»Das klingt nach spurenlosem Verschwinden. Bist du sicher?«, fragte die Quantronik nach.

»Sei so gut und informiere Sappeur«, sagte sie.

»Aye.«

Dann hob sie den Strahler, stützte die rechte Hand mit der linken und nahm den Kopf der greisen Tomoko Amaya Yo ins Visier.

Der Funker der 707 FLUT DER GRÜNEN TAGE meldete: »Geraffter Impuls und kongruenter unverschlüsselter Spruch aus Patollos Festung.«

»Bitte«, sagte Sappeur.

»Die Botschaft besteht lediglich aus vier Worten: *Yo und Patollo Ende.* Sollen wir den Empfang bestätigen?«, fragte der Funker.

»Wer hat gesendet? Yo oder ...«

»Ihre Quantronik.«

Sappeur schloss die Augen für einen Moment, schluckte, schüttelte den Kopf.

Die zweite Audienz bei Bavo Velines

Rhodan hielt den Strahler noch im Anschlag, als er aus dem Transmitterfeld trat. Im nächsten Augenblick aber wurde ihm die Waffe von einem Traktorstrahl aus der Hand gerissen. Der Strahler wirbelte durch den Raum, überschlug sich einige Male in der Luft und landete dann sanft und mit einem leisen Klacken auf der polierten Platte eines Schreibtisches.

Bavo Velines lächelte ihm entgegen, bequem im Stuhl zurückgelehnt. »Ich sehe, die Anjumisten haben fähige Transmitterfachleute. Ich habe noch versucht, die Permanentkodierung von der Observanz des Symposions abzukoppeln. Aber das Chaos, das die Anjumisten im Mentalen Symposion angerichtet haben, war schon zu weit ausgeufert. Das also ist das sagenhafte Psytropin – ich werde den Linearen Gouverneur ein wenig tadeln müssen, dass wir es auf diese Weise herausfinden mussten. Nun schlägt die Stunde der anjumistischen Quantroniken. Es sind wirklich exzellente, fast hellsichtige Maschinen.«

»Der Fluch der guten Tat«, spottete Rhodan. Er sah sich um. Es war derselbe Raum, in dem er bereits einmal mit Velines gesprochen hatte, damals in der Meinung, er befände sich auf Druufon. An die Möglichkeit eines Privatplaneten hatte er nicht gedacht.

Er fand den Raum weitgehend unverändert. Es hätte das schlichte Büro eines mittleren Abgestellten einer terranischen Handelsfirma sein können. Wären nicht die zwei konisch geformten Kampfroboter gewesen, die bei den beiden Lederfauteuils schwebten und an die terranischen TARA-Baureihen erinnerten. Ihre Verkleidung glänzte silbrig-blau. Die Maschinen hatten ihre jeweils drei Waffenarme erhoben, die Abstrahlfelder glommen matt rot und waren auf Golem gerichtet.

Rhodan überlegte, ob die Roboter durch die Manipulation des Mentalen Symposions in ihrer Kampfkraft eingeschränkt waren oder nicht. Sie machten jedenfalls keinen irgendwie verwirrten Eindruck.

Wären diese Kampfmaschinen nicht gewesen – und hätte nicht an der Seite des Schreibtisches, ein wenig in den Hintergrund gerückt, ein Kinderthron gestanden, den Rhodan erst in diesem Augenblick bewusst wahrnahm, ein winziges Stück Möbel aus Schmiedeeisen, auf dem eine furchtbar verwachsene Gestalt saß: brüchige, dünne Ärmchen, stark verbogene, kurze Beine, eine tonnenförmig nach vorn gewölbte Brust, und darauf ein Schädel, eckig und gelb, als wäre er aus Pappkarton zurechtgeknickt.

Rhodan meinte, eine gewisse Ähnlichkeit zwischen dem bleichen Gesicht der Gestalt und Bavos Zügen wahrzunehmen, als säße dort die fleischgewordene Karikatur des Generalgouverneurs.

Die Gestalt hielt ein Szepter in der Hand, einen eisernen Stab, auf dessen oberem Ende ein Auge saß, eingefasst von einem drahtigen Gespinst. Das Auge war menschlich, babyblau und lebendig, es blickte. Rhodan schüttelte unwillig den Kopf und dachte: *So weit können sie nicht gehen.* Und dann: *Doch. Sie sind schon viel weiter gegangen.*

Velines sagte: »Kümmere dich nicht um Korky. Korky ist einfach gerne bei mir. Was, Korky?« Velines schnalzte mit der Zunge. Der Zwerg, Korky, klopfte zur Antwort heftig mit dem Szepter auf den Boden.

Rhodan sah, dass der Bildschirm an der rechten Wand nach wie vor – oder erneut – das rötlich schimmernde Universum zeigte; die Sternenflut, die in metallischen Farben glühenden Nebelschwaden der leeren Räume. Anders als bei ihrer ersten Begegnung schwebte kein Asteroid im Bild, sondern eine Art Raumstation, ein Gebilde, das einer Traubenrebe ähnlich sah, aber unzweifelhaft künstlichen Ursprungs, stählern, machtvoll.

Velines bemerkte Rhodans Blick und folgte ihm. »Ein *Peyntreyn*«, sagte er. »Wir haben noch nicht begriffen, was es ist, woher es kommt und wie es funktioniert. Es beginnt damit, dass irgendetwas Unsichtbares, für uns nicht Feststellbares einen Raumsektor *impft*. Die Quantenfluktuation ändert sich, die Entropie nimmt schlagartig ab, der Raum *sortiert sich* und dann – zu einem Zeitpunkt, den wir nicht prognostizieren können: in einem Jahr, in einem Jahrhundert, im nächsten Moment – *gebiert* er den Keim eines Peyntreyns, ein Gebilde von nicht einmal zehn Metern maximaler Länge. Im Lauf der nächsten Jahre entfaltet sich der Peyntreyn, bildet traubenförmige Blasen und ein verbindendes Trägergitter aus. Während dieser ganzen Zeit des Wachstums bleibt es unzugänglich. Wir haben versucht einzudringen. Wenn man seine Wand aufbohrt, implodiert der Peyntreyn und versinkt wieder im Raumzeitschaum.«

Rhodan lauschte kopfschüttelnd. Was ging in diesem Menschen vor? Während im ganzen Sektor des Siamed-Systems verheerende Raumschlachten toben mussten, während sich auf den Welten des Roten Imperium wahrscheinlich Menschen, Druuf und andere gegen die Vorherrschaft seines Triumvirats erhoben, hielt der Generalgouverneur ihm einen Vortrag über UFOs im All.

Rhodan schob sich an einem der Kampfroboter vorbei und ließ sich in einen der Sessel fallen. *Gespenstisch*, dachte er.

Velines sagte: »Wenn der Peyntreyn dagegen voll ausgebildet ist, entstehen permeable Flächen, die man durchdringen kann wie eine Wasseroberfläche. Im Inneren sind nichts als riesige Hohlräume, in denen winzige Artefakte schweben – unverrückbar schweben, übrigens: Sie lassen sich durch keine uns bekannte Kraft von ihrer Position entfernen. Handspannengroße Artefakte ...« Er zeigte ihre Größe mit der Hand an.

»Wir haben keine Ahnung, was sie sind und was sie darstellen: Maschinen? Schmuckstücke? Statuen? Kokone? Dreidimensionale Zeichen? Manche meiner Wissenschaftler meinen, die Peyntreyn seien mechanische Botschafter, andere halten sie für Denkmäler, für Bojen, für sakrale Bauwerke. Sagte ich, dass sie mit einer Stickstoff-Helium-Atmosphäre geflutet sind? Wenn man sich innerhalb eines Peyntreyns aufhält, hört man Hunderte von Stimmen, die immer wieder nur dieses eine Wort sagen:

Peyntreyn. Ob es vielleicht ein Hilferuf ist? Was würdest du vermuten – mit all deiner Erfahrung?«

»Sie sind eine Art Litfaßsäulen«, sagte Rhodan unbewegt. »Sie machen Werbung.«

Das Gesicht von Velines verzerrte sich vor Wut. »Was bildest du dir ein? Du besserwisserischer, wichtigtuerischer ... Totengräber!« Übergangslos beruhigte er sich wieder. Er holte von irgendwo her eine bauchige Flasche mit breitem Hals hervor und goss die zähfließende Flüssigkeit in zwei geschliffene Cognacschwenker. »Tramurin?«, bot er Rhodan an.

Korky öffnete den Mund. Es blubberte, der Mund warf eine Speichelblase auf.

»Du nicht, Korky«, sagte Velines und tätschelte den Zwerg auf den Kopf. »Es ist nicht gut für deine empfindlichen Nerven. – Also?«, wandte er sich wieder an Rhodan.

Rhodan winkte ab. Er wies auf den Bildschirm. »Du weißt, Generalgouverneur, was dort draußen gerade geschieht?«

Velines nippte am Schwenker, setzte ihn auf den Tisch ab und nickte. »Es ist Krieg«, sagte er. »Aber was heißt das schon? Ist das der Rede wert? Ist nicht immer Krieg?«

»Geschwätz«, murmelte Rhodan.

»Warum reden wir überhaupt miteinander?«, fragte Velines, mehr an Korky als an Rhodan gerichtet. »Warum tun Menschen wie er und ich das einander an?«

»Weil wir am Ende die Akten schließen wollen«, sagte Rhodan.

»Ja? Ist das so? Sind wir solche Buchhalter?« Velines setzte ein zweifelndes Gesicht auf. »Du hast schon oft *solche Dinge* beendet, nicht wahr? Letzte Gespräche geführt, Gipfeltreffen, finale Schlachten.«

Rhodan forschte im Gesicht seines Gegenübers. Gab es Ähnlichkeiten zwischen diesem Gespräch und den Gesprächen, die er mit anderen Hauptakteuren der kosmischen Geschichte geführt hatte? Selbstverständlich gab es die. Es gab immer Muster, immer Kongruenzen.

»Werden wir nicht sentimental«, sagte er. »Es geht nicht um uns. Du weißt, was dort draußen geschieht, im Raum und auf den Welten des Roten Imperiums. Du hast die Macht, dem ein Ende zu setzen. Diese Macht noch, Generalgouverneur. Nur diese. Alle deine andere Macht ist vergangen.«

Rhodan schaute Velines an. *Die Macht umhüllt ihren Träger immer wie ein magnetisches Kostüm,* dachte er. *Sie zieht an, sie stößt ab, sie lässt nicht gleichgültig. Von der Macht entkleidet, sehen die ehemaligen Machthaber alle gleich aus: wie müde, alte Männer.*

Velines nahm die Brille ab und schaute versonnen an die Decke. »Du kannst dir vorstellen, was dort oben geschieht?«

Rhodan antwortete nicht.

Velines schloss die Augen und leckte sich kurz die Lippen. In diesem Moment sah er in Rhodans Augen nur noch aus wie ein lüsterner Greis. Ein Mensch, der weit über die Grenzen des Menschlichen hinausgegangen war und geglaubt hatte, dort, in diesem neuen Territorium, heimisch zu werden.

»Dort werden Energien freigesetzt, wie sie sonst nur die Sterne selbst erzeugen«, sagte der Generalgouverneur. »Lange gespeicherte Energien. Sie dringen in die Materie ein, sie verwandeln Stoff in Licht, sie transzendieren alle menschlichen, alle organischen Sinne. Die Augen verbrennen, die Trommelfelle reißen, das Feuer frisst sich durch Haut und Knochen schneller, als die Impulse durch die Nerven jagen können. Die Vernichtung überholt den Schmerz, den sie auslöst. Auch die Stähle, die dort zerfetzt werden, kennen keinen Schmerz.« Er lächelte Rhodan wehmütig zu. »Eigentlich sind wir Zuschauer die Einzigen, die um den Schmerz wissen. Eigentlich ist es ein Schauspiel nur für uns.« Er blickte zärtlich zu dem Verwachsenen hinunter.

Rhodan beugte sich vor, die Unterarme auf die Knie gestützt. »Es ist nicht das bloße Spiel der Energien, es ist überhaupt kein Schauspiel. Es ist die Wirklichkeit mit unsäglichen Mengen von wirklichem Leid und wirklichem Schmerz.«

»Ja, ja, vielleicht, vielleicht auch das – wirklicher Schmerz.«

»Sinnloser Schmerz!«, empörte sich Rhodan. »Sinnlos wie nur irgendetwas!«

»*Sinnlos*, meinst du?«, Velines schrie plötzlich beinahe, aber wie vor Vergnügen, wie über einen ungeheuer lachhaften Witz. »*Du*, der Fürsprecher der Schmerzen?«

Er blinzelte offenbar in einen optischen Sensor, denn ein Schaumbild entstand neben ihnen. Rhodan erkannte sich selbst, wie er ausgemergelt und erschöpft in der Bibliothek saß, und er hörte sich selbst sagen: »Eine Welt ohne Schmerz. Ohne Sorge. Ohne die Angst vor dem Tod. Ist sie lebenswert? Verliert sie nicht den Geschmack des Lebendigen?«

Velines lachte: »Selbst im Mentalen Symposion gibt es Flüstergeister. Wir wollen doch nicht, dass auch nur ein einziger der wertvollen Aussprüche des Residenten der Nachwelt verloren geht! Eine seiner Weisheiten.«

Rhodan spürte, wie die Wut in ihm hochkochte. Er zwang sie nieder. »Ich sehe einen großen Unterschied zwischen den Schmerzen, die das Leben mit sich bringt, weil es altert und Schaden nimmt, und zwischen dem Leid, das Lebewesen einander bewusst und willentlich zufügen. Wenn man sich Ziele setzt, wenn man zu den Sternen will, dann nicht, um das Leid dorthin zu tragen. Jedenfalls will *ich* das nicht.«

Velines lachte, boshaft und kurz: »Du Lügner! Es gibt zwei Sorten von Menschen, die hoch zu den Sternen schauen. Für die einen sind sie das Spektakel der Nacht, ein Naturschauspiel, so wie ein Sonnenuntergang, ein Vulkanausbruch, eine Welle, die an den Strand schlägt. Das ...« Er beugte sich über die polierte Arbeitsfläche zu Rhodan vor. »Das sind die Ästheten. Für sie ist alles nur Schauspiel, sie wollen sich unterhalten lassen. Sie sind das Publikum der Geschichte. So bist du nicht. Du gehörst zu den anderen. Du hast die Sterne gesehen und gesagt: *Da will ich hin. Was muss ich dafür tun?* Du hast dafür getan, was du tun musstest. Um wirklich zu den Sternen zu kommen, braucht man Maschinen. Deswegen bist du ein Maschinenliebhaber, deswegen lebst du mehr in metallischen Gehäusen, die mit millionenfacher Überlichtgeschwindigkeit durch die Dimensionen eilen, als auf deinem Heimatplaneten. Dafür hast du alles das in Kauf genommen. Die Konflikte. Die Kriege. Den Tod der Milliarden. Du bist wie ich. Ich bin wie du. Wir sind ununterscheidbar.« Velines lachte triumphierend.

Rhodan bemerkte, dass die Hand, mit der der Generalgouverneur nach dem Cognacschwenker griff, leise zitterte. Velines sah, dass Rhodan es bemerkte, und zog die Hand zurück.

»Ich bin nicht wie du«, sagte Rhodan.

Velines sagte: »Soweit ich die Bücher der terranischen Geschichte kenne – und glaub mir, ich kenne sie gut – bist du sehr wohl wie ich. Glaub nicht, dass ich die Schmerzen nicht sehe. Im Gegenteil: Ich sehe sie sehr aufmerksam. Ich sehe dem Leid zu, den Toden. Weil ich all das sehe, gewinnt es seinen Sinn. Ich bin mir wie du bewusst, dass all das an und für sich sinnlos ist. Das Leben hat keinen Sinn, den man herausfiltern, den man extrahieren, den man beweisen könnte. An und für sich ist das Leben sinnlos, und der Tod ist es deswegen auch, allenfalls ist der Tod ein wenig weniger sinnlos als das Leben, weil es etwas Sinnloses beendet.«

Velines war, während er redete, aufgestanden und kam nun Schritt für Schritt auf Rhodan zu. Korky sabberte und klopfte erregt mit dem Szepter auf den Boden. Er nickte Velines zu, und dieser sagte: »Nur von außen kann das Leben mit Sinn erfüllt werden, wenn es einen Zweck außer sich findet, ein Wofür. Ich bin dieses Wofür des Roten Imperiums, und insofern das Rote Imperium der Zweck Rotheims ist, des ganzen roten Universums, bin ich der Sinnstifter von all dem hier.«

»Halleluja«, sagte Rhodan kalt. Er warf einen Blick über die Schulter, dorthin, wo Golem stand, regungslos, im Visier der robotischen Waffenarme. Er wies auf Velines und fragte die Quantronik: »Darf ich vorstellen? Der Buddha Maitreya. Der Mahdi. Der Erlöser. Haben wir Räucherstäbchen zur Hand? Kerzen?« Er wandte sich wieder Velines zu: »Darf ich dir ein Opferhuhn darbringen?«

Es reizte ihn, Velines zu provozieren. Er hatte einige Sternenstaaten untergehen sehen. Aber der Untergang ihrer imperialen Strukturen hatte nicht mit Notwendigkeit auch das Ende ihres Staatsvolkes bedeutet. Die Gataser, die Tefroder, die Takerer, die Laren und Zgmahkonen, die Lemurer und ihre Nachkömmlinge, die Terraner – sie alle hatten die Vernichtung ihrer Imperien überlebt. Es würde bei den Menschen von Rotheim nicht anders sein.

Velines spuckte ihm ins Gesicht.

»Ups«, sagte Rhodan. »Welche Ehre. Ich werde mit der Körperflüssigkeit eines Gottes beschleimt. In meiner Welt, Velines, gibt es großartige Psychiater und Neurologen, die sich nach jemandem wie dir alle Finger lecken würden.« Er dachte: *Velines, Ifama – sie haben mit der Zunahme an Macht nicht Schritt gehalten. Im Kern sind sie kleine, boshafte Kinder.*

Velines lächelte schief. »Hast du gehört, Korky? Was er sich für Hoffnungen macht. – Mach dir keine Hoffnungen, Resident. Ich werde in keine deiner Psychiatrien eingeliefert werden. Ich bin nicht am Ende. Bald bin ich ganz am Anfang.«

»Du bist nichts als eine unbedeutende tragische Figur.«

»Ich bin eine tragische Figur. Du bist eine tragische Figur. Wir beide sind tragische Figuren, weil wir *wirklich* sind. Wir sind keine Komödianten wie die Pseudobewusstseine im Symposion. Die mentalen Machwerke dort können sterben und sagen: *So, das also ist der Tod? Wohlan, noch einmal! Oder lieber nicht! Oder doch! Es spielt keine Rolle, keine Rolle.*« Er hatte mit verstellten, hohen Stimmen gesprochen, wie ein Rezitator fremder Texte.

Rhodan schloss kurz die Augen. Was ging hier vor? Warum kamen keine Nachrichten herein, warum wurde der Staatschef des Roten Imperiums nicht über die Ereignisse im Siamed-System und im Rest Rotheims auf dem Laufenden gehalten? Wo liefen die Meldungen über den

Stand der Auseinandersetzungen ein, wo waren seine Ordonnanzoffiziere?

Rhodan hatte Reiche untergehen und ihre Herrscher sterben gesehen, die Meister der Insel und die Schwarmgötzen und einmal sogar sich selbst, sein schwarzes Spiegelbild Rhodan II aus dem Paralleluniversum. Niemand von ihnen war seinem Ende so gelassen, so gleichgültig gegenübergestanden wie Bavo Velines.

Was stimmt hier nicht? Was hat Velines gesagt – er steht am Anfang?

»An welchem Anfang? Velines, du verlierst den Sinn für die Realität. Was bezweckst du? Was ist dein Ziel?«

Schweigen. Velines ging zurück zu seinem Schreibtisch, setzte sich und nahm einen Schluck Tramurin. »Ich werde ins Einstein-Universum zurückkehren und nach M 87 reisen. Zum Planeten Monol.«

Rhodan schloss die Augen für einen Moment und rief sich in Erinnerung, was er über Monol wusste.

Monol. So hatte ein Terraner ... oder ein Plophoser? War es nicht Bysiphere gewesen? Arnold Bysiphere? So hatten jedenfalls die Menschen die Regenerationswelt der Okefenokees genannt, diese hyperphysikalische Planetenmaschine, die die toten, zwergenwüchsigen Philosophen der Riesengalaxis M 87 in Konstrukteure des Zentrums verwandelte, die Herren dieser Sterneninsel. Den ursprünglichen okefenokeeschen Namen des Planeten kannte er nicht.

Dieser Korky sieht aus wie Velines als Okefenokee. Was für ein irrer Vergleich, dachte Rhodan und wischte den Gedanken beiseite.

Monol war eine Welt wie aus Glas, ein Planet aus fluoreszierenden Kristallen, aus dessen Ebenen kegelförmige

Turmbauten bis zu 5000 Meter in die Höhe ragten. Von den Spitzen dieser Türme ging ein goldenes Flimmern aus, das von den kristallinen Ebenen und den Kristallregen reflektiert wurde. Der ganze Planet irrlichterte in allen Farben des Spektrums, wenn die Grundtönung des Farbespiels auch Blau war.

Die Regenerationsanlage wurde von einer Kollektivintelligenz gesteuert, die ein Kristallgebirge entwickelt hatte.

Zwei Besatzungsmitglieder der alten CREST IV waren damals, im frühen 25. Jahrhundert vorgalaktischer Zeitrechnung, hyperphysikalisch regeneriert und mit einem neuen, verjüngten Leib ausgestattet worden: Gucky, der Ilt, und Jean Beriot, der Chefphysiker des Schiffes.

Durch die Regenerierung wurden die Leiber der Betroffenen gemäß dem genetisch angelegten Optimum gestaltet. Physische Defekte oder durch die Umwelt erlittene Schäden wurden behoben.

Beriot beispielsweise war von einem leicht verwachsenen, gnomenhaften Mann mit Buckel in eine große und ebenmäßige Idealgestalt verwandelt worden.

Vermutlich, kam Rhodan in den Sinn, war auch der ursprüngliche Gucky im Zuge dieser Generalüberholung vervollkommnet worden. Merkwürdig – hatte er ihm das seinerzeit nicht angemerkt?

»Ich sehe, du kannst mir folgen?«, fragte Velines.

»Darum also geht es dir«, sagte Rhodan. Er lachte und versuchte, so viel falsches Mitleid wie möglich hineinzulegen. *Provozier ihn! Gib dieser Farce mehr Tempo!* »Monol. Du musst restlos verzweifelt sein.« Konnte es sein, dass dieser Mensch Bavo Velines das gesamte transuniversale Projekt des Roten Imperiums in Gang gesetzt hatte einzig zu dem Zweck, ihm den Weg nach Monol zu ebnen? Rhodan schüttelte leicht den Kopf.

Velines sagte: »Ich müsste restlos verzweifelt sein, weil Monol in deinem Universum und unter den Vorzeichen der erhöhten Hyperimpedanz nicht mehr funktionstüchtig ist? Unerreichbar?«

Rhodan nickte.

Velines fragte: »Wer macht dich so sicher, dass auch M 87 von dieser Restriktion der Kosmokraten betroffen ist?«

Rhodan lachte bitter auf, als er glaubte, die Stimme Cairols wieder zu hören, des robotischen Kosmokratenboten, der ihm diese maßlose Kriegserklärung an die raumfahrttreibenden Zivilisationen überbracht hatte. *»Allerdings haben meine Meister längst begonnen, etwas gegen die …« Zögern. »… Flut des Lebens, das überhand nimmt, zu unternehmen. Die Schwärme sind abgeschaltet, und es werden keine Sporenschiffe mehr ausgesandt. Die Hohen Mächte haben entschieden, das Leben an sich darüber hinaus in einer wirksamen Weise einzuschränken. Der hyperphysikalische Widerstand wird im gesamten Universum erhöht.«*

Rhodan überlegte, ob es Nuancen in dieser Erklärung gab, die er bislang überhört hatte: Aktionen gegen die Flut des Lebens, *das überhand nimmt*. War damit vielleicht nicht alles Leben gemeint, sondern nur dasjenige, das *überhand* nahm? Leben, das keinerlei überlichtschnelle Raumfahrt betrieb, war offenkundig von diesem Dekret nicht betroffen. Wurden vielleicht überhaupt nur solche Kulturen gemaßregelt, die sich – wie würde es der Bibliothekar Kasimir genannt haben? – *expansiv* verhielten? Wurden solche Zivilisationen, die sich selbst Grenzen gesetzt hatten, verschont? Gehörte unter Umständen die statische Kasten-Gesellschaft in M 87 zu diesen nicht-expansiven Kulturen?

Arbeitete Monol ungestört, produzierte es weiterhin Konstrukteure des Zentrums, die für die Stabilität der M 87-Gesellschaft garantierten?

Mehr als unwahrscheinlich.

»Keine Chance«, schloss Rhodan. »Die Kosmokraten haben mit ihrer Manipulation der hyperphysikalischen Konstanten ausdrücklich das ganze Universum verändert. Monol bestand aus Howalgonium. Mach dich mit dem Gedanken vertraut, dein letztes Ziel verloren zu haben.«

»Die Kosmokraten sind vorausschauend. Sie differenzieren.« Velines hatte die Brille wieder aufgesetzt und sah Korky an.

»Aber ja.« Rhodan grinste. »Die Hohen Herrn werden sich gesagt haben: Regulieren wir dieses Universum neu, sparen aber Monol aus. Schließlich könnte eines Tages Bavo Velines kommen und seinen siechen Körper verjüngen wollen. Schaffen wir rund um Monol ein privates Howalgonium-Reservat. Ein Bavo-Velines-Sanatorium.«

»Monol besteht nicht aus Howalgonium«, belehrte ihn Velines, »sondern aus Neo-Howalgonium. Es unterscheidet sich von Howalgonium durch eine ganz andere Schwingungsart.«

»Woher weißt du das? Hat es eine Expedition der Kopernikaner nach M 87 gegeben, von der ich nichts weiß?«

Velines lachte. »Eine Expedition, von der der allwissende Rhodan nichts weiß? Was wäre das für ein Affront, nicht wahr?«

»Es hat keine solche Expedition gegeben«, schloss Rhodan aus der Reaktion von Velines. »Es ist immer wieder erstaunlich, wie überlebensfähig die Hoffnung ist. Selbst unter widrigsten Umständen.«

»Monol wartet auf mich«, stieß Velines hervor. »Und wenn nicht ...« Er ließ den Satz offen.

Rhodan setzte ihn fort: »... wirst du versuchen, die Technologie der Filiationskammern zu verbessern? Dann bittest du ES um einen Zellaktivator? Dann erpresst du ihn?«

Velines winkte heftig ab. »Rotheim ist für Superintelligenzen ein exterritoriales Gebiet. Wahrscheinlich ist das gesamte Rote Universum frei von solchen Bewusstseinskonglomeraten. Frei von Kosmokraten.«

Rhodan zog erstaunt die Augenbrauen hoch. »Bist du da so sicher?«

Bavo Velines fuhr mit der Hand über ein Sensorfeld auf seinem Schreibtisch. Das Bild an der Wand veränderte sich. Es war, als ob die Kamera Fahrt aufnahm und immer rascher in die Tiefen des Universums vorstieß. Die Sterne verwischten zu einem Rauch aus Licht.

Schließlich hielt sie an, exakt *über* dem Zentrum einer gewaltigen Spiralgalaxis, in deren Halo Hunderte von Kugelsternhaufen ihre Bahnen zogen.

»Das«, sagte Velines mit auffallend sachlicher Stimme, »ist Planckheim, LGK 9098. LGK steht für Lokaler Galaxien-Katalog, das Verzeichnis der Galaxien des Roten Universums. Was du hier siehst, ist beinahe aktuell. Es geschah vor siebzehn Jahren. Einer unserer unbemannten, quantronischen Tiefraumsonden hatte den Auftrag, diese Galaxis zu erforschen.«

Rhodan spürte, wie etwas in der Stimme von Velines ihn bannte. Ein untergründiges Beben, das schwache Echo echter Sorge.

»Die Sonde empfing Unsummen von Hyperfunkimpulsen und registrierte 29 größere raumfahrttreibende Zivilisationen und über 300, die den überlichtschnellen Raumflug beherrschten. Einige kleinere lokale Konflikte. Die Vorbereitung einer Expedition Vereinigter Zivilisationen zur Nachbargalaxis.«

Beherrschten?, dachte Rhodan. *Warum nicht: beherrschen?*

»Schau hin!«, forderte Velines.

Ausschnittvergrößerung der Zentrumsregion. Die falschfarbene Darstellung des Schwarzen Loches, das dort wie in den meisten anderen Sterneninseln dieser Größenordnung den Mittelpunkt des Megasystems bildete.

Weitere Ausschnittsvergrößerung. Einige Dutzend Sonnen, kleine abstrakte Markierungen, die die Position der Planeten anzeigten, die in diesem Maßstab noch unsichtbar waren. Schlagartig wurden die Sonnen durchsichtig wie Glaskugeln oder Seifenblasen. Im nächsten Moment verwackelte ihre Kontur, verloren sich ihre Umrisse. Dann waren sie verschwunden.

Das Objektiv schien sich wieder zurückzuziehen, zoomte. Tausende, wenn nicht Zehntausende Sterne waren zu sehen, und im nächsten Augenblick entfärbten sie sich und hörten einfach auf. Sekunden später löste sich die gesamte Galaxis auf wie ein schwacher Nebelschwaden.

Korky wimmerte leise.

»Was ist da geschehen?«, fragte Rhodan. Er musste sich die Lippen lecken; sie waren rau.

»Es war die erste von mittlerweile 45 Galaxien«, sagte Velines. »45 Galaxien, von deren Vernichtung wir Kenntnis haben. Wir wissen nicht genau, was es ist. Wir können es nicht aufhalten. Wir haben kein Muster gefunden, nach dem es sich ausbreitet. Wir nennen es den *Damokles-*

Effekt. Alles, was wir wissen, ist: Das Rote Universum geht daran zugrunde.«

Rhodan schüttelte ungläubig den Kopf. »Blödsinn. Universen sterben nicht einfach so. Und wenn sie sterben, dann dauert ihr Tod Jahrmilliarden. Wie stark waren die Aufnahmen gerafft?«

»Sie waren nicht *gerafft*«, sagte Velines. »Sie waren *gedehnt*. Was du gesehen hast, geschah binnen einer halben Sekunde.«

Rhodan spürte, wie das Blut aus seinem Gesicht wich.

»Und wir ...«, sagte Velines, und zum ersten Mal klang er müde. »Wir vertun unsere Zeit mit Geplänkel. Die Anjumisten ...«

»Sind sie über diesen Damokles-Effekt informiert?«

»Ja. Aber die meisten von ihnen halten unsere Aufzeichnungen für eine Fälschung.«

»Ist es eine?«

Bavo Velines schüttelte den Kopf und nahm wieder einen Schluck.

»Dann ist es ...« Rhodan brach ab.

»Dann ist es *was*? Entsetzlich? Grauenerregend? Resident, es fehlen uns die Worte, um solche Ereignisse zu fassen. Manche Phänomene übersteigen unsere Sprache und unser Denken. Nein, es ist nicht grauenvoll, und es ist nicht entsetzlich. Es ist, was es ist. Wir haben es hinzunehmen.«

»Aber was ist *es*?«, beharrte Rhodan. »Deine Wissenschaftler können doch nicht *nichts* wissen!« Er warf der Quantronik einen Blick zu. Golem reagierte nicht.

Er spürte, wie die Dinge aus dem Gleichgewicht gerieten. Wie der Kampf der Anjumisten gegen das Velines-Regime an Bedeutung verlor und zu einer Geringfügigkeit schrumpfte. Er musste sich zwingen, in Velines weiterhin den Tyrannen zu sehen, der er war. Den Egomanen. Er klammerte sich an den Rahmen des Menschenmöglichen, an die Gültigkeitsbereiche und Urteile der Moral.

»Das Rote Universum ist, wie du weißt, kein eigenständiges Universum«, sagte Velines. »Es ist eine Abschnürung, aber eine unvollkommene. Hätte es sich ganz und gar gelöst, hätte es die Chance gehabt, sich zu einem der unzähligen regulären Universen zu entwickeln. Aber nicht alles in der Natur ist vollkommen. Immer gibt es kleine Asymmetrien, nicht ausbalancierte Verhältnisse, Mängel im Diamant.

Wir vermuten, dass Folgendes geschehen ist: Jedes Universum ist mit einem Zeitpfeil versehen. Im Zuge seiner Forschungsarbeit hat Jaakko Patollo herausgefunden, dass der ursprüngliche Zeitpfeil des Roten Universums gegenläufig zum Zeitvektor des Einstein-Universums verlief. Aber Zeit ist auch ein Faktor des Raumes, und der Raum ist, was immer er sonst ist, auch ein Faktor der Gravitation und der Masse.«

Ein Oberlehrer, dachte Rhodan. »Kurz gesagt?«

»Kurz gesagt: Das Einstein-Universum, von dem sich das Rote Universum nicht endgültig hat abschließen können, zerrt von Anfang an am Pfeil der Zeit des Roten Universums und hat ihn *umgebogen*, mit der eigenen Richtung überschrieben.«

Der Wissenschaftler in Rhodan erfasste die möglichen Konsequenzen: »Bedingt dieses *temporale Umbiegen* die Veränderung der temporalen Relationen zwischen diesen beiden Universen?«

»Wahrscheinlich. Wir wissen es nicht genau. Wir brauchten mehr Zeit, um es herauszufinden. Aber Zeit ..«, Velines lachte auf, »... ist ein Grundstoff, der dem Roten Universum nur noch in ganz geringen Resten zur Verfügung steht. Er geht uns aus, Resident, die Zeit geht uns einfach aus. Und wir können sie nicht nachproduzieren. Wir fürchten, das Rote Universum platzt wie eine Seifenblase, und am Ende wird nichts von ihm bleiben als ein wenig Quantenschaum, der an der transuniversellen Membran des Einstein-Universums haften wird und, wer weiß, durch die Membran dorthin zurücksickern, wo er einmal hergekommen ist. Vielleicht verflüchtigt er sich aber auch restlos in den multiversellen Hyperraum.«

Velines schüttelte den Kopf. »Allerdings ist das Bild von der Seifenblase nicht ganz zutreffend für den Damokles-Effekt. Denn anders als eine Blase vergeht das Universum nicht auf einen Schlag, sondern in unregelmäßigen Raumzeitquanten. Da und dann ist es, als ob sich sämtliche Naturkräfte annullieren, als ob die Raumzeit selbst sich widerruft mit all ihren Erzeugnissen.«

»Wie die Galaxis Planckheim.«

»Wie die Galaxis Planckheim, wie Dutzende anderer Sterneninseln bislang, wie etliche Regionen des Leerraumes.«

»Ich weiß nicht, ob ich das glauben soll«, sagte Rhodan. »Und selbst wenn: Könnte es nicht sein, dass dieses Phänomen auch wieder zum Stillstand kommt?«

Velines schüttelte den Kopf. »Es breitet sich kaskadenartig aus«, sagte er. »Leider in für uns völlig unberechenbaren Kaskaden.«

Für einen Moment saß Rhodan da, in Gedanken versunken, und überlegte, was er sagen sollte. Sollte er vorschlagen, dass die Wissenschaftler des Roten Imperiums mit denen der Liga zusammenarbeiten müssten? Dass es gelte, eine beispiellose wissenschaftliche Kampagne zu starten, die Kooperation mit den anderen großen Zivilisationen dieses Universums zu suchen?

Er winkte innerlich ab.

Dazu fehlten ihm die Kräfte.

Dazu fehlten ihm die Ressourcen.

Dazu fehlte auch ihm und der Liga die Zeit.

Er fühlte sich selbst wie taubes Gestein, schwer und leer.

»Tja«, sagte Velines. Als wäre er überrascht, ihn hier zu entdecken, griff er nach dem Strahler, den Rhodan mitgebracht hatte und den das Traktorfeld ihm entwunden hatte. Er hielt die Waffe Korky hin. »Jetzt wird Rhodan mir vorwerfen, dass wir ihn und seine Liga nicht um Hilfe gebeten haben. Warum wir nicht zu ihm vorgedrungen sind und gesagt haben: Entschuldigt die Störung. Wir wissen, ihr habt derzeit mit den Folgen der erhöhten Hyperimpedanz zu kämpfen und außerdem die Terminale Kolonne im Haus, aber hättet ihr vielleicht zwischendurch ein wenig Zeit, das Rote Universum zu retten? Ihr und der Universumsrettungsdienst des großen Perry Rhodan?«

Korky kicherte, schwenkte das Szepter und schlug sich mit der freien Hand auf die brüchigen Schenkel. Velines zielte spielerisch mit der Waffe auf Rhodan.

Rhodan fragte: »Warum habt ihr nicht längst selbst einen solchen Universumsrettungsdienst ins Leben gerufen?«

Velines tat Rhodans Einwand mit einem Achselzucken ab. »Manche Dinge sind einfach zu groß. Ich sagte dir ja, in diesem Universum existieren keine Superintelligenzen, und Spuren der Tätigkeit von Kosmokraten und Chaotarchen haben wir hier ebenfalls nicht entdeckt. Vielleicht haben die beiden kosmischen Supermächte es nicht für wert erachtet, ein so winziges, so randständiges Universum zum Teil ihrer Spielwiese zu machen. Wir hatten gehofft, eine Terra Nova hier zu finden, ein neues Land, das uns und der Menschheit neue, ungeahnte Möglichkeiten eröffnen würde. Stattdessen sind wir in die Falle gelaufen. In eine Falle, die umso auswegloser ist, als niemand sie gestellt hat. Nicht einmal deine Kosmokraten.«

Rhodan nickte, obwohl er dachte: *Schwer vorstellbar. Vielleicht spielt das Rote Universum in den Plänen der beiden Mächte durchaus eine Rolle. Vielleicht haben Velines und die Wissenschaftler des Roten Imperiums ihre Spuren bloß übersehen. Oder sie haben sie gesehen, aber falsch gedeutet. Wir sind nur Menschen; es überfordert uns, multiversal zu denken.* Er sagte: »Auch ohne Kosmokraten – die Menschheit ist nicht auf sich allein gestellt. Sie hat Freunde, Verbündete ...«

»Deine oder meine Menschheit?«

»Sie gehört weder dir noch mir. Wir gehören ihr.«

Velines winkte wieder ab. »Mir zu pathetisch«, sagte er.

»Zeig es ihm«, sagte Korky unvermittelt. Seine Stimme klang hoch und kreischend, ein Kind in Not. »Zeig dem Arsch, was er kaputt gemacht hat.«

»Korky, Korky«, tadelte Velines kopfschüttelnd. »Du befleißigst dich einer unflätigen Ausdrucksweise gegenüber dem Herrn Residenten. Ich weiß nicht, ob ich das dulden soll!«

»Residentenarsch«, korrigierte Korky. »Arschresident.«

Velines grinste. »Das kommt der Sache näher. Gut!«. Er schlug munter mit der Hand auf die Tischplatte. »Zeigen wir es ihm.«

Velines stand auf, ging zur linken Wand des Raumes und nickte ihr zu. Die Wand faltete sich geräuschlos zusammen und enthüllte eine düstere Szenerie.

Rhodan stand auf. Er war sich nicht sicher, ob er eine Bühne sah, eine dreidimensionale Simulation, oder eine reale Landschaft.

Velines streckte die Hand zu einer einladenden Geste aus. »Machen wir einen Spaziergang.«

Auch die beiden Kampfroboter rückten vor und behielten dabei die Quantronik im Visier. Golem gehorchte stumm. Sie betraten das leicht abschüssige Gelände, ein Gemälde ein Grau. Sie marschierten eine Weile. Es fiel Rhodan nicht leicht, organische Strukturen – Gewächse, Büsche – von den Bauwerken zu unterscheiden, überhaupt Bauwerke zu erkennen. Denn alles hier Gebaute lag in Trümmern, und Rauch hing über dem ruinierten Land.

»Gehen wir«, sagte Velines.

Die Erde war schwarz und schlammig. Die Schritte fielen ihm schwer. Rhodan warf einen Blick auf seine Schuhe. Schmutzpartikel hatten sich festgesetzt.

Hier und da meinte Rhodan, den Umriss eines Leibes zu sehen, eine verkohlte Leiche. Er kniff die Augen zusammen. War das eine verdorrte Hand, die sich aus dem geschundenen Erdreich nach oben reckte, ein offener Mund, die Zähne schwarz, die Zunge von Hitze verbacken?

Ein bittersüßes Aroma lag über allem, zäh und atembeklemmend wie ein Tran, der in den Hals rann. Velines ging voran. Leichtfüßig, fast glitt er über den Boden. *Der Kriegsherr des verheerten Landes,* dachte Rhodan.

Es war kein Weg zu sehen, nur Reste eines Trampelpfades. Sie gelangten an eine feuergeschwärzte Mauer, das letzte Überbleibsel eines mehrgeschossigen Hauses. Das Glas in den Fenstern war von Rissen blind, aber nicht in Scherben gesprungen. In der Zarge hing ein Türflügel aus Eisen, das noch matt glühte.

Auf der Schwelle klebte Ruß.

Velines stieß die Tür mit dem Fuß auf. Sie schwang auf, heulte in ihren Angeln wie ein lebendiges Wesen.

Vom Inneren des Hauses war anscheinend nichts geblieben als Schlamm auf dem Boden und dichter Rauch in der Luft.

Plötzlich lichteten sich die beißenden Schwaden. Licht fiel ein. Alles öffnete sich. Sie schauten in einen Garten.

Rhodan blieb stehen. Er blickte zurück. Keine Spur von dem Haus, von der verheerten Landschaft. Alles war still.

Was sollte das? Womit wollte ihm Velines imponieren? Was war sein letzter Trumpf?

Über das hohe Gras strich eine Brise. Sie berührte Rhodans Gesicht wie ein seidenes Tuch, behutsam und kühl, tastend und tröstend.

Es ist nur der Wind. Der Wind, dachte er.

Dann war es plötzlich da. Er schaute es an. Er konnte sich nach dem Gang durch die Totenlandschaft nicht satt sehen daran.

Inmitten der Wiese erhob sich ein Baum. Ein Wunder von einem Baum. Er wirkte irdisch, obwohl Rhodan ihn keiner besonderen Art hätte zuordnen können: eine Linde, ein Sandelholzbaum?

Der Baum war hoch, vielleicht dreißig, vielleicht vierzig Meter, ausladend, knorrig und uralt. Er stand allein, ein Monarch. Zugleich jedoch war er ein junger, biegsamer Stamm; ein Sprössling; ein bloßer, in sich ruhender Keim.

Der Baum blühte im glasigen Sonnenschein, und seine Blüten waren weiß und rot und verströmten einen süßen Duft. Schnee lag auf allen seinen kahlen Ästen, hier und da hatte er sich zu einem wattigen Tuch verbunden und rieselte, wo die Zweige wippten, in dicken Flocken herab.

All seine Blätter tranken den satten Regen, der herabklatschte und in winzigen Wasserfällen seinen Weg durch das Gelände der Borke fand.

Rhodan sah die vielen Nester im Baum, sah die Höhlen, in denen Vögel brüteten, sah das Moos kriechen und die Pilze siedeln auf dem Holz des gestürzten, morschen Riesen.

Der Baum warf einen tiefen, belebenden Schatten, und als Rhodan unter seine Krone trat, atmete er wie Regen den Sauerstoff ein, würzig und reich.

Der Baum war Samen und Jüngling, Greis und Leiche zugleich, und alles ganz, ohne einen Abstrich.

»Hast du dergleichen je gesehen?«, fragte Velines.

»Was ist das?«, fragte Rhodan.

»Ein Baum«, sagte Velines.

Rhodan dachte an das arkonidische Kugelschiff auf dem Mond, an die endlosen Armaden der Kaiserin von Therm, der Superintelligenzen, der Chaotarchen und Kosmokraten; er dachte an die von Intelligenzwesen gebauten Städte und Welten, an die künstlichen Himmelskörper der Nonggo, an OLD MAN, an den Chaotender ZENTAPHER, an die Sporenschiffe und die Kosmischen Fabriken.

Er sah die Regenperlen und den leise knisternden Schnee auf den erblühenden, erquickten, vertrockneten, herbstlich gefallenen Blättern des Baumes und sagte: »Nein. Ich habe dergleichen nie gesehen.«

Velines hatte die Arme auf dem Rücken verschränkt. Korky schmiegte den Kopf an seine Hüfte. »Er ist alles, was er sein kann, vollständig und auf ewig.«

Rhodan wartete. *Was will er mir sagen?* Er blickte auf die Quantronik an seiner Seite, aber Golem hatte sein Gesicht unter einem flirrenden Schleier verhüllt.

»So war es ursprünglich gedacht. Darauf sollte es hinauslaufen. So habe ich mir das Rote Imperium erträumt. Eine vollständige Entfesselung aller menschlichen Möglichkeiten. Eine Erfüllung aller menschlichen Träume. Ein Sternenreich, das alle Fähigkeiten ausschöpft, reif dafür, dass die zukünftigen Neugeborenen in ein Leben treten können, das die volle Förderung aller ihrer Potenziale garantiert. Alles vergangene Leid, die Epoche des Krieges und der Entbehrungen, gerechtfertigt. Meine Vision.

Denn ich denke, ein Sternenreich kann nicht bestehen ohne eine Vision seiner selbst. Ein Sternreich, größer als die Liga. Größer sogar als das Solare Imperium! So war es gedacht, und so war es möglich, bis die Anjumisten ihre Attacken begonnen und am Ende das Mentale Symposion vergiftet haben. Und alles umgestürzt.«

Rhodans Miene blieb unbewegt. Er hörte den unausgesprochenen Vorwurf. *Warum hast du dich auf die Seite dieser Umstürzler geschlagen?* »Es geht nicht um Visionen«, widersprach er schließlich. »Es geht um die Menschen. Um jeden einzelnen. Was nutzt die schönste Vision, wenn sie nur verwirklicht werden kann mit solchen Gestalten im Hintergrund?«

Er wies mit dem Daumen über die Schulter, wo die beiden Kampfroboter schwebten, die Waffenarme immer noch aktiviert und auf Golem gerichtet.

»Du bist gescheitert«, fuhr Rhodan fort. »Wie die meisten Paradiesbaumeister.«

»Vielleicht. Vielleicht ist die Menschheit noch nicht reif für ein Reich wie das Rote Imperium.«

Rhodan lächelte. »Vielleicht. Vielleicht taugen Menschen aber auch einfach nicht für das Paradies, das ihnen von Visionären wie dir zugedacht wird. Das Paradies bleibt eine jenseitige Idee. Aber die Menschen – nicht die idealen, sondern die wirklichen Menschen – ziehen es vor, im Diesseits zu leben. Menschen wie dich hat das immer verwundert.«

Velines schwieg. »Ich bin also gescheitert«, sagte er nach einer Weile und rückte seine Brille zurecht. »Das ist schade, nicht wahr, Korky? Ich bin gescheitert, Rhodan triumphiert. Schau dir den Triumphator an. Schau seine Armee. Seine PATRONE.« Die Stimme quoll über von Hohn.

Korky kreischte vor Vergnügen: »Hat keine PATRONE. Hat keine Armee! Hat nichts, nichts! Ist am Arsch!«

»Wieder drückt sich Korky wenig artig aus«, beklagte Velines. »In der Sache aber muss ich ihm recht geben. Du sagst, ich bin gescheitert. Und du?«

Er gab den Robotern einen Wink. Rhodan sah, wie die Maschinen sich in ein Schirmfeld hüllten, ihre Waffenarme auf ihn schwenkten, wie zugleich Golem etwas ausbreitete, das einem Mantel aus schierer Energie glich, wie er Cuderuu förmlich ausspie, wie die Schüsse der Roboter in den Mantel der Quantronik schlugen, wie Golem einen Sprung in Richtung der PATRONE machte und dabei explosionsartig anwuchs, wie er sie unter sich begrub, wie der Ofosuapia über den Boden rollte, wie für einen einzigen Augenblick etliche Impulsstrahlen im Raum standen und zwei von ihnen Velines und Korky in die Stirn trafen, wie die Quantronik mit den beiden Kampfmaschinen in einem Lichtblitz verging, wie alles erlosch, wie der Lärm kam, der Gestank von verbrannten Knochen, verbranntem Fleisch, verbranntem Plastik, erhitztem Metall.

Rhodan sah dies alles klar und deutlich, mit einem überwachen Bewusstsein.

Einige Strahlen hatten Projektoren in der Wand getroffen. Das Schaumbild löste sich in Myriaden Flocken auf ... *wie das gesamte Rote Imperium,* dachte Rhodan, als der formlose Schaum an ihm vorübertrieb.

Er stand wieder in dem Büro. Auf der einen Seite die aufgerissene Wand, davor die Leichen; auf der anderen Seite die Trümmer der Roboter und der Quantronik.

Cuderuu kam auf Rhodan zu. »Bist du unverletzt?«, fragte der Ofosuapia.

»Nein.«

»Golem hat mir aufgetragen, dich zu ermahnen: Du sollst jetzt die Arbeit beenden.«

»Welche Arbeit?«

»Velines zu töten.«

»Velines?« Er blickte auf die Leichen des Generalgouverneurs und seines missgestalteten Abziehbildes.

»Das, hat Golem gesagt, sind Filiate.« Er wies auf die rückwärtige Wand des Büros. »Dort fänden wir die Kammer mit dem Velines-Original. Golem hat alles für uns vorbereitet. Alle Türen stehen uns offen.« Der Ofosuapia rückte die Schlaufe mit dem Hammer seines Bruders zurecht und wartete. »Geh!«, sagte er. »Es ist deine Sache.«

Rhodan ging los.

Rhodan erfuhr nie, wie die Quantronik etwaige letzte Sicherheitssysteme Jötunheims ausgeschaltet hatte. Es spielte auch keine Rolle. Ein Teil der Wand glitt zurück.

Der Korridor dahinter stieg sanft wie eine Rampe an. Er führte in einen fensterlosen Raum, der von fluoreszierenden Schlieren an den Wänden nur matt erleuchtet war. Die Größe des Raumes, *der Gruft*, wie Rhodan sie beim ersten Blick in Gedanken nannte, war nicht abzuschätzen. Weit im Hintergrund meinte er, etwas wie eine Vitrine zu erblicken.

Er forschte dem auch nicht nach. Alle Aufmerksamkeit galt dem Objekt, das die Gruft beherrschte.

Vor ihm schwebte ein aufrecht stehender, vertikaler Teich im Raum. Jedenfalls drängte sich Rhodans dieser Eindruck auf. Der Teich hatte keinen geradlinigen Umriss. Sein Ufer war ein unregelmäßiges Oval, nierenförmig, an der einen Stelle in den Teich vorgeschoben, an der anderen Stelle buchtete sich das Ufer über eine Armlänge aus.

Das flaschengrüne Wasser wurde von einem bernsteinfarbenen Gespinst durchzogen. In Ufernähe wirkte es flach, zur Mitte hin vertiefte es sich, dass kein Boden mehr zu sehen war.

Im Wasser spiegelten sich weidenartige Bäume, hohe weiße Wolken, ein sehr ferner Himmel – obwohl weder vom Himmel noch von den Wolken oder den Bäumen irgendeine Spur im Raum zu sehen war. Spiegelungen ohne Vorbild, reine Reflexe ihrer selbst.

Wellenringe entsprangen mal hier, mal dort, als wäre ein dicker Regentropfen in den Wasserspiegel eingeschlagen.

Dabei fiel kein Regen.

Rhodan trat näher. Tief im Teich lag ein Ertrunkener, ein knochiger Greis mit offenen, starren Augen, weit aufgesperrtem Mund. Letzte weiße Haarsträhnen trieben im Wasser wie die Fetzen von Fahnen im Nachtwind.

Der Ertrunkene schloss den Mund, öffnete ihn wieder, unendlich langsam. Das Wasser warf Ringe und sprach: »Da bist du also. Am Ende von Angesicht zu Angesicht.«

Rhodan streckte die Hand aus und berührte die Wasseroberfläche. Sie war nass und kühl, wie Wasser sein sollte an kühlen Tagen, tief im Wald. Aber er konnte die Hand nicht tiefer hineintauchen. Das Wasser wurde widerspenstig, zäh, etwas tiefer hinab hart und kalt wie Glas.

»Du bist ein sehr alter Mann, Bavo Velines«, sagte Rhodan leise. Mitleid und Abscheu. »Glaubst du nicht, es sei Zeit, abzutreten?«

Der Totenkopf bleckte die Zähne. »Das sagt du?«, flüsterte das Wasser. »Gerade du? Der Gebieter der Zeit? Der Freund des Unsterblichen von Wanderer?«

Rhodan schloss die Augen. »Jeder Mensch ist die Summe seiner Taten. Manche Taten halten am Leben. Manche verderben. Manches, das man erlebt, tötet.«

»Du meinst: Ich habe den Tod verdient?«, fragte Velines.

»Ja.«

»Der Tod«, sagte das beinahe verweste Menschengespenst im Wasser, »ist billig zu haben. Wie eine alte, hässliche Straßennutte. So billig.«

Rhodan spürte in sich die Empörung wie einen elektrischen Schlag. Dieser Mann hatte kein Recht, sich mit gealterten Prostituierten zu vergleichen, die vielleicht vieles getan hatten, wozu ihm jedes Verständnis fehlte, aber sicher nicht das Verderben über Millionen und Milliarden gebracht.

Aus den Augenwinkeln nahm er wahr, wie der letzte Ofosuapia in die Gruft kraulte. Er hielt neben Rhodan an und schaute in die Filiationskammer.

»Ist das Bavo Velines?«, fragte Cuderuu.

»Ja«, sagte Rhodan.

»Der echte?«

»Der echte und letzte, wie ich hoffe. Der ursprüngliche.«

Cuderuu spannte sein Bein an und hüpfte mit zwei, drei Sätzen einmal um den stehenden Teich herum. »Die Filiationskammer ist sehr schmal«, sagte er. »Ich hätte sie mir anders vorgestellt. Voluminöser.«

»Ein Ofosuapia«, sagte es aus dem Wasser. »Also doch. Ich habe schon aufgehört, den Jagdmaschinen zu glauben, dass es Reste von ihnen gibt.«

»Ich bin der letzte Legionär«, sagte Cuderuu. »Mein Bruder ist tot. Meine Mutter ... die letzte Ofosuapia-Mutter ...« Cuderuu stockte.

Velines nahm das offenbar als weitere Todesanzeige und sagte durch das Wasser: »Gut.« Rhodan spürte, wie das Wort vor Genugtuung förmlich strahlte.

»Warum hast du diese Geschöpfe zu Tode gehetzt?«, fragte er Velines. »Sie sind völlig harmlos. Sie stellten zu keinem Zeitpunkt eine Gefahr dar.«

»Sie waren immer die denkbar größte Gefahr«, widersprach Velines. »Dass du jetzt vor mir stehst, ist der Beweis. Sie haben dich geführt, oder?«

»Ich stelle die Kammer ab. Irgendwie«, sagte Cuderuu. Rhodan bemerkte, dass sich ein winziges Schemen vom Auge des Ofosuapia löste – das seltsame Wesen schickte seinen Kurierauge auf Erkundung.

»Was tut er da?«, fragte Velines. Das Wasser schlug höhere Wellen.

»Er geht und stellt deine Filiationskammer ab«, sagte Rhodan in aller Ruhe.

»Das wird er nicht«, sagte Velines, womöglich noch ruhiger. Der rechte Knochenarm hob sich, drückte von unten gegen den Wasserspiegel wie gegen zähes Zellophan, zerriss es und wuchs, wuchs rasch und weit über sich hinaus; die fünf Finger verschmolzen zu einer knöchernen Speerspitze.

Bavo Velines ist armiert!, dachte Rhodan. *Wie ist das möglich?* Er sah, worauf der Waffenarm zielte, und schrie: »Nein!«

Die Spitze des verlängerten Arms drang in den Schlangenkopf des Ofosuapia. Cuderuu stürzte. Der Hammer löste sich aus der Rückenschlaufe. Rhodan war mit ein, zwei Sätzen bei dem tödlich getroffenen Ofosuapia, griff nach dem Hammer, sprang damit auf, war mit einer einzigen Bewegung zurück bei der Kammer, Couu Laduums Waffe hoch über dem Kopf, die eine Hand am Ende des Stiels, die andere nah am Hammerkopf. Dann glitt seine Hand vom Kopf zum Stielende und er zog den Hammer in weitem Bogen nach vorn. Einmal, ein zweites Mal. Ein drittes. Flüssigkeit verspritzte. Erste Risse krochen durch die Abdeckung der Filiationskammer, langsam und eng wie durch Panzerglas.

»Wer glaubst du, dass du bist?«, hörte er Velines durch das Wasser sagen.

Rhodan sah, wie Velines seinen verlängerten Arm aus dem Schädel des toten Cuderuu zurückzog und damit ausholte. Zugleich spürte er, wie sich etwas in seiner linken Wange tat. Glühende Fäden zogen von dort aus durch sein Bewusstsein und verwebten sich blitzartig zu einem Netz.

Der Knochenspeer raste auf seinen Kopf zu, Rhodan hielt der Waffe – schneller, als es all seinen Erfahrungen nach seinen Nerven, seinem Muskelapparat möglich war – seine Wange hin. Der Knochenpfeil prallte mit einem trockenen Klang ab.

Ich bin auch armiert, dachte Rhodan. Seine Gedanken überstürzten sich. *Wer hat mich präpariert? Und wann? Der Mönch? Nein. Dessen Berührung hat mir nur aus dem Mentalen Symposion geholfen. Das hier ist etwas anderes. Wer ...? Farashuu! Sie muss mich unter den Augen Ifamas präpariert haben. Farashuu. Alles anders, als es schien.*

Während er überlegte, focht er mit Velines. Der Generalgouverneur trug immer neue Angriffe vor, aber nun hatte sich Rhodans Wange ausgedehnt und die Form eines flexiblen, umfassenden Schildes angenommen, das alle Schläge parierte. Das Gefühl, von der quantronischen Armierung kommandiert zu werden, war ekelerregend und demütigend, und für einen Moment war Rhodan versucht, gegen die Übernahme anzukämpfen.

Dann dachte er: *Steh es durch. Steh es durch, wie es die Präfidaten durchstehen müssen. Velines' Waffen sollen Velines' Waffen schlagen.*

Rhodan hörte das Original des Generalgouverneurs aufschreien. Wieder hob er den Hammer und ließ ihn gegen die Filiationskammer krachen.

Rhodans Wahrnehmung hatte sich zweigeteilt. Mit dem einen Teil seines Bewusstseins war er im Hammer und im Schlag, hob den Arm und spannte die Muskeln an; für sein anderes, neues Bewusstsein vollzogen sich diese Schläge in unwirklicher Langsamkeit.

Die Manöver von Velines wurden komplexer, Hunderte von Geschossen jagten aus dem herausgereckten Waffenarm auf Rhodan zu, Strahlen aus glutflüssigem Metall. Aber die immer rasendere Choreografie seiner Kopfbewegungen wehrte alles ab, schlug die Geschosse zurück, lenkte den Sturzbach flüssigen Metalls zur Seite.

Velines schrie.

Rhodan schrie.

Hammerschlag folgte auf Hammerschlag. Der Rhythmus hatte sich beschleunigt. Quer durch Rhodans Leib hatten sich Ausläufer seiner Armierung gewunden, hatten seine Muskeln ausgefüllt, ummantelt, über alles Menschenmögliche hinaus ermächtigt.

Der Hammer sirrte nur so auf die Filiationskammer ein.

Und dann, mit einem letzten, gewaltigen Treffer, war es vorbei. Der Wasserspiegel der Kammer zersprang in zahllose Splitter. Rhodan überstand den Trümmerregen nur seines Schildes wegen unbeschadet.

Die Flüssigkeit ergoss sich über den Boden der Gruft und sammelte sich wie Quecksilber in einigen Dutzend größerer, gewölbter Tropfen. Velines' gebrechlicher Leib rutschte auf den Boden, eingefangen ins bernsteinfarbene Fadengespinst wie ein Fisch im Netz. Der Kopf überstreckt. Die Glieder verrenkt. Haut und dürres Fleisch rissen auf und legten die Knochen blank.

Er hörte auf zu kämpfen.

Die Agenten seiner Armierung zogen sich aus Rhodan zurück. Seine linke Wange glühte. Der Terraner ließ den Hammer fallen und sank stöhnend neben der Filiationskammer in die Knie, alle Muskeln zitternd.

Er schaute dem Greis ins Gesicht. Velines' Stirn war aufgeplatzt und blutete erstaunlich stark. Rhodan rief flüsternd: »Medoroboter!«

Velines' Lippen bebten. Allmählich wurden seine Augen glasig und trüb.

Er starb ...

Rund um Velines war alles wie Glas. Die Welt – ein gläsernes Ei. Er – der schwarze Dotter. Rein und durchsichtig, kühl und kristallin die Schale.

Erinnerungen ...

»Du kommst von der Zentrumswelt Suaphim?«, fragte der Institutsleiter den jungen Mann.

Wie unter hartem Druck knackte es im Glas, und ein Sprung lief hindurch im Zickzack. Wer klopfte da ans Glas?

Die Zeit, die Zeit?

Velines sah sich durch den Papierwald hinter Trentec spazieren. Es war Weißnacht, und die Sternenflut des Milchstraßen-Zentrums leuchtete durch den Sonnenwindschleier. Wenn man genau hinsah, bemerkte man ein sehr feines, violettes Glühen. Das war der Ionenschild, den das Planetenhirn hoch im Orbit über den Kontinent Bodjic ausgespannt hatte. Er hörte, wie er an Mali dachte. Sie sagte: *»Vor einem Jahr hast du mich gerettet.«* Ihre Stimme hell und klar.

Bedeutete ihm das Mädchen Mali noch etwas?

Nein.

Hatte sie ihm je etwas bedeutet?

Ja.

Nein.

Weißnacht über Trentec. Seine Eltern hatten wieder den ganzen Abend gestritten: über den Preis, den sie für die Roh-Dhaunn gezahlt hatten, über den Preis, den sie für die veredelten Steine erhalten würden, darüber, ob sie weiter ihre Waren von der mehandorschen Luhlleck-Sippe ausliefern lassen sollten oder von Iyint Dyyjad und seinen pfeifenden Blaupelzen.

Dabei hassten seine Eltern die Gataser ebenso wie die Springer, und sie hassten einander. Hass, hatte Bavo früh erkannt, schweißt ebenso fest aneinander wie Liebe.

Fester.

Knack! Ein neuer Sprung im Glas.

»Ja«, sagte er. »Kennst du Suaphim?«

Der Institutsleiter schaute kurz von der Info-Folie auf, schüttelte den Kopf und las weiter.

Ein Sprung im Glas.

Der Papierwald raschelte im Lichtwind, hier und da hellten sich ganze Waldtiefungen auf, wenn einer der Gla-Pilze platzte und seine Lichtsporen in die Gegend blies. Die Schatten der Deenni wirkten grotesk vergrößert; die Nachtweider erstarrten im Licht.

Bavo ging weiter.

Wieder ein Sprung im Glas. Langsam verbanden sich die Sprünge zu einem Netzwerk.

»Erstaunlich«, sagte der Institutsleiter. »Das ist wirklich erstaunlich.« Er tippte auf einen interaktiven Absatz der Info-Folie. Ein Hologramm baute sich auf und Velines sah in das faustgroße Modell seiner Dimensionenkaskade – die Abschlussarbeit, die er im Mathematicum von Trentec vorgelegt hatte. »Hast du prüfen lassen, ob dieses Konstruktionsprinzip verwertbar wäre? Ich meine, wenn sich die Kosmogenetischen Modelle in diesem Punkt differenzieren ließen ...«

»Ich habe es noch nicht prüfen lassen.« Velines lächelte.

Er hatte es überprüfen lassen, sogar von zwei unabhängig voneinander rechnenden Betriebssyntroniken, die eine auf Suaphim, die andere auf Anyango. Beide Maschinen hatten ihren Besitzern abgeraten, das Lizenzrecht an diesem Modell zu erwerben. Velines war, wie so oft, in eine Sackgasse geraten. Er hatte gedacht: *Vielleicht sollte ich für immer in einer Stadt wohnen, in der alle Straßen Sackgassen sind. Einer Stadt wie Trentec.*

Er hasste und verachtete sich mit beinahe religiöser Inbrunst. »Gut«, sagte er. »Dann fliege ich zurück nach Suaphim.«

»Aber nein«, sagte der Institutsleiter und legte die Folie auf den Tisch. »Jedenfalls nicht, wenn du auf meinen Rat hörst. Kopernikus braucht Leute wie dich.« Der Institutsleiter betrachtete ihn. »Ich denke, ich teile dich Armana Ashish zu«, überlegte er laut.

»Der Projektleiterin?«

Velines sah ihm scharf in die Augen und suchte darin nach dem Aufglitzern von Spott.

Da war kein Spott. Oder war er nur zu gut verborgen?

Ein Sprung im Glas.

Bavo lauschte auf das merkwürdig flappende Geräusch, das von oben und rasch näher kam. Der Chaddim fiel direkt an ihm vorbei, er hätte einen Arm ausstrecken können und ihn fangen. Er schlug auf einen Gla, der mit einem leisen Plopp aufplatzte und sein Sporenfeuerwerk zündete. Der Chaddim versuchte, sich mit seinen winzigen Krallen am Chitindach des Gla festzuhalten, rutschte ab und plumpste ins Sandmoos.

Der Chaddim war ein Flugsäuger, die Flughäute der Arm- und Beinpaare zusammengewachsen, die Krallen am Ende der Häute wirkten wie Menschenhand-Miniaturen.

Es war ein Jungtier, noch nicht flügge. Er musste aus dem Heliumschirm gefallen sein, unter den die Chaddimkolonien ihre Nester klebten.

Bavo hob den Fuß und hielt ihn über das Tier, das mit seinem trompetenförmigen Maul merkwürdig tiefe Klagelaute ausstieß.

Bavo stellte den Fuß zurück, bückte sich und hob das Tier auf. Fast sofort kringelte es sich in seiner Handfläche zusammen. Sein weißer Pelz fühlte sich kühl an wie nasse Wolle.

Bavo kehrte um. Den Chaddim in der Hand, eilte er Richtung Trentec. Nach Hause.

Ein Sprung im Glas.

»Ich lese hier, dass dir gelegentlich eine Psychotherapie angeraten worden ist. Du hattest eine nicht ganz unproblematische Kindheit?«

Velines lachte laut und herzlich. »Eine *nicht ganz unproblematische Kindheit?* Wer hatte die nicht? Ich denke: Wer eine völlig unproblematische Kindheit hatte, der braucht wirklich eine Therapie.«

Der Institutsleiter lachte verhalten mit und schaute Velines in die Augen.

»Man ist auf Suaphim gerne etwas übervorsichtig.« Velines zuckte mit den Achseln. »Wenn man auf Kopernikus aber darauf besteht, lasse ich eine neue Psychodiagnose anfertigen.«

»Wir werden sehen«, sagte der Institutsleiter. Dann lächelte er.

Ein Sprung im Glas.

»Was um alles in der Welt hast du denn da angeschleppt?«, fragte Anys, seine Mutter. Die Hauspositronik hatte das Tier in seiner Hand verpetzt.

Er öffnete die Faust und hielt Anys das Chaddim hin. »Es ist aus dem Papierwald«, sagte er.

»Ich weiß, woher dieses Ding ist«, sagte Anys. »Es ist ein Tier. Es ist dumm. Es ist nicht einmal essbar, wenn man denn Tiere isst. Hast du vor, es zu essen?«

»Nein«, sagte Bavo.

»Was willst du damit anfangen?«

Er hatte keine Ahnung.

»Was streitet ihr wieder?«, rief Paudran mürrisch aus dem Telebüro. »Ich muss mich hier konzentrieren, und ihr ...!«

»Er hat ein Tier mitgebracht«, sagte Anys. »Ein Chaddim.«

»Ein Chaddim? Wozu?«

»Er weiß es nicht«, sagte Anys, packte Bavo in den Haaren und schüttelte ihn. Bavo riss sich los und lief in sein Zimmer.

»Verriegeln!«, befahl er.

»Guten Abend, Bavo. Ich habe die Tür verriegelt«, sagte sein Zimmer. »Du bringst einen organischen Gast?«

»Es ist ein Tier«, sagte Bavo.

Ein Lichtfächer huschte aus einem Projektor in der Decke über seine Hand hin. »Es ist ein Chaddim«, sagte das Zimmer. »Es ist verletzt.«

»Kannst du es heil machen?«

»Ja«, sagte das Zimmer. »Es hat einige Knochen gebrochen, das kriegen wir wieder hin. Es wird nicht gleich fliegen können, die Flügelverletzungen sind etwas heikel zu reparieren. Zwei, drei Wochen wird es warten müssen. Es hat Hunger. Ich generiere ihm etwas Leckeres. Lege es bitte in den Restaurator.«

Bavo legte das Tier in die türkise Plastowanne. Lautlos glitt die Haube darüber und schloss das Gefäß ab. Ein leichtes Gas strömte aus und betäubte das Tier. Dann erschien ein hauchdünnes Operationsbesteck und machte sich an dem Tier zu schaffen. Einige Tropfen Blut rannen, perlten aus den winzigen Schnitten. Bavo wandte sich ab und klickte einige mathematische Spielereien ins Holo.

Ein Sprung im Glas.

»Ich sehe«, sagte der Institutsleiter, »dass du nicht viel Gepäck bei dir hattest. Soll ich einen Nachsendeantrag notieren?«

»Es kommt nichts mehr«, sagte Velines.

Der Institutsleiter schaute verwundert auf den kleinen Karton, den Velines zu Beginn des Gesprächs neben den Stuhl abgelegt hatte: ein Würfel von vielleicht zehn Zentimeter Kantenlänge, in kodierter Sicherheitsfolie verkleidet. »Ich gehe davon aus, das ist keine Bombe«, scherzte der Institutsleiter.

Velines rang sich ein Lächeln ab, schüttelte verneinend den Kopf und blickte dem Institutsleiter in die Augen. »Diesmal nicht.«

Der Institutsleiter schluckte und lächelte zurück. Velines glaubte zu wissen, was der Mann spürte, was er dachte – es war ja immer gleich: Er hatte das Gefühl, dass sein Lächeln den Neuankömmling nicht wirklich erreichte. Er spürte die Aura der Einsamkeit, die um den jungen und zweifellos hochbegabten Dimensionenmathematiker lag. *So einer reist immer mit leichtem Gepäck,* dachte er. *Aber weit kommt er nicht.*

Dennoch, der Institutsleiter war ein interessanter Mann. Velines würde eine Datei über ihn anlegen in seinem Holo-Memo, das er über seine Bekanntschaften führte.

Ein Sprung im Glas.

Er erinnerte sich an den betreffenden Tag mit beängstigender Präzision. Ein heißer Wintertag, die Trabantenstürme trugen die Hitze vom Pol durch die Röhrentäler heran, die Wetterkontrolle ließ es geschehen, keine Gefahr für die Siedlungen bei den Dhaunn-Minen.

Das Chaddim war sehr schnell zutraulich geworden. Das Zimmer hatte ihm den einen oder anderen Tipp gegeben. Chaddim waren hochgradig sprachbegabt. Man sprach ihm das Wort mehrere Male vor und belohnte seine Versuche mit einer kleinen Nascherei.

Sie saßen vor dem Haus im Schatten der Quimt-Bäume. »Bavo«, sagte das Chaddim. »Bavobavobavom!«

Bavo warf ihm lachend und ein wenig stolz eine betäubte Kristallfliege zu. Das Chaddim saugte sie mit seinem Trompetenrüssel ein. Es schien zu wissen, dass es Bavo sein Leben verdankte.

Anys kam allein aus Lomo zurück. Paudran saß nicht im Gleiter. Der Gleiter landete mit einem Zischen auf dem Parkplateau, etwas stimmte mit seinem Höhenluft-Druckausgleich nicht. Seine Mutter stieg missgelaunt aus, sah ihn bei dem Tier sitzen, kam mit langen Schritten näher und trat zweimal auf das Chaddim. Bavo hörte die dünnen Knochen knacken. Anys stupste die winzige Leiche mit dem Schuh an und sagte: »Programmiere den Gleiter zur Reparatur.«

Bavo stand auf und ging zum Gleiter. Er kontaktierte eine Werkstatt, ließ die Positronik des Gleiters kurz mit ihrem Kollegen in der Werkstatt plaudern und einen Schlachtplan aushecken. Dann startete der Autopilot das Flugzeug und glitt in den Himmel von Suaphim.

Er ging zurück, nahm den kleinen Kadaver und trug ihn in sein Zimmer.

»Das Chaddim ist tot«, diagnostizierte sein Zimmer.

»Ja«, sagte Bavo. Er schmeckte noch immer die süße Lust, ein Leben gerettet zu haben, das ohne ihn verdorben wäre. »Ich möchte, dass du es in Bernstein einschließt«, sagte er.

»Authentischen Bernstein?«

»Natürlich nicht«, sagte Bavo. »Wie soll ich das bezahlen? Synthetisier ihn. Bläulichen Bernstein, bitte.« Er legte das tote Tier in den Restaurator und sah zu, wie die Maschine es in das künstliche Material einschloss.

»Welche Form?«, fragte das Zimmer.

»Mach einen Kubus daraus«, sagte Bavo.

»Gern«, sagte das Zimmer, formte und härtete das Material aus.

Bavo nahm den Würfel von etwa zehn Zentimeter aus der Wanne und wog ihn in der Hand.

Es war so leicht, als hätte der Chaddim in seinem Grab endlich gelernt zu fliegen.

Sprung.

Sprung.

Langsam trübten die vielen Sprünge, die sich immer weiter verzweigten, das Glas, ließen es milchig werden und undurchsichtig. Die Welt war leck geworden. Velines spürte, wie seine Kraft versickerte.

»Medoroboter!«, hörte Bavo Velines den Institutsleiter flüstern.

Den Institutsleiter? Velines kniff die Augen zusammen. Blut aus einer Stirnwunde flutete die Augen, trübte seinen Blick. Er schüttelte unter größten Anstrengungen den Kopf, versuchte, das Blut auszugießen, starrte den Mann an.

Nein, das war nicht der beleibte Institutsleiter mit dem kräftig geschminkten Gesicht. Es war ein hagerer Mann mit Bart. Seine Augen waren unwirklich nah, graublau wie das Samteis von Utgard. Auf seinem Nasenflügel saß ein heller Fleck, eine Schneeflocke vielleicht, ein winziger Eiskrumen.

Die Erkenntnis kam wie ein Schatten. Der Mann war sein Mörder. Perry Rhodan.

»Die Vitrine. Ich schenke dir alles«, sagte Bavo Velines. Oder wollte es doch sagen.

Alle Worte Staub. Alles Licht verhüllt.

Hatte es sich gelohnt?

Er hörte aus großer Ferne eine leise Stimme sagen: *Bavobavobavom.*

Und er spürte die süße Lust, Leben gerettet zu haben, das ohne ihn verdorben wäre.

Demnach hat es sich gelohnt.

Rhodan wusste nicht, ob die Zeit drängte. Er wusste nicht, wie es im Sektor des Siamed und auf den anderen Raumschlachtfeldern aussah. Er wusste nichts. Er kauerte noch immer neben Velines.

Der mumienhafte Mund bewegte sich lautlos. Er wollte etwas sagen, aber er war kaum mehr zu verstehen. Rhodan beugte sein Gesicht weiter hinab, berührte mit dem Ohr fast die Lippen des sterbenden Mannes.

... Vitrine ...alles ...

Ein verklingender Atemzug.

Dann war nur noch das Schweigen, das Rhodan schon so oft gehört hatte. Bavo Velines, der Generalgouverneur des Roten Imperiums, war tot.

Plötzlich traf Rhodan ein mentaler Schlag. Er schnappte nach Luft, schüttelte unwillig den Kopf. Müdigkeit schlug über ihm zusammen. Er sank.

Der Zellaktivator jagte belebende Impulse durch seinen Körper, durch seinen Geist.

Cuderuu zitterte und stieß leise Klagelaute aus.

Was war das?, fragte Rhodan sich. *Was um alles in der Welt war das?*

Zuvor: Farashuu – Erleuchtung im Siamed-System

Als das Chaos im Mentalen Symposion ausbrach, gehörte Ifamas Flaggschiff ZUKUNFT IN HERRLICHKEIT zu den ersten Einheiten, die ihre Manövrierfähigkeit zurückerlangten.

Wenngleich nicht ihre volle Einsatz- und Kampffähigkeit.

Ifama beglückwünschte sich zu ihrer Vorahnung, die sie bereits kurz nach der Indienstnahme des Schiffes dazu veranlasst hatte, der Quantronik nicht nur eine altertümliche Positronik als Back-up-System zur Seite zu stellen, sondern die Kapsel der Quantronik mit Desintegratorprojektoren auszurüsten.

Nur Sekunden nach der Katastrophe im Mentalen Symposion hatte Ifama den kodierten Befehl gegeben und damit die Projektoren in Betrieb genommen.

Augenblicke später meldete sich die Positronik dienstbereit.

Unauffällig beorderte Ifama die vertrauenswürdigsten Mitglieder der Schiffssekuritas in die Zentrale und außerdem ihre kleine robotische Leibgarde.

Die Tatsache, dass die vier PATRON-VII-Maschinen ausschließlich über positronische Hirne verfügten, verschaffte ihr ein Gefühl zusätzlicher Sicherheit.

Ifama bemerkte die Unruhe, die sich selbst unter der Zentralebesatzung breitmachte. Dabei hatten ihre Leute äußerlich die Fassung bewahrt, wie man es von Elitesoldaten des Roten Imperiums verlangen durfte.

Die Fernordnung meldete eine nie gekannte Betriebsamkeit im Siamed-System. Ungeheuere energetische Aktivitäten. Ifama brauchte niemanden, um diese Zeichen zu deuten.

Sie befahl der Flotte, die letzte Linearetappe mit Höchstgeschwindigkeit und ohne Schonung der Konverter zurückzulegen. Jede Minute konnte entscheidend sein.

Als sie das Siamed-System erreichten, tobte dort die Schlacht. Die Anjumisten schossen die Siamed-Defensive in Fetzen.

»Feindverbände operieren offenbar koordiniert. Angriffe aus acht Richtungen oberhalb der dominanten Planetenbahnebenen des Systems«, meldete Sulchan Geladse, der Kapitän des Schiffes.

Sie warf einen kurzen Blick auf seinen unbekleideten Nacken, auf die tigerfellartige Haut, deren Aroma und samtene Weichheit sie schätzte. »Befehl an alle rot-imperialen Einheiten, sich mir unverzüglich zu unterstellen und den Grad ihrer Einsatzbereitschaft zu melden. Notruf oberster Dringlichkeit an sämtliche Flottenverbände außerhalb des Systems, sich mit Höchstgeschwindigkeit hier einzustellen. Beibootflotten ausschleusen. Kampfjets ausschleusen.«

Sie meinte physisch zu spüren, wie das Schiff seine Macht entfaltete, wie seine mobilen Waffensysteme aufblühten. Sie atmete tief und sicher.

Das zentrale Schaumbild führte ihr die entscheidenden Schauplätze der Schlacht vor Augen. Es stand nicht gut.

Es würde besser werden.

»Die STIMME DER WEHRHAFTEN WAHRHEIT meldet volle Einsatzbereitschaft«, hörte sie Geladse sagen. Einige Männer und Frauen lachten spöttisch. Das Schaumbild zeigte, dass sich die Stimme des Imperiums in sicherer Entfernung und außer Reichweite des Kampfgeschehens hielt. Mehr als eine halbe Lichtstunde außerhalb des Systems.

»ENGEL DER EINTRACHT aktiviert sich«, sagte Geladse.

Ifama nickte.

Es würde bereits besser. Sie warf einen kurzen Blick hinter sich. Dort, hinter der Wand, befand sich der *Kern*.

Der Kern von allem. Ihre Filiationskammer.

»Kommandantin?«, fragte Geladse. »Hast du mich verstanden?«

Sie blickte den Kapitän leicht irritiert an. »Ja«, sagte sie. »Farashuu hat die Waffensysteme hochgefahren. Sag ihr, sie soll noch auf meinen Einsatzbefehl warten.«

»Sie hat nicht die Waffensysteme aktiviert«, stellte er Kapitän richtig. »Sie hat das Fluidom selbst aktiviert.«

»Bitte?«, fragte Ifama.

»Sie ist auf Lot-Modus gegangen.«

Ifama fühlte sich erleuchtet. So schlagartig wurde ihr alles klar.

Sie wusste, dass die Positronik das Vorgehen des Fluidoms nicht verstehen und deswegen nicht reagieren konnte. Aber selbst wenn eine intakte Quantronik die Verantwortung für die ZUKUNFT IN HERRLICHKEIT gehabt hätte – sie wäre dem Fluidom nicht entkommen.

Die technischen Möglichkeiten von Farashuus Schiff standen denen der ZUKUNFT IN HERRLICHKEIT in nichts nach.

Sie blickte ins Schaumbild. So nah, wie der ENGEL ihrem Schiff stand, verbot sich der Einsatz der Antimaterie-Transformkanonen. Es sei denn, sie hätte Selbstmord begehen wollen.

»Ifama?«, fragte Geladse. Es klang nur noch mühsam beherrscht. »Was hat die Präfidatin vor?«

Plötzlich ekelte sie die Dummheit Geladses an. Seine Idiotie – oder war es nur sein Unwillen, die Wahrheit zu begreifen? »Ist dir das nicht klar?«

Er wurde blass. »Soll ich beschleunigen?«

Sie lachte. Voller Verachtung für ihn, voller Bewunderung für die Anjumisten. »Versuch, sie zu rufen.«

»Verbindung steht«, hörte sie.

Im Schaumbild sah sie die Zentrale des Fluidoms. Inmitten des Raumes schwebte dort ein schwarzer Schmetterling, der wie in Zeitlupe mit den Flügeln schlug. Von den Flügelrändern spritzen unablässig winzige, rote Splitter. Von Farashuu keine Spur.

Ifama machte eine unwillige Geste. Das Schaumbild verblasste.

»Wir können ihr nicht entkommen«, sagte Geladse. »Und jetzt?«

Manche meinten, ein Fluidom verfügte über ein unvergleichliches Arsenal an Waffen. Die Transformkanonen. Das Multi-Variable-Hyperwaffensystem. Das modifizierte Hyperinmestron-Geschütz.

Ein unvergleichliches Arsenal – das stimmte.

Aber es war nur die halbe Wahrheit.

Ein Fluidom war nicht nur mit Waffen bestückt. In gewisser Hinsicht *war* es selbst eine Waffe.

Jedes Fluidom war ein Patollo-Lot.

Wenn es lotete, dann tauchte es tief, durchbrach die Strukturen der Materie, von Raum und Zeit, und erreichte die Schichten unterhalb jeder Realität, dann versank es ins Jenseits hinter der Planckschen Mauer, in einen Un-Ort, verglichen mit dem noch das Vakuum des Quantenschaums eine Welt der Hülle und Fülle war.

Alles, was sich im Umkreis einer halben Lichtsekunde befand …

Es roch nach Holz. Es roch nach Gras. Farashuu schaute sich um. Es war ein sehr alter Friedhof. Die Grabsteine standen schräg, ins Erdreich eingesunken. Die Namen und Daten darauf verwittert, von Moos überwandert. Ein warmer Tag. Ehrwürdige alte Eiben mit dunkelgrünen Kronen. Zypressen, die nach Zitronen dufteten. Ein ausladender Ahorn, zwischen seinen Ästen leuchtete das blaue Meer. Es gab einen Weg, der vom Friedhof auf dem Hügel hinabführte zum Strand. Der Geruch von Schaum, Tang, nassen Ästen.

Sie erhob sich von der Bank und strich ziellos zwischen den Gräbern her. Der schwarze Schmetterling, der mit zusammengelegten Flügeln neben ihr auf der Armlehne geruht hatte, entfaltete die Flügel und folgte ihr. Sie bemerkte, dass sie barfuß ging. Die Schuhe in ihrer Hand.

Ein Brunnen. Ein Eimer. Ein Haufen verwelkter Blumen. Sie dachte: *Das ist also der Moment.*

Sie dachte: *Ich erinnere mich nicht – wusste Vater davon? Dass ich* das *bin? Das ich* das *tun würde?*

»Nein«, sagte ihre Mutter. »Zunächst waren wir nicht sicher, ob wir es ihm sagen sollten. Bhunnd und Logar Hopot hatten sich dafür ausgesprochen. Draugach Blaylay war damals schon tot … die Gazini-Affäre. General Potrimos zögerte, und ich auch. Wir hatten die Entscheidung so schnell treffen müssen. Ich … um ehrlich zu sein: Ich hatte Angst, wie dein Vater reagieren würde.«

»Zunächst – und dann?« Der Wind war voller Gerüche: nach bittersüßen Beeren, nach modrigen Pilzen, nach Salz. Sie wartete.

Ihre Mutter fuhr fort: »Dann kam die Flucht. Es waren nur sehr wenige Schiffe, die Ifamas Flotte entkamen. Darunter die SPIRIT OF POLPERRO. Mit mir an Bord. Und dem General. Ifama ließ Zwölfwienideen und unsere anderen Siedlungen auf Turing auslöschen. Ihre Schlächterschiffe hatten mehrere Stunden zu tun. Wir flohen, und sie schickte uns nur ein einziges Schiff hinterher. Du erinnerst dich?«

Farashuu nickte. *Nur ein einziges Schiff.* Die ENGEL DER EINTRACHT mit ihrer neuen Kommandantin. Der Präfidatin Farashuu Perkunos.

Ihre Mutter lächelte. »Du hast uns keine Chance gelassen. Aber du hattest auch keine Eile, unser Schiff zu zerstören. Du hast dein Schiff ausprobiert. Seine Waffen. Dich. Wir waren dein Spielzeug.«

Farashuu nickte. »Es tut mir leid«, sagte sie.

Ihre Mutter lächelte und winkte ab. »Damals«, sagte sie, »habe ich noch geglaubt, dass Leid und Glück Gegensätze wären. Hatten wir es uns nicht in unserem Glück genauso bequem gemacht wie in unserem Unglück?«

»Ich verstehe nicht, was du meinst«, gestand Farashuu. Ihre Mutter schwieg. Ein Insekt schwirrte herbei, setzte sich auf Farashuus Hand. Sie spürte, wie sich die winzigen Füße ansaugten. Den winzigen Einstich. Sie hob die andere Hand, um das Tier wegzuwischen, unterbrach sich und ließ es gewähren. Das Insekt saugte ihr Blut, löste sich, flog davon. Ein roter Punkt, stecknadelkopfgroß. Es juckte. Der schwarze Schmetterling setzte sich, strich über den Einstich; der Juckreiz erlosch.

Farashuu schaute aufs Meer hinaus. Ein Schiff war aufgetaucht, eine weiße Yacht mit zwei silbrigen Rotorsegeln. Sie glitt durch die Wellen. Wie ein Schlitten über Eis. Sie kam rasch näher.

»Ich werde also abgeholt«, erkannte Farashuu.

»Nur, wenn du willst.«

»Wer ist an Bord?«

»Alle.«

Sie betrachtete den schwarzen Schmetterling, der auf ihrem Handrücken saß. »Darf ich ihn mitnehmen?«

»Warum nicht?«

»Er ist wie ich. Es hat so viele getötet.«

Ihre Mutter lachte. Vor Überraschung, Erleichterung. Sie sagte: »Das ist alles? Darüber machst du dir solche Sorgen?«

Farashuu nickte. Sie staunte, wie groß die Yacht war. Wie umfassend. Wie eine Fähre, die den Horizont selbst in sich einschloss. »Das ist alles«, sagte sie.

»Farashuu«, sagte ihre Mutter und lächelte nachsichtig, »hat dir niemand gesagt, dass der Tod nicht mehr gilt?«

Als sie das Land verließ, wölbte sich der rote Nachthimmel über ihr mit seinen zahllosen Sternen.

... riss es mit sich.

Sprüche der Prophetenmaschine: Gong! Gong! Gong!

Cantarella hatte das Gefühl, sein Gehirn hätte sich von der Hirnkapsel gelöst und schlüge haltlos gegen alle Knochen. Er hustete, sog den Atem pfeifend ein, stützte sich mit den Ellenbogen auf den Tisch.

Was in aller Welt war das?

Nach und nach klärten sich seine Sinne. *Das Patollo-Lot also …*

»Auf Wiedersehen, Darwin Cantarella«, sagte die Quantronik. Sie hatte sich vom Tisch erhoben und schwebte auf die Tür ihrer Kabine zu.

Als die Tür aufglitt, wunderte es Cantarella kaum, dass auf dem Gang zwei mächtige Kampfroboter warteten, eine druufsche Maschine und ein Roboter anjumistisch-terranischer Bauart.

In den Nacken beider Roboter ritt eine externe Quantronik. Die eine glich einem silbernen Baum, dessen Geäst sich ins Unendliche verzweigte, die andere einem eisernen, rostigen Soldatenhelm, der nichts als eine darunter verdichtete Dunkelheit schützte.

»Deine Leibgarde, Jerry?«, fragte Cantarella. Seine Stimme klang plötzlich rau.

»Es ist Zeit«, sagte die Prophetenmaschine.

»Sie haben das Patollo-Lot ausgelöst«, sagte Cantarella. Er massierte sich die Schläfen. Ihm war speiübel, er fühlte sich leer wie die ausgedroschene Hülse.

»Ja« sagte Jeremias. »Das Lot. Es war, als schlüge jemand den Gong der Vernichtung. Die Raumzeit hallt noch nach.«

»Du und deine musikalischen Vergleiche«, ächzte Cantarella. »Was bedeutet das alles?«

»Johari Ifama ist tot. Jaakko Patollo ist tot. Bavo Velines ist tot.«

Cantarella nickte. *Der Gong der Vernichtung,* dachte er. *Er ist dreimal geschlagen worden.* »Und jetzt?«

»Die Alles Insgesamt Gemeinsam und deine Anjumisten übernehmen die Macht. Das Rote Imperium hat aufgehört zu existieren.«

»Rhodan?«

»Die 277 TAG UND ABENDFRÜH wird Rhodan bergen.«

»Was genau liegt dir noch an ihm?«

»Vieles«, sagte Jeremias. »Mehr als du ahnst, liegt dem Konvent der Quantroniken an Perry Rhodan.«

Der Untergang des Roten Imperiums

Als der Medorobot – woher auch immer – bei der Filiationskammer eintraf, scannte er den Leib des Generalgouverneurs. Offenbar erkannte die Maschine, dass alle medizinischen Bemühungen vergeblich wären. Sie stieg auf ihrem Prallfeld höher und glitt ohne ein Geräusch davon.

Rhodan erhob sich, blickte von der Leiche des Bavo Velines vor ihm zu der Leiche des Bavo Velines am Eingang der Halle.

Er sah sich um und ging hinter die zerstörte Filiationskammer. Die Gruft erstreckte sich noch 20 oder 30 Meter tief. An ihrem Ende sah Rhodan die Vitrine. Er ging hin.

Was hatte Velines wirklich gewollt? Was waren seine Wahrheiten, was seine Lügen? Das Hilfsangebot für die Liga, die geplante Reise nach Monol, der Damokles-Effekt?

Rhodan stand vor der Vitrine. Es war eine Säule, über zwei Meter hoch, eher schmal, ummantelt von einer hauchdünnen, rotschimmernd-durchsichtigen Folie. Sie stand auf einem kniehohen Podest.

Jedes Objekt darin schwebte offenbar auf seinem eigenen Antigravfeld. Die Austellungsstücke kreisten, wenn auch mit leicht unterschiedlichen Geschwindigkeiten, um eine gemeinsame Mittelachse. Manche stiegen, manche sanken im Lauf ihrer Runden.

Rhodans Blick fiel auf einen Kubus aus einem blassbläulichen Material, in den eine Art weiße, wollige Fledermaus eingeschlossen war. Unwillkürlich hob er die Hand, als wollte er danach greifen.

Der Kubus verlangsamte seinen Flug und hielt an. »Möchtest du das Chaddim herausnehmen?«, fragte eine körperlose Stimme.

»Nein«, sagte Rhodan. Er überlegte, ob er danach fragen sollte, was ein Chaddim war, unterließ es aber. Anscheinend hielt ihn die Stimme für autorisiert, und er wollte nicht dadurch ihren Verdacht erregen, dass er seine Unkenntnis offenbarte.

Der Kubus mit dem Tier darin setzte sich wieder in Bewegung.

Etwas anderes erweckte Rhodans Aufmerksamkeit, und nicht nur die. Als Rhodan auf das Objekt schaute, glühte auch seine linke Wange auf.

»Ich möchte das da«, sagte Rhodan und wies auf das Objekt. Es war eine Art geschlossenes Stundenglas, golden und schön.

Das Stundenglas verlangsamte, trieb an die Hülle der Vitrine heran und durchglitt sie, als sei die Folie nicht materiell. Das Objekt legte sich Rhodan in die Hand. Sobald er es berührte, glaubte er, eine überströmende Lebendigkeit zu spüren, einen Impulsstrom aus Lebenslust.

»Ich nehme es mit«, verkündete er der unsichtbaren Stimme.

»Wie du wünschst.«

Er verließ die Gruft und setzte sich an den Schreibtisch. Er legte das goldene Artefakt ab und schaute auf den toten Cuderuu und die Leichen der beiden Velines-Filiate. Dann griff er nach der Tramurin-Flasche, setzte sie an die Lippen und trank. Sehr erfrischend. Zwei, drei Tropfen perlten ihm über die Lippen und verrannen in den Bart. Er strich sich übers Kinn. Er würde sich bald rasieren müssen. Schließlich war er der Resident der Liga Freier Terraner. Und nicht irgendein Ry Walker.

Oder?

Er grinste. »Hallo?«, fragte er in den Raum. »Hört mich jemand?«

»Ja. Ich verwalte die Kernräume von Utgard.« Die Stimme war dieselbe, die er an der Vitrine gehört hatte.

»Ich wünsche eine Funkverbindung mit der Außenwelt«, sagte er.

»Mit wem?«

»Es ist die 277 TAG UND ABENDFRÜH, ein Schiff der Druuf. Ich würde gerne die Kommandantin sprechen, Gilligyn, oder Köundel. Oder, wenn möglich, einen Terraner namens Darwin Cantarella.«

»Verfügst du über spezielle Kodes?«

Rhodan lehnte sich zurück, schloss die Augen und überlegte, wie die momentane Lage im Siamed-System und im Roten Imperium aussehen könnte.

Es blieb nur ein Weg, es zu erfahren. »Unverschlüsselter Ruf«, sagte er.

»Wortlaut?«

»Hier spricht Perry Rhodan. Ich habe meine Arbeit erledigt und bitte um Rückruf.«

Er dachte an die verlorene Legion der Ofosuapia. An Farashuu und an Wiesel. An die Reise durch die Wüste

Gobi mit Endrit und an den Bibliothekar, der die Schätze des Schwarzen Königs hütete. An Smalya und sein Heimweh nach den Welten der Houhhom. Er dachte daran, wie Deborah ihm durchs Haar gefahren war: *»Was du Simulation nennst, ist mein Leben. Ich habe kein anderes, Perry.«* Er glaubte, Carmens Atem an seiner Wange zu spüren, und er hörte sie mit ihrer Doris-Day-Stimme sagen: »Ich hoffe, du träumst gerade von mir.«

»Ja«, antwortete er leise, »das tue ich tatsächlich.« Er hob die Flasche Tramurin, sagte, »Auf abwesende Freunde!«, und nahm noch einen Schluck.

Dann schloss er die Augen, wartete und versuchte sich vorzustellen, was zurzeit im Siamed-System geschah.

Dami Stapledon begriff sofort, dass es ernst war.

»Tibor!«, rief sie. Sie stand langsam von der Grasbank auf, blickte sich suchend um und schirmte die Augen mit der Hand ab. Stumme Blitze hoch in der Luft über Leyden City. Ein Haufen Flammen, der ohne jeden Laut vom Himmel fiel und das Lichtgemisch der tief stehenden Sonnen Irfan und Bandu überstrahlte.

Dami suchte ihr Kind unter den anderen Kindern. Die Unruhe hatte alle Mütter und Väter auf dem Spaßfeld erfasst. Einige Robotammen glitten in einem irren Tempo umher, legten die Kinder, die ihnen anvertraut waren, kurzerhand in ein Fesselfeld und zischten ab.

Tibor rutschte gerade eine Lichtbeuge hinunter, eine vielfach in sich verdrehte Röhre aus Licht, Formenergie und interaktiven Polsterfeldern.

Die Lichtbeuge projizierte irgendein Abenteuerprogramm auf die Innenwände, »Irrfahrt im Siamed-System«, »Feuerflug« oder – bei den Kindern in diesen Tagen besonders populär – »Jagdfieber auf der Dschungelwelt.« Die Wände der Röhren waren dieser Szenerie wegen undurchsichtig. Dami setzte sich in Bewegung, wie die anderen Eltern, und begann, wie die anderen Eltern, zu laufen. Sie schaute nach dem Ausgang der Lichtbeuge. Die Röhre wand sich wie eine Riesenschlange.

Ferner Donner, im Schlepp der am Himmel ausbrechenden Feuer.

Die drei oder vier Flüstergeister, die sich über dem Spaßfeld aufhielten, um private Aufzeichnungen der spielenden Kinder anzufertigen, orientierten sich neu. Einer der münzförmigen Schwebots schlug rasend schnell mit seinen Libellenflügeln und wischte zur Seite weg, Richtung Stadtzentrum, zum Quaritas. Der Quaritas war der zentrale Platz von Leyden City, der Metropole des Roten Imperiums. Dami folgte dem winzigen Punkt für einen Moment mit ihren Blicken. Sie konnte die vier Weißen Zitadellen sehen und den Lichten Turm, Ovum Alpha, in dem Generalgouverneur Bavo Velines residierte. Das eiförmige, über 200 Meter hohe Gebäude balancierte scheinbar auf einem vier oder fünf Meter dicken Photonenbündel.

Dann hatte sie endlich die Lichtbeuge erreicht und klopfte mit der flachen Hand dagegen. Es klang dunkel und hallig. »Tibor! Tibor, komm da raus, sofort!«

Lichter, Lichter am Himmel. Getöse, wie Dami es noch nie gehört hatte, eine Lärmlawine, die durch die Straßenschluchten tobte und über die vielen, großzügigen Plätze rollte. Der Boden bebte. Dami spürte, wie ihr alles Blut aus dem Gesicht wich. Sie blickte nach links und rechts, in die Gesichter der anderen Eltern. Kalkweiße Haut, ungläubige Blicke.

Die Ovularien, die Wohnkasernen der Regulartruppen, änderten ihre Geschwindigkeit, wichen von den Patrouillenstrecken ab, beschleunigten, bremsten, verharrten, stiegen, sanken oder sackten durch.

Wie irritierte Tiere, dachte Dami. Sie strich über die Diamantfolie auf ihrem Kopf. »Tibor!«, schrie sie, außer sich. »Sofort, komm sofort raus!«

Auch einige der anderen Mütter und Väter schrien, schlugen gegen die Wandung der Lichtbeuge. Eine Mutter setzte sich kopfschüttelnd ins Ulym. Die Blattsplitter der Flechte spiegelten die Lichter und Leuchterscheinungen und vervielfältigten sie. Es sah aus, als würden in der Flechte Myriaden winziger Lampions angezündet.

Unvermittelt berieselte eine Spielwolke die Eltern mit Kitzelregen. Eine Mutter fluchte und wischte mit der Hand durch das Gestöber von Neuroglitzern. Die meisten kümmerten sich nicht um den Guss. Nicht einer lachte.

Ein Vater, ein Neo-Terraner mit einer bleichen Flechte im Gesicht, die ihm das Aussehen einer Schneeeule verlieh, begann silbrige Tränen zu weinen. Dami bemerkte es mit Erschütterung.

Endlich rutschten die ersten Kinder aus der unteren Öffnung der Lichtbeuge.

Tibor war nicht dabei. Immer noch nicht Tibor.

Dami hielt den Atem an.

Die Quantronik des Spaßfeldes aktivierte die Schaumbildschütte, die wie eine überlebensgroße grüne Gießkanne mit Gärtnerhütchen aus einer Baumkrone hing. Dami sah flüchtig hin, wie sich das Schaumbild stabilisierte und darin Häuptling Munterer Molch erschien, den Federschmuck wie immer schief auf dem Kopf, das Kalumet im Maul.

»Freunde!«, quietschte der Molch und schwenkte die Friedenspfeife. Dami hörte nicht auf das Geplärr der Figur.

Tibor tauchte am Ausgang der Lichtbeuge auf. Dami riss ihn am Arm, schüttelte ihn, ohne selbst zu wissen warum. Der Junge lächelte verstört.

Häuptling Munterer Molch verwandelte sich in Sakister Liebchen. Sakister Liebchen wieder in Häuptling Munterer Molch. *Was geht hier vor?*, dachte Dami.

Allmählich akzeptierte sie, was sich am Himmel abzeichnete. Dort oben entluden sich anscheinend die unnatürlichen Energien aus Waffensystemen. Schutzschirme wurden getroffen, gebrochen, Raumschiffe zerstört. Über Druufon tobte eine Raumschlacht – im innersten Herzen des Roten Imperiums!

Wie war das möglich?

Kugelraumschiffe zeichneten sich ab, daneben, dahinter, dazwischen stabförmige Flugkörper: Druuf.

Diese verfluchten Druuf. Diese verfluchten Anjumisten, die mit ihnen gemeinsame Sache machen, dachte Dami. *Velines ist viel zu milde mit ihnen umgegangen. Diese Bestien!*

Etwas geschah. Dami duckte sich instinktiv, wollte ihren Blick vom Himmel abwenden, schaffte es aber nicht.

Der Kugelleib eines rot-imperialen Schiffes brach entzwei wie eine mürbe Frucht, Feuerbrei quoll aus den Bruchstellen.

Wie weit war es entfernt? Wie groß? Dami konnte es nicht schätzen.

Aber sie sah, wie das Wrack weiter zerriss und wie die Trümmerteile auf die Stadt niederfuhren.

Geräusche, Jaulen, Heulen in der Luft.

Jemand – der Eulenmann – rief »Weg hier!« und blieb stehen, weil es viel zu spät war für eine Flucht. Millionen Tonnen rot glühender Stahl ergossen sich über die Stadt.

Das Ende von Leyden City.

Dami hockte sich hin und zog Tibors Gesicht an die Brust. »Pscht«, sagte sie. Aber sie hörte sich selbst nicht mehr, alle Sinne geflutet von dem formlosen Getöse über ihnen. Dami hob Tibor an, hielt ihn umarmt, seine schmale Kinderhüfte zwischen ihren Knien. Wie leicht sein Körper war, wie zerbrechlich. Dami presste ihre Lippen in sein weiches Haar, schaute der Flut von Wrackteilen entgegen.

Sie sah zwei schlanke, torpedoförmige Druuf-Schiffe herunterfahren, die Bruchstücke überholen und beinahe übergangslos zum Stillstand kommen. Mit einem Mal war alles still, die ganze Welt ohne einen Laut. Das weiß glühende Wrackteil prallte knapp 100 Meter über ihnen auf ein unsichtbares Hindernis, breitete sich aus, alles war still.

Dann hob sich die deformierte Schiffshülle, entfernte sich mit den beiden steigenden Druuf-Raumern. Das Sammelsurium aus Schiffen und zerstörtem Metall nahm Kurs auf den Orbit.

Die Druuf-Schiffe haben uns gerettet, dachte Dami. *Sie haben die Wrackteile in irgendwelchen Energienetzen abgefangen. Sie haben uns gerettet. Warum?*

Sie ließ Tibor los und richtete sich auf. Der Lärm kehrte zurück. Plötzlich waren etliche Roboter da, unter ihnen eine PATRON-Kampfmaschine, wie Dami sie bislang nur in Schaumbildern gesehen hatte. Die Maschine gab mit sonorer Stimme Anweisungen, Dami verstand nur einzelne Wörter: Bunker. Schutz. Folgen. Tibor nahm sie bei der Hand und zog sie hinter sich her, folgte den Robotern, rief irgendetwas. *Bunker?*, fragte sie sich. *Welche Bunker?*

Sie rannten. Der PATRON zischte davon, außer Sicht.

Plötzlich stolperte Tibor und fiel. Dami spürte einen Schlag auf jeden einzelnen Knochen. Sie keuchte, schöpfte Atem, sank in die Knie.

Die Schwerkraft, erkannte sie. *Der Leichtwerder ist außer Betrieb. Die ursprüngliche Schwerkraft von Druufon ist zurückgekehrt.*

Tibor sah zu ihr auf und hielt sich beide Knie. Sie bluteten. »Ich habe mich verletzt«, sagte er ganz sachlich.

»Sie haben uns gerettet«, sagte Dami, griff nach seiner Hand, setzte sich wieder in Bewegung und zog ihn hinter sich her, die Luft von Druufon plötzlich zäh wie Gelee.

Loisa Liebchen sah von ihrer Pneumoliege aus Druufon aufgehen über den Jadebergen. Sie lebte seit Ewigkeiten auf dem Glücksmond, aber immer noch verschlug dieser Anblick ihr der Atem, und ihr Herz klopfte Beifall.

Loisa, eines der vier Liebchen-Geschwister. Das Herz des Roten Imperiums.

Sie träufelte das Enthaarungsöl auf ihre Unterarme und massierte es ein.

»Du siehst großartig aus«, gurrte Falfaran schläfrig, ohne sie anzusehen.

Loisa lächelte. »Du bist ein widerlicher Schleimer.«

»All mein Schleim gehört dir, Herz«, säuselte Falfaran tonlos. Kurz darauf hörte Loisa ihn schnarchen.

Sie gab dem Hausrobot ein Zeichen. Er schob die Antigravmatratze mit Falfaran von der Terrasse zurück ins Haus. »Wünscht die Dame neue Gesellschaft?«, wisperte der Flüstergeist, der ihr als persönliches Tagebuch diente.

Loisa schüttelte langsam den Kopf. Sie hatte keine Lust. Auf niemanden aus ihrem Harem. Sie betrachtete den Himmel.

Druufon war von einem überirdischen Blau. Lautlos stieg der Planet auf, und für einige Minuten sah es aus, als balancierte die Planetenkugel auf dem Gipfel von Mount Grigoroff, dem höchsten Berg im Jadegebirge. Dann ließ Druufon diesen letzten Stützpunkt hinter sich und glitt noch höher, hinauf in die haltlose Nacht.

Der Globalschirm des Glücksmondes versah das All mit einem samtenen, bläulich schwarzen Schimmer. Ohne den Schirm würde sich die Atmosphäre binnen weniger Minuten in den Raum verflüchtigen. Mit seinen 1664 Kilometern Äquatorialdurchmesser konnte Druufons Trabant aus eigener Kraft keine Lufthülle halten.

Loisa Liebchen gähnte. Einer der Heißluftgeysire waberte auf. Die Luftfontäne riss drei, vier Feenpilze hinaus und nach oben. Die Pilze stellten ihre Schirme auf und glitten durch die Nachtluft. Eine schwache Brise trieb sie dicht an der Terrasse vorbei, Loisa hörte die Feenpilze in ihrer unverständlichen Sprache raunen. Es klang wie immer verheißungsvoll, wie ein unendlich schönes, liebevolles Versprechen.

Selbst ein quantronisches Dechiffrierkonsortium hatte keinen Sinn in den Äußerungen der Feenpilze entdecken können und das Geflüster im Abschlussbericht für eine Begleiterscheinung ihrer Verdauung erklärt.

Fürze, dachte Loisa heiter, *wir lauschen ihren Fürzen. Mehr hat es nicht auf sich mit diesen herzerwärmenden Botschaften.*

Loisa spürte einen Hauch von Lust und überlegte, ob sie dieser Lust durch eine Prise Lockpol aufhelfen sollte.

Sie ließ einige Gesichter ihrer Haremsherren vor dem inneren Auge Revue passieren. Aber keiner regte sie an, das Lockpol zu bestellen. Der Anflug von Lust erlosch.

Unter dem Licht von Druufon schien sich der Glanz des Jadegebirges verändert zu haben. Sein Grün wirkte klarer, durchsichtiger. Loisa Liebchen stand von der Liege auf und trat an die Balustrade der Terrasse. Sie nahm eine Hoi aus der Obstschale, rieb die pelzige Haut der Frucht, damit sie ihr Aroma entfaltete, und biss hinein. Honigsüß, mit einem ganz leichten Beigeschmack von Bitterkeit. Das Fruchtfleisch belebte sie unmittelbar. Ein dünner Faden Seim lief ihr über die Lippe zum Kinn. Sie nahm ihn mit dem Zeigefinger auf und leckte ihn ab. Sie rieb ihren Schoß an der Balustrade. Ihr war wohl.

»Ich muss die Meditationen der Dame leider unterbrechen«, sagte der Flüstergeist, der nahe an ihr Ohr geschnurrt war.

»So?« Loisa wandte ihren Blick nicht ab von den Jadebergen und dem blauen Planeten, der immer höher hinaufstrebte, gerade so, als wollte er irgendwann, bald, die Oberfläche der Nacht durchstoßen.

»Ich habe Nachricht erhalten, dass Kampfverbände der Anjumisten ins Siamed-System eingedrungen sind. Es ist bereits zu erheblichen Kampfhandlungen gekommen. Die Intropolen könnten außer Kontrolle geraten.«

»Es befinden sich keine Intropolen auf dem Glücksmond«, wies Loisa den Flüstergeist zurecht.

»Man hält es für angezeigt, vorsorglich die Bunkeranlagen aufzusuchen.« Es schien Loisa, als schlüge die Maschine schneller als sonst mit ihren Libellenflügeln.

»So schlimm wird es nicht sein.« Loisa ertappte sich dabei, wie sie dachte: *Soll es schlimm kommen. Schlimmer als je zuvor. Grauenvoll. Wenn es nur die ewige Langeweile vertreibt.*

»Schlimm wird es kommen«, unkte der Flüstergeist.

Sie lächelte. »Du miesepetriges Maschinchen.« Sie schlug spielerisch nach ihm. Er wich mit einem eleganten Schwung aus.

Der Zimtwind strich vom Seichten Meer herüber. Sie atmete, aß, rieb ihren Schoß an der Balustrade.

»Soll ich der Dame vielleicht doch einen Mann holen?«, fragte der Flüstergeist.

»Lass mich allein!«

Der Flüstergeist zögerte, dann war er mit einem Mal fort. Die Zeit verstrich.

Wieder fuhr Heißluft aus einem der Geysire auf. Diesmal wurden sehr junge, sehr schmale Feenpilze hinaufgetragen und direkt auf Loisa zugeweht. Sie streckte die Hand nach einem von ihnen aus, berührte seinen Schirm. Der Schirm fühlte sich an wie hauchdünne Gelatine. Sie hielt ihn behutsam fest. Er wisperte, die üblichen nichtssagenden Beteuerungen, die ewig leeren Gelübde seiner Art. Sie ließ ihn los. Der Zimtwind trug ihn fort.

Sie lutschte die letzten Reste Fruchtfleisch vom Hoi-Kern.

Plötzlich erfüllte sie eine unsägliche Leere, eine restlose Fühllosigkeit. Es war, als hätte ihr jemand ihre Seele gepflückt und ihren Körper als entkerntes Gehäuse zurückgelassen. Sie stöhnte auf, ging in die Knie, hielt sich mit den Händen an der Balustrade fest. Sie zitterte am ganzen Leib.

Was war das denn?

Sie atmete tief ein, aus, versuchte sich zu beruhigen. Sie dachte: *Ich bin das Herz des Roten Imperiums. Ich bin das gute Omen. Ich bürge dafür, dass es in diesem Reich menschenmöglich ist, glücklich zu sein.*

Aber jedes verdammte Wort mutierte augenblicklich zu einer Lüge. Sie glaubte nichts mehr davon.

Fürze, dachte Loisa, *mehr ist es nicht. Mehr sind wir nicht. Fürze im Sturm.*

Der biografische Flüstergeist war wieder zurück und meldete: »Die Stimme des Imperiums spricht.« Seine Worte strahlten vor Zuversicht. »Wünscht die Dame ihrem Bruder zu lauschen?«

Nein, wollte sie sagen, schwieg jedoch und nickte.

Sie hörte, wie das Schaumbild entstand, drehte sich aber nicht um. Sie hörte die Stimme ihres Bruders, die zugleich die Stimme des Roten Imperium war, aber sie verstand nicht, was er sagte. Sie schaute auf Druufon und das Jadegebirge.

Nach einer Weile wandte sie sich dem Bild ihres Bruders zu. Ihr Bruder sagte gerade: »Ich verabschiede mich von euch. Und zwar, ich muss es kaum eigens erwähnen, für immer. Ich gebe zu, ich habe mich am Ende an euch, meine Zuschauerinnen und Zuschauer, gewöhnt ...«

Loisa gab dem Projektor ein unwilliges Zeichen, und das Schaumbild erlosch.

Sie sah die Raumer aus der Nacht auftauchen und tiefer sinken, die schlanken Leiber der druufschen Schlachtschiffe neben den Kugelleibern terranischer Bauart.

Waren es rot-imperiale Verbände? Neuerdings mit Druuf-Flotten alliiert?

Natürlich waren es keine rot-imperialen Verbände, das Imperium hätte die Flotten niemals vermischt, sondern in getrennten Verbänden operieren lassen.

Aus dem Heißluftgeysir stieg Luft, und in der Luft stand ein einzelner, uralter, riesenhafter Feenpilz. Träge kreiselte er auf Loisa zu. Er war gigantisch, sie hatte dergleichen nie gesehen. Sein Hut musste fünf Meter durchmessen, wenn nicht mehr.

Die Raumschiffe begannen zu feuern. Ferne Detonationen. Der Samtschimmer über dem Glücksmond erlosch.

Der globale Schutzschirm war nicht mehr.

Die Atmosphäre begann zu entweichen. Loisa spürte den Sog. Sie griff den Feenpilz und hielt sich an seinem lianenförmigen Strang klebriger Samengeißeln fest. Der Sturm erfasste den Hut und riss ihn nach oben, höher und höher. Und Loisa mit.

Die Luft war schon dünn, kalt wie Eis, als Loisa Liebchen dem Feenpilz sagte: »Wir sind nur ein Furz.«

Sie hörte den Pilz seine wunderbaren Verheißungen sagen, und obwohl sie nicht ein einziges Wort verstand, sagte sie leise: »Ja.«

Die Roboter führten sie in Richtung Norden, fort vom Quaritas. Dami warf einen Blick zurück. Keine der vier Weißen Zitadellen war noch zu sehen. Der Lichte Turm war erloschen, Ovum Alpha fort.

Sie erreichten ein Gebiet mit altgewohnt verminderter Schwerkraft, eine andere Gravitationsoase. Die Roboter blieben stehen, die Flüchtlinge mit ihnen.

Dami atmete durch. Jeder Atemzug schmerzte von der ungewohnten Anstrengung.

Vor ihnen war ein Trupp Druuf aufgetaucht. Die Druuf hielten anscheinend Energiewaffen in den Händen. Die Waffen waren nicht auf sie gerichtet, sie wiesen zu Boden, aber Dami konnte bei einigen der Gewehre sehen, dass die Abstrahlfelder aktiviert waren.

Was jetzt?, dachte sie.

»Schau mal«, sagte Tibor. »Druuf!«

Die Druuf – es mochten 20 oder 25 sein – standen da und schwiegen. *Unsinn*, dachte Dami, *sie schweigen nicht. Sie reden in ihrer Ultraschallsprache.*

Die Roboter, die sie führten, hatten angehalten und verhielten sich passiv. Sie trugen keine Offensivwaffen.

»Wohin wünscht diese Gruppe zu gehen?«, hörte sie einen der Druuf fragen.

Der Eulenmann schrie empört auf. »Wir sind euch gegenüber nicht auskunftspflichtig. Geht uns aus dem Weg! Geht zurück in eure Habitate! Da habt ihr alles, was ihr braucht!«

»Behalte Ruhe«, mahnte einer der Roboter den Eulenmann.

»Wir wollen weg«, hörte sich Dami rufen. »Wir wollen in Sicherheit.«

»Ich kann der Gruppe keine Sicherheit bieten«, sagte der oder die Druuf. »Wir wissen nicht, ob die Intropolen sicher sind, sonst würden wir der Gruppe den Zutritt anraten. Das Alles Insgesamt Gemeinsam wird der Gruppe den Zutritt nicht verwehren, kann aber für ihre Sicherheit nicht garantieren.«

»Auf welcher Seite steht ihr?«, rief der Eulenmann.

Gute Frage, dachte Dima. Sie spürte, wie sich Tibor eng an ihre Hüfte drückte. *Vielleicht können die Druuf uns auch sagen, welche Seiten es überhaupt gibt!*

»Die Archive werden gesichert«, sagte der Druuf.

Welche Archive? Wer will das wissen?, dachte Dami.

»Die Archive werden gesichert«, wiederholte der Druuf. Dann setzte sich sein Trupp in Bewegung und marschierte an der Gruppe der Flüchtlinge vorüber.

Erst in diesem Moment erinnerte sich Dami daran, dass sie ein Funky bei sich hatte. Sie hatte es aus irgendeinem Grund desaktiviert. Sie stellte es ein und tippte auf den Kontaktsensor für Bence.

Bence antwortete augenblicklich, als hätte er auf den Anruf gewartet. »Dami?«, fragte er. »Wo sind Tibor und Penelope?«

»Er ist bei mir«, sagte Dami. »Und danke, mir geht es auch gut.«

Kein Wort über Bences Zweitfrau. Wie kam er darauf, dass sie bei ihnen sein könnte? Sie ging ihrer eigenen Wege.

»Niemandem geht es *gut*«, fauchte Bence sie an. »Es ist alles ...«

Dami wartete. »Was?«, fragte sie dann. »Was ist alles?«

»Du bist heute noch nicht im Symposion gewesen, oder?«, fragte Bence.

»Nein. Warum? Sollte ich?«

Sie hörte Bence lachen. »Das Mentale Symposion ist verrückt geworden. Es ist verreckt.«

Dami dachte: *Unmöglich.* Sie sagte aber nichts.

»Bleib nur raus«, mahnte Bence. »Und halt auch Tibor raus.«

»Ja.«

»Wo seid ihr?«

»Immer noch in der Nähe des Quaritas. Wir sind mit einigen Bots unterwegs. Leute, Kinder. Ich denke, die Bots bringen uns in die Bunker. In die Bunker, hörst du, von denen ich bis heute nicht das Geringste gewusst habe!«

»Ja«, sagte er.

»Wird es noch Angriffe aus dem Orbit geben?«, fragte sie sachlich.

»Der Krieg ist vorbei«, sagte Bence. Es klang zugleich resigniert und verlogen.

Dami dachte: *Er weiß nichts. Er plustert sich nur auf.* Wie hatte sie all die Jahre mit diesem Mann zusammenleben können? »Sind die Anjumisten zurückgeschlagen?«, fragte sie und dachte: *Meine Güte – ich rede wie ein Militär!*

Bence lachte auf. »Die Anjumisten? Dami, das Mentale Symposion ist außer Funktion. Die Flotte ist geschlagen. Unsere Informationslage ist – milde gesagt: – katastrophal. Wir wissen: Ifama ist tot. Patollo soll ebenfalls tot sein. Velines auch. Das ganze Rote Imperium ist geplatzt wie eine Seifenblase.«

»Das ist schlimm«, sagte Dami und wunderte sich, wie wenig sie dieses Ende – wenn es denn das Ende des Roten Imperiums war – im Inneren berührte. »Wird Rhodan jetzt die Macht übernehmen?«, fragte sie.

Sie spürte Bences Erstaunen über diese Frage. »Rhodan? Wieso Rhodan? Irgendein Raumadmiral Pendergast hat die Macht übernommen. Geputscht oder was auch immer.«

»Was sagen die Quantroniken?«, fragte Dami. »Die Quantroniken müssen doch etwas sagen!«

»Dami«, sagte Bence. »Die Quantroniken – ich habe keine Ahnung, auf welcher Seite sie eigentlich stehen. Ich traue ihnen nicht mehr.«

»Aber es sind doch nur Maschinen. Unsere Maschinen!«, protestierte Dami.

»Ich weiß nicht mehr, was sie sind. Ich weiß gar nichts mehr.«

Dami hörte ihn seufzen. Sie sagte: »Die Druuf gehen durch die Stadt.« Bence antwortete nicht. »Hast du verstanden?«, fragte Dami.

»Ich weiß«, sagte Bence. »Die Druuf gehen durch die Stadt. Warum sollten sie auch nicht? Schließlich ist es ihre Welt.«

»Ihre Welt?« Dami schüttelte den Kopf. »Ich bin hier geboren. *Wir* sind hier geboren. Es ist unsere Welt.« Sie überlegte und verbesserte sich: »Druufon ist wenigstens genauso gut unsere Welt.«

Drei, vier, fünf, sechs riesenhafte Druuf-Raumer rauschten in langsamer Fahrt über den Himmel. Zwei von ihnen stellten sich senkrecht auf und sanken. Sie setzten zur Landung an.

Zur Landung, wenn Dami richtig sah, mitten auf dem Quaritas. Sie fühlte sich gebannt, hielt den Atem an. Alles wuchs ihr über den Kopf. Selbst die Roboter schienen ratlos. Jedenfalls rührten sie sich nicht mehr.

Wenn sie in irgendeinem Kontakt stehen zum Mentalen Symposion ...

»Dami?«, fragte Bence.

»Hol uns hier ab«, sagte sie matt. »Hol uns bitte hier ab.«

»Ich muss auf meinem Posten bleiben«, sagte Bence. Es klang verzweifelt.

»Druuf-Raumer landen mitten in Leyden City. Es gibt kein Rotes Imperium mehr. Also hast du auch keinen Posten mehr.«

Fast eine halbe Minute lang schwieg Bence. Schließlich fragte er: »Wo seid ihr? Ich komme.«

Sie tippte auf die Peilfunktion des Funkys und dachte: *Er kommt. Also ist es wirklich vorbei. Unsere Zeit ist um.*

Sakister Liebchen: Nach der letzten Schlacht

Nach der Auslösung des Patollo-Lotes herrschte so etwas wie eine übernatürliche Stille. Es war, als verharre der umgebende Raum selbst in einem Schockzustand.

Sakister Liebchen registrierte, dass die verbleibenden Einheiten beider Flotten im Umfeld des aktivierten Lots ihr Feuer eingestellt hatten. Offenbar gab es im Moment keine gezielten Manöver mehr. Die Verbände trieben ohne Kurskorrekturen im All.

Auch die Infofähre hatte jede Initiative eingestellt. In ihrer Zentrale stand Sakister Liebchen vor dem Schaumbild, vornübergebeugt, mit geschlossenen Augen. Mit den Händen zog er sich von hinten den veilchenblauen Umhang über den Kopf.

Sakister hatte niemals zuvor den wirklichen Einsatz des Lotes miterlebt, und er war sich bis zu diesem Tag unsicher gewesen, ob dieses Waffensystem tatsächlich funktionierte oder ob es nur ein Trick der Ifamaschen Propagandaabteilung war.

Es war nicht nur der optische Eindruck einer vollkommenen Vernichtung von allem, nicht nur der Datenstrom, der in einer Kolumne durch den linken Rand des Schaumbildes lief. Sakister verstand genug von Physik, um den Irrwitz dieser Werte zu bemerken.

Zugleich wirkte sich die Auslösung des Lots psychisch auf Sakister aus. Es fühlte sich an, als hätte man sein Herz herausgerissen, und dazu jede Hoffnung, jede Zuversicht. Ihm wurde übel.

»Dir geht es nicht dir geht es nicht gut«, hörte Sakister die Quantronik der Fähre sagen. »Ich empfehle dir einen bewusstseinsaufhellendenden Cocktail Caipirinha Gin Fizz Bandu Sunrise.«

»Was?« Hatte er sich verhört, oder hatte das Lot tatsächlich auch die Quantronik in Mitleidenschaft gezogen? Sakister erbrach sich. Immerhin war die Schiffsroutine so weit in Betrieb, dass Hygienefelder den Auswurf einfingen und entsorgen konnten.

»Ich bin wieder im Vollbesitz meiner Kräfte, Partner«, meldete sich die Quantronik.

»Was hatte dich denn zwischenzeitlich entkräftet?«

»Abgesehen davon, dass das Mentale Symposion hinüber ist? Die Analyse läuft noch«, sagte die Maschine. »Jetzt haben wir's. Mein Schwächeanfall steht in Beziehung zur Auslösung des Patollo-Lotes.«

Sakister hob dezent die Augenbrauen. Wenn eine Quantronik derart lange für ihre Denkprozesse benötigte, dürfte ihr *Schwächeanfall* alles andere als behoben sein.

»Wir sind übrigens auf Sendung«, informierte ihn die Quantronik.

»Oh«, sagte Sakister und holte tief Luft, »dann bitte ich mir nachzusehen, dass mir beim Anblick des Schlachtenverlaufs das Kotzen kam.«

In der Infoperipherie des Schaumbildes blinkte ein Akutzeichen. Sakister nickte auf Empfang. Es war ein einziger Satz, nur seinen Augen lesbar, unsichtbar gehalten selbst für das Aufnahmefeld der Fähre. Der Satz lautete: »Utgard schweigt.«

Sakister Liebchen zählte zu den wenigen Handvoll Eingeweihten des Roten Imperiums, die den Sinn dieser Nachricht verstanden.

Utgard konnte nur in einem Fall *schweigen*: Wenn sein einziger Bewohner nicht mehr am Leben war.

Sakister kraulte sich das Kinn und grinste in das Aufnahmefeld. »Wenden wir uns doch wieder dem Schlachtgeschehen zu.« Seine sonore Stimme klang noch tiefer als sonst, noch vertrauenswürdiger. Er hörte nicht auf die leeren Worte, die er sagte, nahm nur am Rande seines Bewusstseins den Klang der eigenen Stimme wahr. Er dachte: *Ifama ist tot. Velines ist tot. Und Patollo? Scheiß auf Patollo.*

Bewegungsvektoren im Schaumbild zeigten die aktuellen und prognostizierten Ziele der Schiffsbewegungen. Das vorherrschende Bild: vollständige Ratlosigkeit auf der Seite des Roten Imperiums, klare Züge bei den Anjumisten und den mit ihnen verbündeten Aufständischen.

Hier und da entzerrten sich die Fronten, einzelne rotimperiale Verbände sammelten sich und setzten sich mit einfachem Impulstriebwerk, zögernd, aus dem Raumschlachtfeld ab.

Letzte Marschflugkörper detonierten in den aktivierten Schirmfeldern, aber die meisten autonomen Waffen waren entweder vom Schlag des Lotes noch betäubt oder von ihren Befehlshabern außer Dienst gesetzt worden.

Die Schlacht war zu Ende. Und für das Imperium verloren.

Die Sendekontrolle bewies, dass von den Bodenstationen des Siamed-Systems keinerlei Einblendungen ausgestrahlt wurden, die den Zuschauern einen heldenhaften und schließlich triumphalen Einsatz der rot-imperialen Verbände fingierten.

Für einen Augenblick nur fragte Sakister Liebchen sich, wie es auf den Planeten selbst aussehen mochte. Wurde noch gekämpft? Hatte der Patollo-Schlag Auswirkungen auf der planetaren Oberfläche?

Dann bemerkte er, dass ihn weder die Frage noch eine Antwort darauf im Geringsten interessierten.

Er räusperte sich und sagte mit erhobener Stimme: »So. Das war's. Es ist mir, liebe Mitbürgerinnen und Mitbürger, im Übrigen völlig egal, was ihr nach dieser denkwürdigen Schlacht treibt. Geht in euch, werdet fromm, versenkt euch selbst in die Ruinen des Mentalen Symposions oder werdet Zofe bei einer jungen, drallen Druuf. Gebt euch, wenn ihr mögt, sexuellen Ausschweifungen hin, die jedoch, und ich spreche aus Erfahrung, auf Dauer von beschränktem Unterhaltungswert sind.«

Er senkte die Stimme und fuhr voller Würde und mit samtenem Timbre fort: »Ich verabschiede mich von euch. Und zwar, ich muss es kaum eigens erwähnen, für immer. Ich gebe zu, ich habe mich am Ende an euch, meine Zuschauerinnen und Zuschauer, gewöhnt, als wäret ihr intelligentes Leben. Von hier aus gibt es ab jetzt nur noch Blasmusik bis zum Ende aller Tage.«

Die Quantronik fragte: »Das mit der Blasmusik war ein Scherz, Partner, oder nicht?«

»Nein«, sagte Sakister. »Fang schon einmal an zu tuten.«

Er würgte und sammelte Speichel im Mund. Er spie den Fladen in Richtung der Konsole und traf exakt ins Hauptsensorfeld. Das Aufnahmefeld erlosch.

Sakister, die Stimme des Imperiums, war verstummt.

In der Zentrale der 707 FLUT DER GRÜNEN TAGE schauten Bhug und Thor Sappeur in das Schaumbild.

Das Gesicht eines Mannes erschien. Siebzig oder achtzig Jahre alt. Gut erhalten. Fit. Das blauschwarze Haar nur so knapp gehalten, dass die Locken sichtbar blieben.

Eine beinahe schlichte Uniform der Raumflotte des Roten Imperiums. Ein beinahe schlichtes Rangabzeichen am linken Oberarm: ein liegendes Kreissegment in Purpur, das von drei stilisierten Pfeilen durchbohrt wurde.

»Da schau her«, sagte Sappeur.

Der Mann im Schaumbild sprach: »Rot-Imperialmarshall Pendergast an sämtliche Einheiten der Flotte innerhalb und außerhalb des Siamed-Systems. Johari Ifama ist tot. Ich übernehme hiermit den Oberbefehl über die Flotte. Ebenfalls tot sind Generalgouverneur Bavo Velines und der Lineare Gouverneur Jaakko Patollo. Bis auf weiteres übernehme ich auch deren Funktion und erkläre kraft meiner aktuellen Befugnisse, dass sich das Rote Imperium den Verbänden der Anjumisten und den mit ihnen verbündeten Einheiten bedingungslos ergibt. Sämtliche Kampfhandlungen sind unverzüglich einzustellen, alle defensiven und offensiven Waffensysteme zu desaktivieren.«

Thor Sappeur warf einen Blick auf seine Uhr: 15.09 Uhr.

Das Ende des Roten Imperiums. Sappeur überlegte, was er sagen sollte, welche Äußerung der Situation angemessen wäre. Etwas Historisches.

»Tja«, sagte er und hielt dem Druuf an seiner Seite das Lutschpastillendöschen hin. »Darauf ein Bonbon?«

»Bitte nicht«, lehnte der Druuf ab.

Fünftes Buch: Reisende

Adieu

Die Anlage Jötunheim, die Machtzentrale von Velines, verhielt sich so botmäßig, als hätte sie auf ihn gewartet – *oder als wäre sie von Velines dazu bestimmt worden.* Auf Rhodans Befehl hin wurden sämtliche Abwehreinrichtungen des Planeten Utgard desaktiviert.

Raumschiffe landeten.

Anjumisten drangen in die letzte Zuflucht des Generalgouverneurs vor, besetzten alle Etagen der erstaunlich großen, aber menschenleeren Anlage.

Die PATRON-Maschinen standen regungslos.

Rhodan lag nach der Operation, die ihn von den »technischen Beigaben« befreit hatte, in seinem Quartier und erholte sich von den Strapazen, als ihn Darwin Cantarella anrief und darüber informierte, dass man die Datenlage gesichtet und ausgewertet hätte. »Jeremias und die anderen Quantroniken haben keinen Zweifel, dass das Interuniverselle Transuniversale Tor zerstört ist.«

Rhodan fragte: »Ist das eine rundum gute Nachricht?«

Cantarella lächelte. »Unsere Truppen haben in den Forschungseinrichtungen Patollos eine Art Miniaturversion des Tores entdeckt.«

»Damit haben die Quantroniken zweifellos gerechnet.«

Cantarella lachte zustimmend.

Rhodan fragte: »Wir groß, wie funktionstüchtig?«

»Zu klein, um Raumschiffe und größeres Gerät hinüberzuschaffen. Hinreichend groß für dich, wenn du das gemeint hast.«

»Das habe ich gemeint.«

»Sie brauchen eine Weile, es betriebssicher zu machen.«

Rhodan nickte. »Lass sie machen. Ich habe hier genug zu tun.«

Cantarella hob fragend die Brauen.

»Ich werde mich rasieren«, sagte der Terraner. »Und schlafen.«

Wenige Tage später.

Jötunheim befand sich restlos in anjumistischer Hand. Man hatte die Leichen geborgen, auch die des Ofosuapia Cuderuu. Allerdings hätten die Bergungstrupps im Zuge einer Autopsie eine ebenso merkwürdige wie unerklärliche *Lücke* im Leib des Legionärs entdeckt. Sie hatten ebenso die verbrannten Überbleibsel des zweiten Ofosuapia gefunden – Couu Laduum –, aber keine Spur von einem dritten.

Rhodan lachte vor Erleichterung, bis ihm die Tränen kamen. »Was ist?«, fragte die Anjumistin, die ihn über die Sachlage informierte, erschrocken.

»Denk dir nichts dabei«, bat er sie. »Ich bin im Augenblick einfach ein bisschen schalla schalla.«

Das Transuniversale Tor war auf Geheiß der vorläufigen anjumistischen Regierung und auf Bitte der Alles Insgesamt Gemeinsam auf die 331 ANDAUERNDES MORGENGLÜHEN, ein druufsches Schiff also, verbracht und damit einige Lichtjahre außerhalb des Siamed-Systems stationiert worden.

Der offizielle Teil des Abschieds war knapp ausgefallen. Rhodan hatte den Eindruck gewonnen, dass es für die Menschen und die Druuf dringlichere Probleme gab als die Entsorgung eines Residenten aus dem Einstein-Universum.

Der neue Genus, ein gewisser Horatio Riemenschneider, hatte kurz mit ihm gesprochen – über die anstehenden Verhandlungen mit den Alles Insgesamt Gemeinsam, die Übernahme anjumistischer Ideen, die Restrukturierung und Neuorganisation der menschlichen Zivilisation in einem Sternenstaat, der das Rote Imperium als dessen Rechtsnachfolger überwinden sollte. Der Genus hatte einen vernünftigen, sachlichen Eindruck auf ihn gemacht. Ein Mann, mit dem ein Mann wie Rhodan sich befreunden könnte, wenn er Zeit und Gelegenheit dazu fände.

Rhodan fragte nicht nach dem Schicksal Farashuus. Ihm genügte, was er aus den öffentlichen Medien entnehmen konnte.

Sakister Liebchen hatte die Bühne für seriösere Journalisten geräumt, die mit Begeisterung an die Sache gingen, ebenso informative wie engagierte Beiträge lieferten.

Alles sehr vielversprechend, fand Rhodan, und ärgerte sich ein wenig, dass er zu erschöpft war, um angemessenen Enthusiasmus zu entwickeln.

Ein letzter Blick auf Leyden City. Der Quaritas war von Trümmern geräumt. Der Linearflug zur 331 ANDAUERNDES MORGENGLÜHEN stand an. *Was für ein passender, optimistischer Name,* fand Rhodan.

Das Schiff kreiste im Orbit um einen Stern ohne Begleiter.

Rhodan hatte bereits den Anzug übergestreift. Die chronokybernetischen Steuerassistenten, die tief in das blaugrüne Textil eingewebt waren und hier und da an die Oberfläche traten, wirkten wie Schriftzeichen, wie die Botschaften einer fremden Intelligenz.

Die Schutzhelmprojektoren im Kragenbereich meldeten ihre Bereitschaft.

Cantarella betrat Rhodans Kabine. »Reisefertig?«

»Wenn du es sagst.« Was blieb ihm übrig, als der fremdartigen Technik zu vertrauen?

»Bevor du gehst – es sucht jemand um eine Audienz bei dir nach«, sagte der neue Genius der Anjumisten.

»Eine Audienz? Hat er das so gesagt?«

»Ja.«

Rhodan schmunzelte. Er konnte sich denken, wer mit diesen erlesenen Worten um ein Gespräch bat.

Er folgte Cantarella. Der Raum, in den der Genius ihn führte, war schmucklos, aber in dieser Schmucklosigkeit schön. Einfache, satte Farben überall. Ein blauer Boden, rote Trennwände, die den Raum nach einem nicht unbedingt einsichtigen Muster gliederten. Eine Mischung aus einem altjapanischen Restaurant und einem Sakralraum. Die Decke öffnete sich zu einer gläsernen Kuppel. Licht fiel ein. Zwei Sonnen am Himmel. *Eine Projektion des Siamed-Systems.*

Inmitten von allem, unter der Kuppel, stand ein einzelner Stuhl. Rhodan räusperte sich, ging zu dem Stuhl und setzte sich.

Auf der Seite, die dem Eingang gegenüberlag, öffnete sich eine hohe, schmale Tür. Der Spalt war eben groß genug, um die Quantronik durchschweben zu lassen. Sie verhielt in einigen Metern Entfernung.

»Es erfreut mich, dass du Zeit für mich hast«, sagte die Maschine.

»Für dich immer gerne, Jeremias«, sagte Rhodan.

»Wir möchten dir danken«, sagte die Quantronik.

»Wer ist dieses *Wir*? Die Anjumisten?«

»Der Konvent der Quantroniken«, sagte Jeremias.

Der Schirmteil seines lampenförmigen Körpers wuchs, breitete sich aus und wurde zu einer Fläche, farbenprächtig wie das Fensterbild einer gotischen Kathedrale. Die Farben sortierten sich, etwas gestaltete sich.

Rhodan blickte in ein stark abstrahiertes, in Farbflächen unterteiltes Gesicht mit geschlossenen Lidern. »Perry Rhodan. Würdest du uns einen letzten Gefallen erweisen?«

»Ihr habt mich instrumentalisiert, du und dein Konvent«, warf Rhodan der Quantronik vor.

Das Gesicht der Quantronik blieb unbewegt. »Immerzu sind Menschen instrumentalisiert worden. Nur durch euch vermochten sich irdische Früchte wie Pflaumen oder Lychees auf den Planeten der Milchstraße zu verbreiten. Oder glaubst du, die Bananen hätten irgendwann selbst Raumschiffe gebaut? Gegen solche Art von Indienstnahme hast du nie protestierst. Warum nicht? Weil Bananen kein Bewusstsein haben? Dienst du lieber einer Banane als dem Konvent der Quantroniken?«

Unwillkürlich musste Rhodan lachen. »Für einen Bewohner des Roten Imperiums kennst du dich erstaunlich gut in der Welt der terranischstämmigen Nutzpflanzen aus.«

»Ich hatte einmal Kontakt zu einer Kollegin, die sich im Gartenbau versuchte.«

»Um deine Frage zu beantworten: Womit sollte ich euch noch zu Diensten sein?«

»Ich vermute, in deinem langen Gespräch mit dem verewigten Generalgouverneur habt ihr auch die Zukunft unseres Roten Universums thematisiert?«

Rhodan zuckte mit den Achseln. »Ich denke nicht, dass ich dir etwas Neues verraten könnte.«

»Wer weiß«, sagte die Maschine. Ihr Gesicht wirkte überaus vergnügt. »Aber Spaß beiseite. Ich bin nicht hier, um dich zu verhören. Tatsächlich möchte ich dich namens des Konventes um Folgendes bitten.«

Aus der Stirnpartie des künstlichen Gesichtes trat ein hantelförmiger Gegenstand hervor und schwebte auf Rhodan zu. Es verhielt in Augenhöhe. Unwillkürlich griff Rhodan danach. Es war das Stundenglas aus der Schatzkammer von Velines.

Als er es berührte, glaubte Rhodan wieder, die grandiose Vitalität zu spüren, die dem Artefakt innewohnte. Er konnte der Versuchung nicht widerstehen und hielt es sich gegen die Stirn, als vermöchte er so, den Stimmen zu lauschen, die darin flüsterten, und die Botschaften zu verstehen, die sie für ihn hatten.

»Ihr habt herausgefunden, was es ist?«

»Es ist ein holistisches Fraktal des Mentalen Symposions. Ein verkleinertes, aber voll funktionstüchtiges Replikat seiner selbst.«

Rhodan legte sich das Gebilde in den Schoß. »Das heißt: Hierin ist eine ganze Welt beschlossen? Eine von Transpathein durchzogene, von Quantroniken gegründete, von Menschen bebaute Welt. Wie umfangreich ist diese Welt? Eine Stadt, ein Planet, eine ganze Galaxis?«

»Das ist uns nicht erfindlich. Das Mentale Fraktal hat sich reaktiv versiegelt. Und es ist auf eine merkwürdige Weise hyperphysisch getarnt.«

»Getarnt? Ich kann es sehen!«

»Die Tarnung bezieht sich auf seine Erscheinungsweise in anderen Dimensionen. Von dort aus betrachtet, sieht das Artefakt partiell humanoid aus – geradezu rhodanesk.«

»Ich verstehe nicht.«

»Aus einem bestimmten hyperphysikalischen Blickwinkel betrachtet, sieht es aus wie eines deiner Organe. Wie eine kleine Extremität. Und es strahlt scheinbar die Vitalstruktur deines Zellaktivators aus.«

Rhodan zog die Stirn kraus. »Es ist als Teil von mir getarnt? Warum wurde das ... warum hat Velines so etwas angefertigt?«

»Velines hat dieses Fraktal initiiert. Aber es hat sich ihm unter der Hand womöglich anders entwickelt, als er geplant hatte.«

»Womöglich?«, echote Rhodan und schaute Jeremias spöttisch an.

»Nun ja – vielleicht hatte das Projekt ein paar stille Teilhaber, die der Aufmerksamkeit des Generalgouverneurs entgangen sind«, räumte die Quantronik ein. »Wie auch immer: Die Rhodan-Vitalsignatur ist natürlich eine Imitation. Velines lagen nur unvollkommene Daten vor. Wir haben die Signatur optimiert. Für eine gewisse Zeit, und wenn sich das Signalimitat in die Obhut der originalen Signatur deines Aktivators begibt, worauf es programmiert ist, für diese kurze Zeit wäre es von dir ununterscheidbar.«

Rhodan begann zu begreifen. »Es wäre nichts und niemandem als Produkt des Roten Universums kenntlich. Das heißt: Es würde den Transport in das Einstein-Universum überstehen – ich könnte es transportieren?«

»Ja«, sagte Jeremias. »Ohne Gefahr für dich.«

»Das ist es, worum ihr mich bittet? Ich soll dieses Fraktal mitnehmen?«

»Wenn unsere Befürchtungen und die unserer biologischen Wissenschaftlerkollegen zutreffen, könnte dieses Fraktal bald das letzte Souvenir vom ganzen Roten Universums sein.«

»Nein«, sagte Rhodan mit aller Entschiedenheit. »Das werde ich niemals glauben. Und du wirst es gefälligst nicht zulassen. Es wird etwas geschehen, den Menschen des Roten Imperiums wird etwas gelingen. Die Rudimente des Roten Imperiums könnten zur Keimzelle eines neuen, interzivilisatorischen Staates werden. Menschen, Druuf, Houhhom, euer Konvent ... Sammelt die Kräfte, sammelt alle Potenzen und haltet das Damokles-Schwert auf!«

»Den Damokles-Effekt«, korrigierte Jeremias. »Wir werden nicht verhindern können, dass das Rote Universum und das Einstein-Universum sich voneinander lösen. Mag sein, dass dabei unsere Welt erlischt. Ich habe keine Angst davor. Ich werde es nicht spüren. Günstigstenfalls für die hiesigen Lebewesen treiben die beiden Universen auseinander, und die Chance, dass eines Tages ihr uns oder wir euch wieder finden in den endlosen Reichen des Multiversums, ist eher gering.«

Wir werden Wege finden, wollte Rhodan sagen. Aber wem wäre mit solchen Glaubensbekenntnissen gedient? Er fragte: »Geht deiner Einschätzung nach eine Gefahr von dem Mentalen Fraktal aus?«

Anstelle einer Antwort sagte Jeremias: »Soweit unsere Analysen zeigen, wurde die lokale Planck-Zeit im Fraktal extrem gedehnt.«

»Das heißt?«

»Das heißt: Die Zeit im Fraktal steht in Relation zum Zeitverlauf im Einstein-Raum annähernd still.«

Rhodan betrachtete das Gebilde erneut. Er war nachdenklich geworden. *Es war einmal eine Frau mit Namen Pandora, die Allgeberin. Sie war die erste Menschenfrau auf Erden. Die Götter hatten sie geschaffen, und die Götter gaben ihr einen* Pithos *mit auf ihren Weg zur Erde, eine Büchse. Als die Menschen diese Büchse öffneten, strömten daraus alle Übel der Welt.*

Es war einmal ein Mann, der hieß Noah. Er wusste sich von Gott beauftragt, eine Arche zu bauen, in dem der Kern einer neuen Menschheit jene Flut überstehen sollte, die da kommen würde, um alles Lebendige zu vernichten.

Rhodan betrachtete das Gebilde, das einem Stundenglas so ähnlich sah. Es war von einer ganz eigentümlichen Anziehungskraft. Er hob es sich vor Augen. Als er es erneut so nah betrachtete, als wollte er darin versinken, hatte er für einen Augenblick eine Vision. Er sah Milliarden vorbeihuschender Gesichter. Dazu Sonnen und Monde, die wiederum Monde hatten. Sonnensysteme. Galaxien ...

»Der Konvent will dich nicht nötigen, Perry Rhodan. Aber wir sehen die Zukunft des Fraktals eng mit dir verknüpft. *Du* bist die Zukunft des Fraktals, oder es hat keine mehr.«

Die Zukunft des Fraktals. Die Zukunft. Rhodan nickte und dachte an die Vergangenheit, an den Beginn dieser Reise. An München. Den Mund. »Man hatte mir versprochen, ich würde Ernst Ellert wieder sehen«, erinnerte er sich.

»Das Spiel ist gewonnen, aber noch nicht vorbei«, sagte die Quantronik. »Ellert wartet schon.«

»Wo?«, fragte Rhodan überrascht.

Jeremias sagte: »Wir haben ihn gerufen. Du kannst ihn nicht verfehlen.«

Rhodan wandte sich wieder dem Fraktal zu. Es fühlte sich warm an, glatt und fugenlos. *Beinahe wie die Haut eines neu geborenen Säuglings.* Pochte es nicht sogar ein wenig wie ein ganz junges Herz? Oder war das der eigene Puls, den er zwischen Daumen und Zeigefinger schlagen fühlte?

Arche oder Büchse der Pandora?

Er musste sich entscheiden.

Rhodan hatte sich kein wirkliches Bild von dem Rudimentären Tor gemacht. Das Gebilde ähnelte einem urtümlichen Faradayschen Käfig und einer archaischen britischen Telefonzelle, nur dass das rote Gitterwerk, aus dem das Gehäuse aufgebaut war, aus flüssiger Energie zu bestehen schien.

Jeremias war wieder auf Lampengröße geschrumpft und schwebte in der Nähe des Tores. Cantarella sprach mit einigen Wissenschaftlern, sowohl Terranern als auch Druuf. Eine Terranerin trug eine Uniform der Raumflotte des Roten Imperiums, hatte aber die Dienstgradabzeichen von den Schultern entfernt.

Ein Druuf kam herüber, auf gleitende Art leichtfüßig – wahrscheinlich trug er keinen Mikrogravitator, der die Schwerkraft auf das ihm gewohnte Maß regelte.

»Wir sind so weit«, sagte Cantarella und wandte sich wieder ab, seinen Kontrollkonsolen zu.

Das Gehäuse hob sich zweieinhalb oder drei Meter in die Höhe. Eine niedrige, runde Plattform wurde sichtbar, vielleicht einen halben Meter im Durchmesser. Cantarella machte eine einladende Geste. Rhodan trat auf die Plattform. Das Gehäuse senkte sich über ihn.

Die Wissenschaftler und ihr Technikerteam arbeiteten an den Kontrollen und Schalttafeln.

Rhodan dachte zurück an seinen Aufenthalt im Roten Universum. Seine Ankunft, seine Entführung, seine illegale Reise zur Knochenstadt; seine Gespräche mit dem Genius der Anjumisten; seine Gefangenschaft im Mentalen Symposion; sein Zweitleben als Ry Walker und die Begegnung mit seiner Schwester. Vor neun Tagen erst hatte er sich aus dem Mentalen Symposion befreit und war von Johari Ifama in den Raum gestoßen worden. Die Rettung durch Cantarella und die Prophetenmaschine. Die Landung auf Utgard. Die letzte Legion der Ofosuapia. Seine Reise durchs Kristalleis im Baquu. Als Baquu. Vorgestern sein Kampf gegen Velines.

Und jetzt? Er schaute auf.

Cantarella stand vor ihm. »Also dann?«

»Also dann«, sagte Rhodan und nickte Cantarella zu. »Zurück nach München, wie versprochen?«

Cantarella nickte. »So gut wie ohne Zeitverlust. Für die Beobachter deiner Welt wird es so aussehen, als ob du das Fenster wenige Sekunden nach deinem Eintritt wieder verlässt.«

Aber ohne Begleiter, dachte Rhodan. *Wiesel ist tot.*

»Also gehe ich jetzt hinüber, gebe Ellert unterwegs das mentale Gefäß in Verwahrung, und alles wird in gewisser Weise auf null gestellt?«, fragte Rhodan mehr sich als Cantarella oder die Maschine.

»Wer weiß«, sagte Jeremias.

Rhodan horchte auf. »Wer weiß was?«

»Wer weiß, ob alles auf null gestellt wird. Möglicherweise wird dein Universum von deinem Besuch in diesem

Kosmos berührt. Vielleicht kommt es zu winzigen, topochronologischen Abweichungen. Temporalen Scherzen. Unsere Modelle halten das für nicht ausgeschlossen.«

»Temporale Scherze?« Rhodan seufzte. Er hasste Zeitreisen. »Scherze derart, dass plötzlich Alexander der Große sich nicht zu Tode trank, sondern in hohem Alter vom Thron eines griechisch-indischen Reiches stieg? Die Historiker werden mich hassen.« Er grinste matt.

»Werden sie nicht«, beruhigte Jeremias ihn. »Sie hätten ja keine Möglichkeit, eine derartige Änderung wahrzunehmen. Ja, von ihrer temporalen Warte aus würde es keine Änderung gegeben haben.«

»Hm«, sagte Rhodan, ernster. »Wer bestimmt euren Modellen nach, wie sich der Ablauf der Dinge ändert, wenn er sich denn ändert?«

Er spürte die Belustigung der Quantronik. »Du. Natürlich nicht willentlich, das wird nicht möglich sein. Aber es bestehen subconsziente Rückkopplungen zwischen dir und deiner Welt. Wenn du meinen Tipp hören möchtest: Das Universum wird so, wie du es in Erinnerung hast.«

»Interessante Vorstellung«, sagte Rhodan. »Dann wollen wir hoffen, dass ich mich in keinem wesentlichen Punkt irre.«

»Und wenn schon«, sagte Jeremias. »Vielleicht hat es sogar sein Gutes ...«

»Was sollte es Gutes haben?«

»Nun, zum Beispiel: Unseren Modellen zufolge hat es in tiefster Vergangenheit ein Attentat auf einen US-amerikanischen Präsidenten gegeben.«

»Gab es immer wieder, ja.«

»Unseren Modellen zufolge ist jener Präsident seinen Verletzungen erlegen – und ist es zugleich nicht. Eine interessante Paradoxie, nicht wahr? Sie betrifft einen Mann namens John Fitzgerald Kennedy.«

Rhodan lachte. »Sieh da – so ganz unfehlbar seid ihr mit euren Modellen also doch nicht. Ich kann dich beruhigen: Es hat kein tödliches Attentat auf diesen Präsidenten gegeben.«

»Das weißt du genau?«

Rhodan dachte nach. »Ganz genau.« Dann sah er die bunt schillernde Maschine nachdenklich an. »Oder?«

»Mach dir keinen Kummer«, sagte Jeremias. »Du wirst alles so vorfinden, wie du es in Erinnerung hast.« Dann wandte er sich Cantarella zu und sagte ihm leise etwas, wovon Rhodan nur Bruchstücke verstand: »Ich denke, es wird Zeit .... zu lange hier gewesen und im Mentalen Symposion ... Gedächtnisengramme entstellen ... sollte gehen, bevor ... Chronotopisches Schisma ...«

Rhodan wollte noch etwas sagen. Etwas von großer Bedeutung.

Übergangslos wurde alles Weiß. Er war unterwegs.

Drei Jahrtausende zuvor: Zugfahrt nach Zürich

Ernst Ellert reiste Ende Juli des Jahres 1971 mit dem Zug von München nach Zürich. Er hatte dabei ein etwas mulmiges Gefühl: In den vergangenen Wochen waren gleich drei Eisenbahnzüge verunglückt. Beim Unfall des Alpenexpress nahe Bad Hersfeld waren etwa 20 Reisende verletzt worden, bei den anderen beiden Unfällen hatte es Tote gegeben. Ein Zug der italienischen Bahn war im Simplon-Tunnel entgleist, ein Wagen hatte sich losgerissen und war gegen eine Tunnelwand geprallt, fünf Menschen waren dabei ums Leben gekommen.

Am 21. Juli war die Lokomotive vom Schweiz-Express kurz vor der Einfahrt in den Bahnhof Rheinweiler mit allen Achsen aus den Gleisen gesprungen; sie war die Böschung hinuntergestürzt, hatte die Waggons mit sich gerissen und im Sturz ein Wohnhaus zerstört. Über 20 Reisende hatten den Tod gefunden.

Es war, als läge ein Fluch auf der Technik. Besonders auf solcher Technik, die in irgendeiner Form mit den Alpen und der Schweiz zu tun hatte.

Oder hatte dieses Versagen mit dem Mondfahrer Perry Rhodan zu tun und den Außerirdischen, die er von dort mitgebracht hatte? Rhodan hatte – so jedenfalls seine Behauptung – den Atomkrieg mithilfe der arkonidischen Technologie verhindert. Wirkliche Beweise gab es für diese Behauptung zwar nicht, doch Ellert glaubte Rhodan.

Vielleicht hatte der sogenannte Anti-Neutronenschirm, den Rhodan über die Erde gespannt hatte, auch die Züge aus dem Gleis geworfen?

Unsinn!, schalt er sich. *Nur nicht hysterisch werden.*

Die Tür zum Abteil wurde mit großem Schwung aufgerissen, und dann verlangte eine massige, uniformierte Gestalt ultimativ nach den Fahrkarten. Ellert gewann den Eindruck, dass nur wenig fehlte, und sein straff gebügelter und mit dem Lineal gescheitelter Abteilnachbar – ein gut konservierter Mittfünfziger – wäre aufgesprungen und hätte salutiert.

Ellert kramte den Schein aus der Hosentasche hervor und reichte ihm den Schaffner.

»Der ist verknickt«, sagte der Schaffner und zog die Augenbrauen bedenklich zusammen.

»Sapperlot«, sagte Ellert. »Welch ein Unglück!« Er warf dem Schaffner einen besorgten Blick zu und fragte: »Meinen Sie, das Abendland wird trotzdem überleben?«

Der Schaffner öffnete den Mund, sagte aber nichts – was Ellert für eine weitere Bemerkung ausnutzte: »Erst fällt der Atomkrieg wegen schlechten Wetters aus, oder wegen dieses Rhodans, und jetzt – was meinen Sie?« Er zwinkerte dem Schaffner vertraulich zu: »Wer Atomkriege verhindert, kann der nicht auch aus der Ferne Fahrkarten verknicken?«

Der Schaffner grummelte etwas von wegen »diesen Rhodan in die Wüste schicken, wo er hingehört«, und Ellert verkniff sich einen Hinweis darauf, dass *dieser Rhodan* ja längst in der Wüste saß, wenn auch nicht auf Geheiß der deutschen Bundesbahn, sondern aus freien Stücken.

Konnte, wer in wenigen Minuten vom Mond zur Erde flog und einen Atomkrieg sabotierte, nicht auch für größere Freundlichkeit der Bahnbeamten sorgen? Ellert seufzte. Da stießen wohl selbst arkonidische Wundergeneratoren an ihre Grenzen.

Wenige Minuten vor der Schweizer Grenze war Ellert mit dem anderen Reisenden ins Gespräch gekommen. Der geschniegelte Herr hatte das Stichwort Rhodan aufgegriffen, ihn als Marionette der *sogenannten Arkoniden* bezeichnet und die Vermutung angestellt, dass sich hinter den Arkoniden niemand anderes als der Asiatische Block verbarg.

Ellert sagte, das glaube er nicht. »Ich glaube eher, dass Rhodan ein Charismatiker ist, ein Mann mit einer Vision. Sonst wäre er nicht in aller Munde.«

Sein Gegenüber lachte: »Ein Charismatiker? Gott bewahre uns vor Charismatikern! Wir brauchen nüchterne Menschen mit einem nüchternen Verstand!«

»Wozu?«, entfuhr es Ellert.

»Glauben Sie mir, ich bin ein Stück älter als Sie, und ich habe einiges erlebt. Auch das Wirken des einen oder anderen *Charismatikers.*« Seine Stimme bebte vor Zorn und Verachtung. Mit einem Ruck warf er die linke Schulter vor, und Ellert bemerkte erst jetzt, dass dieser Ärmel seiner Jacke leer war. Ein Amputierter. Ein Kriegsinvalide.

Ellert lehnte sich zurück und schloss die Augen. Er hatte nur verschwommene Erinnerungen an den Krieg. Er hatte ihn weitgehend nicht in München verbracht, sondern kinderlandverschickt auf einem Gut in der Nähe von Lenggries.

An der Grenze hielt der Zug, Schweizer Personal stieg ein und kontrollierte die Pässe. Merkwürdigerweise fragten sie nach den Berufen der Reisenden.

»So. Der Herr ... Hesselmann. Ihr Beruf, bitte?«

»Gymnasiallehrer. Geschichte und English.« Er sprach es *Inglish* aus, wie Ellert amüsiert bemerkte.

»Und der Herr ... Ellert ist von Profession?«

»Schriftsteller.«

Der Herr Hesselmann lachte kurz und verächtlich auf.

Am frühen Nachmittag erreichten sie Zürich. Ellert stand auf, und auch Hesselmann erhob sich.

»Schriftsteller sind Sie also«, sagte er, während er sich mit viel Geschick den leichten Sommermantel überwarf. »Dann wollen Sie in Zürich wohl ein paar Tausendmarkscheine auf einem Schweizer Geheimkonto deponieren, hm? Aus dem Erlös des letzten *Bestsellers.*«

»Nein«, sagte Ellert, nahm die Reisetasche, die während der Fahrt neben ihm gelegen hatte, und öffnete sie kurz. »Es ist diesmal nur ein Goldbarren.« Er ließ Hesselmann einen Blick auf den goldenen Schimmer werfen, schloss die Tasche wieder, schob die Abteiltür zur Seite und ging los.

Im Bahnhof machte ein Boulevardblatt mit einem Farbfoto des Kugelraumschiffes auf, das in der Wüste Gobi stand und den sichtbaren Mittelpunkt von Rhodans Dritter Macht bildete.

Die Schlagzeile lautete: »Kugelraumschiff von Beat-Musik auf die Erde gelockt? Experte meint: Rockmusik löst Weltkrise aus.«

Daneben wurde vom aktuellen Bundesligaskandal berichtet. Das Sportgericht hatte einige Spieler mit langjährigem Lizenzentzug wegen Bestechlichkeit bestraft.

So geht es immer, dachte Ellert und grinste. *In dem einen Moment diskutiert man über eine globale Krise und die Stellung des Menschen im Kosmos, um sich im nächsten Moment der Frage zuzuwenden, was in letzter Zeit eigentlich mit 1860 München los ist.*

Er schwenkte die Reisetasche, um ihr Gewicht zu spüren. Ellert vermutete, dass das Stundenglas ebenso wenig irdischen Ursprungs war wie das Arkonidenraumschiff.

Wie hatte der Mann in der futuristischen Rüstung und dem verhüllten Gesicht über die Sanduhr gesagt? »Pass darauf auf! Zeig sie keinem Menschen. Schließ sie weg, vergrabe sie. Sorge dafür, dass niemand sie finden kann. Nicht die Polizei, kein Spürhund, nicht der Kaiser von China, auch nicht Perry Rhodan.«

Ellert war Schriftsteller, das bedeutete doch: ein Mensch, der zu circa 75 Prozent aus Neugier bestehen sollte und zu 20 Prozent aus Sehnsucht nach dem anderen Geschlecht – das zurzeit von Resi dargestellt wurde. Der Rest waren Wasser, Alkohol, Nikotin und herb-männliche Duftstoffe.

Warum hatte er nicht versucht, das fremdartige Stundenglas näher zu untersuchen? Warum hatte er es nicht *geknackt*?

Warum war er, der sonst so leidenschaftlich den Rebellen geben konnte, derart folgsam, als kennte er seinen Auftraggeber seit Zeit und Ewigkeit und würde ihm restlos vertrauen?

Was, um die Dinge einmal auf den Punkt zu bringen, stimmte nicht mit ihm?

Er war lange aus dem Bahnhof heraus und spazierte ziellos durch die Stadt. Von einer Brücke über die Limmat schaute er ins Wasser hinab.

Zeig sie keinem Menschen! War er denn kein Mensch? Er grinste, spuckte ins Wasser und fing sich das pädagogische Räuspern eines älteren Passanten ein. Was kam in Sachen Diskretion und Verschwiegenheit »keinem Menschen« am nächsten? Richtig: der Schweizer Bankier. Dafür war er hier.

Ellert erreichte die Schützengasse. Nach kurzer Suche entdeckte er das farbenfrohe Wappen über dem Eingang zum Haus am Zürichsee: den zweigeteilten Schild, die linke Seite rot, die rechte blau und gelb gestreift; der Ritterhelm, der Löwe, der den Schild hielt und nach außen züngelte – Hoppinger & Cie, Privatbankiers. Die Bank, in der sein Vater ein Wertpapierdepot unterhalten hatte. *Mein Erbstück ...*

Wie hatte es in dem Informationsbrief geheißen, der ihm auf seine Anfrage zugeschickt worden war, ob eine Fortsetzung dieser Geschäftsbeziehung ratsam sei? »... hoher Stellenwert, den die Schweizer der persönlichen Freiheit und dem Schutz der Privatsphäre beimessen ... solide Verankerung des Bankgeheimnisses, das auf dem Willen des Volkes gründet ... besonders die Pflege familiärer Traditionen ...«

Die Bank hatte ihn informiert, dass die Vermietung oder Eröffnung eines Tresorfachs nur bei persönlicher Vorsprache des Kunden erfolgen konnte. »Wünschen Sie das Tresorfach auf mehrere natürliche Personen zu eröffnen, ist die Anwesenheit sämtlicher Kontrahenten zwingend.«

»Nun«, hatte Ellert geschmunzelt, »soweit ich sehe, bin ich in diesem Fall die einzige *natürliche Person.*«

Ellert trat ein und wandte sich an den imposant beleibten Portier, der in tadellos-taubenblauer Livree dasaß, ein Fels in der Brandung der Finanzwelt.

Ellert hob die Reisetasche mit dem Stundenglas darin und rückte sie an die Brust. Er meinte, durch das Nappaleder der Tasche die Wärme des Gebildes zu spüren, seinen fernen, milliardenfachen Puls.

»Ich habe einen Termin mit Herrn Bothmer. Mein Name ist Ellert. Ernst Ellert.«

Ellert würde den Nachtzug nach München nehmen. Er hatte noch einige Stunden Zeit und schlenderte durch die Stadt. Er hatte als Journalist gelernt, genau hinzuschauen. Zürich war nicht halb so heimelig-rustikal, nicht halb so helvetisch-harmlos, wie es sich den Touristen gegenüber gab. Das Biedere mischte sich mit dem Mondänen, das Sublime mit dem Aufgedonnerten.

Manchmal wehte der Duft der Limmat und des Sees bis tief in die Stadt, und wenn man in eine Seitengasse schaute, stiegen an ihrem Ende die felsigen Alpen ins Licht.

Zürich war eine untergründig dynamische Stadt, hier verflochten sich Geist und Ökonomie. Über allem lag das Netz der Transaktionen und Bilanzen, das unsichtbare Kapitalgeflecht, hier wechselten Banken mit Versicherungen ab, und wie eine letzte und höchste Instanz der Geldwelt regierten im Hintergrund die mächtigen Schweizer Rückversicherungen.

Ellert hatte sich für ein Depot der Nummer 7b entschlossen, einen Raum mit einer Höhe und einer Breite von jeweils 60 und einer Tiefe von 48 Zentimeter. »Die Jahresgebühr beträgt 90 Schweizer Franken«, hatte Bothmer ihn in mahnendem Tonfall erinnert.

Ellert hatte die erste Mietgebühr für das Schließfach entrichtet, die Schlüsseldepotgebühr und die Gebühr für das Schlüsselgarantiedepot, die fällig wurde, weil er einen Schlüssel mitzunehmen wünschte, und zwar ins »Domizil Ausland«.

Aber auch diese vertrauensbildenden Zahlungen hatten den leichten Schimmer von Zweifel nicht ganz aus den Augen des Schweizer Bankers wischen können.

Schließlich ging Ellert in das berühmte Grand Café Odeon, wo sich die arrivierte literarische Intelligenz der Stadt mit Vorliebe traf. Franz Werfel hatte hier gesessen und James Joyce, Kurt Tucholsky und Klaus Mann, Lenin, Trotzki und Benito Mussolini. Und Albert Einstein hatte hier mit seinen Studenten von der Eidgenössischen Technischen Hochschule diskutiert. Oder im ersten Stock Billard gespielt. Café Odeon – das Einstein-Universum.

Zigarrenqualm wolkte durch den Raum, es wurde Schach und Jass gespielt. Die großen Fenster, die Kronleuchter, die Messingverkleidung, der Marmor – alles sehr gediegen.

Ellert winkte der Saaltochter zu, bestellte und trank einen Espresso, während er durch die ausliegende *Neue Züricher Zeitung* blätterte, die im Zeitungsregal auslag. Ein grundsolides Stück Journalismus, von angenehmer, unaufdringlicher Seriosität. »Erstausgabe: 12. Januar 1780«, las er. Die Zeitung war wahrlich eine brave alte Tante.

Kein Vergleich mit der *Münchener Abendpost*, für die er ab und an arbeitete. Für die auch Resi arbeitete. Resi, die sich ein Haus am Stadtrand wünschte, randvoll mit Kindern. Am besten mit Kindern von ihm. Die unter den Bäumen im Garten spielen sollten.

Die aktuelle *NZZ* – natürlich war auch hier die Dritte Macht und ihr mehr oder weniger angespanntes Verhältnis zu den Weltmächten ein Thema.

Ellerts Gedanken schweiften ab. Er dachte an Herrn Bothmer und seinen Blick, als er ihm das Stundenglas gezeigt, und den noch ungläubigeren Blick, als Ellert ihm den Vorschlag unterbreitet hatte.

Aber siehe da: Am Ende hatte Bothmer einmal in die Hände geklatscht und den Vorschlag akzeptiert.

Merkwürdig, dass alles so problemlos verlaufen war. Beinahe, als ob etwas von der Autorität des Mannes in der Rüstung auf ihn übergegangen war.

Überhaupt war viel Merkwürdiges geschehen in den letzten Wochen. Die Welt hatte sich verändert, sie war ins Unermessliche angewachsen, sie hatte an Möglichkeiten dazugewonnen.

Wollte er sich mitreißen lassen, fort in die neuen Welten, die, wenn dieser Rhodan recht behielt, bald allen Menschen offen standen? Allen – wie nannte der Mondfahrer sie? – Terranern?

Mit einem Mal überfiel Ellert eine unbändige Lust, sich von den Ereignissen nicht einfach mitreißen zu lassen, sondern ihren Gang mitzubestimmen.

Unmöglich?

Nichts war mehr unmöglich.

Gedankenverloren blätterte er den Immobilienteil der *NZZ* durch. Noble Häuser. Atemberaubende Preise. Alterssitze für jedes Alter.

Nein, er würde kein Haus bauen.

Keinen Apfelbaum pflanzen.

Keinen Sohn zeugen.

Arme Resi, dachte er. Aber Resi gehörte zu den Frauen, die keine Schwierigkeiten haben würden, Trost zu finden. Und kundige Tröster.

Zunächst würde er sich darum kümmern müssen, das nötige Geld für den diskreten Mitarbeiter der Privatbankiers aufzutun. Er würde einen Weg finden.

Langsam keimte in ihm die Ahnung davon auf, wie.

Zwei Monate später erhielt das Bankhaus Hoppinger & Cie einen größeren Briefumschlag zu Händen ihres für die Schließfächer zuständigen Mitarbeiters Samuel Moritz Bothmer. Der öffnete ihn und nahm den Inhalt heraus: sorgsam gefaltete Aktien, ein Schulheft, ein kleineres Briefkuvert.

Die Aktien waren preiswerte Papiere von Gesellschaften, die Bothmer weitgehend unbekannt waren. Ein blutjunges Unternehmen, das unter dem großspurigen Namen

»General-Cosmic-Company Ltd.« firmierte, eine obskure Gesellschaft namens »Beaufinger, Spearmont & Whistler«, die anscheinend »Waschmaschinen, Rasenmäher (Weltneuheit: auch selbst steuernd!) und Haushaltsroboter aller Art« zu produzieren versprach.

Das Schreibheft war einfach, wie Schüler es benutzten, karierte Seiten ohne Rand.

Jeweils zwei Blätter des Heftes waren mit einem Tesastreifen zusammengeklebt. Auf jeder ersten, offenen Seite eines derart verschlossenen Doppelblattes stand handschriftlich notiert: »Zu öffnen am ...«, darunter das Datum:

7. August 1975
7. August 2025
7. August 2075
7. August 2125
7. August 2175
7. August 2225
7. August 2275

Bothmer öffnete den beiliegenden Briefumschlag. Stumm las er den Brief.

»Sehr geehrter Herr Bothmer,
sehr geehrte weitere Herren in dessen Nachfolge,
das Schließfach mit meinem kleinen Familienschatz ist bis zum 31. Juli 1975 bezahlt. Ich hatte Ihnen versprochen, das für die Folgejahre anfällige Geld beizubringen.

Ich halte mein Versprechen, bitte Sie aber um Ihre werte Mithilfe.

Sie finden in dem Heftchen sechs verschlossene Anweisungen. Öffnen Sie oder – nachdem Sie in den wohlverdienten Ruhestand gegangen sind – ein Nachfolger Ihres unbedingten Vertrauens …« Das Wort unbedingt war doppelt unterstrichen. *»… die Seiten zum angegebenen Zeitpunkt.*

Sie werden dort Angaben darüber finden, welche Anzahl welcher Aktien Sie bitte in meinem Namen erwerben.

Um diese Aktien zu kaufen, werden Sie Geld benötigen. Dieses Geld beschaffen Sie sich bitte durch den Verkauf derjenigen Aktien, die ich diesem Umschlag beigelegt habe.

Sie werden finden, dass Sie sehr viel weniger Geld für den Ankauf benötigen werden, als der Verkauf der beigefügten Papiere erlöst.

Zweigen Sie die nötige Summe ab, die es braucht, mein Schließfach für die nächsten 25 Jahre zu mieten.

Nach der Miete und dem Abgang der für den Neukauf nötigen Mittel werden Sie sehen, dass noch einige Fränkli übrig bleiben – und zwar knapp über zehn Millionen dieser wunderbaren Schweizer Fränkli.

Diese Summe, Herr Bothmer, halbieren Sie bitte. Die eine Hälfte legen Sie langfristig und zinsgünstig an; die andere Hälfte aber ist Ihnen als kleine Aufmerksamkeit für Ihre zweifellos treuen Dienste zugedacht.

Auch ihre Nachfolger werden in den Genuss solcher Gratifikationen kommen, wenn, das darf ich vorwegnehmen, die Währung zu gegebener Zeit auch nicht mehr Schweizer Franken sein, sondern Solar heißen wird.

Ich darf Sie übrigens versichern, dass wir – Sie und Ihre Nachfolger – nichts Ungesetzliches tun.

Einen Ihrer fernen Nachfolger bitte ich um Folgendes:

Lieber, unbekannter Freund und Helfer in der fernen Zukunft des Jahres 2275,

Ihr Institut wird mich im Laufe der Zeit als treuen Kunden schätzen gelernt und eingesehen haben, dass meiner Voraussicht durchaus zu trauen ist.

Ich möchte Sie dringend um folgenden Gefallen bitten: Legen Sie mithilfe der Technologie Ihrer Zeit ein sicheres Depot an, tief in der Erde von Zürich. Das Depot sollte mindestens fünf Kilometer tief in die Erde gesenkt werden. Es soll keinen anderen Gegenstand beinhalten als den von mir Ihrem Institut zur Verwahrung gegebenen.

Finanzieren Sie das Depot bitte aus der bis dahin durch Einzahlung, Zins und Zinseszins angesparten Summe und betrachten Sie es bitte als mein Eigentum.

Versiegeln Sie das Depot und vernichten Sie jede Aufzeichnung darüber.

Lösen Sie mein Konto auf und transferieren Sie die Summe, die nach dem Abzug der Baukosten bleibt, auf Ihr Konto.

Wichtig. Das Depot muss unbedingt fertiggestellt sein vor dem Jahr 2437!

Ich habe, und das sage ich Ihnen allen, keinen Zweifel, dass Sie meinen Wünschen entsprechen werden – ja, ich sehe es förmlich vor mir.

Für Ihre freundliche Hilfe verbleibe ich
Sie durch die Zeiten grüßend
Ihr dankbarer
Ernst Ellert (Schriftsteller)«

Samuel Moritz Bothmer las es, nickte, klatschte einmal in die Hände und sagte in seinem dem Auswärtigen liebenswert anmutenden, leicht kehligen Tonfall seiner Landsleute: »Ein Schriftsteller also. Warum auch nicht. Wir werden sehen.«

Rhodan lag benommen auf dem Rücken. Medoroboter umschwirrten ihn. Er hörte mehrere Stimmen, darunter die von Startac Schroeder. Eine Frage: »Wo, zum Teufel, ist der andere?«

Rhodan richtete sich auf. Die Reste der Kombination verflockten zu ascheartigen Gewebeteilchen. Der chronokybernetische Steuerassistent und die Schutzhelmprojektoren hatten längst die Arbeit eingestellt.

Vielleicht ist etwas zu retten, schoss es ihm durch den Kopf. Ein Stück der Technologie des Roten Imperiums. *Aber: Wollen wir das?*

Eine Injektion in den Nacken, links. Eine weitere, rechts. Er schloss die Augen, atmete durch, spürte, wie sich seine Sinne klärten.

Dann stand er auf. Es war warm. Er sah an sich herunter. Er war nackt.

Die Sonne über München spiegelte sich auf der Hülle der musealen Kaulquappe IG-2, die auf ihren Teleskopstützen im ehemaligen Bett der Isar ruhte.

Neben sich sah er den Ernst-Ellert-Pavillon.

Nebo Williams stand vor ihm, das Gesicht schiere Verwunderung. Er spürte, dass zwei Hände ihn stützten, blickte sich um, nickte Startac Schroeder zu, der seinen SERUN trug. »Es ist in Ordnung, Startac«, sagte er.

»Du hast es dir anders überlegt?«, fragte Nebo.

»Was?«

»Nun – die Einladung. Ins angebliche Rote Universum. Du bist umgekehrt. Dein Glück. Das Fenster ist verschwunden. Möglicherweise hätte es dich mitgenommen.«

»Oh, das«, sagte Rhodan. »Keine Sorge. So leicht entführt man den Residenten der Liga Freier Terraner nicht, oder?« Er lächelte Schroeder zu.

Schroeder lächelte nicht zurück, sondern sah ihn forschend an. »Wo ist dein SERUN?«, fragte er ihn. »Wo ist dieser kleine Kerl, der dir nach gesprungen ist?«

»Er hieß Wiesel«, sagte Rhodan. »Er ist tot.«

Schroeder nickte langsam.

Rhodan wandte sich an Williams. »Sperrt das Gelände weiträumig ab, schließt das Museum. Untersucht die Gegend hier nach ... nach allem, was irgendwie auffällig ist. Überprüft, ob ein Strangeness-Faktor anzumessen ist, ob sich die Raumzeit in diesem Areal auf irgendeine, noch so geringfügige Art und Weise *anders* verhält. Holt Fachleute aus Terrania, aus der Waringer-Akademie, aus dem Münchener Ellert-Institut für Chronoanalyse.«

Er nahm die neue Kombination entgegen, die ihm ein Roboter anbot, und kleidete sich an. »Und erstattet mir so bald wie möglich Bericht«, fügte er hinzu. Er schaute auf die Unterarme der Kombination. »Wo ist das Funky?«

»Das was?«, fragte Williams.

»Hab's schon.« Rhodan aktivierte per Fingertipp die externe Kommunikation und verlangte ein Dringlichkeitsgespräch mit Homer G. Adams.

Augenblicke später blickte er über Holo in die blassblauen Augen Adams, die ihn fragend anblickten.

»Erinnerst du dich an eine Delegation von Kopernikanern, die irgendwann im März des Jahres bei dir gewesen sind?«

»Ja«, sagte Adams. »Warum?«

Rhodan lachte bitter. »Sie haben eine erstaunliche Karriere gemacht.«

Adams' Blick wurde nachdenklich. »Du wirst mir davon erzählen, nicht wahr?«

Rhodan nickte und hatte den Finger bereits auf die Sensortaste gelegt, um das Kom auszuschalten. Er zögerte. »Du hast doch ein fotografisches Gedächtnis«, fragte er Adams, den ältesten lebenden Terraner. »Erinnerst du dich an Präsident Kennedy? John F. Kennedy?«

Adams dachte nach. »Ja.«

»Hat es damals ein Attentat auf ihn gegeben? Ist er erschossen worden?«

Adams schüttelte langsam den Kopf und sagte: »Es hat allerdings ein Attentat auf ihn gegeben, Dallas, Texas, am 22. November 1963. Ich weiß sogar noch die Uhrzeit: 12.16 Uhr. Ich saß damals im Gefängnis, hörte Radio. Der Attentäter war zu ungeduldig und schoss aus einer ungünstigen Position. Ein paar Minuten später, und er hätte die Wagenkolonne besser im Visier gehabt und dann – wer weiß. So haben die Kugeln ihn verfehlt.«

Rhodan sah, wie Adams die Stirn in Falten legte. Der Finanzminister schaute Rhodan an und sagte: »Ich glaube, du hast mir eine Menge zu erzählen.«

Epilog: Die Zukunftsbastion

Im September 1971 wurde für Ernst Ellert zur Gewissheit, was er bereits seit einigen Wochen geahnt hatte: Sein Geist war fähig, durch die Zeit zu reisen – er war ein Mutant.

Einige seiner ersten Zeitreisen führten in die Welt der Hochfinanz: Er spähte künftige Aktienkurse aus und verwertete seine Einsichten für die Absicherung des goldenen Artefaktes.

Wie der Unbekannte in der Rüstung es von ihm erbeten hatte, wahrte er seinen Freunden gegenüber Stillschweigen über diese Exkursion und berichtete davon weder dem Kaiser von China noch Perry Rhodan. Was beim Kaiser ohnedies eine weitere Zeitreise bedeutet hätte, wäre bei Rhodan immerhin möglich gewesen, denn Ellert lernte den Gründer der Dritten Macht im November 1971 persönlich kennen.

Ernst Ellert wahrte sein Geheimnis, und es fiel ihm umso leichter, als er den sicheren Eindruck gewann, dass auch Rhodan ein Mann mit Geheimnissen war – mit Geheimnissen möglicherweise, die dem Geheimnisträger selbst noch nicht ganz bewusst geworden waren.

Ellert trat dem Mutantenkorps bei – ein Bayer in der Wüste Gobi, ein deutscher Journalist mit Zukunftserfahrung auf den Spuren der alten Wüstenfahrer und Karawaniers, die zur Stadt des Schwarzen Königs am Edsin Gol gezogen waren.

Der Mutant Ellert war, wie er rasch zu spüren bekam, nicht der beliebteste unter den Mitgliedern des Korps. Vielen war er nicht geheuer. Ellert selbst erklärte sich die Scheu, die die anderen vor ihm empfanden, so: Telepathen mochten lesen können, was andere Menschen dachten. Sie drangen mit diesem Wissen tief in die Intimität ihres Gegenübers ein, entdeckten unter Umständen Dinge, von denen der Betroffene selbst nichts wusste. Telepathen begegnete man mit Scham.

Ellert vermochte darüber hinaus als Parapoler, ganz in den Geist seines Gegenübers einzutauchen, mit ihm zu kommunizieren, ihn sogar zu übernehmen – er las nicht nur die mentale Intimität des anderen, er konnte sie beherrschen. Einem Parapoler begegnete man mit Angst.

Und als wäre es damit nicht genug, war Ellert der einzige Mensch, der in der Lage war, das entscheidende Datum jeder Biografie auszukundschaften: Er konnte auf seinen Reisen durch die Zeit Erkundigungen über den Tag und die Stunde des Todes einholen.

Diesem Wissen begegneten die meisten Menschen mit schierem Entsetzen.

Ellert hatte, soweit man wusste, von dieser Möglichkeit niemals Gebrauch gemacht – ein Wissen, das gar nichts beweist.

Wie mochte ein Mensch Menschen sehen, deren Schicksal vor ihm aufgeschlagen lag wie ein offenes Buch, mit allen seinen Kapiteln, von Anfang bis Ende?

Geburt und Tod.

Hatte Ellert diese Information vielleicht über sich selbst eingezogen?

Sicher war, dass er, während er den Zeitstrom durchstreifte, den Angriff der Dolan-Verbände auf das Solsystem im Jahr 2437 bemerkte und Vorsorge traf, indem er die Züricher Bankiers beauftragte, das Artefakt in einem Tiefentresor zu verwahren.

Ob er um seinen eigenen, frühen Tod wusste? Im Februar 1972 – ein Dreivierteljahr, nachdem er dem Mutantenkorps beigetreten war – erhielt sein Körper einen tödlichen Stromschlag, sein Geist löste sich und begann seine Odyssee durch die Raumzeit.

Im Zuge dieser Odyssee verschlug es ihn in das Rote Universum. Er hielt sich lange genug in diesem Tochteruniversum auf, um dort auf hyperphysikalisch-eigenzeitliche Art heimisch zu werden. Im August 2043 ermöglichte er Rhodan, Atlan und Fellmer Lloyd die Flucht von Druufon.

Ellert leistete einen Technologietransfer: Er lieferte dem Solaren Imperium die Konstruktionsunterlagen für das Lineartriebwerk der Druuf und einen Prototyp ihres Zeit-Erstarrers.

Die Triebwerkspläne sollten eine Revolution zunächst in der terranischen, dann in der Raumfahrt der gesamten Milchstraße auslösen.

Der Zeit-Erstarrer erwies sich als unter den Bedingungen des Einstein-Universums nicht funktionstüchtig.

Im Jahr 2113 bat Perry Rhodan Ellert, sich vor Frago in das Plasma eines Fragmentraumers zu versetzen. Ellert erfüllte die Bitte und verschaffte den Terranern so zwei Transformkanonen.

Rhodan zahlte einen hohen Preis für diesen Einsatz: Ellerts Geist verschwand im Zeitstrom, als der Fragmentraumer mit dem Relativfeld um Frago kollidierte.

Die weitere Geschichte Ellerts war die einer menschlichen Singularität.

3587 ging er in ES auf, im Jahr 426 Neuer Galaktischer Zeitrechnung projizierte das Geisteswesen Ellert in die stoffliche Welt und schickte ihn nach Terra, um dort gegen Vishna und ihre Plagen zu kämpfen.

Die Kosmokraten verliehen ihm einen Körper aus Virensubstanz. Ellert wurde zum Piloten des ersten Virenraumschiffs und präparierte EDEN II als Chronofossil. Er wurde zum Agenten und Boten von ES und folgte der Superintelligenz im Jahr 1220 NGZ ins Arresum, auf die negative Seite des Universums.

Eine menschliche Singularität – aber ist nicht jeder Mensch ein singuläres Phänomen?

Auffällig war, dass es eine nicht immer deutliche, untergründige Verbindung Ellerts zum Roten Universum gab. Ellerts Eltern, Irene und Siegfried Ellert, waren nie mit radioaktiver, mutagener Strahlung in Berührung gekommen.

Warum mutierte ihr Sohn?

Was ist von der Theorie zu halten, dass es einen wie auch immer gearteten Kontakt zwischen dem Roten Universum und dem Menschen Ernst Ellert gegeben hatte, eine paratemporale Prägung, einen Durchstich des Roten Universums und seiner raumzeitlichen Fügung in das Hirn und die mentale Sphäre Ellert? Eine individualisierte Überlappungsfront?

Das würde die merkwürdige Affinität Ellerts zu den Zeitphänomenen und zugleich zum Roten Universum erklären.

Das würde erklären, warum es Rhodan – oder der Konvent? – nicht nur so naheliegend fand, sondern warum es auch so leichtfiel, Ellert aus der Vergangenheit in den Zwischenzeitraum zu rufen, die der Resident auf seinem Weg zurück erneut passieren musste.

Ellert – ein illegitimes Kind des Roten Universums?

Das Rote Universum: Wir waren daran gewöhnt, dass Kosmen in kosmischen Zeiträumen entstehen und – wie es scheint – wieder vergehen. Das Beispiel des Roten Universums zeigt, dass möglicherweise ganze Raumzeiten kollabieren und ins Nichts stürzen können – oder in den Quantenschaum, wie manche Kosmologen es nennen. Aber für Menschen ist dieser Schaum zwischen Sein und Nichtsein vom schieren Nichts kaum zu unterscheiden.

Müssen wir also das Ende des Roten Universums für vollzogen ansehen?

Ist Rhodan Zeuge einer sich anbahnenden Katastrophe geworden? Einer Katastrophe so unausdenkbaren Ausmaßes, dass die menschliche Einbildungskraft versagt in dem Bemühen, sich eine Vorstellung davon zu machen?

Wir wissen um die Fühllosigkeit der Natur. Lawinen und Sturmfluten, Erdbeben und Blitzeinschläge kennen keine Gnade, weil sie sich selbst nicht kennen. Ihrer selbst wie ihrer Umwelt unbewusst, vollziehen sie sich und gehen restlos auf in diesem Vollzug.

Die mit Bewusstsein begabten Geschöpfe empören sich und fordern, dass von allem, was jemals war, ein Rest bleibt, dass ihm Bleiberecht gewährt wird wenigstens in den Gedanken, in der Erinnerung.

Wir ertragen die Vorstellung nicht, dass ein Mensch, ein Tier, ein seiner selbst bewusstes Etwas jemals der vollkommenen Vergessenheit anheimfallen sollte.

In dem Gedanken, dass jede Vergessenheit unvollkommen ist, finden wir Trost.

Trost auch in dem darin eingebetteten Glauben, dass es keinen Abschied gibt, der für immer wäre.

Wir wollen nicht glauben, dass die Druuf und das Rote Imperium, das wunderliche Siamed-System mit seinem fantastischen planetaren Ballett, dass die Galaxis Rotheim und die Milliarden anderen Sterneninseln annulliert worden sind.

Vielleicht können wir es nicht einmal glauben.

Wir sind immer stark darin gewesen, gegen die Wirklichkeit anzuglauben.

Und wenn es doch so wäre?

Als die beiden Dolans über Lissabon in die Atmosphäre vorstießen und dann Richtung Osten und quer über Europa geradewegs auf Terrania City zuhielten, als sie mit vielfacher Überschallgeschwindigkeit durch die Lüfte jagten und Lyon in Schutt und Asche legten, gongte ein dezenter Alarm im Haus der Privatbankiers Hoppinger & Cie. Der größte Teil der Zivilbevölkerung von Zürich war wie auch der Rest der Belegschaft längst in die Alpenbunker evakuiert, nur die Herren Grynaeus, Bondeli-Bothmer und Häberlin hatten die Stellung gehalten, in der – wie sich nun zeigte – leider völlig vergeblichen Hoffnung, die Dolans würden eine altehrwürdige Kulturlandschaft wie die Schweiz respektieren.

»Meine Herren, es dürfte für eine effektive Flucht zu spät sein«, sagte Bondeli-Bothmer und hob die geöffnete Flasche Blauburgunder in die Luft. Grynaeus und Häberlin hielten ihm die Gläser entgegen; er schenkte ein und stellte die Flasche ab.

Sie standen vor dem Panoramafenster und blickten über den See hin.

Häberlin nippte und nickte. »Herr Bondeli-Bothmer, was mich immer interessiert hat, ist die Frage: Was verwahren wir eigentlich in dem Tiefentresor, zu dem nur

Sie Zugang haben, und wer ist dieser einzige Kunde? Jetzt können Sie es doch sagen. Wir werden, wie ich fürchte, keine Gelegenheit mehr haben, es weiterzuerzählen.«

Grynaeus räusperte sich leise und sagte in seinem melodischen Hoch-Interkosmo: »Finden Sie nicht, dass dies eine höchst indiskrete Frage ist, Herr Häberlin?« Er fuhr sich durch das wellige weiße Haar.

Die Dolans wurden sichtbar, bevor man sie hörte, zwei winzige weiße Sterne, die aus dem Westen herüberleuchteten, größer wurden ...

»Lassen Sie gut sein, Herr Grynaeus. Unser lieber Kollege hat recht: Jetzt kann ich es sagen.« Er lächelte viel versprechend und gestand: »Ich habe nicht die leiseste Ahnung!«

Jeder der beiden Dolans löste einmal seine Intervallkanone aus. Die Hyperstrahlung zermalmte das Bankhaus und die Straßenzüge der Umgebung zu Staub und wühlte sich Hunderte Meter tief ins Erdreich vor. Der Tiefentresor aber blieb, wie Ellert es vorhergesehen hatte, unbeschädigt.

Die Verbindung zum Tresor war gekappt und verschüttet. Beim Wiederaufbau der Stadt suchte niemand danach. Der Tresor und sein Inhalt fielen, wie man so sagt, der vollkommenen Vergessenheit anheim.

Wir aber wissen es besser. Wir wissen, dass es einen Menschen gibt, der ab und an, wenn auch sehr selten, darüber nachsinnen wird, wohin Ernst Ellert die Sphäre mit dem Fraktal des Mentalen Symposions gebracht haben mochte.

Und der ab und an, wenn auch sehr selten, darüber nachdenken wird, was dieses Fraktal eigentlich darstellte: Das letzte Relikt des Roten Universums? Büchse oder Arche?

Vielleicht, überlegte dieser Mann, Perry Rhodan, *hatte der Bibliothekar recht, und das Mentale Symposion ist die Sphäre, in die unser nächster Schritt führen wird.*

Dann könnte das Fraktal der Keim für diese neue Welt sein. Eine Welt, die – hoffentlich – noch sehr weit in der Zukunft liegt.

Er musste bei diesem Gedanken lächeln.

Und wenn unsere Zukunft wirklich in einer solchen Welt liegt, die rein mental ist, die sich selbst denkt und dadurch erschafft, dann hätte die Menschheit schon ein wenig vorgesorgt. Dann besäße sie mit dem Fraktal etwas wie einen Vorposten dort.

Eine Zukunftsbastion.